主编 阎纯德 吴志良

北京语言大学
列国汉学史书系
Sinological History Series

「心经附注」朝鲜半岛流衍考

周月琴 著

学苑出版社

图书在版编目（CIP）数据

《心经附注》朝鲜半岛流衍考 / 周月琴著. — 北京：学苑出版社，2016.6
（列国汉学史书系 / 阎纯德，吴志良主编）
ISBN 978-7-5077-5027-0

Ⅰ．①心… Ⅱ．①周… Ⅲ．①李滉（1501-1570）-心学-哲学思想-研究 Ⅳ．①B312

中国版本图书馆CIP数据核字(2016)第129035号

责任编辑：	杨　雷
封面设计：	徐道会
出版发行：	学苑出版社
社　　址：	北京市丰台区南方庄2号院1号楼
邮政编码：	100079
网　　址：	www.book001.com
电子信箱：	xueyuanpress@163.com
联系电话：	010-67601101（销售部）　67603091（总编室）
经　　销：	新华书店
印　刷　厂：	三河灵山红旗印厂
开本尺寸：	710×1000　1/16
字　　数：	310千字
印　　张：	20
印　　数：	1500册
版　　次：	2016年6月第1版
印　　次：	2016年6月第1次印刷
定　　价：	50.00元

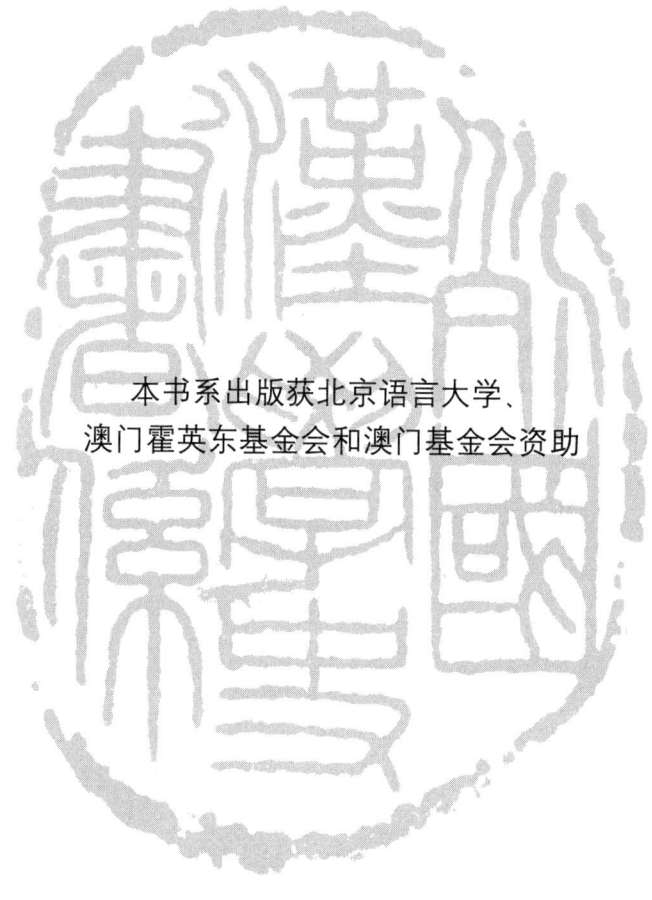

本书系出版获北京语言大学、
澳门霍英东基金会和澳门基金会资助

 北京语言大学列国汉学史书系
编辑委员会

顾　问：季羡林　李学勤　汤一介　王路江　李宇明
主　任：崔希亮
副主任：韩经太　曹志耘
主　编：阎纯德　吴志良
编　委：王晓平　乐黛云　安平秋　许光华　刘顺利
　　　　吴志良　张国刚　严绍璗　李明滨　李海绩
　　　　陈开科　侯且岸　柴剑虹　钱林森　耿　昇
　　　　阎纯德　阎国栋　熊文华

序 一

经过近 30 年多位学者的辛劳努力,现在我们可以说,国际汉学研究确实已经成长为一门具有特色的学科了。

"汉学"一词本义是对中国语言、历史、文化等的研究,而在国内习惯上专指外国人的这种研究,所以特称"国际汉学",也有时作"世界汉学""国际中国学",以区别于中国人自己的研究。至于"国际汉学研究",则是对国际汉学的研究。中外都有学者从事国际汉学研究,但我们在这里讲的,是中国学术界的国际汉学研究。

自从改革开放以来,国际汉学研究改变了禁区的地位,逐渐开拓和发展。其进程我想不妨划分为三个阶段:一开始仅限于对国际汉学界状况的了解和介绍,中心工作是编纂有关的工具书,这是第一个阶段。到了20世纪90年代,出现国际汉学研究的专门机构,大量翻译和评述汉学论著,应作为第二个阶段。在这两个阶段里,学者们为深入研究国际汉学打好了基础,准备了条件。新世纪到来之后,进入全面系统地研究国际汉学的可能性应该说业已具备。

今后国际汉学研究应当如何发展,有待大家磋商讨论。以我个人的浅见,历史的研究与现实的考察应当并重。国际汉学研究不是和现实脱离的,认识国际汉学的现状,与外国汉学家交流沟通,对于我国学术文化的发展以至于多方面的工作都是必要的。我曾经提议,编写一部中等规模的《当代国际汉学手册》,便于我们的学者使用;如果有条件的话,还要组织出版《国际汉学年鉴》。这样,大家在接触外国汉学界时,就不会感到隔膜,阅读外国汉学作品,也就更容易体味了。必须指出的是,国际汉学有着长久的历史,因此现实和历史是分不开的,不了解各国汉学的历史传统,终究无法认识汉学的现状。

我们已经有了不少国际汉学史的著作及论文。实际上,公推为中国最早的汉学史专书,是 1949 年出版的莫东寅《汉学发达史》,尽管是通史体裁，也包含了分国的篇章。这本书最近已有经过校勘的新版，大家容易看到，尽管只是概述性的，却使读者能够看到各国汉学互相间的关系。由此可见，有组织、有系统地考察各国汉学的演进和成果，将之放在国际汉学整体的背景中来考察，实在是更为理想的。

这正是我在这里向大家推荐阎纯德教授、吴志良博士主编的这套"列国汉学史书系"的原因。

阎纯德教授在北京语言大学主持汉学研究所工作多年，是我在这方面的同行和老友，曾给我以许多帮助。他为推进国际汉学研究，可谓不遗余力，所做出的重要贡献是学术界周知的。在他的引导之下，《中国文化研究》季刊成为这一学科的园地，随之又主编了《汉学研究》，列为《中国文化研究汉学书系》，有非常广泛的影响。其锲而不舍的精神，我一直敬服无地。特别要说的是，阎纯德教授这几年为了编著这套"列国汉学史书系"所投入的心血精力，可称出人意想。

在《汉学研究》第八集的《卷前絮语》中，阎纯德教授慨叹："《汉学研究》很像同仁刊物，究其原因，是从事这个领域研究的学者太少，尤其是专门的研究者更是少之又少，所以每一集多是读者相熟的面孔。"现在看"列国汉学史书系"，作者已形成不小的专业队伍，这是学科进步的表现，更不必说这套书涉及的范围比以前大为扩充了。希望"列国汉学史书系"的问世成为国际汉学研究这个学科在新世纪蓬勃发展的一个界标，让我们在此对阎纯德教授、这套书的各位作者，还有出版社各位所做出的劳绩表示感谢。

李学勤

2007 年 4 月 8 日

于清华大学国际汉学研究所

序 二
汉学历史和学术形态

汉学历史和学术形态历史是既抽象又具体的存在,是浩瀚无边的过去、现在和未来。历史会让我们兴奋,也会使我们悲哀,有时会令人觉得它又仿佛是一个梦。但是,当我们梦醒而理智的时候,便会发现——自然史、时间史、太阳史、地球史、人类社会史,一切的一切,不管是曾经存在过的恐龙,还是至今还在生生不息的蚂蚁社群,天上的,地下的,看得见的,看不见的,一切都有自己的历史。一切都有过发生,一切都还在发展,一切都还会灭亡。

任何事物的发生都有一个有形或无形的孕育过程,"汉学"(Sinology)也是这样,其孕育和成长,就是中国文化与异质文化相互交媾浸淫的历史。这个历史,始于公元1世纪前后汉代所开通的丝绸之路,接下来是七八世纪的大唐帝国、十四五世纪的明代、清末的鸦片战争和"五四"新文化运动,这种文化的碰撞和交流之潮时起时伏直到今天,还会发展到永远。这是历史,是汉学的昨天、今天和未来,是其孕育、发生和成长的过程显现出的文化精神。但是,昨天有远有近,我们可以循着蛛丝马迹探讨找回其真;而今天,只是一个过渡,一俟走过,便成为昨天的陈迹。写作汉学史是一件艰难的劳作,尤其对象是遥远的昨天,尤其是"遗失"在异国他乡的昨天,更非一件易事。时至今日,朦胧面纱下的汉学还不为一些学人所认识,因此有必要取下面纱,让人们看个究竟。

从20世纪70年代中期之后,尤其90年代以降,"汉学"(Sinology)便逐渐成为学术界耳熟能详的学术名词。中国大陆重提"汉学"(Sinology)至今,汉学就像隐藏在深山里的小溪,经过30年的艰辛跋涉之后,才终于形成一条奔腾的水流,并成为中国文化水系不可或缺的组成部分。这个变化是时代和历史变迁带来的结果,也是文化自己发展的规律。

那么,究竟什么是汉学(Sinology)呢? 首先,这里的汉学非指汉代研究经学注重名物、训诂——后世称"研究经、史、名物、训诂考据之学"的"汉学",而是指外国人研究中国历史、语言、哲学、文学、艺术、宗教、考古及社会、经济、法律、科技等人文和社会科学领域的那种学问,这起码已是200多年来世界上的习惯学术称谓。李学勤教授多次说:"汉学,英语是Sinology,意思是对中国历史文化和语言文学等方面的研究。在国内学术界,'汉学'一词主要是指外国人对中国历史文化等的研究。有的学者主张把它改译为'中国学',不过'汉学'沿用已久,在国外普遍流行,谈外国人这方面的研究,用'汉学'比较方便。"① Sinology 一词来自外国,它不是汉代的"汉",也不是汉族的"汉",不指一代一族,其词根 sino 源于秦朝的"秦"(Sin),所指是中国。

在历史长河里,汉学由胚胎逐渐发育成长。当汉学走过少年时代,在西学东渐和中学西传互示友情后,中学开始影响西方而成为人类文明史上的伟大事件。中世纪以来,欧洲视中国为"修明政治之邦",对中国充满了好奇与好感,当"中国热"蜂起欧洲,19世纪初期法国便成为西方汉学的中心,巴黎成为"汉学之都"。戴密微(Paul Demiéville)曾说汉学的先驱是葡萄牙、西班牙和意大利。但是,汉学作为学术研究和一种文化形态,举大旗的则是法国人。1814年12月11日,雷慕沙(Jean Pierre Abel Rémusat)在法兰西学院首开"汉语和鞑靼——满语语言与文学讲座",启开了西方真正的汉学时代。但指代汉学的"Sinologie"(英文"Sinology")一词则出现在18世纪末,应该早于雷慕沙主持第一个汉学讲座的时间,更不会晚于1838年。从此之后,"Sinology"便成为主导汉学世界的图腾、约定俗成的学术"域名"。在世界文化史和汉学史上,外国人把研究中国的学问称为"汉学",研究中国学问的造诣深厚的学者称为"汉学家"。因此,我认为,我们不必要标新立异,根据西方大部分汉学家的习惯看法,"Sinology"发展到如今,这一历史已久的学术概念有着最丰富的内涵,绝不是什么"汉族文化之学",更不是什么汉代独有的"汉学",它涵盖中国的一切学问,既有以儒释道为核心的传统文化,也包含"敦煌学""满学""西夏学""突厥学"以及"藏学"和"蒙古学"等领域。但是一直以来人们对汉学的理解和解释相

---

① 李学勤《国际汉学漫步·序》,河北教育出版社,1997。

左,因此便有了"中国学""海外汉学""海外中国学""域外汉学""国际汉学""世界汉学""国际中国文化"等不同的叫法;如果咬文嚼字,推演下来,一定还会有"国内汉学""国内中国学",甚至"北京汉学""河南汉学"等。由于汉学的发展、演进,以法国为首的"传统汉学"和以美国为首的"现代汉学",到了20世纪中叶之后,研究内容、理念和方法,已经出现相互兼容并包状态,就是说Sinology可以准确地包含Chinese Studies的内容和理念;从历史上看,尽管Sinology和Chinese Studies所负载的传统和内容有所不同,但现在却可以互为表达、"雌雄同体"同一个学术概念了。话再说回来,对于这样一个负载着深刻而丰富历史内涵的学术"域名",我以为还是叫它Sinology最好,因为,Sinology不仅承继了汉学的传统,而且也容纳了Chinese Studies较为广阔的内容。另外,中国人对中国文化的研究应该称为国学,而外国学者研究中国文化的那种学问则称为汉学。汉学是国学的有血有灵魂的"影子",而汉学不是国学,是介于中学与西学两者之间,本质上更接近西学的一种文化形态。说它与国学同根而生,说它们是一条藤上的两个瓜,都不为过,然而瓜的形象与味道却不相同,一个是"东瓜",一个是"西瓜"。我认为这样认识汉学,既符合中国文化的学术规范,又符合世界上的历史认同与学术发展实际。

  汉学的历史是中国文化与异质文化交流的历史,是外国学者阅读、认识、理解、研究、阐释中国文明的结晶。汉学作为外国人认识中国及其文化的桥梁,是中国文化和外国文化撞击后派生出来的学问,实际上也是中国文化另一种形式的自然延伸。但是,汉学不是纯粹的中国文化,它与中国文化有着密不可分的血缘关系,既是中外文化的"混血儿",又是可以照见"中国文化"的镜子,是可以攻玉的"他山之石"。"'Sinology'是一门在国际文化中涉及双边或多边文化关系的近代边缘性的学术,它以'中国文化'作为研究的'客体',以研究者各自的'本土文化语境'作为观察'客体'的基点,在'跨文化'的层面上各自表述其研究的结果,它具有'泛比较文化研究'的性质。"[①]以上两种表述虽有不同,但学理一致,基本可以厘清我们对于Sinology(汉学)的基本学术定位。

  法国汉学家马伯乐(Henri Maspero)说过:"中国是欧洲以外仅有的这

[①] 严绍璗《我对Sinology的理解和思考》,载《世界汉学》2006年第4期。

样的一个国家:自远古起,其古老的本土文化传统一直流传至今。"法国哲学家弗朗索瓦·于连(François Jullien)也说:"中国文明是在与欧洲没有实际的借鉴或影响关系之下独自发展的、时间最长的文明……中国是从外部审视我们的思想——由此使之脱离传统成见——的理想形象。"①他在《为什么我们西方人研究哲学不能绕过中国》中提出:"我们选择出发,也就是选择离开,以创造远景思维的空间。人们这样穿越中国也是为了更好地阅读希腊。"为了获得一个"外在的视点",他才从遥远的视点出发,并借此视点去"解放"自己。这便是一个未曾断流、在世界上仅存的几种古老文化之一的中国文明的意义。中国文明是一道奔流不息的活水,活水流出去,以自己生命的光辉影响世界;流出的"活水"吸纳异国文化的智慧之后,形成既有中国文化的因子,又有外国文化思维的一种文化,这就是"汉学"。也就是说,汉学是以中国文化为原料,经过另一种文化精神的智慧加工而形成的一种文化。从某种意义上说,汉学既是外国化了的中国文化,又是中国化了的外国文化;抑或说是一种亦中亦西、不中不西有着独立个性的文化。汉学作为一门独立的具有跨文化性质的学科,是外国文化对中国文化借鉴的结果。汉学对外国人来说是他们的"中学",对中国人来说又是西学,它的思想和理论体系仍属"西学"。

汉学研究是指对外国汉学家及其对中国文化研究成果的再研究,是中国学者对外国学者研究中国文化的反馈,也是对外国文化借鉴的一个方面。凡是对历史或异质文化进行研究,都有一个价值判断和公正褒贬的问题。因此,对于外国汉学家对我们中国文化的研究,必得有我们自己的判断,然后做出公正的褒贬。我们说汉学是可以攻玉的"他山之石",但是这句箴言并非只是适用于中国人,对外国人也是一样。汉学也像外国的本体文化一样,对我们来说有借鉴作用,对西方来说有启迪作用——西方学者以汉学为媒介来了解中国,汲取中国文化的精华,完善自己的文明。人类由于文化背景差异和文化语境的不同,思维方向和方式也会不同,因而就会得出不同的结论,讲出不同的道理。"西方学者接受近现代科学方法的训练,又由于他们置身局外,在庐山以外看庐山,有些问题国内学者司空见惯,习而不察,外国学者往往探骊得珠。如语言学、民俗学、考古学、人类

---

① [法]弗朗索瓦·于连(François Jullien)《迂回与进入》,(香港)三联书店,1998。

学、社会学诸多领域,时时迸发出耀眼的火花。"①汉学的学术价值往往不被国人重视,并利用汉学家对于中国文化的一些误读贬低汉学的价值。其实,这并不公平,有些汉学家对于中国文化确实有其独到的见解,能发中国人未发之音。法国汉学家马伯乐(Henri Maspero,1883—1945)对中国上古文化和上古宗教的研究就有独到的贡献,被称对中国宗教研究有"先河"之功。他研究中国宗教的宗教社会学的方法,促进和推动了中国学者采用宗教社会学来研究中国宗教,被称为"中国宗教社会学研究的真正创始人"。瑞典汉学家高本汉(Bernhard Karlgren,1889—1978),终生的最高成就是根据研究古代韵书、韵图和现代汉语方言、日朝越诸语言中汉语借词译音构拟汉语中古音和根据中古音和《诗经》用韵、谐声字构拟古音,写出了著名的学术专著《中国音韵学研究》《汉语中古音与古音概要》《古汉语字典重订本》《中日汉字形声论》《论汉语》《诗经注释》《尚书注释》和《汉朝以前文献中的假借字》等,他对汉语音韵训诂的研究是不少中国学者所不及的,并深刻影响了对于中国音韵训诂的研究。20世纪著名的日本学者津田左右吉关于中国文化的研究著述甚丰,他认为中国文化是一种"人事本位文化",其核心是"帝王文化",其他认识上尽管有偏颇,但也有其独异性和深刻之处。这就是"他山之石"的意义和价值。当然,不可否认,汉学家对于中国文化的误读或歪曲也是常见的,诸如瑞典考古学家安特生(John Gunnar Andersson)于1921年10月对河南仰韶文化遗址发掘之后,便说中国彩陶制作技术源于西方,并在他的《甘肃考古记》和《黄土儿女》著作中反复强调他的这一错误观点。这一观点亦为"西方文化东移造成中国文化之说"提供了说辞。日本学者石田幹之助也推波助澜,闭门造车地推测出西方文化东渐的路线;甚至连我们的国学大师章太炎、刘师培也被"忽悠"得认可了"中国文化西来说"。② 美国现代汉学(中国学)的奠基人费正清对中国历史尤其近代史的研究独具风采,为美国人民认识中国搭建了一座桥梁;但他在研究上的所谓"冲击—回应"模式,却近乎荒谬,认为是西方给中国带来了文明,是西方的侵略拯救了中国。综上所述,对于汉

---

① 季羡林《汉学研究·序》第七集,中华书局,2003。
② 《章太炎全集·〈訄书·序〉·〈种姓篇〉》,上海古籍出版社,1985;刘师培《刘申叔先生遗书·〈思念祖国〉·〈华夏篇〉·〈国土原始论〉》。

学成果的研究,只有冷静、公正、客观、全面,才能在沙中淘得真金,拥抱"他山之石"。

在中国,汉学的接受与命运,诚实地说,在20世纪80年代初期之前,基本上是无视它的学术价值,更没人把它看作是中国文化的延伸。此外,由于民族心理上的历史"障碍",我们还曾视汉学为洪水猛兽,甚至觉得它是仇视中国、侮辱中国的一个境外的文化"孽种"。这种"观点",虽嫌偏颇,但也不是空穴来风。因为自19世纪"鸦片战争"前后,直至20世纪40年代,偌大的中国曾经惨遭践踏,整个历史写满了炮火压迫和宗教怀柔,其间也不乏为列强殖民政策服务的传教士、"旅行家"和"学者"深入中国腹地,以旅行、探险、考古之名而实行搜集社会情报、盗窃和骗取中国大批文物。

人类思想的飞翔,是受社会和历史禁锢的,山高水远的阻隔也使得人类互相寻找的岁月特别漫长。交流是人类文化选择的自然形态,汉学就发生在这种物质交流和文化交流之中。

公元前后,中国人被称为赛里斯(Seres),中国叫赛里加(Serice),这是陆路交往关于中国最初的叫法,时间较早;另一种叫法,把中国人称为秦尼(Sinai),中国叫秦(Sin),这是海路交往关于中国的叫法,时间较晚。由商人输往西方的中国丝绸绢绘是当时帝王贵族倾慕的奢侈珍品,Seres 和 Serice 两字系由阿尔泰语所转化,是希腊罗马称谓中国绢绘的 Serikon、Sericum 两字简化而来。西方人当时称中国为"秦"(Sin),称中国人为"秦尼"(Sinai),则是源于秦朝。①

人类在互相寻找的初级阶段,中国和西方试探性的商业交往还很原始,那时的人类,不同的国家、民族和族群处于相对落后和封闭的状态,人类各个角落的不同文化还处于相对不自觉或是相对蒙昧的历史时期。在人类最早的沟通中,中国人走在最前边。公元前139年,张骞奉汉武帝之命,越过葱岭,亲历大宛、康居、大月氏、大夏、乌孙、安息等地,直达地中海东岸,先后两次出使中亚各国,历时十多年,开创了古代和中世纪贯通欧亚非的陆路"丝绸之路",为人类交往开了先河,也为汉学的萌发洒下最初的雨露。

---

① 莫东寅《汉学发达史》,北平文化出版社,1949,第3页。

在文化史上，以孔孟儒家学说为核心的中国文化最先影响朝鲜半岛，然后才是日本和越南等周边国家。这些周边国家与中国的关系复杂，甚至被说成同种同文，因此可以说它们的文化与中国文化有着很深的"血缘"关系。522年，中国佛教渡海东传日本，从那时开始，中国典籍便大量传入日本，但这只是一种"输入"，只是日本创建自己文化的借鉴，并没有形成对于中国文化的深层研究。及至唐代，由于文化上承接了汉朝的开放潮流，那时与异质文化的交流相对更加频繁，商贸往来和文化沟通有了发展，西方和中国周边国家或地域的人士通过陆路和水路进入中国腹地，长安、洛阳、扬州、广州、泉州等城市，都是中外贸易和文化交汇的重要都会，尤其是前者，更是当时世界最大的商业文化之都；而后者，由于东南沿海经济崛起、人口增多、手工业发达、农田水利的改善，为海外贸易发展创造了条件，再由于唐代中期"安史之乱"切断了陆路"丝绸之路"的缘故，曾称为"鲤城""温陵""刺桐城"的泉州，便成为联结亚洲、欧洲和非洲的海上丝绸之路的"东方第一大港"，是那时以丝绸、金银、铜器、铁器、瓷器为主的国际贸易之都。通过频繁的往来和交流，外国人对中国文化的认识越来越多、越来越深，汉学也便在这种交流中不知不觉慢慢衍生。

但是，源远流长的汉学，人们习惯地认为其洪流和网络在西方，西方是汉学的形象代表。这一看法一是源自近代以来西方强势文化和中国人的崇洋心理；二是西方汉学的某些特征也确实有别于朝鲜半岛、日本和越南的汉学。其实，如果我们从世界汉学历史发展的角度看，日本、朝鲜半岛和越南的汉学要早于西方的汉学，比如日本在十四五世纪已经初步形成了汉学，而那时西方的传教士还没有进入中国。因此，对于汉学的研究，无论是西方还是东方（朝鲜半岛、日本和越南），我们都不能顾此失彼，要以同样的关注和努力探讨其历史。当然，汉学的历史藏在文献里，而隐性源头却在文献之外。

文化往往伴随经济流动，其交流也会在不自觉或无意识状态下发生。到了明代初年，郑和率舰队出使西洋，前后七次，历经二十八年，到过三十多个国家，最远抵达非洲东岸和红海口，真正拓展了海上"丝绸之路"。

在公元八九世纪至十六七八世纪期间，关于中国，多见于西方商人、外交使节、旅行家、探险家、传教士、文化人所写的游记、日记、札记、通信、报告之中，这些文字包含着重要的汉学资源，因此有人把这些文献称为"旅游汉学"。这些来源于文艺复兴,因为思潮的开放影响了欧洲人的思想和生活,他们或通商,或传教,或猎奇,但了解和研究中国文化却是一致的,于是汉学便在葡萄牙、西班牙、意大利、法国、荷兰、英国、德国、俄罗斯等主要的西方国家逐步发展起来。

这类游记和著作较早的有约在851年成书的描述大唐帝国繁荣富强的阿拉伯佚名作者的《中国与印度游记》,吕布吕基斯的《远东游记》(1254),意大利的雅各·德安克纳的《光明城》,贝尔西奥的《中华王国的风俗与法律》(1554),《利玛窦中国札记》,亚历山大·德·罗德的《在中国的数次旅行》(1666),南怀仁的《中国皇帝出游西鞑靼行记》(1684),费尔南·门德斯·托平的《游记》,李明的《关于中国现状的新回忆录》(1696)和《中华帝国全志》(《中国通志》)等,以及罗明坚、金尼阁、汤若望、卫匡国等名士的著作,还有大量名不见经传的传教士、商人、旅行家、探险家的各种记述,都成为日后汉学兴旺发达的必然因素。这类著作主要涉及中国的物质文明,较多描述、介绍中国的山川、城池、气候以及生活起居、饮食、服饰、音乐、舞蹈,也涉及一些中国的观念文化。这些"旅游汉学"著作中,影响最大的是《马可·波罗行纪》(《东方见闻录》)。马可·波罗(Marco Polo)于1275年随父亲和叔父来中国,觐见过元世祖忽必烈,1295年回国后出版了这本书,它以美丽的语言和无穷的魅力翔实地记述了中国元朝的财富、人口、政治、物产、文化、社会与生活,第一次向西方细腻地展示了"唯一的文明国家"——"神秘中国"——的方方面面。

这些包罗万象的文献,不仅记录了不同时代的中国,还以自己的文化视角开始了中西文化最初的碰撞。作为文献,这些游记、日记、札记、通信和报告,有赞美,有误读,也有批评,但因为其中包含大量中国物质文化及政治、经济、历史、地理、宗教、科举等多方面的文化记载,而成为汉学的重要组成部分,在学术史上有重要价值。

汉学的发生、发展与经济、政治、交通以及资讯分不开。有学者把汉学的历史分为"萌芽""初创""成熟""发展""繁荣"几个时期,也有的分为"游记汉学时期""传教士汉学时期"和"专业汉学时期"三个阶段。但汉学的真正形成是在明末兴起的"西学东渐"和"中学西传"的互动之中。

从16世纪到十八九世纪,在数以千计的散布在中国各地的传教士中,有不少人成为名载史册的汉学先驱,他们为汉学的发展做出了重大贡献。

自 1540 年罗耀拉（S.Ignatins de Loyola）、圣方济各·沙勿略（Francisco Xavier）等人来华,开始了以意大利、西班牙传教士为主的第一时期的耶稣会的传教活动。接着,意大利的范礼安（Alexandre Valignani）、罗明坚（Michel Ruggieri）等著名传教士来华。1583 年,即明朝万历十一年,罗明坚将利玛窦神甫（Matteo Ricci）带到中国,从此,耶稣会士在中国的宗教活动无论是对于西方或是东方,都开始了一个新的历史时期。西班牙的胡安·冈萨雷斯·德·门多萨（Juan Gonzalez de Mendoza）的《中华大帝国史》于 1588 年问世,这部世界汉学史上的第一部汉学著作,名副其实地对中国的政治、历史、地理、文字、教育、科学、军事、矿产、物产、衣食住行、风俗习惯等做了百科全书式的介绍,具有相当的学术价值,以七种文字印行,风靡欧洲。以利玛窦为核心的耶稣会士的历史意义在于他们开始了对中国文化的全面"开垦",不仅著书立说,还把《大学》《中庸》《论语》《孟子》等中国文化经典译成西文,不仅开西学东渐之先河,也推动了中学西传,使中国文化对西方科学与哲学产生重要影响,因此这位思想家当仁不让地被视为西方汉学的鼻祖。与其先后到达中国的著名的传教士都著书立说、传播中国文化,对推动西学东渐和中学西传做出了贡献。在世界汉学史上,除了以上提及的,还有许多汉学家的名字十分响亮,诸如曾德照、柏应理、卫匡国、殷铎泽、南怀仁、汤若望、龙华民、金尼阁、罗如望、熊三拔、李明、张诚、白晋、马若瑟、宋君荣、钱德明、翟理斯、安特生、雷慕沙、儒莲、德理文、安东尼·巴赞、蒙田、冯秉正、尼·雅·比丘林、巴拉第·卡法罗夫、瓦西里耶夫、沙畹、伯希和、马伯乐、葛兰言、斯文赫定、马礼逊、斯坦因、理雅各、翟理斯、李约瑟、韦利、霍克斯、卫礼贤、福兰阁、孔拉迪、高本汉、卫三畏、费正清、戴密微、石泰安、谢和耐、欧文等。他们和东方日本、朝鲜半岛的富有建树的汉学家以及当今散布在各国的汉学家,对中国文化的独特理解,铸造成汉学史上的思想学术之碑,开垦了汉学成长的沃土。

"西方的汉学是由法国人创立的。"但是,在欧洲全面研究中国文明的问题上,"法国的先驱是葡萄牙、西班牙和意大利"。① 戴密微把以上三个国家誉为汉学的先锋,"他们于 16 世纪末叶,为法国的汉学家开辟了道路,而法国的汉学家稍后又在汉学中取代了他们",真正建立起作为学术的汉

---

① 戴密微《法国汉学研究史》,载耿昇译《法国当代中国学》,中国社会科学出版社,1998。

学传统。就传统汉学而言,法国是汉学家最多的国家之一,有许多汉学界的学术巨擘,不断为汉学的崇高而添砖加瓦。

中外文化交流的结果不仅意味着中国文化"外化"的传播,也意味着异质文化对中国文化"内化"的接受。汉学家作为中外文化交流的桥梁和使者,在异质文化的交流中,也是人类和谐与进步的推动者。

汉学诞生在与异质文化碰撞、交流和相互浸淫之中。这个结果无异于一枚果子的成熟,只有"风调雨顺"才生长得好。和谐、宽容、理解与尊重,是异质文化彼此借鉴的保证。作为文化形态的汉学,其成长和生存离不开良好的国际语境。就中国而言,历史上凡是开放的时代,文化交流多,汉学就发展;反之,汉学就停滞,这似乎成为一种规律。

作为学术公器的汉学,文化上有其自己的成长过程。汉学是发展的,这一植根于中国文化土壤,生存于异国他乡的文化,同样深受不同时代语境的极大影响。这里所说的语境,既包括中国的历史演变,也包括异国和世界的历史变化。也就是说,不同的历史时期,不同的社会、政治、经济、文化背景,在很大程度上左右着汉学的发展方向和内容;换句话说,汉学的形成和发展,不仅受制于中国历史的更迭,也受制于他者社会的变化。这就是以历史悠久的中国文化为研究对象的汉学发展的基本轨迹。

汉学作为一种学术形态,总体上可以分为"传统汉学"和"现代汉学"。传统汉学以法国为中心,而现代汉学兴显于美国,20世纪中期以来,在西方其他国家葆有传统汉学的同时,现代汉学也很繁荣。随着中国与世界政治关系的变化,随着中国文化与世界文化交流的拓展,现代汉学有了显著的发展。

虽然20世纪的后五十多年,中国文化与世界各国文化接触开始多了起来,但就整体而言,1949年后有三十多年是一个相对"闭关锁国"的时期。公正地讲,这道意识形态的"长城"也并非就是中国的政策,是那时期以美国为首的国家在政治、经济、军事、文化上对我国全面封锁的结果。这个时期的"汉学"涂满了政治色彩,以法国为代表的汉学较多地保持着传统汉学的学术精神,而美国的"中国学"却成了充满政治意识的现代汉学的代表。美国的"中国学"所关心的不是中国文化,更不是中国的传统文化,而是中国的政治、经济、军事、教育和社会生活各个层面的问题。这种政治特征,是那个时期美国汉学的基础,这一特征也影响了其他国家汉学的研究方向和内容。

由于中国与世界的隔离,由于西方与中国少有交流,因此汉学家不了解中国最新的文化进展(比如新的考古发现),致使汉学处于断炊或"无米之炊"的状态,没有中国文化的支持,西方汉学要想取得研究上的突破也很困难。陌生感和神秘感困扰着汉学家,这不仅是文化的尴尬,也是汉学家的难堪。

人类文化包含了物质文化和观念文化等。物质文化表现在衣食住行生活方面,是一种看得见、摸得着又极易变化的"具象"文化,如饮食、服饰、住房、音乐、舞蹈等;观念文化是一个民族的核心,表现在人的价值观、道德观、家庭观、宗教观等诸多方面,以及关于自由、平等、民主的理解,观念文化是一个民族的思维经过高度抽象后形成的思想、观念和精神,它通过文化灵魂——哲学、文学、语言、宗教、历史等来表达。① 观念文化,一俟进入外国汉学家的研究视野,他们的研究也就进入了对中国文化核心的深层研究。

汉学家从对中国物质文化到观念文化的研究,其领域越来越广越来越深。现在,汉学不仅包括对中国的哲学、文学、宗教、历史领域的研究,还包括社会学、政治学和自然科学。Sinology(汉学)和 Chinese Studies(中国学),它们已经发展到可以"异名共体"的地步。

时至今日,传统汉学和现代汉学这两种汉学形态不仅同时存在着、共荣着,而且还互相浸透着。

19 世纪末至 20 世纪初,美国汉学悄然嬗变为中国学,并以自己独有的个性特点和极强的生命力出现在世人面前。美国汉学始自 1830 年东方学会(American Oriental Society)的建立,这个学会虽然代表了欧洲那种对东方学文学的兴趣,但这个学会"从一开始就有一种与众不同的使命感"——"为美国国家利益服务,为美国对东方的扩张政策服务"。② 这个特点也与"美国海外传教工作理事会"向中国派出基督教传教士的宗旨相一致。可见,美国汉学一开始就和美国的国际战略和对华政策联系在一起。卫三畏(Samuel Wells Williams)1848 年出版的百科全书式的《中国总

---

① 任继愈《汉学发展前景无限》,载《中华读书报》2001 年 9 月 19 日。
② 侯且岸《费正清与中国学》,载李学勤主编《国际汉学漫步》(上),河北教育出版社,1997。

论:中华帝国的地理、政府、教育、社会、生活、艺术、宗教及其居民观》就带有较为浓厚的社会科学特点,与欧洲具有人文科学特征的汉学颇有差异,但它依然属于 Sinology 的范畴。

美国从南北战争后的统一中走向强大,加入强国之列。八国联军对中国的侵略行径,是列强联合的第一次尝试。从那时起,承担着相当"政治"角色的传教士进入中国。真正美国式的"汉学"——中国学,就从那时开始,而奠基人和开拓者是之后的费正清(John King Fairbank)。作为美国首席中国问题专家的费正清,他的中国学研究不仅影响了美国,也对其他国家的汉学研究或中国学研究有强烈的影响。

在西方,费正清的魅力在于,没有谁能像他那样以更清晰、更富于洞察力的笔触来表述中国。"在使美国人了解中国,了解中国的传统、中国纷扰不安的近代史,以及中国神秘莫测的现状等方面,谁的贡献也没有像他那样大。"费正清等一批知名的美国中国学家都参与过战时情报工作,在战后作为美国政府的智囊而直接为制定对华政策服务。费正清的研究虽然充满了实用和功利色彩,立场和观点也有偏见,但这并不妨碍他在历史上作为一个贡献巨大的汉学家和中国人民的朋友的光辉。美国学者从事研究的根本出发点是"使命感""学术个性"和"反唯理智论倾向","蔑视学问,更为强调实用性知识","更为明显同自己以外的社会,即政治家、实业家及其实践家始终保持紧密的联系"。① 这就是美国中国学家的基本心态,他们讲究功利和实用,不理会学术上的理智倾向,这与法国汉学家的学术心态、学术个性与学术传统几乎大相径庭。

传统汉学(Sinology)和现代汉学(Chinese Studies)的差异在于前者是以文献研究和古典研究为中心,它们包括哲学、宗教、历史、文学、语言等;而以美国为中心的现代汉学(中国学)则以现实为中心,以实用为原则,其兴趣根本不在那些负载着古典文化资源的"古典文献",而重视正在演进、发展着的信息资源。但是,汉学发展到 21 世纪,其研究内容和方式已经出现了融通这两种形态的特点。这种状况既出现在欧洲的汉学世界,也出现在美国的中国学研究之中,可以说世界各国汉学家的研究中,都兼有以上两种汉学形态。

---

① [美]赖肖尔《近代日本新观》,生活·读书·新知三联书店,1992。

汉学（Sinology）对中国研究者来说，被尘封得太久，所以它的空白很多，浩如烟海的资源还有待于深入开掘。这种开掘，不仅可以收获汉学，还可以无意中发现被历史"放逐"和"遗失"在异国他乡的中国文化。编撰"列国汉学史书系"的目的和宗旨，不仅是为了梳理已有的汉学资源，在世界范围内追踪中国文化的外传历史状况、经验及影响，同时探究汉学的产生、成长、发展与繁荣，还要尽可能厘清这块"他山之石"对于中国文化的作用。当然，"列国汉学史书系"还期望对推动中国文化与世界文化的交流有所裨益。

"列国汉学史书系"作为一个文化工程，其撰写的难度非一般学术著作所能比拟。严绍璗教授谈到 Sinology 的研究者的学识素养时提出四个"必须"：①必须具有本国的文化素养（尤其是相关的历史、哲学素养）；②必须具有特定对象国的文化素养（同样包括历史、哲学素养）；③必须具有关于文化史学的基本学理素养（特别是关于"文化本体"理论的修养）；④必须具有两种以上语文的素养（很好的中文素养和对象国的语文素养）。这几点确实都是汉学研究者必须具备的文化和语文素养，否则很难进入汉学研究的学术境界。

写作"列国汉学史"艰难，而出版可谓难上加难。人间的事好像天上的云、地上的风，飘忽不定没有根，铁板钉钉是没有的，因为钉子可以用"权力"拔出来，一切承诺和协议，都可以化为乌有。虽然"列国汉学史书系"一直受到经济的困扰，但它终没有自毙于摇篮之中，冬天之后是春天，接着便是收获的季节。这套富有创意和价值的书系，将对中外文化交流和汉学的发展及其比较研究产生深远影响。

有人认为"汉学史中国人写不了"，当然这是一个很奇怪的"立论"。日本人石田幹之助写了《欧人的中国研究》（1932）、莫东寅写了《汉学发达史》（1949），接下来又有严绍璗的《日本中国学史》（1991），张国刚的《德国的汉学研究》（1994），张静河的《瑞典汉学史》（1995），何寅、许光华主编的《国外汉学史》（2002），刘正的《图说汉学史》（2005）和李庆的《日本汉学史》（2005）相继面世。在人类的文化长廊里，无论是中国还是外国，各种史书琳琅满目，这其中有外国人写中国的各类历史，也有中国人写外国的各类历史。历史，是往事，是记录，是选择，并有相对独立的评论和褒贬。但是，事实上任何一部历史都不是最后的历史，历史随着时光的流逝而演进,修史很难一步到位,它需要一代代学者"积跬步"才能"至千里",只有"积土成山,积水成渊",方能"风雨兴""蛟龙生"。学问之事非一夕之功,非得有前赴后继者敢于赴汤蹈火"流血牺牲",才会达至光明顶峰。

开拓者也许会在某个时候将自己的真诚劳作化为欢乐,因为在以后的岁月里,定会有人踏着自己的肩膀或是踩着自己的鼻子和头顶攀上高峰,以鸟瞰美丽风光。21世纪是经济的大空间,对汉学来说也是一个"大空间"。但是,要探索这个"大空间",需要有个和谐的"太空站",需要大家联袂共建;当然世界上需要多元文化和谐相处的历史语境,共同创造彼此接近、认识、理解、尊重、沟通、借鉴与融合的机会,这个机会,就是汉学研究发展的机会。

时间在行走,历史在行走。人类创造过历史,书写过历史,但是没有最后的历史。汉学有历史,而且还正在创造新的历史,汉学及其研究将以自己的品格和个性在人类文化的世界里放出异彩。

阎纯德

2006年12月5日

于北京半亩春

目　　录

导论:《心经附注》海外传播研究的传统文化意义 …………（1）

第一章　《心经附注》传入朝鲜半岛的汉语言和思想历史背景 ………………………………………………（25）

　　第一节　朝鲜半岛的汉字书写与儒家思想教育传统 ………（25）
　　第二节　朱子学传入朝鲜半岛的思想历史背景与传播概况 ……（30）
　　第三节　《心经附注》传入朝鲜半岛的性理学意识形态与
　　　　　　儒教体制背景 ……………………………………（37）
　　第四节　《心经附注》在朝鲜半岛深入研究的历史背景 …………（52）

第二章　李退溪与 16 世纪李氏朝鲜的心经研究及意义 …………………………………………………………（64）

　　第一节　16 世纪《心经附注》在朝鲜的传入与传播概况 ………（64）
　　第二节　李退溪及其学派的《心经附注》研究与思想普及 ………（69）
　　第三节　《心经禀质》:赵士敬的《心经附注》研究及意义 ………（74）
　　第四节　李德弘、曹好益等人的心经研究及意义 ………………（106）

第三章　李栗谷与 17 世纪李氏朝鲜的心经研究及意义 …………………………………………………………（112）

　　第一节　17 世纪李氏朝鲜心经研究的思想历史背景 …………（112）
　　第二节　栗谷对退溪圣贤心学的批判及其历史意义 …………（119）
　　第三节　17 世纪退溪学派的心经研究:著述及特征 …………（141）
　　第四节　17 世纪畿湖学派的心经研究及其历史意义 …………（160）

第四章　18 世纪李氏朝鲜的心经研究及意义 …………（191）

　　第一节　18 世纪朝鲜心经研究的思想历史背景与研究概述 ……（191）
　　第二节　经世致用学派的心经研究及特征 ……………………（200）
　　第三节　畿湖学派的心经研究及特征 …………………………（216）

第四节　18世纪朝鲜阳明学派的心经研究：著述与特征 ………（232）

第五章　19世纪李氏朝鲜的心经研究及意义 ……………（249）
　　第一节　19世纪李氏朝鲜心经研究的思想历史背景与
　　　　　　研究概述 …………………………………………（249）
　　第二节　李震相的心经研究：著述与特征 ………………（253）
　　第三节　李恒老的心经研究：著述与特征 ………………（263）

第六章　20世纪以后韩国的心经研究及传统文化
　　　　意义 …………………………………………………（269）
　　第一节　近代韩国心经研究的思想历史背景及研究概述 ………（269）
　　第二节　现代韩国的心经研究及传统文化意义 …………（281）

参考文献 …………………………………………………………（288）

结论与思考：国学典籍海外传播的研究
　　　　意义（代后记）………………………………………（295）

导论：
《心经附注》海外传播研究的传统文化意义

2008年4月27日，北京德宝国际拍卖有限公司拍卖了一部编号为1214的古书，署名作者为（宋）真德秀撰，（明）程敏政注，一函四册，尺寸为29.8cm×16.5cm，钤印为谭观成，起拍价25万元，参考价35万至50万元，最后成交价为42.5万元。

这条发布在《拍卖·联盟》网站①上的消息在社会上没有引起任何关注，但笔者却注意到消息发布中一个不同寻常的部分，即关于这部古书的刊刻情况、作者及现存状况的介绍，全文如下：

> 是书为白绵纸印本，所用纸质优良，韧性极强。全书文字皆为手写上板，字体舒展，笔划劲健，版式风貌颇得元刻小字本之趣，而峻健实过之。其书样为明代知名书法家汪道全亲自执笔完成，明人《篁士敦文集？卷三十七》②曾云："婺源汪君道全，能以书名郡中，凡梓行石刻多出其手，清婉可爱。"今观此本，确实写刻清雅，字体委婉动人。另外，版面镌刻如此之佳，与程氏刊刻此书时所请的刻工黄文汉、仇以才等人有莫大关系。在徽州虬村的众多刻工中尤以黄、仇二氏为大宗，培养了众多优秀刻工，此本刻工仇以才、黄文汉等人便是其中的代表。此书能得书法家手写书样，名工操刀刊刻，这在明前期的众多刻本中是极为罕见的。这又与该书的撰者程敏政息息相关。程氏十岁时，便被明英宗破格送入翰林院读书，后考取明成化二年的榜眼，天下遂皆知其人。

---

① http://www.kongfz.com/auction/yuzhan.php?id=51900
② 此书应为《篁墩文集》，因《心经附注》的编纂者程敏政号篁墩。

在明弘治初年，当政的明孝宗也都尊称其为"先生"，此书的刊刻时间恰在程氏政治地位如日中天之时，故在刊印时能得到这样优厚的条件。程氏在晚年因为著名的唐伯虎科场舞弊案而被免官，不久即因悲愤成疾去世。而该书的命运似乎也和程氏的后半生一样不幸，今查《中国古籍善本总目》，全国数百家公共图书馆，竟仅有湖南省图书馆藏有半部残本（存两卷），全帙者则未见任何记载，故此本极有可能是世间仅存孤本。另据藏印可知，此书曾经民国时期知名书画收藏家谭观成先生收藏。①

上述关于该书编撰者与刊刻者程敏政的介绍非常详细，但令人注目的是该书在当代中国成为孤本的命运介绍，以及此条拍卖该孤本书的报道依然未能在当代中国引起学者或者大众关注的现实境况。

与该书在中国历史上无人关注、在当代中国成为孤本的命运相反，《心经附注》在刊刻后至多24年就传入了朝鲜半岛。在经历了最初的传播后，于16世纪中叶经朝鲜李朝著名朱子学家李滉（号退溪）及其岭南学派的深入研究、普及与推广，深刻影响了朝鲜性理学的发展，使《心经附注》在朝鲜半岛成为与《近思录》具有同等地位的理学经典。在此后的历史发展过程中，包括官僚学者甚至国王在内的朝鲜历代学者，都对心经研究不辍，留下了百余种心经著述。

直至今日，《心经附注》仍然为韩国学者所重视，有关《心经附注》的研究也一直是韩国性理学研究中一个极其重要的领域，韩国学者为此还成立了心经研究院，专门收集、整理历史上所有韩国学者的心经研究著述，并对此加以系统整理与专门研究。特别是当代韩国学者宋熹準编辑的《心经注解丛编》七册，收录了自《心经附注》传入朝鲜至20世纪中期朝鲜历代学者研究《心经附注》的著述百余种。韩国学者对朝鲜时代刊行的各种心经版本及现存的心经注解的各种版本，也进行了详细的历史考证与专门论述。

与此相关，韩国几乎所有大学的图书馆都可以看到这本书。笔者在韩国启明大学图书馆曾查到过中国思想丛书版本，日本庆安二年（1649）刻本，朝鲜刻本等众多刻本。

---

① http://www.kongfz.com/auction/yuzhan.php?id=51900

导论:《心经附注》海外传播研究的传统文化意义

一本由宋代性理学者真德秀编辑、明代学者程敏政附注的理学典籍,为何会在中韩思想史上形成如此鲜明的不同历史与现实命运?对于该书在朝鲜半岛传播史的追述,究竟具有怎样的哲学、汉学与传统文化的研究意义,是本书所致力于追寻的问题。

一、《心经》的编著及其在中国历史上的传播与研究概况

1.《心经》的编著与历史流传概况

《心经》是南宋末年大儒真德秀,辑录儒家经典及程朱性理学家的有关论述,编辑而成的一部有关心性修养的书。

真德秀(1178~1235),字景元,又字希元,福建浦城人。朱熹再传弟子。生于南宋孝宗淳熙五年,卒于理宗(1225~1264)端平二年。庆元五年进士。理宗时曾任礼部侍郎、户部尚书、翰林学士,亦曾为泉州、福州知府。《心经》就完成于真德秀第二次守泉州时。

《心经》主要辑录了《书》《诗》《易》三经的内容共 8 章,《论语》《中庸》《大学》《孟子》四书的内容共 19 章,《乐记》3 章,周子的著述 2 章,程子的著述 1 章,范氏 1 章,朱子 3 章。共 4 卷 37 章①,附录理学格言 55 条。

从内容上看,《心经》以《尚书》的人心道心说为开端,以孟子的心学论为主要内容,并辅以周子的养心说与成圣理论,以程子与朱子关于敬的学说为终篇。贯穿于其中的主要注释,主要为二程和朱子的心性修养学说。

在《心经赞》中,真德秀提出了心学概念,说:"舜禹授受,十有六言,万世心学,此其渊源。"以《书·大禹谟》的"人心惟危,道心惟微,惟精惟一,允执厥中"16 字,作为他所编辑的《心经》心学的思想依据,开始了朱子学心学化的思想过程。其弟子颜若愚首次在郡学刊刻《心经》所做的后序中,也说:"右《心经》西山先生撮圣贤格言,自为之赞者也。先生之心学,繇考亭而溯濂洛洙泗之源,存养之功至矣。……晚再守泉,复辑成是书。晨兴必焚香危坐,诵十数过。盖无一日不学,亦无一事非学。其内外交相养如此。"明确说真德秀《心经》为基于程朱理学而发展出的心学。

但是,《心经》在中国思想史上并未起到应有的思想影响,这从其在历

---

① 《心经》本身结构比较松散,没有目录,不分卷数。明代程敏政在附注《心经》时,根据《心经》内容整理出一个目录,并将其分为 4 卷 37 章。

史上的刊行状况就可以得到证明。

《心经》编成2年后，由真德秀弟子颜若愚首次在郡学刊刻，并在后序中注明刊行时间是在"端平改元(1234)十月"①，即真德秀去世前一年。此后，该书一直藏于宋内庭，并未受到当时学者的重视，甚至在宋理宗当庭出示并表扬该书，要求大臣为该书作序的情况下，②依然没有人重视。一直到淳祐二年(1242)，即真德秀去世10年后，才由睢邱县法曹赵时棣（字宗华）再次刊刻此书，但此次刊行的并不是单纯的《心经》，而是《心政二经合编》。在真德秀弟子王迈所做的序中，详细记载了此次刊刻的过程。③

此后，《心经》就逐渐为历史所遗忘。一直到明成化戊子(1468)，才有谢庭桂④所刊《心政二经合编》本刊行。在学者陆简⑤所做的序中说："西山先生……乃摭圣贤言心之要旨为《心经》，及其再守温陵日，复纂立政之格言为《政经》。……二经者，千圣传心之正印，学者入道之捷径乎！慨其垂世几三百年，学者靳得而见之。虽见者，弗之习也。"⑥可见由南宋末年至明成化的230多年间，《心经》几乎被人遗忘的历史概况。

至清康熙五十四年(1715)，真西山后裔真克箕交遗本于徐枝芳⑦，再度刊印推广，其版本仍是《心政二经合编》本。在该本序言中，也说西山的著述中"《衍义》《文集》以及《西山甲乙稿》、经筵讲义、端平奏议等书，已家喻而户习，独心政经一书曾留内庭颁刻，奈年远板失，仅存遗本。夫子之裔曰克箕者，谓此乃我祖实心实政、身体力行之迹，而有功于世道人心者，忍令其堙没而不传也？命予校之而付梨枣"。⑧对真氏《心经》问世数百年来湮没无闻、仅存遗本的情况说得很清楚。由此也可以看出，《心经》在中

---

① （宋）真德秀：《心经政经合编》，第42页，中国哲学思想要辑丛编，（台北）广文书局，1975。（以下只注书名）

② 理宗曾在经筵上出示《心经》，并说"真某此书，朕乙夜览而嘉之"，并命从臣洪舜俞为之作序，但没有结果。可见当时人对该书的忽视。

③ （宋）真德秀：《心经政经合编》，第7页。

④ 谢庭桂，明代人，生卒年不详。在明薛瑄所著《薛文清集》刊行介绍中，有"瑄孙刑部员外郎祺以稿付常州同知谢庭桂，雕板未竟而罢"。除此以外，便很难找到有关此人的历史资料了。

⑤ 陆简(1442~1495)，字廉伯，号治斋，别号龙皋，江苏武进人。少负才气，学识渊博，志行清峻。成化二年(1466)进士及第。为东宫讲读，曾出任乡、会试考官。官至侍读学士。李东阳称其文章"缜密峻洁，力追古作"。著有《龙皋文集》。

⑥ （宋）真德秀：《心经政经合编》，第4页，（台北）广文书局，1975。

⑦ 徐枝芳，字天桂，福建浦城人，清代诗人。康熙五十三年(1714)举人。曾为泗水知县。（参见甲凯《真德秀》，《中国历代思想家》，第289页，（台北）商务印书馆，1999。）

⑧ （宋）真德秀：《心经政经合编》，第1、2页，（台北）广文书局，1975。

国思想史上没有起到什么影响。

除上述刊本外,明《文渊阁书目》与清文渊阁《四库全书·子部·儒家类》(706),及清陆心源《仪顾堂题跋》①中,也收录有真德秀的《心经》。1974年,台湾文友书店出版的《真文忠公全集》中亦收录有《心经》。

2.《心经》在真德秀思想研究中不受关注的现状

真德秀一生著述宏富,有《西山真文忠公文集》55卷、《大学衍义》43卷、《文章正宗》24卷、《四书集编》2卷、《西山先生真文忠公读书记》(包括甲集37卷、乙集22卷、丁集2卷),以及《三礼考》《心经政经合编》《谕俗文》《西山政训》《真西山经筵讲义》等单卷本著作。

其中,文集、全集类著作在元明清有刻本10种,民国3种,现代4种,共17种刻本。《大学衍义》有元明清刻本17种,现代2种,且有明代陈仁锡评阅《大学衍义补》160卷,以及据明刻本影刻的日本刻本和朝鲜刻本。《文章正宗》有元明清刻本10种,现代影印本1种。《四书集编》有清刻本4种,现代2种。《心经》有宋刻本1种。《心经政经合编》有清刻本8种,现代2种。《三礼考》有清刻本2种,民国和现代各1种。《谕俗文》有清刻本2种,民国2种。《读书记》有宋刻本1种,元刻本1种,现代3种。《西山政训》有民国刻本3种,现代3种等。

从真德秀著述的刊刻情况来看,其著述的刊行主要集中在明清两代,且以《大学衍义》一书最为重要。但有关真德秀思想的学术研究却很少,除年谱、序文、学术札记外,只有清代学者黄宗羲、全祖望、万斯同、李清馥等人对真德秀的学术门派及其思想进行了评价,其中尤以黄宗羲、全祖望的《宋儒学案》为代表。之后,自民国初年至1970年的60余年间,对真德秀的研究陷入停滞状态,一直到20世纪70年代,港台才率先开始对真德秀的思想进行了研究。

从1970年至2009年的近40年间,港台关于真德秀的学术研究,有学术论文数篇、专著两部,②研究对象主要为真德秀的《大学衍义》和《文章正

---

① 陆心源(1834~1894),清末四大藏书家之一,藏书丰富完整,内容涵盖经、史、子、集,并以收藏宋元旧著著称。曾筑"守先阁",藏普通藏本,对外开放藏书,"十万卷楼"藏明清刻本与名人手校、手抄本、稿本,"皕宋楼"则藏宋元旧椠。其著作宏富,体裁多样,遍及目录、版本、校雠、题跋、方志等文,晚清藏书家无出其右者。其中,"皕宋楼"藏书得之孙冯翼者两部,其中宋版一部,其书目为《真文忠公政经》一卷、《心经》一卷(宋刊宋印本)。

② 参见宋晞《宋史研究论文与书籍目录》,(台北)中国文化大学出版部,1983。

宗》。其中,张健的《真德秀的文学理论研究》①、《真德秀的文学评论研究》两文,②首先论述了真德秀的文学思想。甲凯的《真德秀》③和《西山新学案》④,陆宝千的《朱熹、吕祖谦、陈亮、丘处机、叶适、真德秀》⑤,则全面介绍和重新评介了真德秀其人及其学术思想。朱鸿的《真德秀及其对时政的认识》⑥、朱鸿林的《理论性的经世之学——真德秀〈大学衍义〉之用意及其著作背景》两文,⑦主要论述了真德秀的政治思想;康世统的博士学位论文《真德秀〈大学衍义〉思想体系》(1988年)及后来正式出版的《真德秀〈大学衍义〉之研究》一书⑧,以及向鸿全所著《真德秀及其〈大学衍义〉之研究》,⑨都是针对真德秀《大学衍义》一书的专题研究。

中国大陆的真德秀研究稍晚于港台,起步于20世纪80年代,且表现出两大特征。一是对真德秀思想的研究主要以章节的形式出现在各种哲学史、思想史、理学发展史等专著中。其中,侯外庐等编著的《宋明理学发展史》⑩、蒙培元的《理学的演变》⑪、李申的《中国儒教史》⑫、姜广辉的《理学与中国文化》⑬等,主要是从理学的角度介绍真德秀其人及其思想;马积高的《宋明理学与文学》、张毅的《宋代文学思想史》,以及袁行霈的《中国文学史》等书,则主要介绍了真德秀的文学思想。

二是以学术论文的形式呈现出来的对真德秀思想的研究,主要集中在其理学与文学思想上,在时间上则主要集中在2000年以后。其中,姜广辉

---

① 张健:《真德秀的文学理论研究》,台湾《国立编译馆刊》,1973。
② 张健:《真德秀的文学评论研究》,台湾《文学批评论集》,1974。
③ 甲凯:《真德秀》,台湾《中国历代思想家》1978年第6期。
④ 甲凯:《西山新学案》,台湾《辅仁大学学报》1978年第7期。
⑤ 陆宝千:《朱熹、吕祖谦、陈亮、丘处机、叶适、真德秀》,(台北)商务印书馆,1982。
⑥ 朱鸿:《真德秀及其对时政的认识》,台湾《食货月刊》1979年第9卷第516期。
⑦ 朱鸿林:《理论性的经世之学——真德秀〈大学衍义〉之用意及其著作背景》,台湾《食货月刊》1983年第15卷第3、4期。
⑧ 康世统:《真德秀〈大学衍义〉之研究》,《中国学术思想研究丛刊》四编,第26册,(台北)花木兰文化出版社,2009。
⑨ 向鸿全:《真德秀及其〈大学衍义〉之研究》,古典文献研究辑刊,六编,10,(台北)花木兰文化出版社,2008。
⑩ 侯外庐、邱汉生、张岂之:《宋明理学发展史》,第608~614页,人民出版社,1987。
⑪ 蒙培元:《理学的演变》,第150页,福建人民出版社,1989。
⑫ 李申:《中国儒教史》,第485~491页,上海人民出版社,1999。
⑬ 姜广辉:《理学与中国文化》,第224页,上海人民出版社,1994。

的《略论真德秀的理学思想及其历史地位》①一文,当为大陆最早的真德秀研究论文,此后如李鸿毅的《〈文章正宗〉的成书、流传》②,兰宗荣的《真德秀"仁政"思想述评》③,周春水的《真德秀理学思想及其在宋明理学中的地位》④,颛静莉、李宏亮的《真德秀理学思想探微》⑤,石明庆的《真德秀的诗歌理论批评》⑥,夏静的《真德秀学术思想及其价值指向》⑦,以及朱人求的《真德秀思想研究述评》⑧等文,均呈现出上述研究特征。

在最近十余年的真德秀研究中,开始出现对真德秀哲学思想的关注,尤其是有关学位论文,除了林日波(2006)⑨研究了真德秀年谱,王珏(2011)⑩研究了真德秀的法律思想,温婧(2013)⑪研究了真德秀的战略思想外,朱人求(2007、2009)⑫、尹业初(2015)⑬、吕明芝(2011)⑭,以及孙先英的博士学位论文《论朱学见证人真德秀》(2004),及此后在博士论文基础上出版的《真德秀学术思想研究》(2008)⑮,均对真德秀的哲学思想进行了研究。

从总体上看,无论是宋代黄宗羲、全祖望在《宋元学案》中对真德秀的述评,还是现代港台及大陆的真德秀思想研究,对真德秀的《心经》基本没有关注。不仅如此,现代研究者甚至在介绍真德秀的著述时,将佛教和道教的《心经》与真德秀辑录的儒家《心经》混为一谈。

如孙先英在其所著《真德秀学术思想研究》一书中,在其基于博士论文的哲学专著中介绍真德秀的《心经》时,就出现了两大失误。一是内容

---

① 姜广辉:《略论真德秀的理学思想及其历史地位》,《福建论坛》1983年第5期。
② 李鸿毅:《〈文章正宗〉的成书、流传》,《西南师范大学学报》(哲社版)1997年第2期。
③ 兰宗荣:《真德秀"仁政"思想述评》,《南平师专学报》2001年第3期。
④ 周春水:《真德秀理学思想及其在宋明理学中的地位》,《福建省社会主义学院学报》2003年第1期。
⑤ 颛静莉、李宏亮:《真德秀理学思想探微》,《牡丹江教育学院学报》2006年第2期。
⑥ 石明庆:《真德秀的诗歌理论批评》,《湖州师院学报》2006年第6期。
⑦ 夏静:《真德秀学术思想及其价值指向》,《中国社会科学院研究生学院报》2006年第5期。
⑧ 朱人求:《真德秀思想研究述评》,《哲学动态》2006年第6期。
⑨ 林日波:《真德秀年谱》,华中师范大学硕士学位论文,2006。
⑩ 王珏:《南宋真德秀法律思想探微》,上海师范大学硕士学位论文,2011。
⑪ 温婧:《真德秀对金战略观研究》,华中科技大学硕士学位论文,2013。
⑫ 朱人求:《真德秀哲学思想研究》,北京大学,2007年博士后报告;《真德秀对朱子诚学的继承和发展》,《哲学动态》2009年第1期;《理即事,事即理——真德秀理事观及其影响》,《朱子学刊》2009年。
⑬ 尹业初:《真德秀哲学思想研究》,湘潭大学硕士学位论文,2005。
⑭ 吕明芝:《真德秀〈孟子集编〉思想研究》,上海师范大学硕士学位论文,2011。
⑮ 孙先英:《真德秀学术思想研究》,上海人民出版社,2008。

上的混乱。孙氏在介绍真德秀《心经》时说,"《心经》一卷,端平元年(1234)颜若愚刻于泉州郡学,为七言诗,凡九十六句",又说,"此歌涉及传统养生的诸多方面,内容颇丰,语言通俗,为真德秀任职地方时,晓谕民众所作,并于1234年呈献于理宗"。实际上,真氏《心经》是一部理学专著,辑录的全部是诗经、易经、孟子、朱熹等古典名著及程朱理学家的格言,既不通俗,也不是为了晓谕民众。观孙氏所言"此歌涉及传统养生的诸多方面",是将《心经》与真德秀所著《卫生歌》的内容混为一谈了。

二是将真德秀所辑儒学《心经》与佛教的《般若波罗蜜多心经》混为一谈。孙氏在介绍真德秀《心经》在历史上的刊刻情况时说:"《心经》一书,陈振孙《直斋书录解题》、马端临《文献通考》皆题作《心经法语》。明《文渊阁书目》题名与今本同。明人高濂《遵生八笺》、清人尤乘《寿世青编》皆见收录。宋本《心经》在清还有流传,清陆心源《仪顾堂题跋》有著录,版式为每页20行,行18字,版心有刊工姓名,后有颜若愚跋。"

陈振孙(约1183~1262),字伯玉,号直斋,浙江安吉人。南宋时人。自幼勤苦学习,曾先后任江西南城县县令,福建兴化军通判,及国子监司业。一生酷爱收藏图书,集一生经历编著《直斋书录解题》56卷,著录图书3096种。可惜明初亡佚,现流传本是清乾隆敕修《四库全书》时,从《永乐大典》中辑出的22卷本。①

马端临(1254~1323),②字贵与,号竹洲。饶州乐平(今江西乐平)人。宋元之际著名历史学家,其所撰《文献通考》348卷,是一部记载历代典章制度的通史,上起三代,下迄南宋嘉定末年(1224)。而真德秀《心经》辑录于绍定五年(1232),初次刊行于端平改元(1234),显然不可能出现在马端临的《文献通考》中。

其次,孙氏上述所言真德秀《心经》"明人高濂《遵生八笺》、清人尤乘《寿世青编》皆见收录"。查高濂所著《遵生八笺》中有《真西山先生卫生歌》,又有"《心经》曰:'色即是空。'非无色之空,恐人执色为碍耳。'空即

---

① 参见张学军《我国私家目录学史上的双璧——《郡斋读书志》与《直斋书录解题》》,《图书馆学刊》2007年第5期。
② 马端临著有《文献通考》《大学集注》《多识录》等。其《文献通考》是将唐代杜佑《通典》的体例加以扩大编纂而成的一部史书,分为24门,其中多数为仍循《通典》之框架,加以当时的各种资料而成。《宋史》中有关宋代各种制度的记载,大都从该书中摘引而来,所以《文献通考》的史料价值超过现存的两宋同类著作。后人将唐杜佑的《通典》、宋郑樵的《通志》和元马端临的《文献通考》,合称为"三通"。

是色',非有色之色,恐人执空为碍耳。色空双泯,心境一如无纤尘可拂,方是了然旷达。"可见此处所指为佛教心经而非真德秀所编儒教心经。

实际上,历史上的《心经》共有三部:一为真德秀所编儒家《心经》,一为佛教之《般若波罗蜜多心经》,一为道教之《老君清净心经》。此处所引《心经》,显然是佛教之《般若波罗蜜多心经》。至于明《文渊阁书目》与清陆心源《仪顾堂题跋》中,确实收录有真德秀的《心经》。

从上述情况来看,以真德秀哲学思想为博士学位论文的孙氏,因为对真德秀《心经》缺乏了解而误将其与佛教《心经》相混,甚至与真德秀自己所著《卫生歌》混为一谈,说明《心经》在现代的真德秀思想研究中依然不受重视的现状。

值得注意的是,在最近几年的真德秀研究中,开始出现对其心学与《心经》的关注,如宋道贵(2011)①、郑先平(2012)②对真德秀的《心经》与心学思想进行了研究,赵楠楠(2013)③、朱人求(2015)④的论文则关注了真德秀《心经》对朝鲜半岛儒学的思想影响,预示了国内真德秀哲学思想研究的新的方向。

二、《心经附注》在中国性理学及思想史研究中的缺失

1.《心经附注》的编著与动机

《心经附注》的编辑者是明代中叶学者程敏政。程敏政(1445~1499),字克勤,号篁墩。休宁皇墩(今安徽屯溪)人。生于明英宗正统十年,卒于明孝宗弘治十二年。

程敏政以文人著称,在中国历史上留下的深刻印迹是"神童"和鬻题案。程敏政出身名门,为南京兵部尚书程信之子。幼承家训,13岁随父宦游四川,侍郎罗琦惊其文采,以神童荐于朝。大学士李贤以圣节及瑞雪诗并经义各一篇试之,敏政援笔立对,李贤以女妻之。诏读书翰林,师从李贤、彭时诸公。19岁中顺天府乡试,23岁举成化二年进士,授编修,同修

---

① 宋道贵:《真德秀心论的理论指向》,《江南大学学报》(人文社科版)2011年第10卷第2期。
② 郑先平:《真德秀〈心经〉的哲学思想》,上海师范大学硕士学位论文,2012。
③ 赵楠楠:《〈心经〉及〈心经附注〉对退溪学问的思想影响》,《理论月刊》2013年第1期。
④ 朱人求:《真德秀〈心经〉与韩国儒学》,《哲学动态》2015年第4期。

《英宗实录》。以学问赅博著称,与以文章古雅著称的李东阳齐名。历任詹事府少詹事兼翰林院学士、太常寺卿兼侍讲学士、礼部右侍郎、《大明会典》副总裁等职。

弘治十二年春,与李东阳同主考礼部会试,给事中华昶等弹劾敏政鬻题于举人徐经、唐寅,敏政被下狱。后午门前置对,华昶所指二人皆不在所取之中。既而言官仍有再劾者,敏政请以廷对,华昶等人语塞,以言事不察被谪。时值酷暑,敏政出狱四日,以痈毒不治而卒。赠礼部尚书。

程敏政著述颇丰,有《明文衡》《瀛贤奏对录》《新安文献志》《咏史诗》《宋遗民录》《程氏统宗谱》《程氏遗范集》《宋纪受终考》《道一编》《心经附注》《仪礼逸经》《大学重订本》及《篁墩集》若干卷。①《四库全书》中收有《篁墩文集》93卷。

对于《心经附注》的成书时间,没有明确的史料记载,只能从目前所掌握的有关《心经附注》的序文及现存版本上来加以判断。

目前能够找到的现存版本资料,来源有以下三个。第一是中国国家图书馆的有关资料。笔者在调查程敏政的著述刊刻情况时,发现国家图书馆保存的有关《心经附注》的最早版本,是清抄本《四库全书存目丛书》子4,儒家类。

第二是《香港中文大学图书馆古籍善本书录》中,有《心经附注》,具体资料如下:"《心经附注》四卷,宋真德秀撰,明程敏政注,日本刻本,2册。匡高23.1公分,宽18.8公分,10行23字,白口间有黑口,双鱼尾,四周单边。版心刻'心'或'心经',鱼尾或象鼻内记刻工。卷端首题'心经附注',次著'西山真氏',前有弘治五年程敏政序,后有弘治五年程敏政后序,汪祚后序,嘉靖四十五年李滉后序。"作者还附有按语:"是书采明嘉靖本翻刻,原书《中国古籍善本书目》未见著录,现仅湖南省图书馆藏明弘治五年刻本卷3至卷4残本一帙。是书《中国馆藏和刻本汉籍书目》亦未著录。《香港中文大学图书馆善本书目》疑为日本庆安二年(1649)刻本。"

由此得到的信息,一是香港中文大学所藏本为1649年日本刻本;二是该本是根据明嘉靖本翻刻的,但嘉靖原本无传;三是湖南省图书馆藏有明弘治五年(1492)的《心经附注》刻本残本。

第三是笔者在上文中引用的2008年4月27日北京德宝国际拍卖有

---

① 参见焦竑《国朝献徵录》卷35,《礼部右侍郎兼翰林院学士程敏政传》。

限公司拍卖的《心经附注》4卷,注明为"明弘治五年(1492)程敏政刻本"①。这部编号为1214的古书,署名作者为(宋)真德秀撰,(明)程敏政注,一函四册,尺寸为29.8cm×16.5cm,并详细介绍了这部古书的刊刻情况、作者及现存状况。由此得到的信息,第一是该次拍卖的是明弘治五年程敏政原刻本,其次是此本可能是目前世间仅存的孤本。

综合上述资料,程敏政《心经附注》的最早刻本,应为明弘治五年(1492)刻本,该本有程敏政作于弘治五年壬子七月的《心经附注序》,和作于弘治五年壬子八月的《心经附注后序》,以及由程敏政弟子汪祚作于弘治壬子十二月的《心经附注后序》。而程敏政在《心经附注序》中,提到此书是其"斋居之暇,谨为之参校且附注其下"②,说明此书是程敏政在闲暇致仕期间所作。

考程敏政的为官经历,只有弘治元年至弘治五年(1488~1492)期间因致仕而斋居读书,再考上述程敏政自述"斋居之暇,谨为之参校且附注其下",可知《心经附注》一书,应该是其在该期间所作。再考察《心经附注》首次刊刻时程敏政所做的《心经附注序》与《心经附注后序》,及其门人汪祚的《心经附注后序》,均作于弘治五年(1492),由此基本可以断定,程敏政的《心经附注》一书应该完成于弘治五年(1492)。

真德秀的《心经》完成于1232年,程敏政的《心经附注》完成于1492年,其间经历了中国历史由宋至元再到明代中叶260余年的历史变迁过程。但不变的是《心经》在至程敏政为止的几百年间始终被历史遗忘的命运。

那么,对于这样一本几百年间始终没有任何影响,几乎被历史所遗忘的小册子,程敏政又为什么如此重视,并重新做了大量附注呢?程敏政自述其之所以要再注《心经》,是因为"性学不明、人心陷溺",③所以提出要以"敬"为治理人心的准则,故以"敬之一字"为中心再注《心经》。

他不仅在真德秀《心经》的原注之下,增加了40家、329节共480条注,整理了从二程、朱熹、黄干、张栻、陆象山到真德秀、王柏、程复心、吴澄

---

① http://www.kongfz.com/auction/yuzhan.php?id=51900
② (明)程敏政:《心经附注序》,[韩]宋熹準编:《心经注解丛编》(一),第1页。(以下相同版本不再注明)
③ (明)程敏政:《心经附注序》,《心经附注》,[韩]宋熹準编:《心经注解丛编》(一)。(以下只注书名)

等人的心学思想,而且提出了注释的目的是要以"敬之一字"来治理性学不明、人心陷溺的现实问题。

2.《心经附注》及程敏政思想研究在中国思想史研究中不受重视的现状

在中国历史上,程敏政是以文学家与文献学家的身份存在的,《明史》有《程敏政传》,但是将其放在《文苑传》而非《儒林传》,并不认为他是理学中人。明代及之后的中国思想史研究中,也均没有将程敏政视为理学家,而是将其视为文学家和文献学家进行研究的。

目前在中国国家图书馆的资料库中,可查到有关程敏政的资料121种,海外中文图书1种。除去重复部分外,程敏政各种著述的刊刻印行情况如下。

文集类著述有:(明)程曾、戴铣辑,张九迓于明弘治十八年(1505)刻本《篁墩程先生文粹》25卷(16册),目前已为善本;(明)何歆、程曾于明正德二年(1507)刻本《篁墩程先生文集》93卷,拾遗一卷(共31册),也是善本;明嘉靖十二年(1533)书林宗文堂刻本《篁墩程先生文集》94卷(32册),目前有缩微制品;文渊阁四库全书(集部,别集类)有《篁墩文集》93卷(附拾遗);台北台湾商务印书馆,1983年有影印本景印文渊阁四库全书《篁墩文集》93卷(附拾遗);全国图书馆文献缩微中心,1985年有《篁墩程先生文集》94卷(缩微制品);全国图书馆文献缩微中心,1987年有《篁墩程先生文粹》25卷(缩微制品);上海古籍出版社,1991年有四库名人文集丛刊《篁墩文集》影印本;全国图书馆文献缩微中心,1993年有《篁墩程先生文集》93卷,拾遗一卷(缩微制品);商务印书馆,2005年有文渊阁四库全书(集部,别集类)《篁墩文集》影印本等,共10种。

编纂类著述有:(1)《宋遗民录》15卷。有(明)程威、程曾等于明嘉靖二至四年(1523~1525)刻本(4册);(清)张德荣抄本(1册);(清)朱丝栏抄本(6册);清康熙三十三年(1694)抄本;清康熙至道光年间鲍廷博辑,鲍志祖续辑,《知不足斋丛书》第24集;清乾隆四十三年(1778)吴翌凤抄本;清光绪间(1875~1908)蓝丝栏抄本;清末(1851~1911)焦氏抄本(1册);清光绪八年(1882)岭南芸林仙馆刻本(2册);清乾隆间至清末刻本汇印《知不足斋丛书》第24集(3册);民国(1912~1949)上海进步书局石印本《笔记小说大观》第7辑;民国十年(1921)上海古书流通处影印本《知不足斋丛书》第24集;民国苏州振新书社影印本《知不足斋丛书》第24集;1958

年台北广文书局史料续编影印本(2册);1984年扬州江苏广陵古籍刻印社影印本《笔记小说大观》第12册;2006年北京图书馆出版社宋元明清传记资料丛刊系列本等,共16种。

(2)《明文衡》100卷。有明嘉靖八年(1529)宗文堂刻本100卷,目录2卷(36册),善本;明嘉靖间(1522~1566)书林精舍刻本100卷(15册);明(1368~1644)刻本100卷(20册);民国八年(1912)张元济等辑,上海商务印书馆四部丛刊350种(39)影印本100卷;民国据明嘉靖间刻本影印四部丛刊集部(20册);1986年台北商务印书馆影印文渊阁四库全书集部《明文衡》98卷;1988年台北世界书局影印摛藻堂四库全书荟要《明文衡》100卷;据上海涵芬楼借印无锡孔氏藏明嘉靖卢焕刊本影印整套书据商务印书馆1926年版重印《明文衡》100卷;2005年商务印书馆影印文渊阁四库全书集部,别集类《明文衡》《新安文献志》等,共9种。

(3)《新安文献志》100卷。有祁司员、彭哲等于明弘治十年(1497)刻本,《新安文献志》100卷,先贤事略2卷,目录2卷(14册);1986年台北商务印书馆影印文渊阁四库全书,集部《新安文献志》100卷(附先贤事略);1987年全国图书馆文献缩微中心《新安文献志》100卷,目录2卷(缩微制品);1993年全国图书馆文献缩微中心据古籍刻本《新安文献志》100卷,先贤事略2卷,目录2卷(缩微制品);2004年黄山书社出版何庆善、于石点校本《新安文献志》100卷等,共5种。

(4)《心经附注》4卷。有清抄本四库全书存目丛书(子4,儒家类);该书1995年由山东齐鲁书社影印,大陆版;海外中文图书本,1997年东京中文出版社影印本(近世汉籍丛刊思想三编12);1989年湖南图书馆《心经附注》4卷(缩微制品);1996年南京图书馆《心经附注》4卷(缩微制品);2004年全国图书馆文献缩微中心《心经附注》4卷(缩微制品),共6种。

(5)《道一编》6卷。有明弘治三年(1490,李信刻本)(4册);明嘉靖三十一年汪宗元刻本;1995年齐鲁书社四库全书存目丛书(子6,儒家类)大陆版;1996年南京图书馆《道一编》6卷(缩微制品);2002年上海古籍出版社版续修四库全书(子部,儒家类);2004年全国图书馆文献缩微中心《道一编》6卷(缩微制品);2007年安徽人民出版社张健以明嘉靖三十一年汪宗元刻本为底本,以明弘治三年李信刻本为校对本的点校本《道一编》6卷等,共7种。

(6)《休宁志》。有明弘治四年(1491)刻本;(明)何东序,汪尚宁纂修

《休宁志》(弘治);1988年北京书目文献出版社版北京图书馆古籍珍本丛刊29(史部,地理类)影印本;1992年全国图书馆文献缩微中心据明弘治四年(1491)刻本拍摄《休宁志》38卷等,共4种。

(7)家谱类。有明成化十八年(1482)《新安程氏统宗世谱》20卷,谱辩1卷(善本)(1册);明抄本《新安程氏统宗世谱》20卷,附录2卷(4册);明弘治十年(1497)《休宁陪郭程氏本宗谱》,古籍刻本(1册);2003年,商务印书馆,桂林广西师范大学出版社,中国古籍海外珍本丛刊,《程氏统宗谱辩》1卷(附程氏旧谱存考,美国哈佛大学哈佛燕京图书馆藏中文善本汇刊13)等,共4种。

(8)《胡子知言》6卷,(宋)胡宏撰,附录1卷,疑义一卷,(明)程敏政辑。有明弘治三年(1490)新安于应刻本(2册);明嘉靖五年(1526)正心书院刻本(2册),共2种。

(9)《宋纪受终考》3卷。有明弘治四年(1491)戴铣刻本(1册);北京图书馆抄本(1册),共2种。

(10)《仪礼逸经》1卷,传1卷,(元)吴澄撰,(明)程敏政刻本,明弘治十年(1497)。

(11)《古穰集》30卷,(明)李贤撰,程敏政编。有文渊阁四库全书本(集部183,别集类);1983年台湾商务印书馆影印本景印文渊阁四库全书(集部183,别集类),共2种。

其他诗文类著述,有《钓台集》3卷,明万历间刻本。《夜渡两关记》,铅印本,上海商务印书馆,民国四年(1915)(1册)。《天机馀锦》2册,(明)程敏政撰,王兆彭等点校,2000年辽宁教育出版社版。

从程敏政的著述及刊行情况来看,程敏政被视为文人与文献学家,与其著述大多为文献编纂及文学作品有很大关系。但程敏政所著《心经附注》与《道一编》,却对明代心学思潮起到了极大影响,其弟子李迅称其"一代人豪也。文翰虽其余事,而抱负之宏、造诣之邃,盖将于是乎征。如万言应事一策,敷匡时之大略;宋纪受终一考,订千古之大疑;续修宋、元鉴,谨严得《春秋》之大旨;附注《心经》,考合朱、陆之道,则又深探理学之大原……此皆先生学识过人,足以济时而淑世,不但华国而已"。清代《四库总目提要》亦称:"明之中叶,士大夫侈谈性命,其病日流于空疏。敏政独以博学雄才,高视阔步,其考证精当者亦多有可取,要为一时之冠冕,未可尽以繁芜废也。"

与真德秀相比,程敏政在中国思想史上基本无人关注。《明儒学案》中没有关于程敏政的记载。在中国思想史研究中,也没有对程敏政的专门研究,仅有一篇钱穆先生所作随笔类文字《读程篁墩文集》,载于钱穆作品系列之《中国思想史论丛》(七)。①

当代中国学者对程敏政的研究也很少,只有数篇论文,内容也主要集中在年谱、书法、文献、和会朱陆问题及程敏政著述考等几个方面。

如刘彭冰的硕士学位论文《程敏政年谱》(2003),从文献学的角度对程敏政年谱进行了梳理。陈寒鸣(1999)②、解光宇(2000、2002、2003)③等对程敏政的和会朱陆问题进行了分析。方钦玲(2009)④、郭玉(2014)⑤等对程敏政的著述进行了述考。张健则从书法家和文献学家的角度⑥对程敏政进行了研究。陈寒鸣(1998)⑦、刘彭冰(2003)⑧等还对程敏政鬻题案进行了专门论述。最近的研究有姚硕的《论徽学家程敏政的政治观》(2013)⑨、阮东升的博士学位论文《程敏政交游研究》(2014)⑩,以及刘东阳的《程敏政哲学思想研究》(2015)⑪等。

总之,在有关程敏政研究不多的论文中,多是从文献学家、文学家、书法家的角度去关注程敏政其人,只有几篇论文述及程敏政的心性哲学思想,⑫另有张健在校注程敏政《道一编》时述及其学术影响。⑬有关程敏政《心经附注》的研究,只有台湾师范大学孙淑芳的《存心之学——〈心经附

---

① 钱穆:《读程篁墩文集》,《中国思想史论丛》(七),生活·读书·新知三联书店,2009。
② 陈寒鸣:《程敏政的朱陆"早同晚异"论及其历史意义》,《哲学研究》1999 年第 7 期。
③ 解光宇:《[道一编]"和会朱陆"思想及其影响》,《朱子学与 21 世纪国际学术研讨会论文集》,2000。《程敏政"和会朱、陆"思想及其影响》,《孔子研究》2002 年第 2 期。《程敏政、程曈关于"和会朱、陆"的对立及其影响》,《中国哲学》2003 年第 1 期。
④ 方钦玲:《程敏政著述考》,《黄山学院学报》2009 年第 11 卷第 1 期。
⑤ 郭玉、曲晓红:《程敏政著述考》,《黄山学院学报》2014 年第 6 期。
⑥ 张健:《论明代徽州书刻家程敏政》,《安徽省徽学学会第二届理事会暨学术研讨会论文集》;《论明代徽州文献学家程敏政》,《安徽师范大学学报》(人文社会科学版)2003 年第 5 期。
⑦ 陈寒鸣:《程敏政与弘治己未会试"鬻题"案探析》,《中国社会科学研究生院学报》1998 年第 4 期。
⑧ 刘彭冰:《弘治十二年科场风波述考》,《九江师专学报》2003 年第 1 期。
⑨ 姚硕:《论徽学家程敏政的政治观》,《赤峰学院学报》2013 年第 8 期。
⑩ 阮东升:《程敏政交游研究》,华东师范大学博士学位论文,2014。
⑪ 刘东阳:《程敏政哲学思想研究》,吉林大学硕士学位论文,2015 年。
⑫ 陈寒鸣:《程敏政的心性之学及其在儒学史上的地位》,《扬州教育学院学报》2000 年第 2 期。
⑬ 张健:《道一编序》,(明)程敏政辑,张健校注,安徽人民出版社,2007。

注〉的圣学论述》①,以及笔者在 2015 年出版的《〈心经附注〉对退溪心学形成之影响研究》一书。②

由此可见,有关程敏政思想的研究,无论是其在性理学发展史上的思想影响,还是对其《心经附注》的研究,在自明至今的中国思想史研究中,均处于不受关注和重视的状态。笔者也是在多年研究李退溪哲学思想的过程中,注意到了程敏政《心经附注》对李退溪心学形成的关键性思想影响,才在完成了心经对李退溪心学形成的思想研究之后,继续追踪该书对 500 年朝鲜性理学发展的思想影响这一课题的。

三、《心经附注》:国学典籍在海外传播研究的传统文化意义

2005 年,韩国的江陵端午祭申遗成功,韩国在申遗报告里第一句就是"端午节本来是中国的节日,传到韩国已经有 1500 多年了"。引起中国舆论一片哗然,有网友直接说我们老祖宗留下来的传统文化被别国抢走了,我们应该感到羞愧。也有民俗专家出面解释说,"江陵端午祭其实与我们的端午节不是一回事",但立即引起复旦大学民俗学研究者的反驳,说"韩国江陵端午祭的核心部分就是从中国流传过去的"。有人认为韩国抢走了我们的传统文化,也有网友评论说:"别人把我们的文化传承和发展了,我们应该对他们表示敬意,我们再反思自己是怎么对待自己的文化的?……现在的社会……道德文化已丧失殆尽。"③有网友甚至担心中国传统的茶道、太极拳等传统也会被别国抢先申遗。

无论是哪种观点,最终都会归结到一个共同点上,那就是现代中国人对自己传统文化衰落的痛心和恢复传统文化的急切心情。2006 年 5 月,国务院将端午节列入首批国家级非物质文化遗产名录。2008 年,端午节被列为国家法定假日。2009 年 9 月,联合国教科文组织正式审议并批准中国端午节列入世界非物质文化遗产。

端午祭的争论刚刚平息,2015 年 10 月,韩国申请的《儒教雕版印刷木刻板》被联合国教科文组织《世界记忆名录》确认,主要是李氏朝鲜时代儒

---

① 孙淑芳:《存心之学——〈心经附注〉的圣学论述》,台北《国文学报》2013 年第 54 期。
② 周月琴:《〈心经附注〉对退溪心学形成之影响研究》,学苑出版社,2015。
③ 引自新浪博客《关于韩国江陵端午祭申遗成功的一些基本事实》,2012 年 5 月 24 日。

家学说的木刻板①成为"世界记忆"。再次激起中国网友的一片哗然。有网友评论说:"中国有五千年的悠久历史文化,却没有很好地保留下来,不要怪被别人抢占,只能怪我们自己。""老祖宗留下来的文化被别人抢走,我们应该感到羞愧。"也有网友说:"谁申遗不重要,关键是中华文化传承。"腾讯文化网以《韩国儒学木刻成功申遗,能激励我们吗》为题,进行了新闻报道,引用专门从事中国哲学和东方哲学研究的专家的话说:"在对待传统文化上,我们主要是把它当意识形态宣传,而他人是真正在文化的传承和传播上下功夫。后者才是世界范围内真正感兴趣的。"②

实际上,国人对韩国无论是江陵端午祭还是朝鲜时期儒教木刻板申遗成功的激烈反应,都体现了近代以来中国始终面临着的传统文化困境。

1896年,在近代中国经历了鸦片战争失败后被迫打开国门,西方列强纷至沓来,试图瓜分古老中国,尤其是甲午战争中惨遭失败后,被迫与日本签订丧权辱国的《马关条约》,随即掀起了列强瓜分中国的狂潮,中国陷入更深的殖民地的历史背景下,张之洞提出了"中体西用"的思想对策,主张若想使中国富强,不得不讲"西学",同时也要保留"中学"。在恪守传统儒家忠孝礼义的同时,也要"师夷智"。后来李氏朝鲜在同样面临西方列强及日本的近代侵略时,提出了与"中体西用"相似的"东道西器"论。无论是中国近代的"中体西用"论,还是近代朝鲜的"东道西器"论,都试图在保留儒教体制的传统价值观与生活方式的前提下,接受西方近代的科学技术,以此实现东方儒教国家的近代化。

但是,不仅是在历史现实中中国的维新派遭到了彻底失败,在思想上也遭到了"五四"新文化运动的彻底批判,儒教社会体制被解体,共和代替了帝制。儒教传统的男尊女卑与等级观念等价值观被彻底抛弃,代之以西方近代的平等、博爱等价值观。新文化主张的白话文代替了古代汉语,新式学校代替了传统的私塾,儒家经典被逐出了教育领域,代之以西方近代以来的科学知识。作为2000年中国传统文化象征的孔子,也在"打倒孔家店"的口号下,被逐出了文化祭坛。儒家传统文化从此只剩下了一个曾经

---

① 韩国申报的《儒教雕版印刷木刻板》,是朝鲜李氏王朝时期(1392~1910)一系列儒家学说相关作品的雕版印刷用木刻板,718部书籍和文献中,包括朱熹与吕祖谦的《近思录》在内的583部儒学家的著作,52部新儒学说著作,32部与儒学者相关的宗谱年谱,7部汉字训蒙书,7部地理志及其他相关书籍。
② 腾讯文化,2015年10月13日,澎湃新闻。

作为中国思想传统的儒学，在当代新儒家的呼吁下成为经院哲学。中国学者干春松在《制度化儒家及其解体》①中，对儒教体制的解体过程进行了详细分析。笔者于2014年出版的《儒教在当代韩国的命运》②一书，对当代韩国正在进行的儒教体制批判与价值观抛弃做了详细的解剖。这两本专著所进行的研究，揭示了一个最基本的事实，即在中国近代和当代韩国对儒教的制度化批判与抛弃的意义上，儒教社会体制是不可能在现实中重新复兴的。

现代中国的"文化大革命"又对儒家思想进行了彻底痛击。在"破四旧"的名义下对儒教传统留下的最后记忆进行了扫除，以至于烈文森在《儒教中国及其现代命运》③中将儒教传统比喻为历史的博物馆。他相信曾经作为中国两千年传统文化象征的儒教，甚至是仅仅保留了儒家思想的儒学，不会再成为中国的传统文化。烈文森说："保护孔子并不是要复兴儒学，而是要把他作为博物馆中的历史收藏物，其目的正在于把他从现实的文化中驱逐出去。""儒教中国不断衰落，成为'历史意义'上的历史。这种衰落的标志之一，就是所谓'汉学'成了西方对于儒教文明的兴趣的集中体现。"④

但是，出生于20世纪20年代，思想活跃于20世纪60年代的烈文森，显然低估了现代中国对儒家传统的文化情结。中国不仅有自近代保留下来的固守儒家传统思想的当代新儒家在半个世纪以来对儒学的不断研究与呼吁，20世纪80年代以后，又有在研究当代新儒家基础上产生的大陆新儒家。

先是以郑家栋为代表的新儒学研究者，在对港台当代新儒家思想研究的基础上，发出了《传统的断裂——信念与理性之间》⑤的呼声，对儒家传统表现出了精神上的呼唤。接着是21世纪以蒋庆、陈明、康晓光为代表的大陆新儒家学派的形成。与20世纪的呼吁不同，21世纪的大陆新儒家学者在思想上著书立说的同时，展开了一系列抢占舆论、开展社会与宗教活

---

① 干春松：《制度化儒家及其解体》，中国人民大学出版社，2012。
② 周月琴：《儒教在当代韩国的命运》，知识产权出版社，2014。
③ ［美］烈文森著，郑大华、任菁译：《儒教中国及其现代命运》，中国社会科学出版社，2001。
④ 转引自郑家栋《烈文森与〈儒教中国及其现代命运〉代译序》，［美］烈文森著，郑大华、任菁译：《儒教中国及其现代命运》，中国社会科学出版社，2001。
⑤ 郑家栋：《传统的断裂——信念与理性之间》，中国社会科学出版社，2003。

动的行动。在社会上掀起了儿童读经热,蒋庆甚至编选儒家经典并试图假借官方立场,使近代以来被驱逐出教育领域的儒家重新拉回到教育中来。同时,蒋庆、康晓光等又以直接冲击政治禁区的勇气,著书立说,试图将早已在近代被解体的儒教政治体制重新拉回到中国的现实中。陈明则通过创办《原道》杂志,呼吁将早已不在的宗教性儒教重新变成大众的宗教信仰。大陆新儒家还在尝试中建立起了一些现代儒教的宗教性组织,如周北辰 2009 年在深圳建立的孔圣堂等。康晓光也呼吁让儒教成为中国的国教。大陆新儒家的活动爆发于 2004 年,这一年也被称为中国的保守主义文化年。

但是,大陆新儒家的儒学与儒教复兴很快就在现实批判中趋于沉寂。根本原因在于,当代中国学人心中始终存在着一个自近代以来的文化心理情结,即"中体西用"命题下的儒学与传统文化的关系问题,认为"儒家文化是中国传统文化的代表,儒家文化的没落就是中国传统文化的衰落"。张祥龙就说:"以儒家为主的中国传统文化已经陷入了生存危机……黄河水中流走的是我们中华民族的生存之血,而现今的时代潮流冲走的则是我们民族精神的元气血脉。"①

在这一前提下,现代中国学者急于恢复儒教传统,却始终无法解决"中体"与"西用"的矛盾,最终所有指陈都在现实中落空而重新回到"中体西用"的思维模式下,陷入精神需求与现实批判的循环中无法走出。如 2004 年,以季羡林、许嘉璐、任继愈、杨振宁等为代表的 70 多位海内外文化名人签署的《甲申文化宣言》,就一方面说"我们接受自由、民主、公正、人权、法治、种族平等、国家主权等价值观",另一方面又坚持"中华文化注重人格、注重伦理、注重利他、注重和谐的东方品格和释放着和平信号的人文精神",显然说的就是传统儒家的道德思想。

问题是,如果在现实上想要重新恢复儒学甚至是儒教的体制化与宗教化,那就必须首先在制度上恢复儒教体制,包括儒教的等级观念、男尊女卑甚至政治上的专制等,这也是为什么大陆新儒家在 2004 年掀起的文化保守主义运动中,一上来就要求在政治上实现以专制为特色的"王道政治",在现实中建立宗教性的儒教组织的根本原因。这些东西显然是与近代以

---

① 张祥龙:《全球化的文化本性与中国传统文化的濒危求生》,《南开学报》(哲学社会科学版)2002 年第 5 期。

来已经成为社会共识的自由、平等、法治、民主等价值观相冲突的。而且，在国人经历了百余年的思想革新之后，想让现代人重新接受儒教的落后思想显然也是不可能的。

如此，自近代以来直至今天的中国知识分子在始终陷入"中体西用"的思维模式下，无法解决儒教（儒学）与传统文化的关系问题，由此造成国人对自己的儒教传统文化被别国申遗成功的激烈反应。更重要的是，在面对当代中国经济发展中的社会道德失范这一重大现实问题时，也无法利用以道德为核心并影响了中国2000多年历史的儒家思想来化解现实的道德困境。这也成为当代国人心中的传统文化之痛。

实际上，我们从来没有想过，"中体西用"是一个对历史和现实都毫无意义的伪命题。当年张之洞提出这一命题，不仅未能解决早已腐朽衰落的儒教社会与坚船利炮的西洋文化入侵的矛盾，在这一指导思想下的洋务运动建立起的大清海军，甲午一战便全军覆没，导致列强瓜分中国，使得中国陷入更深的殖民地化命运。在现代中国经济改革开放后，实现了富国强兵的现实背景下，也无法解决社会道德困境。根本原因，就在于这一命题掩盖的"儒学是中国传统文化的代表"在哲学思想上是错误的。

在这一错误命题下，我们不仅始终无法解决儒教的落后与现代价值的冲突，只能陷入"传统的断裂"的消极文化心理中无法自拔，复兴儒教的试图也一再被现实批判，而且在社会急需儒家道德传统以化解老人摔倒不敢扶的道德困境时，也会首先遭到儒教落后性带来的批判而无法取得现代人的信任。作为儒学研究者，笔者也曾陷入这一思想困境中数十年，最终以《儒教在当代韩国的命运》[①]一书提出的"文化传统"与"传统文化"在哲学概念上的区分，解决了这一延续了百余年的文化难题。

笔者认为，"传统文化"从哲学概念的本体意义上讲，并不是指某个或某些哲学派别思想，而是指在概念的外延上最大化的价值观，是能够涵盖历史上最有价值的各种思想流派的价值观的一个概念，而且是随着时代的发展在各哲学流派、哲学思想创新的基础上不断形成的。相对而言，"文化传统"则是指每个时代各个思想流派的具体思想，如春秋战国时代形成的儒家、道家、墨家、法家、阴阳家、兵家等。

二者的本质区别是，"传统文化"因其是从各种思想流派中吸收的最

---

① 周月琴:《儒教在当代韩国的命运》,知识产权出版社,2014。

合理的价值观,如中国传统文化所吸收的儒家的道德观念、道家的生命价值、法家的法制观念等,因此具有历史价值和现实意义,从而成为传统文化的真正支柱,是中国传统文化中最优秀的精华,会代代相传,不会随着时代的更替而被抛弃。在这一意义上,现代中国可以在传统文化的概念上,毫无阻碍地继承儒家尊老爱幼、仁孝忠信的价值观和法家的法制观念,道家尊重生命本身价值的养生观念等,而不用有任何心理障碍。

"文化传统"本身因其学派、时代的局限性,会随着时代更替而产生更新,如儒学虽然在汉代以后因为与政治结合而成为儒教文化,并在两千年历史上始终作为中国人的生活方式与价值观念,甚至在宋代以后成为中国的宗教性价值,但因其本身具有的专制、等级以及男尊女卑等落后观念,仍然会在近代受到彻底批判与抛弃,这也是历史的正常发展,无须为此感到"传统文化断裂的悲哀"。如果将儒家文化看作是中国传统文化的代表,甚至是民族精神的象征,那我们就必须解释,为什么一个民族的精神会衰落呢?另外,与儒家同样是我们民族精神有机组成部分的道家、法家、墨家等众多思想流派,也在儒家在汉代被政治利用后成为统治意识形态后,在儒家"道统说"的文化专制下被吸收、压制而逐渐衰落,我们是否要一次次感到文化的悲哀呢?换句话说,儒家和历史上被其打压的道家、墨家、法家等学术流派一样,在历史的发展中被批判和抛弃也是正常的思想历史发展,根本不用为此感到悲哀。原因就在于,作为"文化传统"的儒墨道法等各个学术流派,与作为民族精神主干的"传统文化"也存在着内在的联系。

具体而言,"传统文化"是在不断吸收各时代产生的众多"文化传统"的基础上才能形成的,因此,历史和现实中的每一种"文化传统"都有其存在的价值和意义,其所具有的精华思想也随时可以被吸收而成为塑造"传统文化"核心的价值观,就像被亨廷顿规定为"西方文化"的平等、自由、法治、个人主义价值观一样,中国传统文化指的也是仁义、博爱、平等、和谐、生生不息、法治等来自于儒家、法家、道家等历史上各种思想流派的价值观,绝不是近代以来在"中体西用"命题指示下所陷入的"儒家是传统文化的代表"之思想误区。换句话说,尽管儒教传统体制被近代解体,儒教生活方式和价值观被近代以来的新文化运动所批判和抛弃,但儒家的仁义礼智之道德思想,早已在几千年的文明发展中成为中华民族的精神财富和构成传统文化的价值观,可以毫无疑问地继承和发扬,而不用纠缠于将儒学看作传统文化代表后必须回答的专制、等级等思想困境问题。

走出这一思想误区之后，我们不仅可以随时吸收儒家尊老爱幼的道德思想来化解当代中国社会的道德困境，更可以在依法治国的法家思想吸收中制定法律思想来惩罚导致此种困境的"碰瓷"现象，恢复中国两千年的礼仪传统。同时，也会促使我们在历史文化传统的基础上创造出新的哲学流派，而不再沉溺于近代以来的儒学与传统文化的困境中无法创新。

　　在这一新的哲学思想认识之下，我们也可以清楚地说明可以从传统文化中继承什么、批判什么，以及如何创新的问题，而不会再陷入近代以来有识者因陷入儒学与传统文化的思想困境而只能以文化宣言的形式说出的模棱两可但对现实毫无指导意义的局面。

　　国学典籍在海外传播的研究，正是在这一哲学前提之下开展的传统文化继承课题。因为从根本上来讲，文化创新显然需要吸收历史上的文化精华，中国古代包括儒家、道家、法家以及佛教、道教在内的经典，尤其是那些曾经深刻影响了东亚国家历史及现实的经典，曾经在历史上如何影响了周边国家的文明与文化的进化，甚至是其历史发展的方向。反过来，就能让我们明确哪些经典是有价值的文化传统，而不再只是在模糊的意义上说对传统文化的"批判和继承"，这也是本书的研究意义之所在。

　　从学术分类上看，《心经附注》属于程朱性理学的研究范畴，而性理学则属于宋代以后尤其是明代成为统治意识形态后所建立的儒教。影响14世纪末至今的朝鲜半岛儒教社会体制与意识形态的，正是程朱性理学。因此，包括心经在内的许多理学经典如《朱子家礼》《增损吕氏乡约》《大明会典》《太极图》等，都对迄今为止的韩国儒教社会体制有着无可替代的思想影响，形成了长达500多年的性理文化。

　　国学典籍的海外传播研究，正是在传统文化复兴的时代背景下进行的研究。这意味着当代中国学者不仅试图在哲学的形而上意义上探索什么是真正的中国传统文化，同时也开始在形而下的意义上收集、整理和研究曾经在历史上对东亚儒教文化圈国家和地区产生过重要历史文化影响的文化瑰宝。这种文化典籍的整理与研究，对重建中国传统文化将会具有海外汉学研究、古籍整理，以及建立在实证科学研究基础上的哲学创新意义。

四、本书的结构安排与研究方法

　　本书的研究对象很明确，即考察由宋代大儒真德秀编纂、明代学者程敏政附注的《心经附注》,自 15 世纪传入朝鲜半岛,经 16 世纪中叶李朝大儒李退溪及其学派的深入研究与宣传、普及之后,成为朝鲜性理学发展史上与《近思录》齐名的理学经典后,直到当代韩国的学者仍然在研究的传播与发展过程。目的则是为国学典籍在海外的传播研究提供一个实例。

如上所述,本书的研究建立在实证科学的基础之上,同时也具有汉学与传统文化研究的哲学意义,因此,本书在研究中首重历史学与考据学相结合的研究方法,对于心经在传入朝鲜半岛以后的每一个历史时期的传播与发展,都会在当时的历史背景与思想背景下展开论述。同时也在文化比较学的意义上,注重李氏朝鲜每一历史时期大儒对心经的思想研究,与作为其思想根源的本土理学的比较,并在比较中追寻曾经代表中国近世纪领先于世界的性理文明,是如何在历史上深刻影响周边国家,尤其是在上千年中始终作为中国属国不断吸收中国本土文明的朝鲜半岛文明与文化的。

本书共分六章:

第一章为《心经附注》传入朝鲜半岛的汉语言和思想历史背景。从朝鲜半岛的汉字书写与儒家思想教育传统、性理学对朝鲜李朝的排佛崇儒之历史作用、朝鲜李朝建国后性理学的政治意识形态思想背景与性理文明所包含的先进的儒教社会体制,以及李朝中期的士祸政治对心经深入研究的意义等方面,揭示了心经传入朝鲜半岛的语言与思想历史背景及其最初传入朝鲜半岛的概况。

第二章为李退溪与 16 世纪李氏朝鲜的心经研究及意义。重点分析和叙述了在朝鲜儒林领袖李退溪对《心经附注》的研究、教育与传播之下,退溪学派学者对《心经附注》的众多学习、研究著述,揭示了退溪学派的心经研究与著述特征及意义。心经也在李退溪及其学派的主导研究与思想普及下,成为朝鲜性理学发展中与《近思录》同等地位的理学经典。

第三章为李栗谷与 17 世纪李氏朝鲜的心经研究及意义。描述和探讨了 16 世纪末继李退溪之后成为朝鲜儒林领袖的李珥,因主张道学政治而引起的党争与大礼仪之争,及整个 17 世纪朝鲜在面临壬辰倭乱、丙子胡乱等国家安全危机的现实历史背景下,朝鲜性理学者群的心经附注研究概况,揭示了这一历史时期以栗谷学派为主的朝鲜心经研究和著述及其特征与意义。

第四章为 18 世纪李氏朝鲜的心经研究及意义。描述和探讨了 18 世纪朝鲜半岛在经历西学东渐的历史大背景下,英祖和正祖利用王权对党争的镇压以及提倡文艺隆盛的具体历史背景下,西人学统在政治上占据主导地位。以李珥、宋时烈、朴世采等为代表的官僚学者,通过经筵讲义将心经心学思想推向王权阶层,最终深刻影响了该时期多位国王的思想,心经也在王权的提倡下进入与朝鲜性理文化相结合的深入研究阶段。

第五章为19世纪李氏朝鲜的心经研究及意义。描述和探讨了处于近代西方列强环伺下的朝鲜半岛,因为走入了外戚专政的历史时期,再加上17世纪初延续下来的党争,导致朝鲜政治混乱,民不聊生,以致最终被日本吞并而亡国的历史背景下,曾经在几百年间始终为朝鲜精英阶层的儒林,分化为守旧派、抵抗派与投降派,最终无力拯救国难。该时期已经成为儒林所代表的儒教传统思想,与开化派所代表的亲日思想之间的激烈冲突,心经已经不再成为这一时期的主流思想问题,从整体上进入心经研究的尾声。

第六章为20世纪以后韩国的心经研究及传统文化意义。与现代中国的心经研究寂寥状况相比,韩国学者对心经研究的重视程度非常高,不仅成立了心经研究院,致力于整理朝鲜时代的心经著述,出版了系列丛书,而且有大量细致的心经思想研究著述。

结论部分,笔者试图追寻该书研究的意义所在。

第一章
《心经附注》传入朝鲜半岛的汉语言和思想历史背景

如上所述,真德秀《心经》完成于南宋理宗绍定五年(1232),在中国思想史上基本没有起到思想影响。该书曾随着性理学一起传入朝鲜半岛,但很快就被《心经附注》所代替。程敏政在真德秀所辑《心经》文本基础上加以附注而成的《心经附注》,①完成于明弘治五年(1492),1519年就已经传入朝鲜半岛并受到赵光祖、成守琛等大儒的重视,经过16世纪中叶李滉及其学派的深入研究与推广之后,成为影响朝鲜性理学发展的一部重要理学经典。

《心经附注》之所以能在朝鲜半岛获得如此迅速的传播与深入广泛的思想影响,首先与朝鲜半岛历史上长期的汉字书写背景有关,其次则与此前自13世纪末至16世纪初朝鲜半岛的性理学传播与研究的思想历史背景有着深入的关系。因此,本章首先概括介绍朝鲜半岛的汉字书写传统的形成过程、作为心经在朝鲜半岛传播思想背景的程朱性理学传入朝鲜半岛后的发展过程与历史意义,以及《心经附注》于16世纪中叶被儒林领袖李退溪加以深入研究的历史根源。

第一节 朝鲜半岛的汉字书写与儒家思想教育传统

朝鲜半岛的汉字书写,始于箕子朝鲜(公元前1122~前194)时代。据

---

① 因为程敏政《心经附注》是在真德秀《心经》文本的基础上加以附注而成,已经将《心经》文本包含在内,且真德秀《心经》传入朝鲜半岛的记载很模糊,尤其是在《心经附注》传入半岛后,李氏朝鲜学术界研究的一直是《心经附注》,而无人再论及真德秀《心经》,因此,本书以《心经附注》在半岛的传播作为研究对象,在表述中有时也直接以心经指代《心经附注》。以下不再注明。

史料记载,周武王灭商,商朝太师、商纣王的伯父箕子"率中国五千人,避地朝鲜……遂都平壤"①,周武王于公元前1066年封箕子于朝鲜,箕子朝鲜与周朝建立了朝贡关系,每12年朝贡一次。从公元前11世纪至公元前1世纪被燕人卫满建立的卫满朝鲜取代为止,箕子朝鲜在朝鲜半岛统治了近1000年。

在箕子朝鲜之前,朝鲜半岛还没有文字。箕子入朝,设立"八条之教",②将古代中国先进的青铜文化带入了朝鲜半岛,同时建立了以汉字为唯一载体的书写规范,不仅为后来的儒家文化传入朝鲜半岛奠定了文字基础,而且开启了朝鲜半岛后世的汉学,使得朝鲜半岛从此成为中国文化传播与盛行之地。15世纪被誉为朝鲜文化英雄的世宗大王就曾在1428年的教谕中说:"昔周武王克殷,封殷太师于我邦,遂其不臣之志也。吾东方文物礼乐,侔似中华,迄今两千余祀。惟箕子之教是赖。"③可见其对朝鲜文明发端的历史功绩。

据史书记载,箕子朝鲜共经历了41代君主,到了汉高祖十二年(前195),燕人卫满逃到朝鲜,箕子的后代箕准封卫满为"博士"。次年,卫满驱逐箕准,自立为王,建立了卫氏朝鲜。此后,朝鲜半岛历史进入了一个记载较为模糊的前三韩时期。韩国史料记载,箕子42代孙箕准被卫满驱逐之后,"避地南徙,称马韩;同时,又有秦人避战乱来者,自成聚落,称辰韩;又有卞韩之称,是为三韩。其后称为三国。所以自三国始有史。然亦疏略,无可考"。④另据韩国18世纪文人洪大容于1765年记载:"箕子之后分为三国,曰辰韩、卞韩、马韩也。三韩之后,汉武帝尽灭之。置四郡。有玄菟、乐浪等名。宣帝五凤年间,朴氏建国曰新罗,又有百济、高句丽三国并立。"⑤

---

① [韩]权近:《东国史略》。
② 据《汉书·地理志》记载,箕子不仅教朝鲜半岛人民农耕、礼仪及养蚕,还带入了大量青铜器,并依据商朝的法律,为朝鲜人民定下八条法律条文:第一,相杀,以当时偿杀;第二,相伤,以谷偿;第三,相盗者,男没入为其家奴,女子为婢,欲自赎者,人五十万;第四,妇人贞信;第五,重山川,山川各有部界,不得妄相干涉;第六,邑落有相侵犯者,辄相罚,责生口、牛、马,名之为"责祸";第七,同姓不婚;第八,多所忌讳,疾病死亡,辄捐弃旧宅,更造新居。
③ [韩]卞季良:《箕子庙碑铭并序》,《韩国文集丛刊》第8卷,第147页,民族文化促进会,1990。
④ [韩]金允植:《阴晴史》上卷。
⑤ [韩]洪大容:《湛轩书·外集·杭传尺牍》卷2。

由此看来,在朝鲜半岛历史上,箕子朝鲜在延续了近千年之后,为卫满朝鲜所代替,之后进入了被称为马韩、辰韩、卞韩的前三韩时期,但记载比较模糊。一直到公元前109年至公元前108年间汉武帝灭了卫满,在今平壤及其周边设立了汉四郡,直接统辖于汉朝中央政权。这一段历史时期所建立起来的汉字书写与汉文化建构,虽然不能算是域外汉文学,但对后来朝鲜半岛的汉学发展有着直接的历史文化影响。

公元1世纪前后,朝鲜半岛逐步形成了高句丽、百济、新罗三个国家,开始进入封建社会。三国之间互相攻伐,最终于公元7世纪由新罗再次统一了半岛。三国时代是朝鲜半岛的汉学体系建立时期。

据中国学者研究,三国之中的高句丽(公元前37~668)是公元前37年,生活在汉武帝于公元前109年设立的玄菟郡内的高句丽人建立起来的地方政权,大致相当于今天的鸭绿江中游和浑江流域,属于中国的一个地方政权。该政权传28代王,历时705年。曾以今我国吉林省的吉安市为都城,后来迁都平壤。高句丽因为属于中国,因此自然使用汉文,曾经有无名氏的四言诗《黄鸟歌》以及定法师的《孤石》和乙支文德的《遣隋将宇文仲》等五言诗。在历史方面也有《留记》和《新集》(已佚)等的编纂。①

百济(公元前18~663),又称南扶余,是古代朝鲜半岛西南部国家。百济由高句丽创始者朱蒙的第三个儿子温祚王于公元前18年在汉江南岸创建。其鼎盛时期疆土涵括除了平安北道和平安南道以外的西朝鲜绝大部分地区,最北曾到平壤。公元660年,百济被唐朝和新罗联军灭亡。

百济因地处半岛西侧海岸,因此是海上强国,通过海路与中国的南朝及日本进行商业交往,对外贸易发达。同时,百济的气候温和,土地肥沃,因此农业生产也较发达,养蚕、纺织等手工业也有发展,是三国时期较为发达的国家。在此基础上,百济积极吸收中国文明与文化,并将中国的汉字、儒学、佛教、建筑、音乐、舞蹈、制陶技术和其他文化传入日本。

百济使用汉字,并于公元4世纪时建立了儒学教育制度。著名的儒学者有阿直岐和王仁。公元284年,阿直岐曾受百济王派遣入日本,为日本应神天皇太子菟道稚郎子师。② 次年,百济博士王仁东渡日本,在那里讲授《论语》等汉文著作,把儒学和汉文传到日本。《日本书记》记载:"十六

---

① 参见刘顺利《朝鲜半岛汉学史》,第22页,学苑出版社,2009。
② [日]《日本书记》卷10。

年春二月,王仁来之。则太子菟道稚郎子师之。习诸典籍于王仁,莫不通达。故所谓王仁者,是书首等之始祖也。"①由此可窥见百济儒学之发达。384年,百济从中国南朝吸收了佛教。429年,百济曾派使团至我国的宋朝寻求文化和技术。541年,百济向梁武帝"请《涅槃》等经义、《毛诗》博士并工匠、画师等",继续吸收中国的儒家思想与文化。唐太宗贞观十四年(640),百济武王曾派子弟来中国的太学学习,"其书籍有五经、子、使。又表疏并依中华之法"。②可见百济在汉字书写与儒家文化上对中国文明与文化的吸收。

新罗(前57~935)是三国时期朝鲜半岛东南部国家。最初由辰韩朴氏家族的朴赫居世居西干在金城(今韩国庆州)创建。公元503年始定国号为新罗。公元660、668年,新罗联合唐朝,先后灭亡百济和高句丽,统一了朝鲜半岛大同江以南地区为统一新罗,定都庆州,效仿唐朝的国家制度进行统治。

527年,法兴王在位时期佛教被新罗正式采纳。从法兴王开始的6任新罗国王都取佛名并立自己为佛王。花郎道与佛教有密切的联系。与百济和高句丽相比,佛教在新罗得到更多的国家支持。

新罗本来没有自己的文字,在与其他国家的交往中逐步接受了汉文,并在此后长期的历史发展中产生了强首、金仁问、金大问、良图、薛聪、惠超、崔致远、巨仁、朴仁范等以汉文写作的著名诗人与作家。③ 在汉文学上达到了很高的水平。④ 尤其是被历代朝鲜文人奉为朝鲜汉文学奠基人的崔致远,12岁即入唐留学,通过科举考试后在中国做官,所著《桂苑笔耕集》20卷至今流传于世。

总之,在朝鲜半岛的这一时期,儒、释、道三教均传入了三国,佛教在新

---

① [日]《日本书记》卷10。
② 《旧唐书·东夷传》卷199,"百济"条。
③ 薛聪著有《花王戒》。金仁问是新罗太宗大王的第二子,曾在唐朝生活了22年。金富轼在《三国史记》中记载:"金仁问,字仁寿,太宗大王第二子也。幼而就学,多读儒家之书,兼涉庄、老、浮土之说。又善隶书射御乡乐,行艺纯熟,识量宏弘,时人推许。永徽二年,仁问年二十三岁,受主命,入大唐宿卫,高宗谓涉海来朝,忠诚可尚,特授左领军卫将军。……仁问七入大唐,计月日凡二十二年。时亦有图良海,六入唐,死千(于)西京,失其行事始末。"
④ 如真兴王六年(545),居漆夫等编写了用汉文书写的《国史》。7世纪中叶,真德女王(647~654)将其所做的汉文五言律诗《太平颂》织在锦缎上送给唐太宗,被收入《全唐诗》。可见其汉文学水平之高。

罗最盛并开始出现佛教文化,影响最大的仍然是儒家思想,但汉字还只是在上层贵族中使用,并没有普及,一直到王建灭新罗,建立高丽王朝之后,才在政府的强制措施下逐渐普及开来,成为整个社会的思想与文化表达载体。

王建建立的高丽(918~1392),主要与我国的宋(960~1279)、元(1271~1368)两朝同时,并在继承新罗及其他政权的汉文化基础上更加积极地吸收中国的先进文化。王建自建国始即重视文化教育,奖励学问,推动汉文字书写与汉学研究。

据史料记载,935年,王建开始在高丽大力兴设学校。990年在西京(今平壤市)设立书院。992年设立国子监,并选拔优秀生徒送到中国留学。同时,高丽王朝大力提倡汉字书写文化,在文臣中实行"月课法",命京中和地方文臣每月上诗三篇、赋一篇。由此使得汉字书写在半岛被普及,成为高丽文人心中的文化理念。

与此同时,高丽政府也在国家的教育体制意义上大力普及儒学。王建开国之初,即于930年创建学院,讲授儒学经典。958年实行科举制度,其考试科目内容是诗、赋、颂、时务策等儒学经典。992年,高丽又设最高学府国子监,招收贵族子弟进行儒学教育。1084年,规定进士三年一试,考试内容主要是《礼记》《周礼》《仪礼》三礼和《左传》《公羊传》《谷梁传》三传。其后因辽入侵,官学渐衰,私学兴起。私学讲授内容仍是《周易》《尚书》《毛诗》等儒学经典。穆宗时的著名文人崔冲(985~1068)作为最早的私学教育者,被称为"海东孔子"。

由于政府的提倡和推动,在经历了长达几百年的历史时期以后,高丽王朝的汉字书写开始进入黄金时代,半岛文人已经可以用成熟的汉字语言自由书写,并由此产生了朴寅亮、金富轼、郑知常、金黄元、高兆基、郑袭明、郭舆等一大批杰出的汉学诗人,与李仁老、林椿、李奎报、崔瀣、郑枢、李崇仁、元天锡等文人作家及其著作。其中最著名的有金富轼的《三国史记》,①一然的《三国逸事》,李齐贤的《栎翁稗说》,李仁老的《银台

---

① 金富轼(1075~1151),字立之,号雷川。高丽时代史学家与文学家。生于开京(今朝鲜开城)。自幼学习汉学,于肃宗朝文科及第,历任宝文阁待制、翰林学士、门下侍中、平章事等职。1135年任元帅,率官兵平定西京(今平壤)叛乱。1145年,金富轼参阅朝鲜古代文献和中国的《隋书》《通典》《策府元龟》等古籍,吸收民间传说,编纂成纪传体的史籍《三国史记》,全书共50卷,完全用汉字书写,主要记述新罗、高句丽和百济的历史,在朝鲜文学史上占有重要地位。

集》等著作。

总之,自3000多年前箕子将汉字与中国先进的青铜文明传入朝鲜半岛始,历经汉武帝在半岛建立汉四郡,直接将儒家文化输入半岛,以及之后三国时期继续在国家建设的意义上对中原先进儒家文明的吸收,最终在高丽王朝的积极推动下,不仅在高丽文人中形成了汉字书写的文化意识形态,半岛的汉字书写进入黄金时代,而且产生出一大批汉文学诗人与儒家学者,为14世纪末朱子学传入朝鲜半岛提供了汉语言与儒学思想基础。

第二节 朱子学传入朝鲜半岛的思想历史背景与传播概况

高丽王朝汉字书写儒家文化的建立,不仅为王朝与中国之间的政治、经济、军事和贸易往来提供了方便,而且为佛教的传播与发展提供了汉文字基础。

高丽太祖王建生于唐乾符四年(877),成长于一个虔诚的佛教徒家庭,因此在王建立国后,佛教作为护国宗教受到王朝的庇护。在高丽统一前后,太祖建了很多佛寺和堂塔,并命令全国州县建筑佛寺堂塔3500个。晚年又让第五子出家。第10代文宗国王虔诚信佛,认为僧职是卫护国祚的圣职,分别将第四子王煦(义天)、第六子王窥、第十子王璟送进佛门,作为僧侣的榜样。

由于历代国王对佛教的倡导与维护,在高丽王朝共34代国王、474年的历史发展中,不仅在朝鲜半岛修建了大量佛教寺院,还多次向中国求取大藏经,①并从显宗(1009~1031年)代开始,历经60年刻造了一部高丽大藏经。从第11代国王文宗(1046~1082)开始,历经宣宗(1083~1094)、肃

---

① 据朝鲜史料记载,高丽王朝曾经在928年、985年、1063年、1107年、1083年分别向中国的后唐、宋、辽、契丹等朝求取过大藏经。宋朝《开宝藏》完成后,不断雕印佛经。所译佛经和本朝僧俗的佛学著作并归入《藏经》。宋神宗时,福州东禅寺僧人雕印《大藏经》(史称《东禅寺版》),以收录宋初以来所撰的佛籍。此后不久,高丽使臣就三次向宋廷求购《藏经》。又,据《高丽史·世家·文宗》记载,高丽文宗十七年(宋嘉祐八年,1063),"三月丙午,契丹送《大藏经》,王备法驾迎于西郊"。再如,高丽文宗三十七年(宋元丰六年,1083):"己丑命太子迎宋朝《大藏经》置于开国寺,仍设道场。"(《高丽史·世家·文宗》)

宗(1095~1105)三代,高丽佛教达到黄金时代,并产生出义天①对天台宗与知讷②对曹溪宗的理论贡献,使得半岛佛教在继承中国汉传佛教的基础上达到了理论上的发展。

在经历了高丽中期佛教在理论上发展的顶峰以后,在王权的维护下逐渐走向腐朽和衰落。首先是僧侣参政所带来的问题。高丽光宗(949~975)时期开始实行王师国师制度,从名僧中选拔国师、王师,聘为王宫顾问,在太学中设立僧科,对僧侣进行考试,授以法阶。国师、王师的地位高于公卿大夫,有权向国王就任何事务进言。

僧侣参政导致的第一个政治后果是扰乱朝政,佛教风气败坏。如仁宗(1122~1146)时被称为妖僧的妙清,不仅主张西京迁都论,而且鼓吹征伐金国论、称帝建元论等,引起儒臣的反对。妙清公然发动叛乱。恭愍王(1351~1374)时的僧人辛旽,不仅干预朝政,而且喜欢淫乐和贿赂,逸害忠良,引起儒臣的不满并发起弹劾他的运动。忠烈王(1274~1308)时期的僧人食肉、饮酒、近女色。忠烈王七年巡幸庆州,发现有一半僧侣与妻同居,过世俗的家庭生活。僧人为了晋升法阶,以佩物、绫罗等物品进行行贿受贿,僧人犯法也会受到宫廷的庇护。可见高丽末期半岛佛教腐败堕落的状况。③

僧侣参政的第二个后果是干扰国家财政。由于僧侣掌握了国家权力,使得寺院集聚了大量的土地和财产。寺院不满足于朝廷所授的赐田和信徒为供佛所缴纳的财物,以社佛事为借口,公然勒索财物,还有僧人参与经商,占有大量田庄。寺院还与富豪争夺奴婢,拥有无数奴婢。同时,僧侣因为受到国家优待,可以免除劳役,许多追求安逸和温饱的人出家为僧,寺院聚集了大量的人力。这种状况导致土地和人力资源都把握在寺院手中,国

---

① 义天(1009~1101),俗名王煦,高丽国王文宗第四子,13岁受封为"佑世僧统"。宋元丰八年曾来华求法,从天竺寺慈辨法师习天台教义,后游天台佛陇,礼智者大师塔。

② 知讷(1158~1210),俗姓郑,号牧牛子,高丽中期禅宗大师,8岁出家,跟随曹溪云孙宗晖禅师修习。1182年考中禅僧,在清凉寺、普门寺等地顿悟"禅教不二"的道理。1190年,他宣布《劝修定慧结社文》,主张定慧双修,后于松广寺开示法义。53岁圆寂。著有《华严论节要》等。知讷将朝鲜半岛原有的九山禅门归到曹溪门下,使之与义天大师的天台宗一起形成了高丽佛教的两大中心支柱。(参见刘顺利《朝鲜半岛汉学史》,第67页。)

③ 《高丽史》载:"六月乙丑,召台官谕曰:'僧禅近所犯不须穷治。'禅近,内愿也。素有宠于王,至是通士人妻,为宪府所鞠。鼓王命释之。时僧徒恣淫。慈恩宗僧英旭,通宝官金不花妻,台官钩致欲罪之,旭曰:'若欲罪我,须罢宗门,今宗门僧谁,非我乎?'可见高丽末期佛教徒对国家法律的破坏。

家无法支配土地和人力资源,国家财政受到威胁。

总之,高丽末期的政治、经济、社会均受到佛教堕落所带来的困扰,从而引起儒学者的反对。而儒学者能够反对佛教的原因,就在于高丽虽崇信佛教,但对儒学也非常重视。在国家人才的培养上仍然是以儒教经典为主,这也为高丽末期的儒家官僚学者反对和批判佛教提供了前提。朱子学正是在这种历史状况下传入了朝鲜半岛。

最初将朱子学传入朝鲜半岛的是高丽末期儒学者安珦和白颐正。在他们的影响下,高丽末期出现了权溥、李齐贤、李穑、郑梦州等一大批朱子学者,正是他们承担了批判腐败衰落的高丽佛教,提倡和传播朱子学的历史使命。

安珦(1243~1306),又名安裕,号晦轩,兴州人。高丽元宗元年(1260)科举及第,忠烈王十五年(1289)任儒学提举并随忠烈王(1236~1308)(1274~1308年在位)入元,在燕京第一次读到《朱子全书》并引起了对朱子学的兴趣。据《晦斋先生年谱》载,安珦于"忠烈王十六年,留燕京,手抄朱子书,又摹写孔子朱子真像。朱子书未及盛行于世,先生始得见之,心自笃好,知其为孔门正脉,遂手录其书,又写孔朱真像而归。自是,讲求朱书,深致博约之工"。韩国学者认为,正是安珦首次将朱子学传入了朝鲜半岛。

安珦对朝鲜性理学的贡献在于,在批判佛教的前提下,以国子监为中心教育和培养了一大批性理学者。安珦早年曾写过一首诗,反映高丽末期儒学的衰退:"香灯处处皆祈佛,箫鼓家家亦赛神。可怜数间夫子庙,满庭秋草寂无人。"①为了振兴儒学,时任赞成事的安珦于忠烈王三十年(1303)向朝廷提出设立"瞻学钱",并说"政治之要,无急于教育、养育人才者,而今学校财政枯竭,无可养士,凡百官各捐银、布,以厚财政"。② 安珦用这笔瞻学钱来振兴学校,将剩余的部分交给博士金文鼎等人,派遣这些人到中国江南摹写先圣及七十弟子画像,购买祭器、乐器及六经和诸子史书,又举荐以密直副使致仕的李产及典法判书李瑱担任经史教授都监史的专门教管职务,并募集愿意在宫廷内的学馆和内侍三都监及五库受学的儒生及国学七斋与私学十二徒者数百名生徒学习经书,为性理学在朝鲜半岛的传播打下了基础。

---

① 参见《高丽史·列传·安珦传》。
② 参见《高丽史·列传·安珦传》。

安珦去世13年后的1319年,因为兴学养贤的功绩而被从祀文庙。安珦门下弟子中有很多成为大儒,尤以白颐正、禹倬、权溥等为著名。他们将安珦传入的朱子学进一步研究与传播开来。

《高丽史》卷109《禹倬传》称,禹倬(1263~1342)精通经史,尤精于易学。在程子《易传》最初传入朝鲜半岛时无人能理解。禹倬闭门月余,仔细参究,最终理解并向生徒传授,从而使朝鲜半岛能真正理解义理之学。因此,禹倬在朝鲜半岛性理学的传播与理解过程中占有重要地位。

权溥(1262~1346),字齐万,号菊斋,谥号文正,安东人。忠烈王五年(1278)科举及第,官至佥议政丞,被封为永嘉府院君。以忠孝闻名。权溥对朝鲜半岛性理学的贡献在于传播朱子的《四书集注》,其女婿李齐贤《栎翁稗说》记载:"我外舅政丞菊斋权公,得《四书集注》,镂板以广其传。"忠惠王五年(1344)又改革科举法,初场与六经义一起考试四书疑义,最终使朱子的《四书集注》成为科举考试的教科书。

白颐正(1260~1340),字若轩,号彝斋,安珦门人。据《栎翁稗说》载①,白颐正曾在早年跟随忠宣王(1308~1313)入燕京,在燕京学习了十年后归国,被任命为佥议评理。归国时带回大量程朱性理学书籍,在担任官职的同时向知识界传播朱子学思想,被韩国学者认为是朝鲜半岛开创了接受朱子学的关键时期的最早的朱子学者②。白颐正的门人有李齐贤和朴忠佐。

朴忠佐(1287~1349),字子华,号耻庵,谥号文齐,官至判三司事,被封为咸阳府院君。喜读《周易》,尤其醉心于伊川易。③

对朝鲜半岛性理学最初的传播与受容具有重要影响的还是李齐贤。

李齐贤(1287~1367),字仲思,号益斋、实斋、栎翁,谥号文忠。庆州人,权溥的女婿,白颐正门人。忠烈王二十七年(1300)成均试状元,随即文科及第,入艺文春秋馆。历任延庆宫录事、司宪纠正、典校寺丞、三司判官、西海道按廉使等职。忠肃王元年(1314)白颐正从元朝学习朱子学归国,李齐贤最早师从白颐正学习朱子学。1315年,李齐贤作为忠宣王的侍

---

① [韩]李齐贤:《栎翁稗说·前集(二)》:"白彝斋颐正,从德陵留元都下十年,多求程朱性理学书以归……学者又知有道学矣。"

② 参见[韩]崔英成《韩国儒学史》一,第372、373页,(首尔)亚细亚文化社,1994。(原文为韩文,由笔者翻译,以下引用该书内容不再注明)

③ 参见[韩]崔英成《韩国儒学史》一,第371页,(首尔)亚细亚文化社,1994。

从到元大都,在忠宣王创办的万卷堂学习经史,并与元朝的性理学者姚燧、阎复、赵孟頫、元明善等人交往。1341年回国,官至右政丞。著作有《栎翁稗说》《益斋乱稿》等传世。

虽然《高丽史》批评李齐贤"不乐性理之学,无定力,空谈孔孟,心术不端,作事未甚合理,为识者所短"。① 但当代韩国学者认为,李齐贤实际上是主张以五经为中心的经学与性理学并进的。既重视儒学的修己治人,也重视经世致用。他曾向忠宣王进言批判佛教,提倡振兴儒学,说:"今殿下诚能广学校,谨庠序,尊六艺,明五教,以阐先王之道,孰有背真儒而从释子,舍实学而习章句者哉?将见雕虫篆刻之徒,尽为经明行修之士矣。德陵曰:卿之言然。"②可见李齐贤追求的是道德上的实践之学与经世致用的实用、实事之学,他在对承宗的《史赞》中说:"向若观承老此书,悦而绎之,去浮夸,务笃实,以好古之心,求新民之理,行之无倦,而戒其欲速,躬行心得,而推己及人,齐变至鲁,鲁变至道可冀矣。"③因此,他与白颐正、权溥一起,在韩国性理学的受容、传播中占有重要地位。④

李齐贤的门人李穑也是朝鲜性理学传播中的重要人物,其门人河仑称:"中朝进士以理学唱鸣东方,位至上相者,韩山牧隐先生李文靖公而已。"⑤

李穑(1328~1396),字颖叔,号牧隐,谥号文靖,韩山人。其父李穀曾出任元朝的中瑞司典簿。李穑13岁中成均试,随父到中国作为生员留学。1353年为征东行省乡试第一名。后以书状官身份再次来到中国,参加廷试得第二甲第二名。任元朝翰林文学承仕郎、翰林知制诰兼国史院编修官等职。回国后,官至大司成、政堂文学。有《牧隐集》55卷行世。

李穑在高丽末期的亲元派和改革派(即亲明派)的分裂中属于亲明派,并以振兴儒学为己任。作为高丽末期的儒学宗师,李穑通晓程朱性理学,并将其在朝鲜半岛进一步传播,尤其精通《周易》和《中庸》。他说:"至于讲明邹鲁之学,黜二氏,诏万世,周程之功也。宋社既屋,其说北流,鲁斋

---

① 《高丽史》卷110,《李齐贤传》。
② [韩]李齐贤:《栎翁稗说》前集(一),第13页。
③ [韩]李齐贤:《益斋乱稿》卷9,《史赞》。
④ 参见[韩]崔英成《韩国儒学史》(一),第375页,(首尔)亚细亚文化社,1994。
⑤ [韩]河仑:《有明朝鲜国特进辅国崇禄大夫韩山牧隐先生李文靖公墓铭并序》,《东文选》卷129。

许先生用其学,相世祖中统至元之治,胥此焉出,呜呼盛哉。"① 可见其对性理学历史功绩的肯定。牧隐门下人才辈出,著名者有李崇仁、权近、河仑、尹绍宗、卞季良等。

在高丽末期性理学传入朝鲜半岛的过程中,还有一位被称为朝鲜理学之祖的学者郑梦周。郑梦周(1337~1392),字达可,号圃隐,谥号文忠。延日人。丽末三隐士之一。恭愍王九年(1360)科举考试中状元及第,官至侍中。郑梦周无师承渊源而能在性理学上有深入研究,《高丽史》说他"以渺然遐裔之人,上无授受之得,旁无讲习之益,而独能默契其妙,此则非云峰之所可及者"。② 可见对其理学研究功力的肯定。

郑梦周在性理学传入期的主要贡献,在于批判佛教的同时,将性理学的根本理念通过思想界和政治界向民间的风俗习惯及信仰传播,尤其是在礼仪制度上倡导由传统的佛教礼法习俗向儒教转变。如在丧礼上,郑梦周就遵循儒教的三年丧制度,在其父母双亲的丧礼时均庐墓三年。恭让王二年(1390),又向国王请求令士庶人等依据《朱子家礼》设立家庙,祭祀祖先。韩国学者认为,《高丽史·仪制》中的《祭仪》一文就出自郑梦周之手。③

1372年,郑梦周35岁时作为书状官赴明归来,在政治上成为亲明派。曾三次作为使臣赴明。39岁时官拜大司成,带领亲明派士人弹劾亲元派领袖李仁任,结果被流放到彦阳。47岁时(1384)作为圣节使赴明,在外交上解决与明朝的关系问题。郑梦周立朝30年,在政治、外交、社会、教育、文化等方面都有杰出的贡献,如兴建学校、传播儒学、引导全社会在冠婚丧嫁上实行《朱子家礼》,并努力使混合了蒙古样式的高丽服制变为中国服制。因此,郑梦周可以说是振兴儒教文化的先导者。同时,他还曾奏议根据《通鉴纲目》的条例纂修国史,依据《大明律》修正已经败坏的高丽律法和形制。

性理学在朝鲜半岛的传播期,由少数学者的思想研究走向民间的儒教礼仪制度的实行,标志着文化传播上的成功输入。在这一意义上,郑梦周被韩国学者称为东方理学之祖。④

---

① [韩]李穑:《牧隐文集》卷9,《选粹集序》。
② 《高丽史》卷107,《郑梦周传》。
③ 参见[韩]崔英成《韩国儒学史》(一),第399页,(首尔)亚细亚文化社,1994。
④ 参见[韩]崔英成《韩国儒学史》(一),第412页,(首尔)亚细亚文化社,1994。

总之，通过上述安珦、白颐正、权溥、李齐贤、李穑、郑梦周等一大批高丽末期儒学者的接受与传播，朱子学于14世纪末顺利传入朝鲜半岛，很快取代丽末腐败衰落的佛教成为社会的主导思想。

对于14世纪的朝鲜半岛而言，朱子学的传入与接受具有以下两个方面的历史与现实意义。一是利用性理学本身就具有的佛教批判精神，批判与废除高丽末期的佛教思想与社会习俗，并代之以儒教的礼仪制度。这也是高丽末期文人引进程朱性理学的主要目的之一。如安珦在成均馆的《喻国子诸生文》中就指出："圣人之道不过在日常伦理，为人子当孝，为人臣当忠，以礼治家，以信义交友，以敬修身，以诚处事。彼佛教弃亲人，离家庭，蔑视人伦，逆道义，乃夷狄之徒。"①李齐贤也批判高丽国王宠信佛教，说："定王以人君之尊，步至十里所浮图之宫，以藏舍利，又以七万石谷，一日而分赐诸僧。一遭天谴，丧心生疾。所谓君子求福不回，敬以直内者，亦尝闻其说耶。"②郑梦周则通过程子《易传》比较佛教与儒教的差异，并批判佛教说："儒者之道，皆日用平常之事，饮食男女所同也，至理存焉。尧舜之道，亦不外此，动静语默之得其正，即是尧舜之道，初非甚高难行。彼佛氏之教则不然，辞亲戚，绝男女，独坐岩穴，草衣木食，观空寂灭为宗，岂平常之道？"③

总之，这个阶段的排佛论，主要是站在程朱理学的立场，在现实的日常伦理上区别佛儒，批判佛教离弃家庭人伦，以此引导学界与社会抛弃佛教的礼法与宗教信仰，回到儒教的生活方式中。

朱子学在朝鲜半岛传播的第二个现实历史意义，是隐藏在高丽末期学者能够在思想上宣扬理学背后的经济原因。迄今为止，这一历史意义并不为理学研究者所重视。但笔者认为，它正是程朱理学能够传入并成为五百年朝鲜王朝的统治思想的根基。笔者在研究中发现④，朱子学在走向东亚社会时，正是在经济文化上首先开始被接受并对朝鲜半岛的历史文化做出了贡献的。

依据韩国学者李泰镇在《朝鲜儒学史论》一书中提供的历史资料，朝鲜半岛直到高丽末期，仍然处于休闲农耕的落后经济状态，加上水利技术

---

① 参见《高丽史·列传·安珦传》。
② 李齐贤：《益斋乱稿》卷九，《史赞》。
③ ［韩］郑梦周：《圃隐集》，《经庭启事》。
④ 参见周月琴《论朱子学对韩半岛的历史文化贡献》，《中国传统文化研究》2001年夏之卷。

的限制,以种植小麦为主的旱地农耕占70%以上。如果不从根本上改变农业生产技术,提高生产力,半岛接受新的文化显然是不可能的。正是在这种历史条件下,当高丽末期新兴的士大夫与士族势力开始对形成于中国宋代的江南农耕法感兴趣,并逐渐引进这种先进的农耕技术以后,朱子学才逐渐进入朝鲜半岛并为官僚士大夫所接受。从中国历史上看,江南不仅是朱子学形成的根据地,而且也是朱子学能够形成和发展的新兴农业技术(江南农耕法)的中心地带。朱子学中的格物致知为学方式所包含的,正是对中国宋代先进的农耕技术的哲学总结。

因此,高丽末期传入朝鲜半岛的朱子学,从一开始就直接表现出对江南农耕技术的关心。1349年,高丽学者李岩从燕京购回了中国元代于1270年由国家司农司受皇命而编纂刊行的《农桑辑要》一书,很快便引起了知陕州事姜著的注意,并得到按廉使金凑的资助而出版普及。几乎在同一时期,文益渐从中国带回了木棉。此后,同样为儒学者并担任密直提学的白文宝,于1362年提出了学习并使用中国江南水车的建议,而在此前的1291年、1292年、1295年,中国元朝曾经三次因高丽政府的请求运送大米入朝,从而引起高丽知识阶层对中国先进的农耕技术的注意与学习要求。

正是这些对江南农耕技术感兴趣的新兴士大夫阶层与士族势力,成为积极接受程朱理学的吸收者和朝鲜王朝的开创者,在朝鲜王朝创立以后继续吸收与普及中国先进的农耕技术,并在吸收的过程中加深了对朱子学的理解,从而在新王朝的体制创建上也全面接受了程朱理学中所包含的儒教社会体制。

第三节 《心经附注》传入朝鲜半岛的性理学意识形态与儒教体制背景

如前所述,由于近代中国的"五四"新文化运动对宋代以来宗教性的儒教政治体制、社会体制的彻底批判与抛弃,来自于西方的新的教育体制对儒教经典的驱逐,以及基于西方近代的科学、民主、自由、法治等价值观对儒教传统的专制、等级、男尊女卑等价值观的驱逐,曾经在中国历史上长期作为中国人的生活方式与价值观念的儒教传统,早已被瓦解,留下的只是以当代新儒家为代表的少数学者对作为经院哲学的儒学的呼吁与坚持。再加上现代中国在"文革"中在思想上对儒学的痛击,儒学在国人心中仅仅只留下了一个模糊的"传统文化"的身影。除了在受到诸如韩国江陵端午祭申遗成功等的外在刺激时,会让国人想起儒学是老祖宗留下的传统文化并对儒学的衰落感到痛心之外,就再也没有其他付诸行动的动力了。

但是,儒教传统在近代的衰落,并不能抹杀其在历史上曾经作为儒教文明领先于世界的功绩。汉代以后以先进的儒教文明对周边国家的文明与历史进程的直接影响,14世纪以后更是在政治体制、社会体制、价值观念、意识形态上,以先进的性理文明直接被李氏朝鲜所吸收,成为迄今为止韩国传统文化的主干。因此,弄清楚性理学曾经在哪些方面、以怎样的方式,具体影响了14世纪末至20世纪初朝鲜半岛的文明进展,不仅是研究心经朝鲜半岛传播史的前提,也是当代国人真正理解什么是"老祖宗留下来的传统文化"的实证。

一、《性理大全》与《三纲行实图》:李朝建国后的性理学意识形态建立之思想背景

由太祖李成桂代高丽朝而建立的朝鲜李朝(1392~1910),自1392年开始,一直到1910年被日本吞并为止,历经27代君主,共518年。与中国的明(1368~1644)、清(1644~1911)两代大致处于同一个历史时期,而且自建国之初即对大明皇朝尊行事大礼,明朝灭亡后又成为清的属国。在国家体制、社会体制、意识形态的确立过程中,完全吸收了明代的性理文明。

在李朝建立的过程中,已经在思想上取代了高丽佛教的性理学者如郑梦周、郑道传、权近、申叔舟、河仑等,都参与了朝鲜半岛的这一朝代更替过程,除郑梦周因反对李成桂而被杀以外,多数性理学者在这一朝代更替过程中都采取了积极支持的态度,从而使性理学从一开始就成为朝鲜李朝的立国理念。

在李氏朝鲜建国后的最初50年,即自太祖代(1398~1401)始,历太宗代(1401~1418)、世宗代(1418~1450)、文宗代(1450~1452)、端宗代(1452~1455),至世祖代(1455~1468)为止,性理学在朝鲜开国的过程中,在官僚与国家体制、教育制度、科举制度建立等方面,都起到了不可替代的历史作用。

这一阶段,朝鲜性理学者主要有郑道传、权近、申叔舟、河仑等,代表人物为郑道传、权近与世宗国王。

郑道传(1342~1398),字宗之,号三峰,谥号文宪,奉化人,刑部尚书云敬之子,李穑门人。恭愍王十一年(1362)进士及第,历任成均博士、太常博士、成均司艺、知制教等职。后因反对权臣李仁任等人的亲元反明政策而被流放到会津县,二年后移居家乡荣州,在此建三峰斋,专心研究朱子学并开始系统地批判佛教理论,留下了《心问天答》《学者指南图》等著述。

1383年,成为时任高丽东北面都指挥使的李成桂的幕僚,与之交往密切,并开始具有革命之志。同年作为郑梦周的书状官出使明朝。辛昌王一年(1388)借助威化岛回军新进势力掌握了政权,郑道传成为李成桂的参谋,升任成均馆大司宪,和赵浚等新进士类一起着手田制改革。同年废昌王而立恭让王,断然实行全面改革,实行课田法,为新王朝的建立奠定了基础。与此同时主张宠儒排佛政策,致力于由佛教社会理念向儒教社会理念的转换。恭让王四年(1392),与赵浚、南誾、裴克濂等人一起拥立李成桂为王,开创了新的朝鲜李朝时代,并因此被封为开国一等功臣、奉化伯,在太祖代受到极大信任。此后以性理学为基础,发挥经世力量,在行政、财政、外交、人事、教育、军事等方面成为核心,在树立建国方向和政策中发挥了主导性力量。

太祖三年(1394),主张迁都汉阳,并依据《周礼·考工记》设计都城。同年,撰进《朝鲜经国典》,成为朝鲜王朝法制建设的基础。1395年,又根据中国《资治通鉴》的编年法整理前朝史,完成了37卷的《高丽史》。晚年历经王室之争,被自己的门人权近批判为奸臣。著述有《三峰集》《朝鲜经国典》《经济文鉴》《佛氏杂辩》《心气理篇》《心问天答》等。

在朱子学传入朝鲜半岛并进一步深化的过程中,郑道传的最大贡献,首先在于从理论上彻底批判佛教。在由20篇文章构成的《佛氏杂辩》中,郑道传引用二程、朱熹的佛教批判理论,站在性理学斥异端的立场上批判与排斥佛教。在《心气理篇》中,郑道传说:"儒主乎理而治心气,本其一而养其二。老主乎气,以养生为道,释主乎心,以不动为宗,各守其一而遗其二者也。"①

郑道传将发扬程朱理学、排斥佛教作为自己的使命,从高丽末期开始便数次上书和著述批判佛教,与他持同样立场的年轻学者如金子粹、金貂、

---

① [韩]郑道传:《三峰集》卷6,第19、20页。转引自[韩]崔英成《韩国儒学史》(二),第24页。

朴础等也都仿效郑道传上书斥佛,形成一种批判佛教的风气,如朴础在上书中说:"兼大司成郑道传,发挥天人性命之渊源,倡鸣孔孟程朱之道学,辟浮图百代之诳诱,开三韩千古之迷惑,斥异端邪说,明天理而正人心,吾东方真儒一人而已,是上天授殿下以皋陶伊傅之佐,以兴尧舜三代之盛于中兴之日也。"①

在性理学上,郑道传持主理论的立场,认为世界的本原是理或者太极,宇宙万物包括物质的、精神的现象的发生和变化皆源于理,并试图将整个国家的理念转向立足于儒教的政策。

尤其是郑道传所编辑的《朝鲜经国典》,确立了朝鲜王朝的立国理念。郑道传所著《朝鲜经国典》,乃李朝太祖三年(1395)所编述。内容首先是"正宝位""国号""安国本""世系""教书",定下朝鲜朝立国的理念与方向。其次是"礼典""政典""宪典""工典"等六典,从其中可发现以儒教为核心的建国理念。② 与郑道传同样在批判佛教中起到了重要作用的还有权近。

权近(1352～1409),字可远,号阳村,谥号文忠。安东人,菊斋权溥之曾孙,李穑门人,也师事郑道传。恭愍王十七年(1368)进士及第,辛禑王一年(1375)和郑梦周等主张亲明政策,反对迎接元朝使节。辛昌王一年(1389)作为尹承顺的副使出访明朝,因带回礼部的咨文问题而招来祸端,先后被流放到牛峰、彝初等地。朝鲜建国后出仕,官至大提学,并被封为佐命功臣、吉昌府院君。著有《入学图说》《五经浅见录》等。

在朝鲜性理学发展史上,权近主要有两方面的贡献:一是从人性论上批判佛教;二是以图说的形式普及程朱理学。

对于前者,权近首先从人伦上批判佛教说:"天地之道,阴阳相交,而生万物,万物亦得天地之理,各有阴阳之合,而生生不穷,故归妹者,天地之大义也。天地不交,而万物不兴,男女不交,而人道灭矣。异端之道,灭绝夫妇之伦,生于天地而自悖于天地之义,生于父母而自绝其父母之祀,一作嗣以灭生生之理,是果何道邪?"③

权近还从朱子的理一分殊出发批判佛教,如在对谦卦的卦象"称物平

---

① 《高丽史》卷120,《金子粹传(附)》。
② [韩]柳承国著,傅济功译:《韩国儒学史》,第145页,(台北)商务印书馆,1989。
③ [韩]权近:《周易浅见录》卷2,《易说下经》。

施"的解释中说:"愚尝与释徒论此象,释者曰:'此即平等无差之法',予曰:'非也!……吾道理一而分殊,异端兼爱而无分以伦理之大者。……故兼爱而无差别之分者,虽曰平等,反以为不平也。吁物之不齐,物之情也,亲疏远迩,大小轻重之差,物理之自然也。……以物喻之,器有大小,其量不同,随其大小,而有多寡,故各有适其量而皆平。'"①与郑道传一样,权近对佛教的批判,同样是以程朱理学为理论依据的,而包含在理学中的佛教批判理论则成为朝鲜性理学进一步传播的理论依据。

权近所做的《入学图说》,是以周敦颐的《太极图说》为根本,参照《大学》和《中庸》章句,以及其他儒家经典中有价值者,画成图表,引用程朱理学家的说法来说明,附以自己的看法而制成。以图说的形式进一步普及性理学,对于朝鲜半岛的文人理解和研究来自于中国的性理哲学是一种方便的学习方法。

值得注意的是,权近在《入学图说》中对元代学者吴澄修养论的批判。在对《周易》无妄卦之九五"无妄之疾,勿药有喜"的解释中,吴澄认为"无应"是指无私累②,权近批判说:"吴氏乃以外物之应于心为疾,圣人之应物,其心动而无动,虽应未尝应也。……释氏之熄灭人伦,违弃世故以为不住相,是犯不药之戒者也。"③权近对吴澄心性论的批判传达了性理学在朝鲜半岛传播中的两个信息。

一是朝鲜性理学从一开始接受的性理学,不仅包括自北宋五子开创性理哲学开始一直到南宋朱熹集大成的性理学,而且也包括了南宋末期以后自真德秀、魏了翁以至元代的吴澄等人对性理学的心学化发展过程,而不再是简单的朱子学或者程朱理学了。

这是一个非常值得关注的问题。因为只有注意到理学在朝鲜半岛传播中的思想发展问题,才有可能从中国性理哲学在东亚的传播这样一个宏观的角度,重新审视和研究理学在明代发展为阳明心学的真实思想历史发展过程,而朝鲜半岛对中国性理哲学的接受与传播、研究、发展过程,正可以提供一个极好的研究实例。而且朝鲜性理学的这一特点,到了世宗代表现得更加明显。

---

① [韩]权近:《周易浅见录》卷2,《易说下经》。
② 参见(元)吴澄《周易禅解》。
③ [韩]权近:《周易浅见录》卷1,第23、24页。

二是权近在《入学图说》中,对性理学中以主敬为主的修养方法的重视所表达出的理学在朝鲜半岛的文化传播的思想信息及其意义问题。权近在《周易浅见录》中说:

> 若夫主敬,则天理长存,人欲自绝,未感之前,所存至静而安,既应之时,其动循理而和,内无为累于心,外不随往于物,心宽体胖,浩然自得,至乐存焉,宁有为心之疾者哉。此义理之本源,差之毫厘,谬之千里,故不得以不辨。①

这段话中透露出了朝鲜理学在接受中国大陆的理学文化过程中,首先注意到了包括阳明心学在内的宋明理学的根本目的——存天理,灭人欲。这也是宋代的程朱理学与明代的阳明心学被统称为宋明理学的内在意义,即被称为新儒学的宋明理学,实际上是中国古代封建专制制度在发展到 10 世纪以后,为解决其所面临的一系列内外矛盾而发展出的哲学思想,尤其是宋代以后自古以来以先进的中原汉族为主的华夏文明始终面临着来自北方草原游牧民族的威胁下,代表华夏文明的中原知识分子在经历了哲学上的思索与探讨以后,试图以遏制人性之恶的存理灭欲为主要的社会对策,来拯救逐渐衰落的中原文明。

这一现实历史任务并没有随着宋代的灭亡而消失,相反,在经历近百年的元朝蒙古人的统治之后,到了明朝,这一任务同样存在。这不仅是因为退居蒙古的北元势力的威胁依然存在,更主要的还是进入 15 世纪的明朝社会内部的矛盾使得中原文明更加脆弱,甚至不堪一击到明英宗以皇帝之尊一战而被蒙古人所擒的危险地步。

也因此,阳明心学虽然在哲学本体论上有别于程朱理学,以心为理,在修养论上也直接去掉了程朱理学中以格物致知为学方式所包含的先进的认识论,而是直接将作为社会精英阶层的修养理论规定为致良知,即实践汉以后所发展了的儒教以三纲五常为核心的封建道德。但在最根本的目的上,仍然是存天理,灭人欲,即试图通过控制乃至消灭人的欲望,来缓解封建帝国走向衰落的步伐。朝鲜性理学一开始便注意到了新儒学的这一根本目的,不仅说明了理学自身在中国的历史发展过程,也说明朝鲜李朝

---

① [韩]权近:《周易浅见录》卷 1,第 24 页。

第一章 《心经附注》传入朝鲜半岛的汉语言和思想历史背景

前期同样因为面临着高丽后期以来因为佛教势力泛滥所造成的深刻社会矛盾而需要新儒学的思想来加以解决的内在需求。

此外，权近在《入学图说》中对心性问题的讨论，还为后来16世纪朝鲜性理学的进一步发展提供了契机。尤其是在讨论性理哲学关于心性情的问题时，权进认为："性者天所命而人所受，其生之理，具于吾心者也。故其为字从心从生，人与万物，其理则同，而气质之禀有不同者焉，告子曰生之谓性，韩子曰与生俱生，释氏曰作用是性，皆以气言而遗其理者也。"①以性为理，以气禀说来解释人性之恶的根源，是程朱理学的说法，但在进一步解释四端七情与理和气的关系时，权近为后来的朝鲜性理学的发展提供了一个引起争论的问题，他说："七者之用，在人本有当然之则，如其发而中节，则中庸所谓达道之和，岂非性之发者哉？然其所发，或有不中节者，不可直谓之性发，而得与四端并列于情中也。"②

权近所说的"七者"，是指理学所说的人的喜怒哀乐爱恶欲七种感情，"四端"则是指孟子所说的仁义礼智。朱熹在中和之悟中领悟的就是中庸所讨论的人的感情发而中节与否的问题，但权近在此基础上进一步讨论了四端七情与理气的关系问题，说："理本无为，其所以能灵而用之者，气也。舜之命禹曰：人心惟危，道心惟微，则固以理气分而言之矣。夫心之发，其几有善恶之殊，若纯乎理而不杂乎气，则其发安有不善哉？"③

权近关于四端七情分理气论的说法，在16世纪引起了关于四端七情分理气论的哲学论争，并最终形成了李退溪的圣贤心学思想体系。朝鲜17世纪的性理学者金长生曾说："退溪先生四端七情互发之说，其源于权阳村入学图说，其图中四端书于人字左边，七情书于人字右边。郑秋峦因阳村而作图，退溪又因秋峦而作图，此互发之说所由来。退溪曰：四端理发而气随之，七情气发而理乘之，是阳村书左右之意。"④由此可见，权近在朝鲜性理学发展史上起到了重要的思想影响。

真正使性理学成为李氏朝鲜的统治意识形态并在全社会得到普及的，是15世纪的世宗李祹。作为一代国王，朝鲜世宗不仅在位时间长达32年，历经大明皇朝的永乐、洪熙、宣德、正统、景泰五代，而且注重于中央集

---

① ［韩］权近：《入学图说》卷1，第4页。
② ［韩］权近：《入学图说》卷1，第7页。
③ ［韩］权近：《入学图说》卷1，第6页。
④ ［韩］金长生：《沙溪全书》卷17，《近思录释疑》。

权体制的建立,经济文化的发展,民生的安定,尤其是通过向明朝请求赏赐以史书和性理学为主的书籍,并在国内进行大量印刷的方式,不仅使得朝鲜性理学在朝鲜半岛普及开来,而且由此建立了一个儒教社会体制。为了使更多人能够阅读与掌握儒教文化,又下令儒臣发明了训民正音即朝鲜文字,为朝鲜半岛的性理文化发展做出了重大贡献。

  世宗代及之前的太宗代,朝鲜曾多次向明朝请求赏赐及购买书籍,如明成祖永乐元年(1403)四月,永乐帝派遣都指挥使高得和内官太监黄俨等人赏赐朝鲜国王诰命和金印的同时,赠送了永乐元年大统历。① 同年六月,朝鲜太宗向明朝要求赐冕服书籍,明朝《太宗实录》记载:"永乐元年(1403)六月辛未,朝鲜国王李芳远遣陪臣石璘、李原等奉表谢赐药并贡马及方物,且请冕服、书籍。上嘉其能慕中国礼文,悉从之,命礼部具九章冕服、五经四书并钞及彩币表里,俟使还赐之。"②同年十月,又派黄俨为使臣赐给朝鲜国王冕服和大量礼物的同时,还赠送了《元史》《十八史略》《山堂古索》《诸臣奏议》《大学衍义》《春秋会通》《真西山读书记》《朱子成书》等多种书籍。③太宗十五年(1416),朝鲜李朝因针灸方书缺少而向明朝礼部上奏咨文,千秋史吴真从明朝求得铜人图,并多次向医学上处于领先地位的明朝要求医术、药材,至世宗代,以此为参考,编纂了适合本国国民的乡药集成方、医方类聚等重要的医药书籍。

  到了朝鲜世宗时期,以礼曹、仪礼详定所、集贤殿为中心,正式开始研究中国的儒教政治体制,重点讨论有关施政和制度方面的问题,并多次向明朝要求赏赐或购买性理学方面的书籍。如朝鲜世宗八年(1426),朝鲜向明朝使臣尹凤提出要求《四书五经大全》《性理大全》《宋史》等书籍④。对此,明朝皇帝赏赐给朝鲜进献使金时遇《四书五经大全》120册,《通鉴纲目》14册。同年,明宣帝于"宣德元年(1426)冬十月,遣使以五经四书及《性理大全》《通鉴纲目》赐朝鲜国王李祹。上谓行在礼部尚书胡濙曰:'圣人之道与前代得失俱在此书,有天下国家者不可不读。闻祹勤学,朕故赐之。若使小国之民,得蒙其惠,亦朕心所乐也。'"⑤

---

① 《李朝太宗实录》卷5,太宗三年四月甲寅条。
② 《明太宗实录》卷21,第六册,第392页。
③ 《李朝太宗实录》卷6,太宗三年十月辛未条。
④ 《李朝世宗实录》卷69,十七年八月癸亥条。
⑤ 《明宣宗实录》卷22,第10册,第578页。

明宣德十年（1435）八月，朝鲜世宗国王派遣圣节使南智入明时，将所求书籍的范围进一步扩大，要求赏赐胡三声编撰的《音注资治通鉴》、赵完璧的《源委》、金履祥的《通鉴前编》、陈桱的《历代笔记》、元丞相脱脱编写的《宋史》、朱熹编著的《通鉴纲目》、左丘明的《国语》等书，并指示从事官带着《赍去事目》的购书任务前往明朝，内容如下：

> 其一，太宗皇帝撰五经四书大全等书久矣，本国初不得闻，逮庚子岁受赐，乃知朝廷所撰书史类此者多，但未到本国耳，顺详问来，可买则买。其二，理学则《五经》《四书》《性理大全》无余蕴矣，史学则后人所撰，考之赅博，故必过前人，如有本国所无，有益学者，则买之。《纲目》《书法》《国语》，亦可买来，凡买书必买两件，以备脱落。其三，北京若有《大全》版本，则措办纸墨，可私印与否，并问之。其四，本国铸字用蜡功颇多，后改铸字体制二样矣，中朝铸字字体印出施为，备细访问。其五，详细了解《永乐大典》的刊行及其内容。①

在上述明朝皇帝对朝鲜李朝世宗王的赏赐书籍与世宗向明朝要求赏赐及购买的书籍往返史实中，首先值得注意的是，朝鲜文宗代和世宗代多次向明朝要求性理学及史学方面的书籍，如《性理大全》《通鉴纲目》等。其中的意义，主要在于文化上比较落后的朝鲜，积极向经济文化与社会制度都很先进发达的明朝学习。而性理学不仅是明朝的官方统治思想，而且包含着包括官制、科举制度、礼法、社会习俗等在内的儒教社会体制。

当然，作为性理文明的输出者，明代君臣对于自己的性理学意识形态所具有的儒教治国之道，具有更加明确的认识，而且是由作为明朝社会精英阶层的君臣，主动将性理哲学与中国自秦汉以来传承下来的先进政治体制结合起来，形成了中国中世纪的性理文明。如明朝早在洪武十七年（1384），刘基、宋濂等性理学者就促使朱元璋规定乡会试四书义以朱熹的章句、集注为依据，经义以程颐、朱熹及其弟子等的注解为准绳。并规定，文章须据于宋代经义，仿元代八比法，强调"代圣贤立言"，不许自由发挥。

---

① 《李朝世宗实录》卷69，十七年八月癸亥条。转引自崔竹山《试论李朝世宗时期朝·明之间的书策贸易》，延边大学人文社会科学学院学会论文集第4辑。

程朱理学因此成为官方的统治思想。

洪武年间，解缙上书，建议"上溯唐、虞、夏、商、周、孔，下及关、闽、濂、洛，根实精明，随事类别，勒成一经"，作为"太平制作之一端"。① 这是官修理学之书的开端。解缙的建议，成为后来官修理学三部巨著的先声。② 永乐年间，明成祖朱棣以程朱思想为圭臬，汇辑经传、集注，编纂了《五经大全》《四书大全》《性理大全》，诏颁天下，目的在于"合众途于一轨，会万理于一源"，"使家不异政，国不殊俗"，以统一全国思想。程朱理学成为被统治者奉为安邦定国的圣典，也成为占统治地位的意识形态。

因此，明朝宣帝在将《五经四书大全》《性理大全》《通鉴纲目》等书赏赐给朝鲜世宗时才会说"圣人之道与前代得失俱在此书，有天下国家者不可不读"。而朝鲜世宗一再遣使向明朝请求赏赐或购买性理学及史学书籍，显然也是深知性理学作为明朝官方哲学其中所包含的政治与体制及意识形态意义的。

其次是朝鲜李朝太宗代与世宗代在积极向明朝求购性理学等书籍的同时，还在其国内进行了对这些书籍的刊印与推广，从而使性理学在这一时期的朝鲜半岛由原来仅仅局限于官僚学者的研究，走向了性理文化与儒教思想的社会普及阶段。

朝鲜开国初期，负责印刷书籍的部门是沿袭自高丽旧制的书籍院。朝鲜太祖四年（1396），在书籍院印刷并颁布了《大明律直解》100余部。后来书籍院改为铸字所，并刊印了《十七史纂古今通要》《真西山读书记》《大学衍义》《礼记浅见录》等书籍。③ 同时，朝鲜李朝还有校书馆并设置了提调、判事、校理、副校理、著作郎、校勘、正字等一整套官制，负责与书籍院一起刊印从明朝请求或购买的书籍。世宗六年，铸字所合并于校书馆，担当了朝鲜李朝印刷与刊行从明朝请求及购入的书籍的任务。如朝鲜李朝世宗九年（1427），在庆尚道刊印了明成祖赐给朝鲜敬宁君裶的永乐版《性理大全》。世宗十年，在江原道刻版了四书大全，完成了229卷永乐版本的全部刊印。在朝鲜李朝世宗九年刊印的四书五经及性理大全中，有性理学者下季良写的跋文："为了向世上推广四书五经及性理大全共229卷，命令庆尚

---

① 《明史》卷147，《解缙传》。
② 参见白寿彝主编《中国通史》15，第421页，上海人民出版社，1989。
③ ［韩］金斗钟：《有关近世朝鲜后期活字印本的综合考察》，大东文化研究院第4辑，1967。

监司崔府、全罗监司沈道源、江原监司赵从生在该道雕版。"①

后来,地方各道将刻版进献到中央的铸字所保管,并按需要多次进行印刷刊行,从而使性理学迅速在朝鲜李朝社会中进行推广。如世宗二年(1420),圣节使李之实从明朝购入的600本书通过刊印立即推广到了京中及各道。世宗十年(1428)庆尚监司李绳直进献了《性理大全》50件给予二品以上的文官。世宗时期还刊印了《资治通鉴纲目》《史记》《战国策》《集成小学》《医方集成》等书籍。

三是在朝鲜文宗代与世宗代积极向明朝请求或购买的性理学书籍中,已经出现了真德秀的《真西山读书记》《大学衍义》等书。

这一现象意味着当性理学在明朝初期成为官方统治思想并以官修《四书大全》《五经大全》《性理大全》的书籍为载体传入朝鲜半岛时,意味着性理学已经不再仅仅是作为宋代一种哲学思想产生和存在的程朱理学,而是作为一种包含了儒教社会体制的实用性思想与15世纪领先于世界的中华文明的文化载体传入东亚社会的。同时,在性理文化传播过程中,以书籍作为载体,同时朱子后学如真德秀等人对朱子学进行心学化改造的思想也以书籍为载体传入了朝鲜半岛。这种性理文化的累积现象,在其向东亚传播过程中显得尤为明显。据韩国史料记载,真德秀的《心经》在朝鲜李朝世祖代(1455~1468),也传入了朝鲜半岛。

还有一个值得注意的文化现象,就是在朝鲜李朝世宗代广泛传播性理文化的过程中,为了解决社会大众的汉字阅读难题而在世宗的带领下创制了朝鲜文字。

世宗时期从明朝求购与得到赏赐的大量书籍,通过刊印得到了广泛推广,但是,这些书籍都是汉文书籍,尽管长期以来朝鲜半岛一直具有汉字书写传统,但毕竟是与其母语完全不同的另外一种语言文字,因此即使是读书人也需要花费大量时间学习阅读和书写汉文,一般人很难理解和阅读。就连郑道传那样精通性理学的大儒,也曾在朝鲜太祖七年(1398)向明皇朝呈进的正朝表笺中因为语涉轻薄戏侮而被明朝诘责。因此,当世宗代大量刊印并向全社会推广从明朝得到赏赐或者购买的性理学及史学、医学、农学等书籍时,就需要一种易学易懂的文字。世宗曾说:"国之语音,异乎中国,与文字不相流通,故愚民有所欲言而终不得伸其情者多矣。予为此

---

① 转引自李存熙《朝鲜前期的对明书策贸易》,《震檀学报》第44辑,《东文选》卷103。

悯然,新制二十八字,欲使人人易习,便于日用矣。"①

在这种要求之下,以朝鲜李朝世宗为代表的官僚学者群,通过向明朝的音韵学家多次请教,最终创制了训民正音即朝鲜文字。据朝鲜史料记载,朝鲜世宗时期集贤殿学者成三问、沈叔舟等人,为了创制训民正音,先后13次前往中国的辽东,向谪居在那里的明朝翰林学士黄瓒请教音韵和发音标记的方法,最终创制了普通百姓容易学习的朝鲜文字。

也正是因为朝鲜文宗代与世宗代对明朝以性理学为象征的中国先进文明与文化的积极吸收与应用,并在创制了朝鲜文字之后进一步向全社会普及儒教伦理,如通过刊印《孝行录》《三纲行实》《五礼仪》等,使李氏朝鲜奠定了以性理学为统治意识形态的立国理念与儒教价值观。

对此,世宗大王有着明确的认识,除了向大明请求颁赐或购买《性理大全》等理学经典外,还于世宗十三年(1431)诏令儒臣以儒教三纲为核心制作《三纲行实图》,并告喻:"三代之治,皆所以明人伦也。后世教化凌夷,百姓不亲,君臣父子夫妇之大伦,率皆昧于所性而常失于薄。间有卓行高节,不为习俗所移,而耸人观感者亦多。予欲使取其特异者,作为图赞,颁诸中外,庶几愚夫愚妇,皆得而观感以兴起,则化民成俗之一道也。"②可见其对作为统治意识形态的以儒教三纲为核心的明代性理文明的作用与意义的明确认识。

除了《三纲行实图》外,世宗代性理学者还依据大明皇朝的性理学典籍编纂了大量作为治国理念的书籍,如偰循所著《孝行录》(世宗十年,1428),许稠著《五礼仪》(世宗十二年,1430),黄喜等《新撰经济六典》(世宗十五年,1433),尹淮等著《资治通鉴义训》(世宗十七年,1435),李季甸著《通鉴纲目义训》(世宗十八年,1436),郑麟趾等著《治平要览》(世宗二十七年,1445),集贤殿儒臣撰《历代兵要》(世宗二十七年至端宗元年(1455),集贤殿儒臣医官撰《医方类聚》(世宗二十七)等。尤其是郑道传所著《朝鲜经国典》,意味着李氏朝鲜在确立了性理学作为国家统治意识形态之后,又在儒教体制意义上,学习和确立了大明皇朝领先于世界的性理文明。

---

① 朝鲜李朝世宗《训民正音御制文》,转引自[韩]李正浩著,洪军译《韩文的创制与易学》第117页,河北人民出版社,2006。
② 转引自[韩]柳承国著,傅济功译《韩国儒学史》,第118页,(台北)商务印书馆,1989。

二、《大明会典》《大明律》与《经国大典》：儒教体制的确立

关于古代中国政治制度与社会制度的先进性，中国历史学家曾以隋唐时期中国在世界上的地位为题，论述过先进的社会制度使中国成为世界历史的先导，说："中国早在春秋中期以后，奴隶制度逐步衰落，奴隶主贵族……用封建等级土地所有制的剥削代替奴隶制的剥削。到战国时期，新兴地主阶级的政治家又在各诸侯国实行变法，废除奴隶主国王所有的土地制度，确立等级所有制下的私有制，准许土地自由买卖。千年之后，西欧也沿着与中国历史大体同类的道路走向封建社会"，"其他各国进入封建社会的历史时期，都晚于西欧。拜占庭帝国是从7世纪也就是中国的隋末唐初开始走向封建社会的，印度是在5到7世纪即中国南北朝到唐前期形成封建制度的，朝鲜、日本都是在7世纪中期即中国唐高宗时期进入封建社会的。由此可见，当时世界上比较先进的国家刚刚进入封建社会或者正在走向封建社会的时候，中国的隋唐时期已经是成熟的封建社会了"，"早于西欧700年进入封建社会的中国，当然处于世界历史前进的先导地位。"①

在政治制度上，自秦始皇废封建而立郡县，奠定了先进的国家体制以后，汉承秦制，历代相承，再加上先进的封建社会体制，近代以前的中国始终处于世界历史的先导地位。至明代，以《大明会典》的形式整理和记载了先进的儒教社会体制与国家体制。这也是李氏朝鲜能够迅速从大明学习并建立起儒教社会体制的根本原因。

李东阳等编《大明会典》是明代官修的记载典章制度的史书，始纂于弘治十年（1587），经正德时参校后刊行，共180卷。嘉靖、万历时先后加以修订，撰成重修本228卷。

明太祖朱元璋仿《唐六典》敕修《诸司执掌》，分吏、户、礼、兵、刑、工六部，和通政使司、都察院、大理寺、五军都督府10门，共10卷。记载了明朝开国至洪武二十六年所创建与设置的各种主要官职制度。弘治十年，孝宗敕命大学士徐溥、刘健等，将洪武后累朝典制，在《诸司执掌》基础上加以整理纂修，赐书名为《大明会典》。修成后未刊行。正德四年（1509），命大学士李东阳等对《大明会典》重加参校，次年由司礼监刻印颁行。

---

① 白寿彝主编：《中国通史》第六卷，第496、497页，上海人民出版社，1989。

《大明会典》定凡例24条,阐明该书以《诸司执掌》为底本,参考《皇明祖训》《大诰》《大明令》《大明集礼》《洪武礼制》《礼仪定式》《稽古定制》《教民榜文》《军法定律》《宪纲》《大明律》《孝慈录》等官书,并附以历年有关事例,以本朝官职为纲,使官领其事,事归于职,将六部中的吏部、礼部、兵部、工部各有司例者,均以司分。其余户部和刑部所属诸司,则分省而治,如江苏、浙江布政司等。与《诸司执掌》不同的是,增添"宗人府"一门,列为首卷,其后第2至163卷为六部掌故,第164至178卷为诸文官职,最后2卷为武官职,录武官职位及其沿革。

总之,《大明会典》以官修文书的形式,整理、记录、规定了以六部制为代表的国家政治体制,以《宪纲》《大明律》为核心的国家法律体制,以《大明集礼》《洪武礼制》《礼仪定式》《稽古定制》等为代表的儒教社会体制,以《军法定律》为代表的国家军事体制。以国家法典的文化形式,将中世纪中国领先于世界的封建社会体制文明记载下来,成为周边国家如朝鲜、日本等学习的先进儒教文明与文化。李氏朝鲜更是以属国的身份,积极向大明皇朝学习并建立儒教国家体制。

李氏朝鲜建国之后,就开始通过不断向明朝请求赏赐或购买性理学书籍,学习大明先进的儒教国家体制,如明正统四年(1439),朝鲜世宗任命同知中枢院使李思俭为圣节使入明求购书籍时就说:"大明官制传来已久,幸好去年遣明使带回了有关诸司衙门的官制。但是认为有很多有关礼乐制度方面的书籍,很遗憾还未曾见过。家礼易览中有御制孝子录、稽古定制书、丧礼图等书,特别是广泛地购入有关这些方面的书籍。"[①]由此可清楚地看到,朝鲜李朝世宗向大明皇朝求购性理学与史学等书籍的目的,是为了学习明朝的官制等政治体制与孝行、丧礼等儒教社会体制,也就是希望能够通过学习性理学书籍中所包含的政治体制、社会习俗乃至法律制度等,建立起如明朝一样先进的儒教社会体制。

李氏朝鲜建国后,在原来高丽官制的基础上,依据儒教理念,确立新的两班官僚体制。其代表性著述是《朝鲜经国典》及其后的《经国大典》。

太祖三年(1394),郑道传依据《大明律》和《经世大典》,编撰了一部法典《朝鲜经国典》,目的是为新王朝确立以理学为意识形态的统治理念与儒教体制。如在总论中,郑道传强调政治的根本是"仁",认为只有正君

---

① 《李朝世宗实录》卷86,二十一年九月戊申条。

心,才能行仁政。然后以朱子学为思想基础,以建立儒教中央集权制为目标,阐述了治典、赋典、礼典、政典、兵典、宪典等六典,试图将《周官六翼》所阐述的周礼六典,与明朝的性理学理念结合起来,实践于朝鲜的政治体制中。

太祖四年(1395),郑道传又编纂了《经济文鉴》,收录了《周礼》《通典》《文献通考》《朱子语类》等有关国家体制与政治体制的资料,再次试图确立作为儒家政治理想的周代以宰相制为基础的"圣人君主论"。

太祖六年(1397),在赵浚主导下,将高丽时代以来颁布的条例进行整理,编成《经济六典》,颁行全国,确立了李氏朝鲜的政治体制和法律体制。之后又在太宗七年和十三年两次加以修订,成《续六典》《元六典》。世宗四年(1422),设置六典修撰所,继续修订六典。至世祖代再次加以积极修订,命宁城府院君崔恒、右议政金国光、西平君韩继禧等数人纂修,命名为《经国大典》。

1469年完成的《经国大典》,在学习明朝的封建体制设立中央机构与六部(即吏、户、礼、兵、刑、工)为主的官僚机构的同时①,也确立了朝鲜社会独特的两班官僚体制,即在六典中,确立吏典与兵典的中心位置。吏典与兵典之官制分为东西两班:东班文官,西班武职。东班之京官职,即中央政府,其重要者为议政府、六曹、义禁府、司宪府、司谏院等。当时的行政机关,实际上即由议政府与六曹来掌握运转;东班之外官职,即地方官。西班之官职,则掌管中央与地方的军权。

具体而言,《经国大典》所确立的朝鲜李朝国家行政体制为:国王为国家最高领导者。在国王下面,有辅佐机关议政府,其首领称领议政,相当于中国的内阁首辅。领议政之下为左、右议政,其下设有左右赞成、左右参赞、舍人等职官。议政府总揽国家事务。此外,还有承政院、司宪府和司谏院。承政院掌管王命出纳,长官为都承旨,其下有6名承旨,分别与六曹相联系。司宪府和司谏院合称台谏,为言官。台谏与刑曹合称三省,负责推鞫。

---

① 朝鲜的官职称为两班,仿照中国分为正从九品,由正一品到从九品,共计十八品。其中,正三品分为堂上和正三品堂下。正一品至正三品堂上,称为堂上官。正三品堂下到正七品,称为堂下官或参上官。正七品以下为参下官。1896年以后修改官职制度,敕任官为正一品至从二品,奏任官为正三品至从六品,判任官为正七品至从九品。武将制度,大将为一品,副将、参将为从二品,正领、副领、参领、正尉为从三品,副尉、参尉为从六品,正校、副校、参校另行决定。

议政府、承政院、司宪府和司谏院组成了中央权力机关,主要负责整个国家的运行事务。六曹则负责具体的事务。此外,李朝政府还设置了弘文馆、艺文馆、成均馆、校书馆、春秋馆、承文院等机构,负责研究儒家典籍,刊行书籍,撰写王命及事大文书等。

在军事制度上,李朝实行兵将分离制度,无定将、无定卒,类似轮流服役的预备役军队,而非常备军。武官外职包括兵马节度使、三道水军统御使(均为从二品)、兵马/水军节制使、兵马虞侯、水军虞侯、兵马/水军佥节制使、兵马/水军同佥节制使、兵马万户、水军万户等品级。中央外派官职有观察使、中军、察访等。

以后虽然官职的名称存废有一定的变动,但是整个李朝时期的官职制度总体上都遵循了《经国大典》的规定。

《经国大典》远本《周礼》,近依《大明会典》,实际上就是朝鲜李氏王朝在完成了政治上的稳定与经济上的繁荣以后,开始依据中国明代的封建专制体制确立自己的统治机构与社会体制,即确立以封建君主集权制为基础的儒教社会体制。

总之,从李朝立国之初郑道传的《朝鲜经国典》,至完成于世祖代的国家体制确立之《经国大典》,李氏朝鲜以《大明会典》为依据,建立起了以性理学为核心的儒教体制。中国中世纪的性理文明通过性理哲学思想及政治体制、社会体制文明,影响朝鲜半岛的历史与文明进展,清楚地展现出来,这也成为心经传入朝鲜半岛的思想历史背景。

第四节 《心经附注》在朝鲜半岛深入研究的历史背景

在具体探讨16世纪朝鲜性理学者群对《心经附注》的研究及著述情况之前,一个必须解释的问题是,朝鲜为什么会在16世纪产生心经文化。或者换言之,16世纪朝鲜心经文化产生的历史背景是什么?实际上,这与16世纪初赵光祖道学政治的失败及朝鲜延续半个世纪之久的士祸政治有着直接的内在关系。

在经历了由世宗代至世祖代儒教社会体制的确立以后,进入16世纪的李氏朝鲜进入了一个衰退期,由燕山君代(1494~1506)开始的士祸,历经中宗代(1506~1544)、仁宗代(1544~1545),以至于明宗代(1545~1567),在长达半个世纪的时间里,朝鲜李朝士林接连遭到了四次大的士祸打击。从成宗代(1469~1494)开始进出中央政府并与勋旧派官僚学者形成尖锐对立的新近士林派,在四大士祸的打击下一蹶不振,开始重新选择回归研究性理哲学的学问之路,朝鲜性理学反而因此得到了思想上的深入研究与发展。一大群性理学者开始形成不同的性理学派,如花潭徐敬德的主气论,退溪李滉的朱子学心学化发展论,以及稍后栗谷李珥的主理论等。《心经附注》正是在这样的思想历史背景下受到了朝鲜性理学者的重视,并成为朝鲜性理学争论与进一步深入发展的关键。

为弄清《心经附注》对16世纪朝鲜性理学发展的历史影响脉络及意义,本节将概述士祸形成的历史原因,四大士祸的发生过程,以及16世纪中期作为儒林领袖的退溪李滉退出政坛,隐居林下深入研究心经的历史根源。

一、士祸政治:李退溪深入研究心经的历史根源

朝鲜士祸的发生,有两个基本原因:一是朝鲜开国以来因坚守程朱性理学中所蕴含的节义精神而隐于民间、专心于性理学研究与民间教育的节义派,在成宗代开始进入中央政府,成为试图实现道学政治的新近士林派。他们不仅在政治上与勋旧派形成尖锐对立,并因继成宗登上王位的燕山君的残暴引发了最初的两大士祸。二是在燕山君被废、中宗继位后,以赵光祖为首的道学派又因为继承了朱子学中所包含的"革君心之非"的政治主张,再次引发了士祸,而中宗之后,李朝又因为明宗幼冲,外戚专横而发生士祸,最终使士祸成为16世纪朝鲜李朝无法控制的政治灾难。节义派以吉再、金叔滋、金宗直、金阳孙等为代表,道学派则以赵光祖等人为代表。道学派实际上是对节义派的思想发展与政治实践。

吉再(1353~1419),字再父,号冶隐、金乌山人,谥号忠节。海平人。师事李穑、郑梦周、权近等人,学习性理学。34岁(1386)科举及第,补任成均博士,两年后发生李成桂威化岛回军事件,看出高丽必亡,产生伯夷叔齐之志。辛昌王一年(1389)升任门下注书,同年因母丧丁忧,自此隐居金乌山,读书涵养并教育人才。朝鲜开国后朝廷曾任其为奉常博士,但吉再以忠臣不事二君上书朝廷,坚守节义,终未出仕。后与李穑、郑梦周一起被称为丽末三隐。传世著作只有诗文数篇。吉再在学问上重视真知实得,推崇忠孝礼仪,丧礼一尊《朱子家礼》。门人有金叔滋,并由此传金宗直→金宏

弼→赵光祖,成为节义派的学统。

士祸始发于燕山君代,但其根源却是在成宗代埋下的。成宗是世祖长子李暲第二子,世祖薨,睿宗李晄继位,仅一年而薨,世祖之妃贞熹王后尹氏因成宗李娎自幼即有大志而立13岁的成宗继位,至成宗六年(1475)亲政。成宗精通经史百家,以儒教治国,开弘文馆,复集贤殿旧制,建书堂,选文臣之年少者读书其中,又设尊经阁,养贤库,赐田于成均馆及乡学,命诸学士编纂《东国舆地胜览》《东国通鉴》《东文选》《乐学轨范》《帝王明鉴》《后妃明鉴》等,又命校书馆印行经史诗文集之类数十部,颁于诸道,奖励学问。因此成宗代人才辈出,新近士林如曹伟、申从护、俞好仁、金䜣、成希彦等尤蒙隆遇,开始进入中央政府,形成新近士林派与开国以来始终占据中央政权的勋旧派之间的对立与冲突,成为日后引发士祸的直接原因之一。①

其次,成宗代适逢盛衰交替之际,风俗奢淫,如国初以来对贪官污吏治之甚严,至禁锢其子孙,但成宗时政尚宽厚,贿赂之风渐行,纲纪颓坏。成宗好酒,多内宠,对于宗室,常设酒宴,备妓乐。日后燕山君耽于宴乐,与此自然有关。同时,燕山君之残暴,又与成宗处置燕山君之生母、王妃尹氏有关。尹氏骄纵,被废为庶人,后又被赐死。燕山君继位,由此事而引发戊午士祸。

戊午士祸,又名史祸。起因于金阳孙在春秋馆,在史草上记载勋旧派大臣李克墩为全罗监司时,于成宗之丧,不进香京师,载妓而行,及其贪赃事,又书世祖篡位之事,收金宗直吊义帝之文。及开史局,修成宗实录,李克墩为堂上官,见金阳孙书已恶,大怒,以史草世祖之事告总裁官鱼世谦,鱼世谦不答,因而谋之于柳子光。柳子光告勋旧派大臣卢思慎、尹弼商、韩致亨,卢思慎等直接向燕山君告发此事。

适逢燕山君不好学问,尤其厌恶文士,认为正是这些文士要名凌上,使其不得自由,因此见到柳子光所启,立即命令拿金阳孙等拷问。柳子光以金阳孙曾受业于金宗直,以大逆不道论处,金宗直及其门人等有关系者尽遭处分。当时金宗直已死,被剖棺斩尸。以金阳孙及权五福、权景裕、李穆、许磐等党于奸恶而诬蔑先王,皆杀之。以姜谦、表沿沫、郑汝昌等或犯乱言,或不告乱言,处以杖流。李宗准、崔溥、金宏弼等为金宗直门人,亦处

---

① [日]林泰辅著,陈清泉译:《朝鲜通史》第123页,(台北)商务印书馆,1974。

以杖流。而鱼世谦等也因身为史官见金阳孙史草不立启而被罢官。此事发生在燕山四年戊午(1498),因此名戊午士祸。史载,戊午士祸后不久,司宪府即上言:"儒林丧气,重足累息,学舍萧然,数月之间,无诵读之声。父兄戒子弟曰:学足应举则止,何用多为。"①士林所受打击可想而知。

燕山十年(1504)甲子,又因燕山生母废死之事引来士祸。燕山本来以成宗继妃贞显王后尹氏为己母,不知生母尹氏死于非命。此时任士洪告知燕山,谓燕山生母尹氏之死是由于成宗之淑仪严氏、郑氏之谗,燕山于内庭扑杀严氏、郑氏,又取时政阅读之,追罪当时参与废死之议论或奉行者。废尹弼商、李克浚、金宏弼等数十人。因韩致亨、郑汝昌、鱼世谦等已死,剖棺斩尸,其子弟同族亦罪之。甚至与尹氏废死无关而为燕山所恶而诛之者亦不在少数。因此事发生在甲子年,故称甲子士祸。②

甲子士祸后,燕山之残暴无道达于极点,终至燕山十二年(1506)九月,为成希彦等人兵谏于景福宫门外,由慈顺大妃尹氏废其为燕山君,奉晋城大君李怿即位,是为中宗(1506~1544)。

二、道学政治的失败:李朝中期的士祸政治对心经深入研究的意义

中宗初即位,尽革燕山弊政,崇尚儒术,振作风化,任用贤才。此时安瑭为吏曹判书,不拘资格,量才授职,举赵光祖、金湜、朴薰等,特除六品之职。安瑭很快升任领议政。中宗尤其信任赵光祖,欲兴至治,正风俗,由副提学进大司宪。中宗十三年(1518),依赵光祖之议,仿照汉代贤良方正科之历史故事,设立贤良科。中宗十四年(1519),取金湜、安处谨、朴薰等28人。任用金净、朴祥、李耔、金绿等诸贤。中宗代一时呈现出中兴之局面。然而,也正是因为以赵光祖为首的道学派急于实现朱子学中所包含的道学政治,而最终招致了朝鲜李朝进入16世纪后的第三次大士祸。

赵光祖(1482~1519),字孝直,号静庵,谥号文正,汉阳人。受业于金宏弼,而金宏弼被认为是朝鲜性理学由郑梦周→吉再→金叔滋→金宗直一系列代表朝鲜性理学正统的继承者。

赵光祖从金宏弼那里学习真知实践的学问方法,不仅以"毋自欺"、

---

① [日]林泰辅著,林清泉译:《朝鲜通史》,第122页,(台北)商务印书馆,1974。
② [日]林泰辅著,林清泉译:《朝鲜通史》,第125页,(台北)商务印书馆,1974。

"谨其独"作为为己之学的大要,远离浮华的辞章之学,而且笃信《小学》和《近思录》,将其作为经书研究的基础,专心于讲明道学,以天下行大道为己任。无意于举业,29岁才应进士科,及第后进入太学。34岁以孝廉被安瑭举荐,拜六品造纸署司纸,同年在谒圣试中及第,受到中宗信任,四年间官至大司宪,开始实现其立身行道,崇尚儒术,完成文治的志向,在朝堂上时时以崇道学,正人心,法圣贤,兴至治进言,致力于整理国是。李栗谷说他:"惟我静庵先生……其所惓惓者,以格君心,陈王政,开义路,塞利源为先务。"①

为了实现道学政治,赵光祖等新近士林必欲以其所学之道致君为尧舜,甚至强迫国王行其意见,如其请废昭格署(祭星祈醮之所),台谏皆退,赵光祖独不退,论启至鸡鸣不止,中宗不得已于翌日议而废之。《朝鲜通史》记载:

> 且当时诸贤之待经席,进讲一章,则引喻义理,出入诸经,朝讲或至日倾,王颇倦之,欠伸而动,坐床上或戛然作响。至矫激轻锐之徒益甚。前牧使金友曾,污毁士林而被廷讯,光祖不欲穷治友曾,有弹劾光祖,谓其依违因循者。形势已如此,士林之议论太锐,作事不以渐,不度时量势,妄欲猛进,致其君有厌倦之心;此诚小人可乘之机会也。②

正是因为以赵光祖为领袖的道学派在政治上的激进导致中宗厌倦,再加上赵光祖等请中宗削靖国功臣之冒滥者,王初不许,后因诸臣之强请,最终削二三等值冒滥者,及四等全数70余人之勋,沈贞亦在其中,这就直接触动了勋旧派的利益,从而引起以礼曹判书南衮、都总管沈贞、外戚洪景舟等的反击。

中宗十四年(1517),洪景舟向中宗进言,说赵光祖等人交相朋比,污上行私,倾倒国势,请求将赵光祖交付有司,明正其罪。中宗下令拘拿赵光祖及右参赞李耔、刑曹判书金净、都承旨柳仁淑、右副承旨朴世熹、右副承旨洪彦弼、同副承旨朴薰、副提学金絿、大司成金湜等于阙庭,最终窜黜赵

---

① [韩]李珥:《栗谷全书》卷13,第37页,成均馆大学校,大东文化研究院,1971。
② [日]林泰辅著,林清泉译:《朝鲜通史》,第127页,(台北)商务印书馆,1974。

光祖及金净、金绿、金湜、朴世熹、朴薰、尹自任、奇遵等,罢安瑭职。郑光弼左迁领中枢,以南衮、李惟清为左右议政,金铨为领议政。废贤良科。随即赐赵光祖死,其余窜黜。事发生于中宗十四年己卯,故名"己卯士祸"。

朝鲜李朝在进入16世纪后接连发生三次大的士祸,如果说燕山君代两大士祸的发生有着偶然因素的话,那么以中宗崇尚儒术,试图振兴朝政这样一位国王,居然也发生了己卯士祸,其中有两点值得关注。

一是赵光祖等人所谓的道学政治究竟是指什么?《朝鲜通史》评己卯士祸说:"要之,己卯之祸,乃朱子学之徒欲轻易实行其理想而失败者也。"①也就是说,引发朝鲜李朝中宗代己卯士祸的根源在于朱子学,或者说,就是朱子学中所包含的"格君心之非"的道学政治理念。

朱子在议论南宋时政时曾说:"然为是说者(按:南宋当时政治上的和议、独断、国是三种政治观点)苟不乘乎人主心术之弊,则亦无自而入,此熹所以于前日之书不暇及他而深以夫格君心之非者有望于明公。盖是三说者不破,则天下之事无可为之理;而君心不正,则是三说者又岂有可破之理哉!"②

朱熹正是看到了在封建专制体制下处于权力金字塔顶端的君王的政治决定性意义,因而力主"格君心之非",试图用传统儒家重义轻利的人生价值观以及孟子的民生与民本之王道政治论来影响与感化封建君王,以求从根本上达到政通人和、三纲五常、天下太平的王道理想社会。因此,朱熹提倡用《孟子》一书作为为君王洗脑的政治教科书。他说:"愚意《孟子》一书最切于今日之用,然无轮日讲解,未必有益,不若劝上万几之暇,日诵一二章,反复玩味,究观圣贤作用本末,然后夜直之际,请问业之所至而推明之。以上之聪明英睿,若于此见得洞然无疑,则功利之说无所投而侥幸之门无自启矣。"③

朱熹是一位实干型儒家学者,自然不会仅仅用《孟子》的王道政治理论来对君王进行说教,他同时提出了具体的施政策略,试图恢复孟子以来儒家的井田制理想,说:"今财利之柄制于聚敛掊克之臣,末流之弊不可胜

---

① [日]林泰辅著,林清泉译:《朝鲜通史》,第128页,(台北)商务印书馆,1974。
② 转引自[韩]李滉《朱子书节要》卷1,[日]阿部吉雄编(日本刻本)《李退溪全集》,李退溪研究会,1983。
③ 转引自[韩]李滉《朱子书节要》卷1,[日]阿部吉雄编(日本刻本)《李退溪全集》,李退溪研究会,1983。

救。愚意莫若因制国用之名而递修其实,明降诏旨,令逐州逐县各具民由岁入几何,非泛科率几何,所收金谷总计几何,诸色支费总计几何,类会考究而大均节之,使州县贫富不至甚相悬,则民力之惨舒亦不至大相绝矣。如此然后先王不忍人之政庶乎其可试也。又屯田实边最为宽民力之大者,须就今日边郡官田略以古法画为丘井沟洫之制通行之,使彼此无疆场之争,军民无杂耕之扰,此则非惟利于一时,又可渐为复古之绪。今日养民之政恐无出于此两者。"① 由此可见朱子王道政治之理想。

朱熹以"格君心之非"为核心的儒教政治论,包含以下几个特点。一是将治理国家的希望寄托于君王在思想上相信儒家重利轻义的价值观念,并因此要求官僚阶层同时遵守这一价值观念。因为理学家相信并身体力行清廉政治,而且对国家所面临的政治经济矛盾有着清醒的认识。从周敦颐、程颢到朱熹都是如此。二是要求以君王为首的统治阶层要以民生为重,奉行孟子的民本政治。三是在儒家的政治理想中贯穿着一个平均主义思想,自孔子始就相信民不患贫而患不均,相信只要实行古代以平均主义与古代的天子制等级思想为基础的井田制,就可以实现天下大同的理想社会。这是自孔子以至朱熹都深信不疑的。

但是,在中国历史上,儒家的这个复古理想却恰恰自孔子、孟子以至朱子都未能实现。有趣的是,历史上的儒家在政治态度上却就越来越执着,孔子以道德说教的温和态度,到孟子变为激烈的论辩,到二程上书皇帝批判国家的腐败,再到朱熹就演变为"格君心之非"的固执,以至于性理学传入朝鲜半岛后,被称为朝鲜理学正统的赵光祖一派道学家甚至于强迫国王行事。

这里存在着一个基本的社会历史前提,即两宋以来实行的文人政治与儒教社会体制所奠定的社会文化基础。在这种儒教社会体制中,所有官僚甚至包括皇帝在内的统治阶层,首先都必须接受自汉代以来以五经为主的儒家思想教育,否则便不可能通过科举考试进入官僚阶层。因此,朱熹才有可能相信只要通过对君王的儒家思想教育便有可能实现王道理想。

宋代以后,朱熹用理学家的观点所注释的《四书集注》被定为科举考试的标准,而且一直延续到清朝末年,更是奠定了被称为新儒学的理学立

---

① 转引自[韩]李滉《朱子书节要》卷1,[日]阿部吉雄编(日本刻本)《李退溪全集》,李退溪研究会,1983。

国的文化基础。而李氏朝鲜在接受性理文化时,已经是明朝初期性理学被明成祖定为国学以后了,此时距朱熹集理学于大成已经有200多年的历史了。

也就是说,包含在朱子思想中的"格君心之非"的政治论,在传入朝鲜半岛时,历史掩盖了一个基本的史实,即程朱理学中所包含的王道政治理想虽然在中国历史上从未被实现过,但当性理学传入朝鲜半岛时,理学在中国本土却正被明成祖朱棣奉为统治哲学,不仅通过官修《五经大全》《四书大全》和《性理大全》来整理性理思想,将理学上升为性理文化加以普及与传播,而且通过将朱熹的《四书集注》定为科举考试的标准来实现以理学范围官僚学者阶层与知识阶层的思想,使理学中所包含的更加强烈的崇奉"三纲五常"之儒教社会等级制度成为维系整个封建专制帝国的内在思想保证,同时又抛弃了理学中所隐含的"格君心之非"的批判时政精神而代之以真德秀为帝王提供治理国家术的《大学衍义》一书,这也是为什么自南宋末年以后在中国的历史上官方不再重视《孟子》,但《大学衍义》却成为此后历代帝王必读的教科书的根本原因。

但是,当理学传入朝鲜半岛并发展到16世纪初时,赵光祖一派道学政治家继承的却是朱熹的"格君心之非"的政治主张,并由此引来了更大的士祸。此后朝鲜李朝以李退溪为首的士林阶层正是因为认识到了这一点,才放弃了道学派的政治观而转向《心经附注》所代表的温和的政治态度。同时,在赵光祖的性理思想中,存在着一个与程朱理学不同的东西,那就是对心与敬的强调,而这一点正是朱子之后被真德秀、程敏政等通过《心经附注》将朱子学心学化的基本特征。

三、李退溪对《心经附注》的重视与研究的历史根源

如上所述,朝鲜李朝自1498年发生了戊午士祸之后,又接连发生了1504年的甲子士祸、1519年的己卯士祸、1545年的乙巳士祸,以及1547年的丁未士祸。

在半个世纪中接连发生的四大士祸,首先对朝鲜士林带来了毁灭性的政治打击,而且一次比一次严重,如在燕山君代发生戊午士祸后,朝鲜社会的反应是"儒林丧气,重足累息,学舍萧然,数月间无有诵读声,父兄戒子弟

曰:学足应举则止,何用多为"①,到了中宗代的"己卯士祸",造成士林派与勋旧派官僚学者的彻底对立与你死我活的政治斗争,迫使士林退出政治舞台,埋头于性理哲学的研究之中。

李退溪在分析己卯士祸发生的原因时,就已经看到了赵光祖一派新进士林道学政治的失败根源及其后果,说:"当时年少之辈急于致治,不无欲速之弊,旧臣之见摈者失职怏怏,百计伺隙,构成罔极之祸,一时士类,或窜或死,余祸蔓延至今。士林之间有志学行者,恶之者辄指为己卯之类。人心孰不畏祸,士风大污,名儒不出,职此故也。褒赠光祖,追罪南衮,则是非分明也。"②李退溪深刻地认识到了以赵光祖为代表的朝鲜道学政治的可怕之处,就在于当赵光祖等道学政治家将朱子性理学中内含的"格君心之非"的经世理论运用到极致时,也就是新进士林派毁灭自己之时。这种性理学经世理论的可怕之处,在于它在乱世政治中不仅能为自己找到政治对手,而且能使封建专制政权的最高执掌人(君王),变为埋葬理学经世学者的第一人。

士祸政治的另一个可怕之处,是其在半个世纪内形成了一种政治常态,一有政治利益的冲突,代表各派利益的政治官僚学者便会采用士祸的手段来进行大规模地政治清洗,以至于到了16世纪中叶,士祸政治已经成为一种无人能够驾驭的摧毁性力量,这一点,明显地表现在乙巳士祸的发生上。

甲辰(1544)十一月,中宗升遐,继任的仁宗(1544~1545)因未能得到文定王后的赞同,在位仅八个月而薨,12岁的明宗(1545~1567)继位,文定王后垂帘听政,尹元衡当权,形成外戚专政。外戚专权之后,立即着手在政治上清除异己,尹元衡与知中枢郑顺明、兵判李芑、户判林百龄、工判许磁等结为死党,在朝鲜历史上又一次开始了对士林的迫害。

仁宗元年乙巳,即明宗即位之初,文定王后命窜逐尹任、柳灌、柳仁淑,随即赐死。李芑为右议政,林百龄为吏判,许磁为大司宪。以文定王后为首的外戚势力完全把握了朝政。此后,士祸蔓延,修撰李辉、副提学罗淑等十余人被杀,而郑顺明、李芑等则录定难之勋。此即乙卯士祸。

---

① [韩]李滉:《增补退溪全书》(四),《退陶先生言行录》,[韩]成均馆大学校,大东文化研究院,1985。

② [韩]李滉:《陶山全书》(四),第329页,[韩]成均馆大学校,大东文化研究院,1985。

在此次士祸中,当时士林领袖李退溪也被李芑启请削职。据《退溪年谱》记载:

> 时权奸用事,士祸大起,诛窜相继,人皆重足以立。右相李芑尤凶险,知士论不与,欲尽去异己以钳制众口,诣阙独启:"近日定罪,各适其当,但朝士坐罢者有所未尽,李天启、李滉、权勿、李湛、丁煌,请并罢。"于是先生与丁公煌等数人,同日削职,朝野骇愤。①

乙巳士祸的发生,使朝鲜社会陷入了深重的灾难之中,本于经济要求而在儒家传统义理精神的驱使下试图实践道学政治理想的士林派,在与勋旧派的政治争斗中,陷入了交相掌权、相互争斗、两败俱伤、愈伤愈斗的危险局面,再加上外戚势力的介入,最终使士祸成为一种难以驾驭的政治恶魔,不仅新近士林身受其祸,就连勋旧派也在这种政治争斗中失去了原有的历史与现实地位,从而使16世纪的朝鲜社会走向了纯粹的政治动荡与国民经济的急剧衰退之中。就像被打开了的潘多拉魔盒,狂热的政治热情几乎成为一种摧毁一切的力量,甚至达到了王权也难以驾驭的地步,以至于明宗在顺怀世子薨时哀痛无已,仰天长叹:"乙巳之忠贤,无罪而被骈戮,予在君位,不能止之,我家安得世为君王哉?然不能奈何之。"②

在进入16世纪后陷入严重士祸政治的同时,朝鲜李朝还面临着更加严重的危机,那就是日本对朝鲜半岛的觊觎与入侵。与朝鲜半岛陷入严重的政治危机形成对比,日本列岛进入16世纪后开始进入强盛期,并开始对朝鲜半岛不断地进行骚扰与武力入侵。1510年,对马岛日本人入侵,发生三浦倭乱。1551年,乙卯倭变。1555年朝鲜设置备边司。1559年发生黄海道农民战争(林居正之乱),延续至1562年。1575年,朝鲜士林派分裂为东人、西人。1592~1598年,日本入侵朝鲜,发生壬辰丁酉倭乱。

也就是说,朝鲜在自中宗即位以至宣祖代的整个16世纪,不仅面临着士祸政治打击下的政治动荡、经济衰退,以及由此引发的农民战争,还面临

---

① [韩]李滉:《李退溪全集》下,第11页,[日]阿部吉雄编:(日本刻本)《李退溪全集》,李退溪研究会,1983。

② [日]林泰辅著,林清泉译:《朝鲜通史》,第133页,(台北)商务印书馆,1974。

着日本的觊觎与入侵这样一个内外交困的现实政治历史局面。

作为能够代表16世纪朝鲜社会精英的官僚学者，无论是以性理哲学之道学政治为立世准则的新进士林派，还是自朝鲜立国以来以理学所内含的儒教政治体制维护王权为代表的勋旧派，以及代表大地主阶层利益的王权，甚至也包括明宗代掌握朝政的外戚势力，都必须解决士祸政治的混乱局面所带来的经济衰退、民不聊生及由此引发的农民起义，以及迫在眉睫的日本对朝鲜半岛的入侵这样一个严重的国家形势。

从以上历史背景看，以乙卯倭变与黄海道农民战争为代表，16世纪中叶的朝鲜李朝，站在了历史转折的关键点，而能够解决这一严重历史危机的，只有在精神上处于精英地位的士林。能否挽救这一历史危机，又将采取何种方式来解决这一危机，是当时的历史现实给予朝鲜性理学者的大问题。

此一时期，朝鲜思想界的大致局面是以曹南冥、李退溪和李栗谷为代表，前者以隐居山林，不问世事为处世准则，后者则因为年轻而尚未进入政治集团中心，能够成为士林领袖并心系国事，急于从性理哲学思想上寻求治国之道的，唯有李退溪。

事实也确实如此。当已经进入中央政治集团的李滉，在乙巳士祸发生之后，意识到新近士林已经无法再在政治上做出任何努力而只能选择退归山林之后，便于50岁时决然隐退，卜居于退溪之西，构寒栖庵，开始从性理学上探寻治理乱世的思想对策，而《心经附注》正是这一时期李退溪为朝鲜士林选择的理学文本。

自此以后，在李退溪及其学派的研究、教育、出版与倡导之下，不仅出现了一大批有关《心经附注》的著述，而且在思想上开始逐渐以《心经附注》中所倡导的主敬人生方式，代替士祸政治中以赵光祖为代表的道学政治之激进人生，试图化解士祸政治及由此带来的乱世局面，逐渐形成一种新的理学文化——心经文化。

小结：《心经附注》传入朝鲜半岛并被深入研究与发展的思想历史根源

如上所述，《心经附注》之所以能够在理学本土刊行后很快传入朝鲜半岛，并得到李退溪的深入研究与思想普及，首先与半岛具有悠久的汉字书写历史有关，它为心经能够被顺利阅读和学习提供了语言文字基础。其次则是建立在半岛接受儒学思想与国家教育制度基础上的性理学传播有直接关系,它为退溪及其学派深入理解心经的性理学思想提供了必要的思想前提。最后则是半岛在16世纪所面临的包括士祸政治、农民起义、日本入侵的内忧外患,为作为儒林领袖的退溪李滉提供了从心经心学上解决时代使命的现实历史背景。

第二章
李退溪与16世纪李氏朝鲜的心经研究及意义

第一节 16世纪《心经附注》在朝鲜的传入与传播概况

如上所述,在自14世纪末至16世纪初长达100多年的历史时期里,朝鲜半岛不仅从中国大陆吸收了程朱性理哲学,而且借助于性理哲学中所包含的儒教文明,完成了对高丽佛教的思想批判与朝代转换。在朝鲜李氏王朝建立之后,又积极从大明皇朝继续吸收性理学文化,完成了包括政治体制、社会体制、经济发展、思想文化在内的整个儒教文明体制的建立。

正是在朝鲜半岛持续吸收中国大陆儒教文明的过程中,以书籍这一文化载体的形式,不仅吸收了程朱性理学,同时也吸收了真德秀对朱子学的心学化思想发展,如上章所提到的史料,朝鲜太祖四年(1396),在书籍院印刷并颁布了《大明律直解》100余部,后来书籍院改为铸字所,并刊印了《十七史纂古今通要》《真西山读书记》《大学衍义》《礼记浅见录》等书籍。

那么,真德秀的《心经》是何时传入朝鲜半岛的?程敏政的《心经附注》又是何时传入的?朝鲜学者最初对《心经》及《心经附注》的认识过程如何?又是哪位学者对《心经附注》的研究真正影响了朝鲜性理哲学的发展等,是本节所要集中探讨的问题。

一、15世纪《心经》传入朝鲜概况

关于《心经》传入朝鲜半岛的具体时期,历史记载很模糊,由于《心经》和《心经附注》在中国历史上没有起到思想影响,因此中国学术界对此问

题也没有研究资料可供参考,但韩国学术界对此问题进行了一些研究,如李允济的《朝鲜前期心经的理解与普及》一文,及宋熹凖的《我国心经注释书的历史展开》①等,对此都有述及。

据韩国学者考证,在朝鲜史料中最初出现《心经》的记载,是《朝鲜世祖实录》卷23,世祖七年(1461)三月庚戌条,刑曹在为僧人制定的禁防条件中有背诵《金刚经》《心经》的提议;《成宗实录》卷4,成宗元年(1470)三月乙酉条,在同样问题的议论中,也出现了《心经》《金刚经》《法华经》等书名。但是,上述《心经》并不是真德秀的《心经》,而是指佛教的《般若波罗蜜多心经》。

与真德秀《心经》在朝鲜出现有关联的记载,是在《朝鲜世祖实录》43卷,世祖十三年(1467)八月丁未条,赏赐给日本使臣的物品中,出现了各种书籍,这些书籍大部分是佛经,但在书目的结尾部分,可以看到《真草千字文》《心经》《八景诗帖》《东西铭》《赤壁赋》《兰亭记》等书名。因为没有具体内容,所以其中的《心经》也并不能断定就是真德秀所著《心经》。不过,韩国学者从其与张载的理学名著《东铭》和《西铭》一齐出现的情况,推测这有可能就是真德秀的《心经》。② 但是,这种看法仍然只是一种猜测而非历史考证。

韩国学者确认的真德秀《心经》在朝鲜出现的文献,是15世纪中叶性理学者孙肇瑞的文集《格斋集》。孙肇瑞是安东人,他于世宗朝出仕,世祖篡位后弃官归乡,隐居不仕,与金宗直、朴彭年等人交游,金宏弼、郑汝昌曾师事于他。根据孙肇瑞的后人郑宗鲁(?~1816)所作《墓志铭》记载,孙肇瑞曾"背诵《四勿箴》,夜以继日地学习《心经》《近思录》"③,这里的《心经》可以断定为真德秀所著《心经》。

同时,在《格斋集》所收录的由孙肇瑞之子孙胤汉所作《旧刊集跋文》④中还记载,孙肇瑞还著有《心经演义》一书,孙胤汉曾将其父所著《心经演义》与其他文字一齐编为4册文集,于成宗十年(1479)刊行。尽管此文集后来毁于倭乱等兵火,流传至今的只有少数诗文,《心经演义》的内容也无

---

① 所引资料原文均为韩文,由作者直接翻译成中文。(以下不再注明)。
② [韩]金允济:《朝鲜前期心经的理解与普及》,汉城大学,韩国文化研究所,《韩国文化》第18集,1997。
③ [韩]孙肇瑞:《墓志铭》,《格斋集》附录卷2,韩国文集丛刊,(首尔)景仁文化社,1990。
④ [韩]孙肇瑞:《墓志铭》,《格斋集》附录卷1,韩国文集丛刊,(首尔)景仁文化社,1990。

从得知,但可由此断定,早在15世纪中叶,朝鲜学者已经开始关注真德秀的《心经》并出现了有关著述。

据韩国学者研究,继孙肇瑞之后关心《心经》的学者,是与孙肇瑞有师生渊源的性理学者金宏弼和郑汝昌。据《格斋集》附录卷二《墓志铭》记载:"公谓四勿箴最切于日用,平居每庄诵为服膺地。手不释心经、近思录,日夜研究。与占毕斋、醉琴轩两贤交契深密,讲论经学,以兴起斯文为事。寒暄、一蠹两先生皆尊事之。"①

寒暄堂金宏弼(1454~1504)因平生重视《小学》而自称"小学童子",虽然没有资料可以断定他对心经的研究状况,但因为曾师事孙肇瑞,韩国学者因此推测他曾经从孙肇瑞那里受学《心经》②。至于郑汝昌(一蠹)与《心经》的关系,《景贤稽录补遗》叙述条记载:"一蠹尝曰:学而不知心,何用学为? 寒暄曰:心在何处? 公曰:无乎不在,亦无有处。此两先生论心学处,但未闻其间许多议论。"③可见金宏弼与郑汝昌作为孙肇瑞的弟子,曾经对心学有很大关心。韩国学者据此推测他们可能都从孙肇瑞那里学习过《心经》。

从总体上看,15世纪中叶虽然可以从朝鲜史料中找到种种有关真德秀《心经》传入朝鲜半岛的踪迹,甚至也有关于《心经》的著述,但因为只是留下了书名与著者而无具体著述存世,因此无法确定这一时期朝鲜学者对真德秀《心经》的学习与认知情况。一直到16世纪程敏政的《心经附注》传入朝鲜半岛之后,有关著述才逐渐清晰起来。

二、16世纪朝鲜性理学者对《心经附注》的接受与传播概况

关于程敏政《心经附注》传入朝鲜半岛的源流,朝鲜学者朴世采(1631~1695)曾经有过明确的记载,在为听松成守琛(1493~1564)所藏《心经》所写的跋文中,朴世采说:"听松成先生尝藏心经二卷……世采谨按:篁墩附注作于弘治壬子,距正德己卯间阅两纪。讫未闻为中国学者所重,而独我静庵先生一时诸贤亟读而好之,仍得表出锓梓,盛行于东方。不

---

① 《韩国文集丛刊》卷15,第88页,(首尔)景仁文化社,1990。
② 参见[韩]宋熹準《心经附注丛编》(一),第6页,(首尔)学民文化社,1985。
③ 转引自[韩]宋熹準《心经附注丛编》(一),第68页,(首尔)学民文化社,1985。

料旋遭神武之祸,于是籙先生以及晦斋、退溪、南冥诸贤,辄各抱持是书,退隐于山海之间,诵习绅绎,以成其学,称引传授,殆与近思录埒。此盖当时所行一本也。"①

也就是说,程敏政《心经附注》完成并刊行于1492年,不过20余年间就已经传入了朝鲜半岛,并为16世纪朝鲜众多性理学者所重视。值得注意的是,朴世采在这里提到了《心经附注》在朝鲜最初受到重视的是学者赵光祖。

赵光祖(1482~1519),字孝直,号静庵,谥号文正,汉阳人。受学于金宏弼。如上所述,金宏弼从孙肇瑞那里接触到了真德秀的《心经》,又将其对《心经》的关心传给了他的两个弟子赵光祖与金安国,并在赵光祖的倡导下,引起李彦迪、成守琛、李恒、李滉、曹植、金麟厚、李珥等众多学者的关注与深入研究。

李彦迪(1491~1553),字复古,号晦斋、紫溪翁,谥号文元,庆州人。中宗九年别试文科及第,进入仕途,中宗二十六年因受权臣金安老、沈彦光所恶落职归乡,在庆州紫玉山建独乐堂,埋头读书七年。中宗三十二年,随着金安老赐死而重新被起用,任全州府尹。中宗三十四年,因灾害异变而下令求言,李彦迪以道学修养论作为经世之本而上《一纲十目疏》,中宗看后大加赞赏,比其为真德秀②。乙巳士祸时,尹元衡等小尹一派在政治上清除善类,李彦迪未能直言极谏,申救士林,反在权奸逼迫下出任推官,审讯善类,并因此而以卫社功臣被录勋,册封骊城君,虽然李彦迪也认识到"不仅时论非难,且将为后世笑",因此极力辞让,但终因此而受到后学者非议,曹植说他"识见不足",李珥也认为李彦迪在出处大义上有问题。明宗二年(1547),因受良才驿壁书事件牵连,李彦迪被流配江界,63岁时死于流配地。宣祖时被追赠领议政。光海君二年(1610)从祀文庙。

李彦迪在归乡7年间埋头于学问,著有《大学章句补遗》《续大学或问》《求仁录》《中庸九经衍义》《奉先杂议》等。其中《中庸九经衍义》是仿照真德秀《大学衍义》经世致用具体方法,对《中庸》之修身、尊贤、亲亲、敬大臣、体君臣、子庶民、柔远人、怀诸侯等九经之义敷衍说明,将其作为治道

---

① 转引自[韩]宋熹準《心经附注丛编》(一),第68页,(首尔)学民文化社,1985。
② [韩]李滉:《陶山全书》卷66,第3页,《晦斋李先生行装》:"中宗大王深加奖叹,曰:古之真德秀,无以过也。即命传示东宫,以及外朝。"(成均馆大学校,大东文化研究院,1985)

之要。

在性理学上,李彦迪以主理论为主要观点。李彦迪一生很少讲学,因此几乎没有门人弟子,但其学问后来得到退溪李滉的赞扬而受到重视。在《晦斋李先生行状》中,退溪说:"其精诣之见,独得之妙,最在于与曹忘机堂汉辅论无极太极书四五篇也。其书之言,阐吾道之本原,辟异端之邪说,贯精微,彻上下,粹然一出于正。深玩其意,莫非有宋诸儒之绪余,而其得于考亭者为多也。"①栗谷李珥则多所批评,认为与赵光祖相比,李彦迪当不起道学之名,如说:"赵文正之学虽有所未尽,观其立朝,惟以行道为务,非三代之道不敢陈于王前,此其得道学之名固宜矣。若李文元则只是忠孝之人,多读古书,善于著述耳。观其居家不能远不正之色,立朝不能任行道之责,乙巳之难不能直言抗节,乃至累作推官,参录伪勋,虽竟得罪,颡亦泚矣,乌可以道学推之耶?"②

但无论如何,我们从中宗曾以真德秀比喻李彦迪,可知当时《心经》在朝鲜已经成为一本非常著名的理学经典。

徐敬德(1489~1546),字可久,号花潭、复斋,谥号文康,开城人。曾进士及第,但终身不喜仕途,以布衣终老。在哲学上坚持张载的主气论,如论天地之气:"太虚湛然无形,号之曰先天,其大无外,其先无始,其来不可究,其湛然虚静,气之原也。弥漫无外之远,逼塞充实,无有空阙,无一毫可容间也。然挹之则虚,执之则无,然而却实不得谓之无也。到此田地,无声可耳,无臭可接,千圣不下语,周张引不发,邵翁不得下一字处也。"③由此可见其在哲学上对张载主气哲学的继承。

徐敬德与李彦迪同为朝鲜中叶引领朝鲜性理学走向全盛期的学者。作为朝鲜性理学发展中主气论的先驱,徐敬德的思想对日后畿湖学派的代表栗谷李珥的思想有着很大影响,而李彦迪作为朝鲜性理学发展中主理论的先驱,其思想也对日后岭南学派之宗师退溪李滉的学问与思想影响甚巨,以至于后来在朝鲜理学发展史上,岭南学派又被称为晦退学派。

在这一时期,李氏朝鲜出现了以退溪李滉(1501~1570)、南冥曹植(1501~1572)、栗谷李珥(1536~1584)为代表的一大批性理学者,如听松

---

① [韩]李滉:《陶山全书》卷66,第12、13页,退溪学研究院,1980。
② [韩]李珥:《经筵日记》(一),《栗谷全书》卷28,成均馆大学校,大东文化研究院,1971。
③ [韩]徐敬德:《原理气》,《花潭集》卷2,第11、12页,[韩]《韩国文集丛刊》,(首尔)景仁文化社,1990。

成守琛(1493~1553)、河西金麟厚(1510~1569)、高峰奇大升(1527~1572)、德溪吴健(1521~1574)、牛溪成浑(1535~1598)等。尤其是曹南冥,在思想上与退溪并立为著名岭南学者。

曹植(1501~1572),字健仲,号南冥,昌宁(庆尚南道)人。《朝鲜通史》说他:"少豪勇不羁,以功名文章自期。好读《左传》,柳文,为文奇峭。一日访成守琛于白岳峰下,见其谢绝世故,心乐之,遂归乡居于智异山下。中宗明宗时,屡召不起。明宗时上疏曰:'慈殿渊塞,只是宫中之一寡妇;殿下幼冲,只是先王之一孤子也。'王怒,欲罪之。左议政尚震,以其文本欧阳修之语而解救之,竟得免。其学近于庄周。遁世独立,志行峻洁,真可谓一代之遗民。其言论风采,虽足动人,弊亦不少。游其门者皆尚气,郑仁弘、崔永庆等出自其中,绝非偶然。"①

正是这些学者围绕着《心经附注》所讨论的心性哲学问题进行了积极的争论与探讨,尤其是李退溪与奇大升之间所进行的一场长达八年的四端七情分理气论争,以及退溪与门人弟子之间长时期的《心经附注》讲论、传授、校正、思想发展,最终形成了16世纪朝鲜性理学的哲学发展与心经文化。

第二节 李退溪及其学派的《心经附注》研究与思想普及

李滉(1501~1570),字景浩,号退溪,安东人,16世纪中叶朝鲜李朝的儒学领袖。出生于燕山君七年(中国明朝孝宗弘治十四年),历经朝鲜燕山君、中宗、明宗、宣祖四代,官至判中枢府事,卒于宣祖三年(中国明朝穆宗隆庆四年),谥文纯公。后世学者尊称退溪。

李退溪出生于官宦世家,曾祖李祯,朝鲜世宗朝官至中直大夫,善山府使。祖父李继阳为进士。父李埴,辛酉进士。叔父李堣,进士及第,官至户曹参判(正三品)。李埴与李堣同为声名俱盛的岭南秀才。退溪之兄李瀣,进士及第,官至户曹参判,大司宪。其叔父与兄长后来都死于士祸。

李退溪自43岁萌生退归之意开始,就逐渐从政治核心中退出而开始专心于性理哲学上的研究,46岁时筑养真庵于退溪之东岩,闭门读《朱子

---

① [日]林泰辅著,林清泉译:《朝鲜通史》,第137页,(台北)商务印书馆,1974。

大全》,并花费10年时间编纂了一部《朱子书节要》,为自己从性理哲学上探寻人性之恶的根源做好了思想上的准备。

在53岁至55岁的几年时间里,李退溪通过修改郑之云的《天命图》与写作《天命图说后序》一文,开始了哲学上的独立探索,确立了自己高扬人的主体地位的人生理想,有别于程朱理学气禀说对人性险恶的强调。退溪的哲学探索,很快引起学者奇大升的质疑,由此开始了16世纪朝鲜性理学发展史上最为重要的一场四端七情分理气论的学术争论。自退溪59岁至66岁,这场争论延续了8年,退溪也由此完成了自己对心性哲学的论证。而在论证过程中,正是《心经附注》中程林隐的心学图与说,为退溪提供了发展朱子理学(即真德秀、程敏政在心经中进行的朱子学心学化)的思想依据。也正是在这个时期,李退溪和他的弟子们频繁地进行对《心经附注》的教学、研究、讨论以及著述活动,最终形成了退溪学派的心经著述。

从现在能够见到的有关著述看,退溪及其学派的心经著述,主要有退溪的《心经后论》,及其弟子月川赵穆(1524~1605)的《心经禀质》,雪月堂金富伦(1532~1599)的《心经劄记》,艮斋李德弘(1541~1596)的《心经质疑》《心经讲录》《陈清澜学蔀通辩心图说辩》,寒冈郑逑(1543~1620)的《心经发挥》,芝山曹好益(1545~1609)的《心经质疑考误》,以及浦渚赵翼(1579~1655)的《心法》《持敬图说》《心学宗方》《心经增减节注附说序》等一批心经著述。

退溪及其学派的心经研究与著述,从朝鲜汉学史的角度看,表现出三大特征:一是对心经文本的学习过程,如对心经中有关的词语、理学人名、地名等的学习与考证,这也是退溪弟子心经著述中的主要内容之一。二是退溪与弟子就心经中出现的错误进行考证与朝鲜心经版本的勘误,以及如何对待此类错误的治学态度问题。三是对心经中有关心学思想进行的讨论与研究问题。这也是退溪心学思想形成的重要依据所在,因此具有极为重要的研究价值。上述三个方面又同时贯穿于李退溪对门人弟子的教育实践之中。

李退溪初次接触到心经,是在其23岁①游学成均馆时。《退陶先生言行通录》记载:"先生尝游学泮宫。是时初经己卯之变,人皆以学问为忌讳,日以戏谑为习。先生独敛然自持,动静言行,一遵规绳,见之者相与指笑,目之以做许多模样。所交者惟河西金麟厚(字厚之)一人而已。尝访上舍姓黄人,始见《心经附注》,心甚爱之,授纸求得一本。其为注皆程朱语录,人见之或不分句读。惟先生闭门数月,沉潜反覆,或验之践履之实,或察之义理之精,或以文义推之,或以他书考之,久久思量,自然心会。如有不得者,则亦不强探力索,姑置一边,时复拈出,虚心玩味,故未有不洞然处。"②

关于《心经附注》对退溪心学思想形成的影响,其弟子在《言行通录》中曾记载:"先生自言:吾得心经,而后始知心学之渊源,心法之精微,故吾平生信此书如神明,敬此书如严父。"③在《心经后论》中,李退溪也谈到自己最初对性理哲学的感悟,完全得益于《心经附注》,说:"其初感发兴起于此事(笔者注:指心经附注中所包含的心学)者,此书之力也,故平生尊信此书,亦不在四子《近思录》之下矣。……许鲁斋曾曰:'吾于《小学》,敬之如神明,尊之如父母。'愚于心经亦云。"④由此可见心经对退溪思想的影响之大。

虽然退溪自23岁接触到《心经附注》始就认真研读,并由此引发了他对真德秀与程敏政以心经为载体所进行的朱子学心学化思想的兴趣,但他在34岁至42岁的10年间主要是在从政,并试图通过向国王进谏实践理学格君心之非的政治哲学。

他于34岁科举及第并开始进入仕途,历任弘文馆、承文院、春秋馆、经筵官等直接辅佐国王的重要官职,42岁时曾经利用经筵入对的机会向中

---

① 笔者在《退溪哲学思想研究》(1997,杭州出版社)一书中,曾提出退溪初次接触到《心经附注》是在19岁。现在再次考察该问题,发现记载此事的《退陶先生言行通录》之《学问第一》第8条中只说退溪游学泮宫时从黄上舍那里得到此书,并没有说具体是哪一年,而《退溪年谱》记载,其游学泮宫是在33岁,韩国学者据此断定应该是33岁。但考其《年谱》,退溪游学有2次,第1次是在其23岁时,第2次才是33岁时。但上文提到"是时初经己卯之变","己卯之变"时退溪19岁,据此"初经",应为第1次游学时,即23岁。据此,笔者改正在《退溪哲学思想研究》中的考证,将其初次接触到《心经附注》的时间改正为23岁时。
② [韩]李滉:《增补退溪全书》(四),第169页,成均馆大学校,大东文化研究院,1985。
③ [韩]李滉:《增补退溪全书》(四),第169页,成均馆大学校,大东文化研究院,1985。
④ [韩]李滉:《心经后论》,[韩]宋熹準编:《心经注解丛编》(一),第347页,(首尔)学民文化社,1985。

宗进言,提出防止外戚专政的危害性,此后又受命担任御史,下忠清道考察地方救灾情况,亲身体会到了贪官污吏的暴行,以及士祸政治所造成的国势日衰,民不聊生的现实状况,向国王提出朝廷应该节约经费,储备救荒物资的建议,并要求国王严惩贪污悖戾的公州判官印贵孙。也就是说,在这10年间,他的主要精力放在从政上,一直到43岁时觉察到时事不可收拾,有可能引发新的士祸,才萌生了退出政治,隐居读书的愿望,但其间仍然在关注国政,一直到50岁时,在乙巳士祸中遭到奸臣李芑陷害而削职,才决然退归山林,开始认真研究性理哲学,尤其是《心经附注》中所包含的圣贤心学思想。

据《退溪先生年谱》记载,李退溪自43岁开始产生退归之意,46岁筑养真庵于退溪之东岩,闭门读朱子的《性理大全》,用10年时间编纂了一部《朱子书节要》,为独立探索性理哲学做好了思想准备①。53岁时由改订儒生郑之云所作《天命图》,开始进行性理哲学上的独立探索,探寻人生之恶的哲学根源,以及高扬人的主体地位的哲学追求。自59岁至66岁,又通过与弟子奇大升之间长达八年之久的四端七情分理气论的学术争论,完成了对人性之恶的根源的心性哲学探索。也正是在这段时间里,《心经附注》对退溪心学的形成起到了不可替代的作用与意义。

自59岁开始,退溪逐渐在书信中讨论起心的作用与意义这个问题。此后,在历经了59岁至66岁与奇大升的四七论辩并找到了人性之恶的根源以后,从60岁开始至70岁为止,退溪对心的论述达到了高峰。而他在68岁时完成的《圣学十图》,正是在心经心学尤其是程复心的《心学图》与《心统性情图》的影响下完成的。因为笔者在《〈心经附注〉对退溪心学思想形成之影响研究》②一书中已经对此做了详细分析研究,故在此不再赘述。

也正是在自59岁至70岁的这一段时间里,退溪对心经做了反复研究,并多次在对弟子的教学中讲解心经,留下了《答李刚而别纸·心经》(62岁)、《答黄仲举心经问目》(63岁)、《答赵士敬心经问目》(65岁)等书信,而且他为弟子与学者安排的读书次序中也将《心经》放在重要的位置。在弟子向他请教应该按照何种顺序研读性理学书籍时,他说:"先之以小

---

① 参见周月琴《退溪哲学思想研究》第21~32页,杭州出版社,1997。
② 周月琴:《〈心经附注〉对退溪心学思想形成之影响研究》,学苑出版社,2015。

学,次及大学,此及心经,此及语、孟,此及朱书,而后及诸经。"①心经成为他向学者推荐的实践性理学的重要教科书。

此后终其一生,退溪都将心经视为每日必读书,不仅常常与弟子讲论学习心经,自己甚至每天背诵心经。据其弟子记载,退溪晚年居陶山时,"鸡鸣而起,必庄诵一遍,谛听之,乃《心经附注》也。"②他在70岁的耄耋之年避暑于易东书院时,"聚得十余人,共读心经,讲论之际,多所开发,方知昔日昧误处不少。"③直至病逝前数日,"犹令取所订心经附注误字数处,送于东都改正版本。"④可见心经一书在退溪晚年学术活动中占据着十分重要的位置。

关于为什么要将心经作为学者的必读书籍问题,退溪在68岁时所做的《答吴子强问目》中说:"心经末篇临川吴氏尊德性、道问学之论,深中末世学者之病,固大有益于后学。"⑤就是说,在防止性理学走向社会的过程中流于空谈性理的弊病的意义上,心经提供了极为重要的实践方法。69岁时,退溪在此基础上,明确阐明了自己的心学与心经的本质联系,他在答弟子问心经中有关人心道心的问题时,回答说:

> 大抵心学虽多端,总要而言之,不过遏人欲、存天理两事而已。故戒惧恐惧以下所言诸说,不问已发未发,做工与不做工,凡遏人欲事,当属人心一边,存天理事,当属道心可也。程林隐《心学图》意正如此。不然,西山于其末,何必以克制存养、交致其功总结耶?一部心经,无非遏人欲、存天理两事。在公能精之一之,每遇遏人欲境,便当挥勿旗以退三军而已,又安有他法哉?⑥

综上所述,退溪在完成了思想上对心学的认识以后,《心经附注》就成为退溪对门人弟子进行心学教育的理学经典教材,最终形成了退溪学派的心经研究,并产生了一批有关心经的研究论著。

---

① [韩]李滉:《增补退溪全书》(二),第235页,成均馆大学校,大东文化研究院,1985。
② [韩]李滉:《陶山全书》(三),第236页,退溪学研究院,1980。
③ [韩]李滉:《增补退溪全书》(二),第235页,成均馆大学校,大东文化研究院,1985。
④ [韩]李滉:《增补退溪全书》(三),第599页,成均馆大学校,大东文化研究院,1985。
⑤ [韩]李滉:《陶山全书》(二),第591页,退溪学研究院,1980。
⑥ [韩]李滉:《陶山全书》(三),第140页,退溪学研究院,1980。

第三节 《心经禀质》:赵士敬的《心经附注》研究及意义

赵穆(1524~1605),字士敬,号月川,横城人,居礼安。生于明嘉靖甲申(朝鲜中宗代)。15岁入退溪门下,终身侍奉退溪。《陶山及门诸贤录》说他"十五受学于先生门,常侍燕闲,最得亲炙。发言行事,惟师之视。性谨严,律己以礼。所居精舍号曰月川,书堂以先生所书四大字匾焉,又名夹室曰是斋,盖取日正之意也。"①明宗七年(1552)中生员试后抛弃举业,独善其身,后以学行被举荐进入仕途,官至功曹参判。宣祖二十七年(1594),曾以书斥主张同日本讲和的同门柳成龙"讲和误国"②。卒年83岁。

赵穆在学术上祖述师说,致力于以心经为中心的心学体认功夫,在学问上则重视《周易》与小学,退溪的经书句读或解释中,有不少是根据赵穆的质疑加以改正的。在退溪去世后,有关退溪的文集编刊,祠堂建立等,主要是由赵穆主持。因此在退溪众多的弟子中,只有赵穆从祀陶山书院尚德祠。著述有《月川集》《困知录》《退溪先生言行总录》等。

《心经禀质》收录于《月川集》卷之四。在总共4卷的《月川集》中,《心经质疑》占据了1卷28章的分量。其内容主要是记录了赵穆在跟随退溪学习《心经附注》的过程中遇到的问题,以及退溪对此的回答。该书以赵士敬向退溪提出疑问、退溪回答的方式写成。

实际上,赵士敬所著《心经禀质》的全部内容,都包含在退溪与赵士敬的往来书信中。在《陶山全书》中,共收录有退溪写给赵穆的书信108封,其中《退溪先生全书》卷之31、32,共收录86封③;《退溪先生全书续集》卷之五,收录18封④;《退溪先生全书遗集·内篇》卷之4,收录5封。另有《规士敬》《二十日喜士敬来访雪中因次其近寄五言律诗韵二首》《月川赵士敬寄示近诗累读爤绚讽玩之余板和数绝冀发一笑病倦多阙想蒙原察也》

---

① [韩]李滉:《增补退溪全书》(四),第337页,成均馆大学校,大东文化研究院,1985。
② [韩]赵穆:《月川集》附录,郑蕴撰《神道碑铭》:"闻西厓在岭台主和议,乃抵书曰:相国平生读圣贤书,所得只此讲和误国四字耶? 词甚峻洁。"
③ [韩]李滉:《陶山全书》(二),第241~293页,退溪学研究院,1980。
④ [韩]李滉:《陶山全书》(三),第535~540页,退溪学研究院,1980。

《二十五日次士敬》等数首唱和诗①。

这108封书信的时间跨度,自明宗五年庚戌(1550,时退溪50岁),至宣祖三年庚午(1570,时退溪70岁),正好是退溪心学形成的思想时期。作为退溪最亲近的入门弟子,在这些书信中,除了讨论时事及对弟子的关心与人格教育的内容以外,自然也包含了对心经的教学、讨论与思考等重要问题。在这些有关心经的书信中,涉及了赵穆向退溪请教心经词句的《答赵士敬问目·心经》②,关于心经附注中"克己复礼说朱子所称必训作理"之具体问题的讨论③,有关心经的校对、改正及心经疑义的问答④,尤其是在退溪与奇大升就四端七情分理气论进行的学术争论过程中,退溪与赵士敬论及程林隐《心统性情图》的思想依据问题⑤,说明赵穆在心经的学习中,与退溪之间进行了频繁的学术探讨。

将赵穆的《心经禀质》与退溪写给赵穆的108封书信结合起来看,可以全面了解赵穆此书的主要内容及意义。

《心经禀质》总共包括20条问答,其中的第10至第18条只有退溪的答语,赵士敬在注中说,"此下九条问目见失,故只书先生答辞",而且其内容比较简单。除此以外,《心经禀质》中的问答内容,涉及赵士敬与退溪之间关于《心经附注》中的一些重要学术问题的讨论,并表现出汉学在思想与语言文化传播中的一些特征。

赵士敬在该书中与退溪讨论的第一个学术问题,是关于真德秀在《心经赞》中对"惟理无形,是之谓微"之"无形"二字的用法不当问题。

赵士敬认为,"微"字的理学含义是"天理虽流行于日用事物之间而对人心之发显盛行者惟理为微耳,非如程子所云显微无间之微也。西山直以无形之理解之,则恐无意太深,殆近于整庵所谓寂然不动而至精之体不可见之论矣。然考其上下文义,则西山之见非直如整庵所见而云耳也,只于遣词下语之际偶失照管"⑥,因此建议将真德秀的"惟理无形"之"无形"二

---

① [韩]李滉:《陶山全书》(四),第26、27页,《退溪先生全书·遗集·卷之一·内篇》。
② [韩]李滉:《陶山全书》(二),第281~283页,退溪学研究院,1980。
③ [韩]李滉:《陶山全书》(二),第256~257页,退溪学研究院,1980。
④ [韩]李滉:《陶山全书》(二),第264~268页,退溪学研究院,1980。
⑤ [韩]李滉:《陶山全书》(二),第280~281页,退溪学研究院,1980。
⑥ [韩]赵穆:《心经禀质》,[韩]宋熹準编:《心经注解丛编》(二),第1页,(首尔)学民文化社,1985。(以下只注书名)

字换成"难明"二字,也就是"惟理难明,是之谓微"。

退溪在答书中说,真德秀在《心经赞》中所说的"惟理无形,是之谓微"并不是在讨论理的显微问题,而是在讨论心的发用问题。真德秀《心经》第一篇即引《尚书·大禹谟》之"帝曰:人心惟危,道心惟微。惟精惟一,允执厥中"作为"万世心学之渊源",并在《心境赞》中进一步解释了人心道心问题成为心经心学之修养论依据的理学依据问题,他说:

"人心伊何?生于形气。有好有乐,有忿有懥,惟欲易流,是之谓危。须臾或放,众慝从之。道心伊何?根于性命。曰义曰仁,曰中曰正。惟理无形,是之谓微。毫芒或失,其存几希。二者之间,曾弗容隙。察之必精,如辨白黑。知及仁守,相为始终。惟精故一,惟一故中。圣贤迭兴,体姚法姒。提纲挈惟,昭示来世。"①

从上下文意看,真德秀所说的"惟理无形,是之谓微"的确是在讲道心而非论理,因此退溪在答书中说:"其上文已明言人心(笔者注:此处应该是指道心而非人心)伊何,而曰根于性命,曰仁义中正而后系之以此言,其意谓道心之所以微妙难明,以性命之理无形象可见故也。其言有渐次脉络,与整庵之间固不同矣。"②退溪因此认为真德秀所言"惟理无形,是之谓微"没有错。值得注意的是,退溪和赵士敬在这里都谈到了罗钦顺对理的看法问题,而且都持批判态度,这一点我们将在后边详细论述。

从第一个问题的问答中可以看出,心经心学在朝鲜半岛的传播过程中,首先表现为接受者对文本中的概念、词语的理解与吸收特征。这一特征也表现在赵士敬《心经禀质》的第九条"考订心经疑义"及第十至十八条失去问目而只存退溪答书的内容中,主要是就心经文本中的字、词等问题的问答。

赵士敬在该书的第二、第三两条问答中与退溪讨论的第二个学术问题,是关于程敏政在《心经附注》篇首所载《心学图》的问题。

赵士敬在第二条中问了两个问题,一是《心学图》的作者是否为真西山?二是问《心学图》分左右排列本心、良心、赤子心、大人心、人心、道心,以及戒惧、慎独、择善、固执、克服、操存、心思、心在、四十不动心、七十而从心、求放心、养心、正心、尽心等修养功夫之先后次第是否精审得当,不可

---

① [韩]赵穆:《心经禀质》。
② [韩]赵穆:《心经禀质》。

改变?

退溪在答书中一开始回答说:"未敢必以为西山作,然其规模位置甚精审得当,不可轻看。恨不著作者姓名耳",但其下紧接着就做了确认,说:"更按:图乃新安程林隐复心所作,见林隐《四书章图》中卷。"①这里表现出汉学文化传播的特征之一,即以书籍为载体的汉学文本在传播过程中,接受者首先需要对文本的作者进行确认的问题。

尽管退溪在答书中已经表明对程林隐《心学图》的肯定,但赵士敬并不满意,而是在第三条中进一步提出了自己对《心学图》的疑问,认为程林隐的《心学图》存在着以下三个问题。

一是关于良心和本心的分置问题。程林隐在《心学图》的最上端分置本心和良心,赵士敬以朱子所谓"良心者本然之善心,即所谓仁义之心也"为依据,认为"良心即本心,本心即良心,何可以分乎?"②也就是说,良心和本心既然是同一个东西,又怎能分开对置呢?

二是关于赤子心和大人心的分置问题。程林隐在良心和本心之下分置赤子心和大人心,赵士敬认为,虽然赤子心主于气,大人心主于理,但依据程子"已发而去道未远者推之,则其本意皆主于理而言,非如人心道心之辨也",因此,认为程林隐将良心、本心、赤子心、大人心,都如人心、道心一样分置两边,其实是无意义的。

三是关于《心学图》下半部的敬图问题。赵士敬认为,程林隐在敬图的右边既然已经列出了克复、心在,就不应该在其下再加上求放心,这样就让人弄不清楚求放心到底是心在之前的事,还是心在之后的事。另外,程林隐在敬图左边既然已经列出了戒惧、操存、心思,这本身就是心性修养功夫,再在其下加上一个养心,就显得重叠颠倒没有秩序了。

通过以上对《心学图》的问题提出,赵士敬得出的结论是《心学图》并非精申周密不可移易的,希望能够改动《心学图》中心思与养心的位置并以此求教于退溪。

与在第一条中对罗整庵的看法基本相似不同,在对程林隐及其《心学图》的看法上,退溪表现出了极其维护的态度。对于赵士敬提出的上述问题,退溪认为只有求放心与心在的位置有一点不妥,如果把二者的位置对

---

① [韩]赵穆:《心经禀质》。
② [韩]赵穆:《心经禀质》。

换,使求放心与心思相对,心在与养心相对,"能求放心则心得其官矣,心无不在则心得其养矣"。① 除此以外,程林隐的《心学图》"但见其可敬可法,未见有谬误须改处"。② 对于赵士敬提出的第二和第三两个问题,退溪在答书中也做了具体分析和回答。

关于程林隐《心学图》中良心、本心、赤子心、大人心的问题,退溪认为,程林隐在人心、道心两旁对置赤子心、大人心等,并不是要像对置人心、道心那样有所选择取舍,而是为了让学者就此体认心的意义,说:"要以见心之为物,浑然全体之中,随其所发所就地头分剂而有如此般样名目,欲使学者因其名目而究其意义,玩味而体认之,久则众理融会而心之全体在是矣。乃于其下始对举人心、道心而继之以精一、戒惧、克服、操存之属,其间有许多要妙功夫旨趣。此是林隐翁四五十年林下潜心所得,恐难以一朝率然立论所能攻破也。"③

退溪此处所论,虽然只是简单回答赵士敬关于程林隐心图中关于良心、本心、赤子心、大人心等的排列是否有意义的讨论,却涉及南宋以后朱子学心学化发展过程中的一些重要理论问题。

从理学心学化的宏观历史思想发展背景看,退溪坚持程林隐《心学图》将心分为种种名目乃是"要以见心之为物,浑然全体之中,随其所发所就地头分剂而有如此般样名目,欲使学者因其名目而究其意义,玩味而体认之,久则众理融会而心之全体在是矣。"换言之,也就是坚持以心体立论,表明在由程朱理学之性体走向明代以心体立论的心学思潮中,李退溪非常自觉地选择了以心体立论的心学思想而非固守朱熹理学之心性论。

心经心学自真德秀开始便明确提出"舜禹授受,十有六言,万世心学,此其渊源"④,至程敏政附注《心经》,同样强调程林隐心学图"尽心学之妙而所论亦足以发心学之要"⑤,在叙述为何附注心经时也说"今独取心经为附注而政经未暇及焉,以为诚有得于心学,则举而措之,无施不宜"。⑥ 王

---

① [韩]赵穆:《心经禀质》。
② [韩]赵穆:《心经禀质》。
③ [韩]赵穆:《心经禀质》。
④ (宋)真德秀:《心经赞》,转引自[韩]宋熹準编《心经注解丛编》(一),第14页,(首尔)学民文化社,1985。
⑤ (明)程敏政:《心经附注序》,转引自[韩]宋熹準编《心经注解丛编》(一),第14页,(首尔)学民文化社,1985。
⑥ 转引自[韩]宋熹準编:《心经注解丛编》(一),第342页,(首尔)学民文化社,1985。

阳明也一再强调,"圣人之学,心学也"。

由此可见,朱学自南宋末年的真德秀以后即已开始朝着心学化的思想方向发展,至16世纪明代中叶而形成心学思潮。在这一大的思想历史发展背景下,以程敏政《心经附注》为载体所代表的心经心学,其实与同时代的阳明心学并无不同。换言之,他们都是在朱子学心学化的思想背景下发展程朱理学,也就是学者通常所说的狭义上的理学与心学之别。因此,尽管赵士敬坚持的是朱子的理学立场,但仍然受到退溪的坚决反对而坚持程林隐的心学思想,其根源便在于此。

在同样以心体立论的前提下,心经心学与阳明心学又存在着根本的分歧。这种分歧首先表现在阳明以"心即理"而区别于程朱理学之"性即理",但心经心学却继承了程朱理学对心体的分析与辨别。

具体而言,阳明对心的规定,首先是以理为之体:"心也者,吾所得于天之理也,无间于天人,无分于古今"①,"心即理也"②。杨国荣先生认为,阳明所谓得于天之理主要是指作为行为和评价准则的道德律,"通过以理界定心,王阳明将先验的道德律引入了心体。从静态看,心呈现为普遍必然的道德律;就动态言,心又表现为道德实践的立法者","就其以理为心之体,并将作为心之体的理主要理解为普遍的道德律而言,王阳明的思路与程朱并没有实质的差异。"③这种看法的确指出了宋明理学的一个根本特质,即在理学最为根本的社会实践意义上,亦即张载所提出的"为天地立心,为生民立命,为万世开太平"的意义上,无论是程朱理学,还是阳明心学,或者是心经心学,都存在着一个相同的哲学前提,那就是将孔孟原始儒学的现实道德规范视为超验的、普遍的道德律。

如果抛开西方哲学的概念,就其实质性的内容而言,孔孟(尤其是孟子)原始儒学以建立在人性本善基础上的仁义礼智信之道德规范立论,在先秦时代并没有特别的先验性特质,自汉代董仲舒将其与阴阳家的神秘性与先验性相结合,并将君权神授的观念以三纲五常的形式表达出来后,便逐渐获得了先验性。至宋代周敦颐以太极图与说规定"圣人定之以中正仁义,而主静,立人极焉,故圣人与天地合其德,日月合其明,四时合其序,鬼

---

① (明)王守仁:《答徐成之》,《王阳明全集》,第809页,上海古籍出版社,1992。
② (明)王守仁:《传习录上》,《王阳明全集》,第2页,上海古籍出版社,1992。
③ 杨国荣:《心学之思:王阳明哲学的阐释》,第54页,中国人民大学出版社,2010。

神合其吉凶",已经开始将孔孟原始儒学所创立的现实道德规范上升为先验的道德律。张载《西铭》上接周子太极图与说给出的宇宙生成模式,以"乾称父,坤称母,予兹藐焉,乃浑然中处。故天地之塞,吾其体;天地之帅,吾其性"①,进一步将儒家道德规范上升为先天道德,而二程与朱熹将理上升为天理,则是最终完成了孔孟原始儒学道德规范先验化的哲学本体历程,儒家道德规范从此获得了超验的本体地位,这也是此后朱子学心学化发展的一个基本前提。因此,无论是阳明心学还是心经心学,或者是明代以罗钦顺为代表的理学派,其实都是在这个基本前提之下立论的。他们之间的差异,其实更多地表现在如何实践先验的道德或者说如何将儒家先验的道德现实化上,就心学与理学的差异看,主要表现在为学方式的差异上。

程朱理学以格物致知为为学方式,要求体验万事万物之理,而阳明心学则放弃格物致知的为学方式,以致良知为其为学方式。与程朱理学相比,王阳明的致良知具有更加直接的道德实践论意义。正是在这一基本理论要求之下,阳明才将心简单化为世界的本体,"心一而已。以其全体恻坦而言谓之仁,以其得宜而言谓之义,以其条理而言谓之理"。② 心不仅能够代表世界存在的依据天理,而且能够代表感性经验,正是在这个意义上,阳明将人的情感也纳入了心的合理范围,"喜、怒、哀、惧、爱、恶、欲,谓之七情。七者俱是人心合有的"。③ 杨国荣对此评价说:

> 程朱在总体上倾向于以性说心。按其本义,性与心相对,体现的主要是人的理性本质,以性说心或化心为性则相应地旨在确立理性本体的主导地位。理性是人不同于其他存在的类的本质之一,程朱强调性即理,着重从理性的层面将人与其他存在区分开来。然而,过分地突出理性的本体,也往往容易将人本身理解为抽象的存在。当朱熹要求以道心净化人心时,便多少忽视了现实的人所具有的丰富规定,而将其片面地视为理性的化身。……相对于程朱的这一趋向,王阳明在肯定心以理为本的同时,又联系身以说心,并将情、意以及乐视为心的应有之义,无疑更多地注

---

① (宋)张载:《张载集》,第62页,《四部刊要·子部·儒家类》。
② (明)王守仁:《传习录》(中),《王阳明全集》,第43页,上海古籍出版社,1992。
③ (明)王守仁:《王阳明全集》,第111页,上海古籍出版社,1992。

意到了主体意识多方面的内容以及人的存在的多方面的规定,后者在理论上为确认人的个性以及个性的多样化提供了某种心性论的前提。①

这种看法固然指出了程朱"性即理"与阳明"心即理"在理论上的差异,但如果由此断定程朱理学是将理性本体赋予了超验的性质并因此蜕变为异己的、超验的力量,则是忽视了理学与心学存在的历史依据而仅仅从思想及范畴的哲学意味来推断,难免会具有某种经院哲学的意味。如杨国荣先生认为:"程朱以性说心的进路,在理论上趋向于先验与超验的融合:性体既是先验的,又是超验的。理性本体一旦被赋予超验的性质,则往往会蜕变为异己的、强制的力量。在朱熹那里,道心对人心的关系,便具有强制的意味:他要求人心听命于道心,从另一个方面看也就是由道心对人心颁布绝对命令。相形之下,王阳明以心体立论,并把心体理解为先天形式与经验内容、理性与非理性的统一,确乎表现了不同的思路,它对于化解超验与经验、理性与非理性、道心与人心的紧张,限制理性的过度专制,无疑具有不可忽视的理论意义。从明中叶以后及晚明思想的演进来看,王阳明的以上思想对注重个体存在、反叛本质主义的思潮,确实也产生了重要的影响。"②

但实际上,在程朱理学中,性与心都不是其哲学体系中最高的概念。如果从理学的社会历史意义上讲,程朱理学之心与性都不是纯善无恶的概念,只有理才是纯善无恶的,理也因此才能够成为现实人生道德的最终根据,或者换用西方哲学的语言讲,就是只有理才能够颁布绝对命令。

宋代理学与孔孟原始儒学的最大差异,就在于对性之善恶的分析与判定上。先秦儒家哲学中,如果说孔子罕言性命,孟子则坚持人性本善并以此建立起求放心之修养论,荀子则以性恶立论,认为人性本恶,其善者伪也,因而要求化性起伪,即用后天的道德规范与礼仪制度来教化百姓,去掉人性中天生的恶性。但传统儒学并没有吸收荀子的性恶理论,汉代以后的传统儒学所赖以立论的,仍然是孟子的人性本善论。到了宋代理学家这里,在关于人性的问题上有一个重要的变化,他们不仅仅继承了孟子的人

---

① 杨国荣:《心学之思:王阳明哲学的阐释》,第57、58页,中国人民大学出版社,2010。
② 杨国荣:《心学之思:王阳明哲学的阐释》,第57、58页,中国人民大学出版社,2010。

性本善理论,同时也吸收了荀子的性恶论。朱熹说:"孟子言性,只说得本然底,论才亦然。荀子只见得不好底,扬子又见得半上半下底,韩子所言却是说得稍近。盖荀扬说既不是,韩子看来端的见有如此不同,故有三品之说。然惜其言之不尽,少得一个'气'字耳。程子曰:'论性不论气,不备;论气不论性,不明。'盖谓此也。"①即是总结对比了理学与先秦以来儒学性论的不同。

但其重点并不在于单纯的对比,理学在人性论上所强调的,首先是从哲学本体论的意义上,承认现实人性之恶,程子说:"善固性也,然恶亦不可不谓之性。"②张载说:"形而后有气质之性。善反之,则天地之性存焉。故气质之性,君子有弗性者焉。"③朱熹极力称赞二程与张载对人性之恶的哲学承认,说"程子论性所以有功于名教者,以其发明气质之性也。"④又在回答学生所问气质之说始于何人的问题时说,"此起于张程。某以为极有功于圣门,有补于后学,读之使人深有感于张程,前此未有人说到此","又举明道'论性不论气,不备;论气不论性,不明,二之则不是。'且如只说个仁义礼智是性,世间却有生出来便无状底,是如何?只是气禀如此"。⑤

朱熹称赞二程与张载气质之性的提法,其实是为了从本体论上探寻人性之恶的根源。二程首先认为,现实中的人性之所以存在着恶,是因为"人受天地之中,其生也,具有天地之德,柔强昏明之质虽异,至于理之所同然者,虽圣愚有所不异。特其弊有浅深,故别而为昏明;禀有多寡,故分而为强柔"。⑥朱熹对二程提出的气禀说则做了进一步的阐释,说:"人之性皆善。然而有生下来善底,有生下来便恶底,此是气禀不同。且如天地之运,万端而无穷,其可见者,日月清明气候和正之时,人生而禀此气,则为清明浑厚之气,须做个好人;若是日月昏暗,寒暑反常,皆是天地之戾气,人若禀此气,则为不好底人,何疑!"⑦

程朱理学从人生气禀的本体论高度,探寻到了现实人性之恶的根源,目的则是为了指出变化气禀的必要性。朱熹就说,"人之为学,却是要变化

---

① (宋)黎靖德编:《朱子语类》卷第 4,中华书局,1988。
② (宋)程颢、程颐:《二程集》,第 10 页,中华书局,1981。
③ 转引自(宋)黎靖德编:《朱子语类》卷第 4,中华书局,1988。
④ (宋)黎靖德编:《朱子语类》卷第 4,中华书局,1988。
⑤ (宋)黎靖德编:《朱子语类》卷第 4,中华书局,1988。
⑥ (宋)程颢、程颐:《二程集》,第 1159 页,中华书局,1981。
⑦ (宋)黎靖德编:《朱子语类》卷第 4,中华书局,1988。

气禀,然极难变化。……看来吾性既善,何故不能为圣贤,却是被这气禀害。如气禀偏于刚,则一向刚暴;偏于柔,则一向柔弱之类。人一向推托道气禀不好,不向前,又不得;一向不察气禀之害,只昏昏地去,又不得。须知气禀之害,要力去用功克治,裁其胜而归于中乃可。"①

值得注意的是,程朱理学在人性论上不仅强调人性之恶的现实性,而且从本体论的高度强调人与禽兽相去不远的危险性。朱熹说:

> 人之所以生,理与气合而已。天理固浩浩不穷,然非是气,则虽有是理而无所凑泊。故必二气交感,凝结生聚,然后是理有所附著。凡人之能言语动作,思虑营为,皆气也,而理存焉。故发而为孝悌忠信仁义礼智,皆理也。然而二气五行,交感万变,故人物之生有精粗之不同。自一气而言之,则人物皆受是气而生;自精粗而言,则人得其气之正且通者,物得其气之偏且塞者。惟人得其正,故是理通而无所塞;物得其偏,故是理塞而无所知。且如人,头圆像天,足方像地,平正端直,以其受天地之正气,所以识道理,有知识。物受天地之偏气,所以禽兽横生,草木头向下,尾反在上。物之间有知者,不过只通得一路,如鸟之知孝,獭之知祭,犬但能守御,牛但能耕而已。人则无不知,无不能。人所以与物异者,所争者此耳。然就人之所禀而言,又有昏明清浊之异。……又有其次者,资禀既偏,又有所弊,须是痛加工夫,"人一己百,人十己千",然后方能及于生知者。及进而不已,则成功一也。孟子曰:"人之所以异于禽兽者几希。"人物之所以异,只是争这些子。若更不能存得,则与禽兽无以异矣!②

问题的关键在于,程朱理学所讲的"性即理",其实只是从本源的可能性上而言。若从现实人性的角度讲,则兼具善恶的气质之性才是与感性相联系的真实人性。如果想要恢复纯善无恶之天命之性,就必须经历艰难的变化气质的修养功夫才可以。因此,"性即理"并不能成为颁布绝对命令的依据。

---

① (宋)黎靖德编:《朱子语类》卷第4,中华书局,1988。
② (宋)黎靖德编:《朱子语类》卷第4,中华书局,1988。

言性既如此,再看程朱理学对人心道心的判定是否具有"理性的过度专制"问题。与天命之性与气质之性相似,心在程朱理学中也从本体与经验相结合的意义上兼具善恶之义。朱熹就说:"心是动底物事,自然有善恶。且如恻隐是善也,见孺子入井而无恻隐之心,便是恶矣。离着善,便是恶。然心之本体未尝不善,又却不可说恶全不是心。若不是心,是甚么做出来?"①②

在程朱理学中,心与性一样因为本身兼具本体论意义上的纯善无恶与现实人生意义上的有善有恶,因此并不能成为发布绝对命令的主体。但与性即理主要是为经验世界提供人之所以为人的道德规范意义不同,心的主要意义则在于其所具有的理性认识能力对实践道德规范的意义,朱熹说,"心者,气之精爽","所觉者,心之理也;能觉者,气之灵也","心官至灵,藏往知来","问:'灵处是心,抑是性?'曰:'灵处只是心,不是性。性只是理。'""问:'知觉是心之灵固如此,抑气之为邪?'曰:'不专是气,是先有知觉之理。理未知觉,气聚成形,理与气合,便能知觉。譬如这烛火,是因得这脂膏,便有许多光焰。'问:'心之发处是气否?'曰:'也只是知觉。'"③

朱熹一再强调心的虚灵知觉之特质,是因为心所具有的理性知觉能力能够沟通作为先天形式的道德规范(性)与作为感性存在的情,而情则是人性之恶产生的最终根源,心则因为本身所具有的理性认识能力因而能够统性情,这也是程朱理学修养论的根本依据。正是在这个意义上,朱熹非常欣赏张载的心统性情说,"旧看五峰说,只将心对性说,一个情字都无下落。后来看横渠'心统性情'之说,乃知此话大有功,始寻得个'情'字着落,与孟子说一般。孟子言'恻隐之心,仁之端也。'仁,性也;恻隐,情也,此是情上见得心。又曰'仁义礼智根于心',此是性上见得心。盖心便是那包得性情底,性是体,情是用。"④"性无不善。心所发为情,或有不善。说不善非是心,亦不得。却是心之本体本无不善,其流为不善者,情之迁于物而然也。性是理之总名,仁义礼智皆性中一理之名。恻隐、羞恶、辞让、是非是情之所发之名,此情之出于性而善者也。其端所发甚微,皆从此心出,故曰:'心,统性情者也。'性不是别有一物在心里。心具此性情。心失

---

① (宋)黎靖德编:《朱子语类》卷第5,中华书局,1988。
② (宋)黎靖德编:《朱子语类》卷第5,中华书局,1988。
③ (宋)黎靖德编:《朱子语类》卷第5,中华书局,1988。
④ (宋)黎靖德编:《朱子语类》卷第5,中华书局,1988。

其主,却有时不善。如'我欲仁,斯仁至';我欲不仁,斯失其仁矣。"①

杨国荣说:"从儒家心性之学的衍化看,王阳明思路的独特性更多地相对于程朱而言……程朱在总体上倾向于以性说心。按其本义,性与心相对,体现的主要是人的理性本质,以性说心或化心为性则相应地旨在确立理性本体的主导地位。……然而,过分地突出理性的本体,也往往容易将人理解为抽象的存在。当朱熹要求以道心净化人心时,便多少忽视了现实的人所具有的丰富规定,而将其片面地视为理性化的化身。……相对于程朱的这一趋向,王阳明在肯定心以理为本的同时,又联系身以说心,并将情、意以及乐视为心的应有之义,无疑更多地注意到了主体意识多方面的内容以及人的存在的多方面的规定,后者在理论上为确认人的个性以及个性的多样化发展提供了某种心性论的前提。"②

但是,我们从上述对程朱理学尤其是朱熹对心、性、情的分析可知,仅仅从"心即理"或"性即理"便断定程朱理学"过分地突出理性的本体","容易将人理解为抽象的存在",显然是片面之论。因为程朱理学并不是单纯的以"性即理"立论,而是以心统性情立论。朱熹说:"伊川'性即理也',横渠'心统性情'二句,颠扑不破。"③此后的心经心学在程敏政为心经附注时,其实已经注意到了心的理性认识能力对性情的指导意义,并在日后的朝鲜理学发展中,对李退溪完成圣贤心学起到了不可忽视的思想意义。

实际上,王阳明以"心即理"立论的真实含义,其实只是指当下的道德实践(亦即致良知)而言,而程朱"心统性情"的含义则是首先要求以心之理性精神(即朱熹所谓心之虚明灵觉)来体认儒家仁义礼智信之道德规范,然后再在理性精神的指导下去践履。这也是程朱理学坚持格物致知的为学方式而阳明坚持致良知为学方式的根本原因。朱熹在讨论性、情、心、仁相互之间的关系时,在指出了心统性情的意义后,又说:"大要在致知,致知在穷理,穷理自然知至。要验学问工夫,只看所知至与不至,不是要逐件知过,因一事研磨一理,久久自然光明。如一镜然,今日磨些,明日磨些,不觉自光。"④

---

① (宋)黎靖德编:《朱子语类》卷第5,中华书局,1988。
② 杨国荣:《心学之思——王阳明哲学的阐释》,第57、58页,中国人民大学出版社,2010。
③ (宋)黎靖德编:《朱子语类》卷第5,中华书局,1988。
④ (宋)黎靖德编:《朱子语类》卷第5,中华书局,1988。

这里不存在由谁颁布绝对命令的问题。如果一定要以康德哲学范畴来套用理学与心学之差异的话，其差异其实不在于"心即理"或是"性即理"，而在于如何实践儒家道德规范的问题。因为无论是理学还是心学，自汉代将三纲五常上升为天命以后，尤其是宋代理学家将传统儒学之道德规范上升为天理以后，绝对命令其实是统一的，就是指儒家的道德规范，它本身就具有自我颁布的特质，不需要再由谁来颁布。问题只在于，现实的有先天道德缺陷的人如何去践履这些先验道德而已。比较一下王阳明与朱熹对格物致知的不同解释，即可明白二者的差异之所在。

　　朱熹通过改正《大学》而强调自己的为学方式是格物致知，其意义就在于只有通过格物致知才可以将先验之理变成现实的人生方式，也就是所谓穷理尽性："人多把这道理做一个悬空底物。大学不说穷理，只说个格物，便是要人就事物上理会，如此方见得实体。所谓实体，非就事物上见不得。且如作舟以行水，作车以行陆。今试以众人之力共推一舟于陆，必不能行，方见得舟果不能行陆也，此之谓实体。"①

　　朱熹所要求的格物的对象，首先是指客观事物之理，亦即所谓万事万物之理，"上而无极太极，下而至于一草一木、一昆虫之微，亦各有理。一书不读，则阙了一书道理；一事不穷，则阙了一事道理；一物不格，则阙了一物道理。须著逐一件与他理会过。"②又说："盖天下之事，皆谓之物，而物之所在，莫不有理。且如草木禽兽，虽是至微至贱，亦皆有理。如谓'仲夏斩阳木，仲冬斩阴木'，自家知得这个道理，处之各得其当便是。且如禽兽之情，莫不是好生而恶杀，自家知得是恁地，便须'见其生不忍见其死，闻其声不忍食其肉'方是。要之，今且自近以及远，由粗以至精。"③

　　除了要穷尽客观事物之理外，被上升为天命之理的儒家道德规范当然也是格物穷理的目的，朱熹就说："格物穷理，有一物便有一理。穷得到后，遇事触物皆撞著这道理：事君便遇忠，事亲便遇孝，居处便恭，执事便敬，与人便忠，以至参前依衡，无往而不见这个道理。"④

　　王阳明正是在单纯的儒家道德社会实践的意义上，不同意朱熹格客观事物之理的思想，他在分析格物致知时说："若鄙人所谓致知格物者，致吾

---

① （宋）黎靖德编：《朱子语类》卷第15，中华书局，1988。
② （宋）黎靖德编：《朱子语类》卷第15，中华书局，1988。
③ （宋）黎靖德编：《朱子语类》卷第15，中华书局，1988。
④ （宋）黎靖德编：《朱子语类》卷第15，中华书局，1988。

心之良知于事事物物也。吾心之良知,即所谓天理也。致吾心良知之天理于事事物物,则事事物物皆得其理矣。致吾心之良知者,致知也;事事物物皆得其理者,格物也。是合心与理而为一者也。"①也就是说,阳明的"心即理"心学,其实在实践儒家道德和穷理灭欲的理学终极目的上,与程朱理学都无不同,不同的只是朱熹基于心的理性认识能力在认识论的意义上所要求的格客观事物之理的部分。

对比而言,在心性论上,程朱理学始终存在着二分式的思维方式,论性则有纯善无恶之天命之性与善恶兼具之气质之性,论心则有纯善无恶之本体之心(道心)与善恶兼具之现实心(人心),但最根本的还是程朱理学在哲学上承认现实人性之恶的目的是要从本体论上探寻人性之恶的根源并寻求治恶的思想对策。朱熹正是在这一意义上,将自己的心性哲学归结于一个"情"字并由此提出理学与心学都遵守的一个最终目的因的,说:"情之好恶,本有自然之节,惟其不自觉知,无所涵养而大本不立,是以天则不明于内,外物又从而诱夺之,此所以流滥于逸而不自知也。苟能于此觉其所以然者而反躬以求之,则其流也庶乎其可制矣。不能如是而惟情是徇,则人欲炽盛而天理灭息,尚何难之有哉!"②

也正是在穷天理、灭人欲的最终目的因意义上,具有理性认识能力之心才成为程朱理学最为重要的概念之一,朱熹也是因此极力称赞张载提出的"心统性情"说,因为心所具有的理性认识能力不仅使人类区别于其他种类,而且能够因此体认包括儒家先验道德在内的万物之理并践履之,从而使人能够摆脱因为欲望所带来的恶,使人类社会能够建立起道德秩序并维持良好发展。正是在这个意义上,朱熹认为"惟心无对"。③

相比之下,王阳明以心即理的形式,将心、性、理在本体论意义上统统归结为儒家三纲五常之道德规范,并提出一个致良知的实践方法,不仅是取消了程朱理学所强调的心之理性认识能力的意义,而且带有某种强制的意味。王阳明说:"此心在物则为理。如此心在事父则为孝,在事君则为忠之类。……诸君要识得我立言宗旨,我如今说个心即理是如何,只为世人分心与理为二故,便有许多病痛。"④

---

① (明)王守仁:《传习录》中,《王阳明全集》,第45页,上海古籍出版社,1992。
② (宋)朱熹:《朱文公文集》卷第67,国家图书馆出版社,2006。
③ (宋)黎靖德编:《朱子语类》卷第5,中华书局,1988。
④ (明)王守仁:《传习录》下,《王阳明全集》,第121页。

杨国荣对此分析说:"作为普遍道德律的理,在未融入主体意识之前,总是带有某种超验的性质,普遍之理向个体内心的内化,并不是以抽象理念的形式入主个体意识,而是渗入于主体的情感、意向、信念等之中,并进而转化为主体意识的内在要素。……事实上,康德似乎正是试图以实践理性的超验性来担保道德律的普遍性。程朱要求道心常为主而人心每听命,其思路近于康德。在道心与人心、普遍之理与个体之心的二元对峙中,个体行为固然可以不逾矩,但却很难做到从心所欲。相形之下,王阳明以心即理沟通普遍之理与个体之心,无疑表现了不同的思维取向:他以内理内在于心扬弃其对象性,同时亦意味着扬弃其超验性。"①

事实上,阳明以"心即理"的形式将心、性、理等同为儒家先验的道德规范(即良知),并认为"良知之在人心,无间于圣愚,天下古今之所同也。世之君子惟务致其良知,则自能公是非,同好恶,视人犹己,视国犹家,而以天地万物为一体。"②不仅无法解释现实世界中存在的恶由何而来,而且单纯地认为人只要致良知就可以公是非,同好恶,视人犹己,视国犹家,而以天地万物为一体,也未免陷入理性主义的窠臼而缺乏现实性。

阳明其实已经注意到了这个问题,一再强调致良知三字是他自家从百死千难中悟出,不得已与人一口说尽,要求学者努力去致良知,其实已经体现出了阳明心即理之学的理想主义缺陷,而将心、性、理等同为纯善无恶的儒家先验道德规范,不仅使阳明无法解释天泉证道中王畿与钱德洪的争论,也无法避免满大街都是圣人的逻辑导向,从而难以避免与禅宗在理论上的相同归宿。

与阳明"心即理"心学之单纯的社会道德实践要求不同,心经心学从一开始就继承了程朱理学对心有善恶与心之理性认识能力的重视,并在此基础上,继承了孟子与《尚书·大禹谟》对心的进一步分析与综合,程林隐《心学图》便是将《尚书·大禹谟》之人心、道心与孟子提出的良心、本心、大人心、赤子心综合起来,并以程朱理学对心之虚灵、知觉、神明之判定为核心,以心为一身主宰为基本命题。换言之,如果说程朱理学是以心说性,阳明是以性说心的话,那么真德秀以来的心经心学,则是以敬说心。

也正是因为心经心学继承的是程朱理学的心学理论,李退溪才对赵士

---

① 杨国荣:《心学之思——王阳明哲学阐释》,第59、60页,中国人民大学出版社,2010。
② (明)王守仁:《答聂文蔚》,《王阳明全集》,第79页,上海古籍出版社,1992。

敬提出的疑问给出了否定的回答,坚持对程林隐的心学图不可怀疑,并对赵士敬提出的程林隐心学图下图中心思与养心的位置问题也做了否定回答,退溪分析说:

> 公以养心为用工之初而林隐图继养心与心思之后,深斥其非,此亦鄙见所未喻也。孟子曰"养其大体为大人。"大体之谓,心也。吾未知此所谓养者,只养于用工之初、可恃以为平生地乎? 抑通乎为学始终本末而言也? 周濂溪《养心亭说》曰:"予谓养心不止于寡而存耳,盖寡焉以至于无。无则诚立明通。诚立,贤也;明通,圣也。"是圣贤非性生,必养心而至之。夫程翁之所谓养心亦若是,其不可以为用工之初,明矣。何可轻议之耶? ①

值得注意的是,与程朱理学上承孔子生知之论不同,李退溪继承心经心学修养论的观点,从一开始即认定"圣贤非性生,必养心而至之",即将程朱理学附属于理气本体论之下的心性哲学的修养论上升为心经心学之本体论,并将周敦颐之无欲论作为成圣成贤的基本要求。不仅如此,在李退溪的心性哲学中,这种心性修养不仅要求养心不止于寡欲而必须达到无欲,而且要求时时刻刻进行这种无欲的修养。因此,对于赵士敬提出的对林隐求放心位置的疑问,退溪也认为"却恐不必为疑也",并分析说:

> 何者? 举其大概而泛论之,求放心固若为始学之事,若推其极而细论之,有大不然者。
>
> 夫所谓放心,非止谓逐物,营营奔驰之心,一刻一念,些少走失,皆放也。夫所谓求,非谓一日一饷,乍然寻来捉住便为终身为学之基本。盖日日念念,在在处处,才觉有透漏,便即收摄整顿得惺惺,是之谓求。故程子曰:"圣贤千言万语,只是欲人将已放之心约之,使反复入身来,自能寻向上去,下学而上达也。"观程子此言,直以圣贤许多言语,皆若以为求放心设。诚若是,此一事占地步不亦广博而悠长乎? 愚恐自大贤以下,皆不可谓无此事。……苟放心之求只在于始而无与于终,孟子当日学问之始必求放心可

---

① [韩]赵穆:《心经禀质》。

矣,今以"学问之道无他"六字包括而言之,是固程子之意也。然则求放心所置之处亦不必疑而欲移动之也。"①

考《陶山全书》,退溪《答赵士敬》的此封书信写作时间是在乙丑年(1565),时退溪已经65岁,下距完成《圣学十图》只有三年时间。此时退溪已经处于心性哲学完成的最后阶段,因此在上述答赵士敬关于修改程林隐心学图的问题中,已经显示出了退溪关于圣贤心学修养论的基本思想,即个体在如何成就圣贤人格问题上,其无欲之程度与时间上不间断的休养要求,以及内在观念上所有念头都必须时时刻刻进行道德修养的严格要求。在此后完成的《圣学十图》中,李退溪选择了朱子的《敬斋箴》与南塘陈茂卿的《夙兴夜寐箴》来表达自己的上述圣贤心学思想要求。

赵士敬提出的第四个问题是关于人心是否有私欲的问题。他注意到朱子有人心非私欲的"定论"但心经附注所引三条却皆认为人心有私欲,因而致疑。对此,退溪做了简单回答,说"人心为私欲,程门只作如此看,朱子初间亦从之,其说见于大全书答何书京等书可考。其以为非私欲,乃晚年定论。附注兼取前后说故耳。"②

赵士敬在第五、六、七、八这4个问题中,集中与退溪讨论了心经附注中所载宋末元初金华学派王柏的《人心道心图》问题。赵士敬提出:"鲁斋王氏人心道心图序说云:'原来字自外推入,知其本有故曰微;生字感物而动,知其本无故曰危。'又曰:'正字私字皆见于外者,故人心不可谓之人欲',此数语殊未明了,其意如何?且图子以私属形,以危属气,如何微字则置于心之下端?极底细看,其意似以为未发之体,与整庵寂然不动之说何如?恐此等处有牵强杜撰之病,如何?"③

对此,退溪在答书中也认为王鲁斋的人心道心图有问题:"图说鄙意亦多未莹。试指摘论之:'知其本无故曰危'则近矣;'知其本有故曰微',其为微也,岂本有之故耶?生于耳目口鼻等之心,不失正理,则皆天则也,故人心不可谓之人欲,初非谓正字私字见乎外之故而不可谓之人欲。不知此老说话如何而有此疏脱。"④

---

① [韩]赵穆:《心经禀质》。
② [韩]赵穆:《心经禀质》。
③ [韩]赵穆:《心经禀质》。
④ [韩]赵穆:《心经禀质》。

可见退溪师徒似乎对王柏的观点持批评态度。在此后的几封书信中，退溪反复几次修改王柏的人心道心图与说，最终画出了一个《人心道心精一执中图》。但此图在退溪最后完成的《圣学十图》中并没有出现，可见在退溪心性哲学的探索过程中，王柏的人心道心图与说的思想并没有起到重要的影响。同时，王柏在学术上的另一特征即删改经典的学风，也为退溪所反对。

王柏（1197～1274），字会之，浙江金华人。其祖父师愈曾与朱熹、张栻、吕祖谦游，为龟山杨时弟子。父瀚亦曾及朱熹之门，为吕祖谦弟子。王柏年逾30，"始知家学之原"。① 开始对理学产生兴趣。后又从学何基，成为北山学派的开创者之一。

何基（1188～1268）为朱熹弟子勉斋黄干门人，居金华山北，人称北山先生，终生不仕，传朱熹之学。谥文定。有文集30卷。黄宗羲《宋元学案》中有金华学案，全祖望在补修时改为北山四先生学案。

何基在学问上固守朱熹思想，黄宗羲在学案中说，"北山之宗旨，熟读四书而已。北山晚年之论曰：'《集注》义理自足，若添入自家语，反觉缓散。'盖自嘉定以来，党禁既开，人各以朱子之学为进取之具，天乐浅而世好深，所就日下，而剽掠见闻以欺世盗名者，尤不足数。北山介然独立，于同门宿学，犹不满意，曰：'恨某早衰，不能如若人强健，遍应聘讲，第恐无益于人，而徒勤道路耳。然则，若人者，皆不熟读四书之故也。'北山确守师说，可谓有汉儒之风焉。"②

黄百家也在其后补充说，"勉斋之学，既传北山，而广信饶双峰亦高弟也。双峰之后，有吴中行、朱公迁亦铮铮一时。然再传即不振。而北山一派，鲁斋、仁山、白云既纯然得朱子之学髓，而柳道传、吴正传以逮戴叔能、宋潜溪一辈，又得朱子之文澜，蔚乎盛哉！是数紫阳之嫡子，端在金华也。"③可见清人对何北山、王鲁斋、金履祥之传承的金华学派评价之高。

诚如上述，何基在学问上以固守朱子学为特质，但却以胡五峰"立志以定其本，居敬以持其志，志立乎事物之表，敬行乎事物之间"之居敬思想传授王柏，因此王柏在学问上也以持敬为其要旨。

---

① 《宋史》卷438，《王柏传》。
② （清）黄宗羲原著，全祖望补修：《宋元学案》第2727页，中华书局，1989。
③ （清）黄宗羲原著，全祖望补修：《宋元学案》第2727页，中华书局，1989。

从其思想发展过程中也可见此特质。王柏少时羡慕诸葛孔明,自号长啸。年逾30,与朋友汪开之同读四书,一日读"居处恭,执事敬"章,惕然曰:"长啸非持敬之道,更以鲁斋。"又取朱子论语、孟子集义,别以铅黄朱墨,求朱子去取之意。以黄勉斋《通释》尚缺答问,乃约《语录》精要补之,名之曰《通旨》。从何基学后,"自是发愤奋励,读书精密,标抹点检,旨趣自见,谓'古人左图右书,后世图学几绝。'作《研几》七十余图,又作《敬斋箴图》。以日用从事,夙兴见庙。闭阁静坐,子弟白事,非衣冠不见也。来学者众,其教必先之以《大学》。蔡杭、杨栋守婺,赵景纬守台,聘为丽泽、上蔡两书院师。理宗崩,率诸生制服临于郡。咸淳十年卒,年七十有八。国子祭酒杨文仲请于朝,谥文宪。"①四库书目收录有王柏《书疑》9卷,《诗疑》2卷,《诗目》4卷。现有《鲁斋王文宪公文集》20卷,以及中华书局版《研几图》与陈淳所著《北溪字义》的合订本。

值得注意的是,王柏在思想上虽然以朱子为师,但同时也显示出了朱子学心学化的倾向。黄百家似乎已经注意到了这一点,在《北山四先生学案》中,黄百家有按语,说"鲁斋之宗信紫阳,可谓笃矣,而于《大学》则以为格致之传不亡,五待于补;于《中庸》则以为《汉志》有《中庸说》两篇,当分诚明以下别为一篇;于《太极图说》则以为无极一句当就图上说,不以无极为无形、太极为有理也;其于《诗》、《书》,莫不有所更定,岂有心与紫阳异哉!"②并在其下引用欧阳修之言,批评朱熹后学不能真正领会朱子学的真谛,"宁守注而背经,而昧其所以为说,苟有一言之异,则以为攻紫阳矣。然则,鲁斋亦攻紫阳乎?甚矣,今人之不学也!"③似乎对王柏发展朱子学持肯定态度。

《研几图》共绘制了73幅图,《人心道心图》是其中的第32幅。关于作《研几图》的目的,王柏在《研几图序》中做了详细说明,认为中国人文文化起源于河图,而且在中国人文传承的过程中,图起到了无可替代的作用,尤其是宋代理学就开端于邵雍的《象数图》与周敦颐的《太极图》,图的好处在于:"盖有一图之义,极千万言而不能尽者,图之妙实不在书之后也",同时提到了"近世夹漈郑公遂作图谱略,固不足以尽天下之图而图之名义,

---

① (清)黄宗羲原著,全祖望补修:《宋元学案》第2730页,中华书局,1989。
② (清)黄宗羲原著,全祖望补修:《宋元学案》第2733页,中华书局,1989。
③ (清)黄宗羲原著,全祖望补修:《宋元学案》第2733页,中华书局,1989。

亦可见其论纵横开阖,援引弘博既富矣哉,而于理非其所尚,为可恨焉耳。予自丽泽归,温习旧书,有未解者,因手画成图,沉潜玩索,万理悠然而辐辏,益知图之为可贵而静中之有真乐也。叙其所以贻之子姓,非敢为他人道。呼,邵子垂没,始以先天图授伯温,未尝不哂其过计也。先天图卒大明于后世,岂伯温所能与于斯乎?乌在其为能授也哉。"①

可见王柏作《研几图》有两个目的,一是因为图能够简单明了地表达思想,而郑公所作图谱略中没有表达理学思想的图,因此王柏要作研几图专门表达理学思想,二是图的传世意义重大,邵雍先天图即在后来的理学发展中起到重要作用,因此王柏希望自己的研几图也能够起到传承理学思想的作用与意义。

实际上,《研几图》并没有像王柏所希望的那样在后世理学传承中起到如邵雍先天图之作用。王柏生活于南宋末年,其去世5年后南宋即为元所灭。元代理学式微,只有许衡(1209~1281)所创立的鲁斋学派与吴澄(1249~1333)所创立的草庐学派,以及何基、王柏创立的金华学派与元代后期以理学观点治《春秋》的郑玉(?~1357)、赵汸(1319~1369)的徽州学派绵延相继。然元代官方只尊奉程朱理学,陆九渊心学被严厉排斥。

程朱理学被正式立为官学,是在元仁宗同治时期。仁宗以汉族名儒李孟为师,受过儒家思想影响,深知儒术"握持纲常",对君主专制统治有不容忽视的影响,因此于皇庆二年(1313)决定实行科举,命程钜夫草《行科举诏》,于十一月颁行。诏书中说:"举人宜以德行为首,试艺则以经术为先,词章次之。浮华过实,朕所不取。"规定考试程式,"明经、经疑二问,《大学》《论语》《孟子》《中庸》内出题,并用朱氏(熹)《章句集注》";经义"《诗》以朱氏为主,《尚书》以蔡氏(沈)为主,《周易》以程氏(颐)、朱氏为主"。诏书称科举的目的是"经明修行,庶得真儒之用;风移俗易,益臻至治之隆。"②延祐二年(1315)和五年(1318)通过廷试,共得进士106人。可见元仁宗对于立程朱理学为官学具有明确的意识形态目的。同年,又"以宋儒周敦颐、程颢、程颐、张载、邵雍、司马光、朱熹、张栻、吕祖谦及故中书左丞许衡从祀孔子庙庭"。③

---

① (宋)王柏:《研几图序》,《研几图》,中华书局,1989。
② 《元史》卷81,《科举》一。
③ 《元史》卷24,《仁宗纪一》。

程朱理学被奉为官方统治哲学并成为科举考试的标准,首先带来的就是学者为了求得功名而固守师说,这直接导致了程朱理学思想发展的停滞。虞集曾指出过元代理学在流传过程中产生的流弊,"文正没,后之随声附影者,谓修辞申义为玩物而苟且于文章,谓辨疑答问为躐等而姑固其师长,谓无所猷为为涵养德性,为深中厚貌为变化气质,外以聋瞽天下之耳目,内以蛊晦学者之心思。"而这种流弊又与许衡之学本身的缺陷有关,"鲁斋所见,只具粗迹,故一世斐然而从之也"。①

这也说明了元代理学式微的客观状况。元代以蛮族入主中原,一方面必须要用程朱理学中所包含的维护三纲五常之儒教道德来维系社会秩序与专制统治,另一方面又因为在入主中原的过程中因战争与民族压迫造成的中原汉族文化衰微,而只能依靠姚枢从俘虏中救出的南宋理学家赵复(约1185~1265)以所记程朱著作传授理学。②

姚枢在隐居苏门时,曾刻赵复所授小学四书并诸经传注,后又与其他学者合作,将赵复所授经传分为二十八类,修纂成《五经要语》,广为刊行,由此北方学者皆得程朱之书而遵信之。同时,赵复游学北方,开始建立理学师承授受体系,姚燧说,"(赵复)至燕,名益大著。北方经学实赖鸣之。游其门者将百人,多达材其间。"③许衡即其传人之一。《鲁斋学案》有黄百家按语:"自石晋燕、云十六州之割,北方之为异域也久矣,虽有宋儒叠出,声教不通。自赵江汉以南冠之囚,吾道入北,而姚枢、窦默、许衡、刘因之徒,得闻程、朱之学以广其传,由是北方之学郁起,如吴澄之经学、姚燧之文学,指不胜屈,皆彬彬郁郁矣。"④

这也是造成后世学者认为许衡所见"只具粗迹"的客观原因之一,即元代理学因为民族统治的转换而且是由文明程度较低的民族入主文明程度较高的中原汉族文明而必然带来理学传承中的不绝如缕以及理解水平上的不足,因此,元代理学始终无法超越程朱理学的思想体系,而只是处于重新学习与政治上的利用这样一个阶段。

元代理学的另一大问题是对陆学的排斥。虽然吴澄已经看到了朱陆

---

① (清)黄宗羲原著,全祖望补修:《宋元学案》卷91,《静修学案》,中华书局,1989。
② 《元史·赵复传》记载:"先是,南北道绝,载籍不相通;至是,复以所记程、朱所著诸经传注,尽录以付枢。"(《元史》卷189)
③ (元)姚燧:《序江汉先生事实》,《牧庵集》卷4。
④ (清)黄宗羲原著,全祖望补修:《宋元学案》,第2995页,中华书局,1989。

差异并试图融合朱熹理学与陆九渊心学,但在元代官方尊奉程朱理学、排斥陆学的情况下,他的试图立即遭到了反对。《元史》载,吴澄任国子司业,因对学者说,"朱子于'道问学'之功居多,而陆子静以'尊德性'为主。问学不本于德性,则其弊必偏于言语训释之末,故学必以德性为主,庶几得之。"遂遭非议,认为吴澄提倡陆学是与许衡唱反调,"非许氏尊信朱子本意",吴澄只好辞职,"一夕谢去。"①这不仅与元代官方尊信程朱理学有关,也与许衡本人的地位有关。

许衡(1209~1281),字仲平,怀庆河内(今河南沁阳)人。1238年,蒙古在河北取士,许衡中选,占籍为儒,三年后返回家乡。时姚枢弃官隐居苏门,传授程朱理学,许衡慕名前往,得见《伊川易传》《四书章句集注》《大学或问》《小学》等书,尽弃此前所学章句之学,以《小学》《四书》授徒,提倡纲常名教,敦化风俗。《鲁斋学案》曾载:"先生自得《小学》,则主此书以开导学者。尝语其子曰:'《小学》《四书》,吾敬信如神明,能明此书,虽他书不治可也。'"②日后李退溪写《心经后论》,曾仿徐鲁斋之言,说自己尊信心经如神明,可见鲁斋之学对退溪自有一定影响。此是后论。

1254年,忽必烈奉命王秦中,许衡被任命为京兆提学,1260年又被召至京师,为国子祭酒。至元二年(1265),许衡又被召至大都,入中书省议事,辅佐右丞相安童。许衡向忽必烈疏陈立国规模、中书大要、为君难、农桑、学校等"时务五事",中心是要行汉法、重儒学。至元六年(1269),许衡受诏与太常卿徐世隆等同定朝仪,与太保刘秉忠、左丞相张文谦等定官制。许衡历考古今制度,"援唐宋之典故,参辽金之遗制,设官分职,立政安民,成一代王法。"③可见许衡在蒙古族建立国家体制方面的重要作用。

1271年,蒙古国改国号为元,忽必烈任命许衡为集贤殿大学士兼国子祭酒,以理学教授蒙古子弟。后因故辞归乡里。至元十三年(1276),许衡受诏与郭守敬修订历法。许衡与郭守敬新制仪象圭表,组织大规模实测,于至元十七年(1280)完成历法修订,命名"授时历"。同年以病辞归,次年病故,年73。赠司徒,谥文正。皇庆二年,从祀孔子庙庭。学者称为鲁斋先生。著作有《小学大义》《读易私言》《孟子标题》《中庸说》《鲁斋遗

---

① 《科举学校之制》,《元史纪事本末》卷8。
② (清)黄宗羲原著,全祖望补修:《宋元学案》,第3001页,中华书局,1989。
③ (元)郝经:《立政议》,《陵川文集》卷32。

书》等。

　　由许衡的经历不难看出其在元朝建立过程中的重要历史地位与学术地位。因此,虽然当时吴澄已经看到许衡之学在传承过程中所造成的流弊,以及朱陆之学各有短长,试图融合二者,但因许衡之地位影响而不得不辞职。

　　元代后期的理学代表郑玉也曾提到过朱陆之学各有短长,说"陆子之质高明,故好简易;朱子之质笃实,故好邃密","陆氏之学,其流弊也,如释子之谈空说妙,工于鲁莽灭裂,而不能尽夫盖致知之功。朱子之学,其流弊也,如俗儒之寻行数墨,至于颓惰萎靡,而无以收其力行之效。"①

　　虽然吴澄和郑玉都想兼取朱陆之所长而避其所短,试图建立起一个能够融合朱陆的新的思想体系,但终因历史与思想发展水平所限制而无法完成,他们至多只是在元代尊奉程朱理学的官学背景下,利用陆学的心学思想,在自己的思想中添加了某些心学因素,而未能建立起新的理论体系。但是,他们的理论试图仍然为明代心学的形成提供了不可或缺的理论尝试。尤其是吴澄,不仅提出了合会朱陆的可能性,为后来王阳明和程敏政各自的心学体系之建立提供了思想契机与可能性,而且其所提出的"心者一身之主宰,而敬则一心之主宰",更成为程敏政发展心经心学的理论基础。

　　在元代理学与心学发展的这样一个大的思想背景下,王柏的思想并没有受到太大的重视。这主要是因为他在理学思想上除了"尊道统,阐圣学"外,并无新的发展,如其所作《研几图》就是将程朱理学的观点用图表示出来,并无理论上的创新。能够引起后代学者注意的,反倒是他的疑经思想。

　　疑经本来是宋学的传统。先秦经典经历秦火之后,汉儒对先秦经典的传授、注疏,成为一种专门的学问,即汉学,其特点是固守经传,师承有序而轻易不敢改变师说,墨守成规。宋儒批判汉学,不信注疏,着重发挥义理,提倡义理之学,随之而来的就是怀疑经典传注思想。王应麟在《困学纪闻》中曾引陆游所说:"自庆历后,诸儒发明经旨,非前人所及。然排《系辞》、毁《周礼》、疑《孟子》,讥《书》之《胤征》《顾命》,黜《诗》"之序,不难

---

①　(元)郑玉:《送葛子熙之武昌学录序》,《师山文集》卷3。

于议经,况传乎!"①

二程和朱熹都曾为了发展理学思想而修改《大学》,说明了一个历史现象,即当儒学在汉代经董仲舒在孔孟原始儒学中加入三纲、儒学与专制政治相结合而成为统治意识形态,并在历史发展过程中逐渐成为中国传统文化的代表以后,后来者想要进一步发展儒家思想,就必须首先打破对经典的迷信才有可能,这恐怕也是宋儒疑经的内在原因之一。从这个角度看,王柏的疑经思想似乎蕴含着某种理论发展的新动向。

北山学派的开创者何基,从朱熹那里继承了疑经思想,王柏更是将对于古代儒家经典的怀疑推到了极端。王柏著有《书疑》《诗疑》《中庸论》《大学延革论》《家语考》等著作,疑经的对象涉及《尚书》《诗经》《中庸》《大学》等传统儒家经典,甚至涉及对朱子《四书集注》的怀疑。

概要而言,首先是对《书经》的怀疑。对于《尚书》的怀疑,并非始于王柏,而是始于宋儒。《四库全书总目》载:"疑古文者自吴棫、朱子(熹)始,并今文而疑之者自赵汝谈始,改定《洪范》自龚鼎臣始,改定《武成》自刘敞始",而"并全经而移易补辍之者,则自柏始"②。

王柏既疑古文,也疑今文,进而改经、删经、移易经文,自称对于《书经》要"纠其谬而刊其赘,订其杂而合其离",使其"复圣人之旧。"③王柏怀疑《书经》的历史依据是儒家典籍经过秦火之后,散失殆尽,虽经汉儒极力抢救,但已非其旧,"汉初,《书》已三变。秦火,一变也;传言之讹,再变也;以意属读,三变也。《书》之为书,元气微矣。"④至汉初,虽有伏生口授和孔壁所藏,仍有40余篇不得复见,所存者又多错乱讹舛,"惟其不全,固不可得而不疑"。⑤

其次是对《诗经》的怀疑。王柏认为,《诗经》同样亦遭秦皇焚禁,然而齐、鲁、燕所出《诗》三百篇之目却"宛然如二圣人之旧,无一篇之亡,一章之失"。⑥ 与《书》相比,《诗》保存得过于完整了,反而不可信。王柏主张

---

① (宋)王应麟:《困学纪闻》卷8。
② 《四库全书总目》卷13。
③ (宋)王柏:《书疑序》,《鲁斋集》卷5。
④ (宋)王柏:《大序疑》,《书疑》卷1。
⑤ (宋)王柏:《书疑序》,《鲁斋集》卷5。
⑥ (宋)王柏:《毛诗辨》,《书疑》卷2。

删去32篇"淫诗",希望"有力者请于朝而再放黜之,一洗千古之芜秽"①,又提出将《小雅》中"杂以怨诽之语者归之王风",即降雅为风,还要求改变《桑中》《权舆》《大东》等篇名。

最后是疑《四书》。王柏怀疑《中庸》《大学》出于《子思》②,认为《论语》是"古《家语》之精语"③,《孟子》是其"自著之书"④。王柏不仅怀疑四书,甚至对朱熹的《四书集注》也存怀疑态度,认为"苟有证据,不妨致疑于其间"。⑤

王柏曾指出,朱熹既以《家语》为《孔丛子》伪书,但在《集注》中又取之以证《中庸》之误,这种自相矛盾实在是令人不解。对于朱熹补格物传,王柏也持怀疑态度,后从车玉峰说,认为《大学》"致知格物传未尝亡也。自'知止而后有定'以下,合'听讼'一章,俨然为'致知'一传"。⑥ 疑经而及于朱熹的《四书集注》,可见王柏疑经思想的彻底。

对于王柏的疑经思想,后人评价褒贬不一。北山学派的传人多对王柏疑经思想持肯定态度,其弟子金履祥就继续发挥了王柏《书疑》中的思想,进一步怀疑孔安国《尚书序》"为东汉传古文者托之"⑦。元代吴师道也对王柏的《书疑》有较高评价,认为其"订正皇极之经传,谓《论语》'咨尔舜'二十二言、《孟子》'劳来''匡直'数语,宜补《尧典》缺文,《禹贡》叙一事之终始,《尧典》叙一代之终始,《禹贡》当继《尧典》之后,居三谟之前,皆卓然伟论,即以补伏、孔所未逮可也。"⑧清代学者阎若璩也颇以王柏疑《诗》非圣人原本为然。

与此相反,清四库馆臣对王柏疑经持严厉批判态度,指责王柏《书疑》"师心杜撰,窜乱圣经","排斥汉儒不已,并集矢于经文",殊失"濂洛关闽诸儒立言垂教之本旨"。⑨ 严厉指责"柏何人,斯敢奋笔而进退孔子哉!"

---

① (宋)王柏:《诗疑》卷1。
② (宋)王柏:《中庸论》,《鲁斋集》卷10。
③ (宋)王柏:《家语考》,《鲁斋集》卷9。
④ (宋)王柏:《朱子读书法》,《金华王鲁斋先生正学编》卷下。
⑤ (宋)王柏:《答叶通斋》,《鲁斋集》卷8。
⑥ (宋)王柏:《大学沿革论》,《鲁斋集》卷9。
⑦ (元)金履祥:《尚书表注》卷上。
⑧ (元)吴师道:《王鲁斋书疑序》。
⑨ 《四库全书总目》卷13。

"此自有六籍以来第一怪变事也。"①皮锡瑞也批评王柏,说"若王柏作《书疑》,将《尚书》任意增删;《诗疑》删郑、卫,风雅颂亦任意改易,可谓无忌惮矣。……经学至斯,可云一扼"。②

实际上,因王柏疑经而将其视为儒门的罪人显然过当,其实王柏疑经不仅是继承了宋儒以理解经,经学理学化的传统,而且其出发点仍然是卫道。他自认为所疑者只是被汉儒"伤残毁裂"的"不完之经",通过移易补辍,就可以使其"复归圣人之旧",并不是为了反叛经典。但是,王柏凭一己之意任意改经、删经,显然并不可取,这样做的最大害处,是无法保证经典的原貌,甚至会破坏文化的传承性。

这个问题也突出地表现在16世纪朝鲜学者对待《心经附注》的态度上。在李退溪将心经作为理学教材向门人弟子进行教学的过程中,其弟子在学习过程中不断提出类似的问题,如字词错误以及附注所引程朱语与原文不符的问题等,希望能够改正这些问题。

赵士敬在《心经禀质》的最后一部分即第20个问题中,就花了大量篇幅,希望将自己认为不对的地方统统削去,或者按照自己的意思增加一些内容。

如《帝曰人心惟危章》"附注鲁斋王氏人心道心图及说削";"《诗曰上帝临汝章》毛氏曰云云此条削";"易坤之六二此下恐当增文言传三字,附注第五条首朱子二字、第八条首又曰皆削,十一条首程子二字代以又字";"范氏《心箴章》附注第一条向见至在也四十四字削之似无损。按上帝临汝,无贰尔心即大雅大明篇词;无贰无虞上帝临汝即鲁颂閟宫篇词。两篇注皆直指武王伐纣事,无论学者事,惟于大明篇集传下大全辅氏说,只云学者当常常涵咏此二句,以存心养性而事天也,则此心经中所引,愚谓以下,疑非朱子说,乃西山说也。《牛山章》下'愚闻之师'一段,则非西山说,乃朱熹闻于延平者,一例以愚称之,恐误,故牛山章愚字上加朱子曰三字,如何?"③

除了对字词的修改及削去心经附注中的注释条以外,赵士敬还在心经附注的一些章节中加上了自己认为重要的内容,如《颜渊问仁章》,真德秀

---

① 《四库全书总目》卷17。
② (清)皮锡瑞:《经学历史》,第264页,商务印书馆,1928。
③ [韩]赵穆:《心经禀质》。

在此条下只引了扬子、伊川、谢氏3条,程敏政附注伊川、张载、朱熹、真德秀等19条,赵士敬在其后又增加了程子、朱子、谢氏等7条。其内容则主要是用理学之天理人欲观阐释孔子"克己复礼为仁"及非礼勿视听言动之具体规范,如所加第1条引朱子:"仁者,本心之全德,己谓身之私欲,礼者天理之节文。盖心之全德莫非天理而亦不能不坏于人欲,故为仁者必有以胜私欲而复于礼,则事皆天理而本心之德复全于我矣。"①又引程子"非礼处便是私意。既是私意,如何得仁?须是克尽己私,皆归于礼,方始是仁"。②

孔子所言克己复礼之礼,并不只是一个单纯的哲学概念,而是婚丧嫁娶、朋友往来之贵族社会礼仪规范与祭祀天地祖先之国家制度,因此,孔子说非礼勿视听言动,其实是要求所有士及其以上阶层自觉遵守与维护这种古代贵族社会等级秩序。程朱理学虽然将孔孟原始儒学理学化,但在最根本的目的上,仍然是要求整个社会遵守儒家以礼之概念所涵盖的社会秩序与国家体制。对此,无论是程朱理学,还是陆王心学,以及最终由李退溪完成的心经心学,其实都有着自觉的体认与要求,程子作《四勿箴》,朱子作《敬斋箴》《求放心斋铭》《尊德性斋铭》,真德秀又将其收入《心经》,其实强调的都是同一个东西,即对西周以来的礼仪制度的遵守。程敏政在附注中引真德秀之言,明确说出了这一点,他说:

> 西山真氏曰:尧舜以及周孔,其相传之大概,至孔子之授颜子,则本末尽见,圣人之蕴,无复遗余。……夫精一执中,尧舜禹相传之要指也;克复为仁,孔颜相传之要指也。以言语求之,盖甚不同矣,然孔子之所谓己,即舜之所谓人心;孔子之所谓礼,即舜之所谓道心。克而复,即精一之功,而仁之与中,又名异而实同者也。盖合乎义理之正而无过不及者,中也;纯乎义理之正而不杂之以私欲者,仁也。未有中而不仁,亦未有仁而不中者。即此推之,凡圣贤相传之心法,皆可一以贯之矣。③

---

① [韩]赵穆:《心经禀质》。
② [韩]赵穆:《心经禀质》。
③ (明)程敏政:《心经附注》。[韩]宋熹準编:《心经附注注解丛编》(一),第77、78页,(首尔)学民文化社,1985。

无论是人心道心,还是仁义礼智,抑或是心经心学的心与敬,贯穿于其中的始终是传统儒学以礼这一哲学概念所涵盖的现实道德规范,而这种道德规范则意味着自西周以来古代中国文明所达到的社会与国家体制的文明高度。所不同的只是孔子答颜渊之非礼勿视听言动旨在提醒士人要自觉遵守礼仪制度,不做违背礼仪制度之事。

但到了宋代,因为当时中原汉族文明所面临的北方游牧民族的严重威胁与文明内部所存在的尖锐的社会矛盾与国家体制的衰落而不得不强化这种要求,并在某种程度上将代表现实社会的人心与代表传统儒家之礼仪制度的道心对立起来,程朱甚至从理气本体论的高度强化禀气而生的人不仅在人性上存在着天生的恶,因而去禽兽不远,而且如果不加以自觉的道德修养就难免会堕落为禽兽的危险性,如程敏政在附注中所引朱熹论孔子克己复礼为仁:"或问:颜渊问仁而夫子告之以此,何也?曰:'人受天地之中以生,而仁义礼智之性具于心。仁虽专主于爱而实心体之全德,礼则专主于敬而实天理之节文也。然人有是身,则耳目口体之间不能无私欲之累以违于理而害夫仁。人而不仁,则自其一身莫适为主,而事物之间颠倒错乱,益无所不至矣。然己者,人欲之私也;礼者,天理之公也。一心之中,二者不容并立,而其相去之间不能以毫发,出乎此则入乎彼,出乎彼则入于此矣。是其克与不克,复与不复,如手反覆,如臂屈伸,诚欲为之,其机固在我而已,夫岂他人之所得与哉!"①

心经心学正是继承了程朱对人性中所隐含的先天之恶的强调,并在此基础上将孔孟原始儒学的道德规范与程朱理学的心性修养论结合起来,试图发展出一种新的理论体系。当16世纪的朝鲜性理学家在接受以心经为载体的朱子学心学化思想时,显然也注意到了理学与孔孟原始儒学最为根本的东西,并继承了真德秀和程敏政以心经为载体所试图建立起来的人格修养论心学体系。

赵士敬显然已经看到了这一点,因此他在自己所增加的最后一条中,引用朱子之言明确指出:"此章问答乃传授心法,且要之言,非至明不能察其几,非至健不能致其决,故惟颜子得闻之而凡学者亦不可以不勉也。程

---

① (明)程敏政:《心经附注》。[韩]宋熹準编:《心经附注注解丛编》(一),第74、75页,(首尔)学民文化社,1985。

子之箴发明亲切,学者尤宜深玩。"①

真德秀在心经中说圣贤相传心法即在于孔子克己复礼为仁一语,二程和朱熹则将其具体化为《四勿箴》《敬斋箴》《求放心斋铭》《尊德性斋铭》等,程敏政则将所有这些内容均附注到心经中,试图发展为一种以遵守儒家三纲五常以及礼仪制度为修养方式以成就自我之圣贤人格的心学,这种心学思想又以《心经附注》为载体,被16世纪的朝鲜理学所吸收,并进一步加以发展,李退溪在后来完成的《圣学十图》中,又加入了《西铭图》《小学图》《白鹿洞规图》《敬斋箴图》《夙兴夜寐箴图》,实际上仍然是在对个体行为的道德规范上加以强化。作为退溪最有思想的学生,赵士敬的确是看到了心经心学的关键所在并试图通过自己的再次附注加以强调,他的思想对退溪心学思想的形成有着不可忽视的作用。

对心经的《仲弓问仁章》,赵士敬也做了很大改动。这一章原文见于《论语·颜渊第十二章》:"仲弓问仁。子曰:'出门如见大宾,使民如承大祭。己所不欲,勿施于人。在邦无怨,在家无怨。'仲弓曰:'雍虽不敏,请事斯语矣。'"孔子的原意是要求弟子在做人态度上要恭敬有礼,宽以待人。真德秀在其后只引了程伊川与朱子两条,均是强调敬的重要性以及不敬就会导致私欲害仁的后果:"伊川先生曰:如见大宾,如承大祭,敬也。敬则不私,一不敬则私欲万端,害于仁矣。"②"朱子曰:敬以持己,恕以及物,则私意无所容而心德全矣。"③程敏政在此条下只附注了5条。赵士敬似乎觉得程敏政在此条下的附注不太理想,因此做了大的改动,只保留了原来附注中的第一、二条,补充了其中的第五条,删去了第三"东嘉史氏曰"一条,另外增加了9条程朱等理学家关于主敬与行恕的关系的解释。

其他如《中庸天命之谓性章》增加了6条,《孟子曰人皆有不忍人之心章》增加了10条,《孟子曰大人者不失章》增加了1条,《孟子曰牛山之木章》增加了4条,《孟子曰仁人心也章》增加了4条,《孟子曰鱼我所欲章》增加了7条并做了按语:"此章言羞恶之心人所固有,或能决死生于威迫之

---

① [韩]赵穆:《心经禀质》。
② (明)程敏政:《心经附注》。[韩]宋熹準编:《心经附注注解丛编》(一),第78页,(首尔)学民文化社,1985。
③ (明)程敏政:《心经附注》。[韩]宋熹準编:《心经附注注解丛编》(一),第78页,(首尔)学民文化社,1985。

际而不免计丰约于宴安之时,是以君子不可顷刻而不省察于斯焉。"①

对于自己增补、删改《心经附注》,赵士敬也做了解释,说:"窃谓心经一书不用注文则已,如用注文,则宜莫如朱子《集注》《章句》诸说,而此书(笔者注:指真德秀《心经》)所引多不用本注,或用之而删节太简,或揽取注外文字而间有不且者甚至称朱子者多参入己说而变换文字,或增益所无,或删去所有,篁墩先生已致疑于此而不敢改正者,盖有意也。但今姑将本注文字读来读去,精微缜密,的当深切,其味无穷,有不待他求而足者。回视所撰注文,则其为疏脱益以甚矣。今抄取本注,其间训诂或不关锁处则略之。草本以禀,伏乞回示。"②

对于赵士敬的修改、删节心经之举,退溪在答书中做了详细分析。与王柏任意删改经典不同,退溪在此问题上表现出了实事求是与尊重经典的严谨学术态度。

对于赵士敬提出的心经中存在的所引程朱语与原文不符的问题,退溪在答书中承认这是客观存在的,他说:"心经诸说看的亦甚密,其中所引四书诸章处,病旧注多疏脱,欲去旧注而一用朱子《集注》《章句》之说,此意固善。滉向来亦欲依此去取,则所去者或人之注,所取者朱子之说,似为无害。"③但退溪随即就指出了心经在朝鲜性理文化的传播中已经成为理学经典,因而不能随便更改,并以中国历史上的汉唐诸儒与宋代学者对待经典中的误字衍文的正确态度作为依据,反对赵士敬随意删去心经章节字句的做法,说:

> 但以此经之行于今,殆与四子近思录同其尊用,一朝辄以己意有所改动,非徒人共骇怪,于心亦甚未安,久而未果。兹承示及,亦难为公谋,所以不敢索性说也。示喻于本注、附注中遇有为说未善者,有若衍字者,并欲削去。公能如此考覈得出,可谓不易。虽然,更细思之,使人不能无疑。窃见古经传中误字衍文,自汉唐诸儒以及有宋诸老先生皆谨存而不敢辄改,只注其下曰某当作某,某字当为衍文而已,何尝有一觉其有误有衍、有不可于义即

---

① [韩]赵穆:《心经禀质》。
② [韩]赵穆:《心经禀质》。
③ [韩]赵穆:《心经禀质》。

奋笔句抹而削除之耶？①

退溪接着对赵士敬所要削去的内容一一作了分析。首先是关于心经中所引王柏人心道心图的问题。如上所述，退溪师徒对王柏的学术观点似乎并不赞成，但即使如此，退溪也不主张随意将其人心道心图从心经中删去，而是主张存疑："王鲁斋学术固多病，人心道心图诚有可疑处，其自叙说亦殊未莹。然今但当讲明其是非或别为图以订其差，要得我不为其说所误则可，至欲就经中削去则未可也。"②

其次是对于心经中所引诗经问题，退溪同样主张存疑："毛郑二说固不切，然寂寥数句，存亦何妨？"③

再次是关于赵士敬所说程子朱子的衍文问题，退溪以论语中多处出现子曰、孔子曰为例，认为心经中多处出现程子、朱子曰等字并非衍文，更不需要删去。

在赵士敬提出的问题中，比较重要的是关于吕祖谦与朱熹对范氏《心箴》截然相反的态度问题。退溪说："范氏心箴，先生每加称赏而吕东莱反轻视之，后学于此，当思东莱之轻视得失如何，先生之称赏旨意何在？正是吾身因有所省发得力处。公既不能思及于此，乃以其文字有少难晓处，直欲削去之，无奈不可之尤者乎！愿公三思焉。"④

如果说以上几个问题都是其本身存在一些问题的话，那么关于《上帝临汝章》赵士敬提出的问题，退溪则持完全否定的态度，回答说："《上帝临汝章》旧注'愚谓'一条，滉深爱其言，每诵味之，不胜其感衷激懦，以为非朱先生不能以发此。况旧注虽疏卤，皆引诸说而不用注者说，则已为定例，何可以此一条独指为西山说耶？今诗集传虽无之，安知或见于他书而旧注引之耶？《无名指章》附注末程子郑氏一条果可疑，然抑或西山曾有此说于他处而篁墩引著于此，未可知耳。惟上蔡称明道一团和气处，叶氏注语误而辍书，公能考出，甚善甚善，然亦不欲遽削，但注其下云云宜亦可也。"⑤

---

① ［韩］赵穆：《心经禀质》。
② ［韩］赵穆：《心经禀质》。
③ ［韩］赵穆：《心经禀质》。
④ ［韩］赵穆：《心经禀质》。
⑤ ［韩］赵穆：《心经禀质》。

最后，退溪关于赵士敬随意删改心经的问题给出了一个基本的态度，即要求从学术的严谨性与对待经典的保留原貌原则出发，不能以己意擅自改经，如果心经中真的存在误字衍文，或者所引文字有误，可以在其下加注指出，但绝不能随意删去原文。退溪还引用朱熹当年批评当时学者的话作为依据，说："晦翁先生责张刘二公力主胡本程集也，引程夫子之言曰：'人之为学，其失在于自主张太过。横渠犹戒以自处太重，无复以来天下之善。'今于此经，若一如来喻之云，得无近于自处太重、自主张太过乎？"①

退溪在最后提出了自己不赞成赵士敬改动心经的最为重要的原因，说："滉鄙钝无闻，幸于此经此注中略似有窥寻路脉处，年来随分用工多在这里，只默念声诵其经文，已觉一生知得不能尽，行得不可穷，矧乎附注实濂洛关闽之渊海，每入其中，不自胜其汪洋向若之叹也。愿公且勿以抉摘文字上瑕痕为务，须虚心逊志，一向尊尚其书如许鲁斋之于小学，然则其中一言一句，师法奉持之且不暇，更安有工夫点检其他耶？既蒙不鄙，俯询及此，不得不罄竭愚虑。悚仄悚仄。"②

考察《陶山全书》，退溪与赵士敬之间的此封书信作于明嘉靖四十三年甲子（1565），时退溪已经65岁，正处于心性哲学探索的末期，圣贤心学思想已基本形成。正是由于心经在其心性哲学探索过程中所起的无可替代的作用，因此退溪将心经视为与《近思录》等理学经典同等地位的经典，并用许衡遵信《小学》为神明来比喻自己对心经的遵信，在两年后所做的《心经后论》中，更将自己对心经的态度比喻为许衡对《小学》"敬之如神明，尊之如父母"，因此坚决反对赵士敬随意删改心经。至于退溪为何会如此重视心经，将在下一章论及。

总之，赵士敬所作《心经禀质》分量虽不大，但作为退溪在心性哲学探索过程中最为重要的弟子，其所提出的问题从思想探索的角度看，仍然对退溪有着不可或缺的影响。

同时，这本16世纪退溪学派的心经研究著作，也表现出心经作为一种性理文化在朝鲜半岛传播过程中的汉学特色，即作为理学心学化的文化载体，朝鲜学者在接受过程中，首先要学习的是汉字词句，其次是其中涉及的由宋、元以至明代中叶理学心学化过程中如吴澄、王柏、许衡、程敏政等人

---

① ［韩］赵穆：《心经禀质》。
② ［韩］赵穆：《心经禀质》。

的思想的学习、接受过程,当然也包括对宋代理学家如二程、张载、朱熹、吕祖谦、真德秀等人的理学思想的学习与接受过程。正是在这种学习与接受过程中,才会自然产生出赵士敬在《心经禀质》中提出的误字衍文问题,以及对王鲁斋学术思想的不认同问题,这也是朝鲜心经文化在接受与传播过程中所表现出的汉学特征。

值得注意的是,无论是王柏的人心道心图说,还是其学风上疑经改经的做法,都成为退溪在心经教育实践过程中的反面教材,但奇怪的是,退溪仍然主张在心经附注中保留王柏的人心道心图。除了学术上严谨的治学态度以外,似乎还有一个原因不得不提到,即从南宋以后朱子学心学化的思想发展趋势上看,王柏在这一心学化过程中的思想影响问题。

从理学思想的发展上看,王柏作为金华学派的创始人之一,其在理气本体论上虽然只是继承了朱熹的理本论思想而无所创造,但其在"遵道统,阐圣学"上则留下了一个不可忽视的观点,即王柏从程朱理学的气禀说出发,提出了重要的看法,认为既然人自禀气而生时起就已经存在着性恶的现实性,因此存养省察、改过迁善的修养功夫就显得十分必要,而且提出人生修养的目标就是成圣成贤,劝学者要念念不忘以圣贤自期。在《答王景梁》中,王柏就说:"家贫亲老,别无妙法。只有进德修业四字须是念念在心。以圣贤为标准,盖自古无饿死圣贤也。"①

如果说真德秀在心经中还只是无意识地建立了一个个体人格修养的框架的话,那么经过王柏有意识地提出成圣成贤的修养要求,似乎使得心经心学有了某种目标,再加上元代吴澄的和会朱陆,到了明代程敏政附注心经时,已经使得心经中所蕴含的心学获得了一个圣贤心学的思想雏形。李退溪已经注意到了这个问题,因此尽管他并不赞成王柏的学术思想,但仍然主张保留其人心道心图与说。

第四节　李德弘、曹好益等人的心经研究及意义

如前所述,李退溪在进入中年以后开始着力于性理哲学的研究之后,即将心经视为通向性理哲学的必读经典并对门人弟子进行了大规模的心经教育实践,因此在这一阶段形成了退溪学派的大量心经著述,除了上述

---

① （宋）王柏:《鲁斋集》卷17。

赵士敬的《心经禀质》以外，还有李德弘的《心经质疑》《心经讲录》，金富伦的《心经劄记》，曹好益的《心经质疑考误》，郑述的《心经发挥》等。因为郑述同时师承于退溪与南冥门下，且其《心经发挥》著于17世纪初并与当时的礼学思潮相呼应，因此将其心经思想放在17世纪的朝鲜心经研究中加以论述。

李德弘（1541～1596），字宏仲，号艮斋，礼安人。生于嘉靖辛丑，自幼入退溪门下受学，《陶山及门诸贤录》说他"自卯角登门受业，常侍燕申，专心致精。先生嘉其年少志笃，辞气雍容，命名以德弘。长宜孜孜，天人性理之学，无不穷研"。① 因举荐而任参奉之职，升卫率。后在壬辰倭乱中因徒步勤王而升任县监。学术上精研易学，著有《溪山记善录》《中庸心经家礼注吐释疑》《自疑录》等书。《退溪全书》中有退溪与李德弘之间的书信往来共18封。在退溪弟子中，李德弘所著心经著述较为丰富，《艮斋集》中有《陈清澜学蔀通辩心图说辨》，《艮斋续集》中有《心经质疑》《心经讲录》，分量颇大。

金富伦（1532～1599），字惇叙，号雪月堂，礼安人。生于嘉靖辛卯，《陶山及门诸贤录》说他"天资岂弟，聪睿绝人，甫成童，受业先生。论难义理，前后问目甚多。以遗逸荐至县监"。② 《退溪全书》中有退溪与金富伦之间的书信往来8封。退溪曾在书信中教导金富伦："心经君既寓目，其为书何如耶？君若有意，不须问人，其求之于此经，默默加工向前，久久淹熟，则其必有欢喜不容己处而非仆之所敢于窥者矣。"③ 金富伦著有《心经劄记》一书，保留在《月川堂集》卷五。

曹好益（1545～1609），字士友，号芝山，昌原人。生于嘉靖乙巳，自幼喜读书，17岁入退溪门下，讲论《大学》《朱子语类》《近思录》等书。丙子坐非罪，谪居江东17年，讲学不辍，号关西夫子。壬辰倭乱时，因柳西厓为其陈冤而得释，并因勤王有功而录勋，后除定州，谢病归。寓居永川，与诸生讲学不倦，按使启荐学行勋绩，除持平，不起。卒年65。赠吏判，谥文简。永川、江东、成川皆立祠祀。著有《心经质疑考误》《家礼考证》《周易释解》《易象推说》等。

---

① ［韩］李滉：《退溪全书》四，第367页，成均馆大学校、大东文化研究院，1985。
② ［韩］李滉：《退溪全书》四，第367页，成均馆大学校、大东文化研究院，1985。
③ ［韩］李滉：《退溪全书》四，第367页，成均馆大学校、大东文化研究院，1985。

与赵士敬偏重于对心经的思想研究相比，李德弘等人的心经著述，重点在于对心经中的字、词、人名的注释，其作用在于资料的保存与阐释，如金富伦《心经劄记》中解释朱子《敬斋箴》"择地而蹈，折旋蚁封"一句，就详细引用了《朱子语类》的解释："蚁封，蚁，垤也，北方谓之蚁楼，如小山子，乃蚁穴地。其泥坟起如丘。垤中间屈曲如小巷道，古语云'乘马折旋于蚁封之间'，言蚁封之间巷路屈曲狭小而能乘马折旋于其间，不失其驰骤之节，所以为难也。"①

再如李德弘《心经质疑》载有退溪师徒关于《心学图》的考证问题。程敏政在附注心经时，在首页附加了元代程林隐的《心学图》却未注明作者，当退溪师徒讲论研习心经附注时，开始不知道作者为何人，经过考证，了解到作者是程林隐，退溪不仅在四七论辩中引用了程林隐的心学图作为论证依据，而且深入研究了程林隐的心学思想，并在最终完成的《圣学十图》中，补充完成了程林隐的《心统性情图》作为其圣贤心学思想的重要部分。李德弘显然是在退溪的心经教育中接受了退溪的思想，并在《心经质疑》中详细记载了有关程林隐的资料，说："图说程氏复心，字子见，号林隐。《一统志》载：婺源人。自幼沉潜理学，会辅氏黄氏之说而折中之，书成名曰《四书章图总要》。仕元，为徽州路教授。后以母老辞疾归。"②

除此以外，李德弘的《心经讲录》不仅详细记载了众弟子所记录的退溪讲论心经的言论，包括对心经字、词、人名、思想、史料的详细考证，以及退溪门人对心经中有关思想的不同理解，而且还将心经中很多没有详细说出的人名考证出来，如对"道乡邹氏"的考证："名浩，字志完，常州晋陵人。以行义著，举进士，为右正言，上章极论章惇之罪。哲宗废孟后而立刘氏，复上章乞追停册礼，惇诋其狂妄，削官，羁管新州。徽宗立，召为中枢舍人。蔡京忌浩，再责衡州别驾，寻窜昭州，卒，谥曰忠。子柄，从学杨时，以荐除编修，累官知台州。出《一统志》。"③

曹好益的《心经质疑考误》，则是记录退溪与学者有关心经问答之言，

---

① ［韩］金富伦：《心经劄记》，［韩］宋熹準编：《心经注解丛编》（二），第101页，（首尔）学民文化社，1985。

② ［韩］李德弘：《心经质疑》，［韩］宋熹準编：《心经注解丛编》（二），第135页，（首尔）学民文化社，1985。

③ ［韩］李德弘：《心经质疑》，［韩］宋熹準编：《心经注解丛编》（二），第312页，（首尔）学民文化社，1985。

其在按语中说:"此书非先生所自著,学者质疑于先生而退录所答之言,遣词造句之际颇失其真,亦或附以已见,贻误后学不少,故今于显然有误处略改定云。"①

再如关于学者所问为何心经在朱子上加子字,在孔子上反不加子字的问题,退溪答曰"一加子字而一不加,亦偶然耳。此等处不必如此回寻其义也。"②退溪的意思显然是要求学者将重点放在对心经所表达的心学思想上去而不必对个别字句钻牛角尖,但曹好益显然并没有理解退溪的意思,而是在《心经质疑考误》中提出了不同的看法:"答词未莹,恐有误字。今以妄意拟答曰:孔子万世独尊,何用更加子字以为尊崇之辞? 非惟不当加,亦不必加也。"③

从总体上看,曹好益的《心经质疑考误》多是记载此类质疑及个人的看法,虽然显得琐碎,但亦不失为当时退溪师徒讲论心经的史料价值。总之,由于心经中所涉及的理学后人在中国理学史上的作用不是特别重要,因此对这些人的资料保存与阐释的理学史意义就很明显。

从心经在朝鲜半岛传播的汉学史角度看,李德弘等人的心经著述还有一个重要特征,就是在注释中加入了朝鲜文字的注解,如金富伦《心经劄记》中有多处使用朝鲜文注释孟子牛山之木章,以及朱子的《敬斋箴》,李德弘的《心经讲录》中更是大量使用朝鲜文字来解释心经的字句,这不仅是心经在朝鲜半岛传播中应有的文化现象,而且也有利于心经在朝鲜半岛的传播与普及。

小结:李退溪及其学派的心经研究与著述的特征及意义

综上所述,心经自 16 世纪中叶传入朝鲜半岛,最初的心经研究主要以退溪为主,可以说正是因为李退溪以心经心学为基础,发展和完成了南宋以后朱子学心学化中以心经文本为载体的圣贤心学,也因此使《心经附

---

① [韩]曹好益:《心经质疑考误》,[韩]宋熹準编:《心经注解丛编》(二),第 395 页,(首尔)学民文化社,1985。
② [韩]曹好益:《心经质疑考误》,[韩]宋熹準编:《心经注解丛编》(二),第 395 页,(首尔)学民文化社,1985。
③ [韩]曹好益:《心经质疑考误》,[韩]宋熹準编:《心经注解丛编》(二),第 396 页,(首尔)学民文化社,1985。

注》在16世纪以后的朝鲜半岛成为与《近思录》齐名的一部理学经典。而与此同时作为宗主国的大明王朝盛行的则是阳明心学,虽然程敏政的《道一编》所主张的朱陆早异晚同说曾经影响了阳明心学,但其《心经附注》却未能在中国性理学发展史上起到任何思想影响。

这一时期朝鲜半岛的大部分有关心经的著述都出自退溪门下弟子,如赵穆、黄俊良、金富弼、金富伦、柳云龙、权好文、李德弘、李咸亨、曹好益、郑述、李珥等,都曾参与了退溪的心经讲论活动,其中出版单行本的有赵穆、李德弘等6名弟子,李珥则留下了有关心经的文章。

在退溪弟子的心经著述中,赵穆的《心经禀质》、金富伦的《心经劄记》、李德弘的《心经质疑》、李咸亨的《心经讲录》,基本上都是有关心经文本的字句解释和语录谚解,以及关于真德秀、程敏政注释选文问题等的讨论,是典型的注释书。这类心经注释书是依据退溪及其弟子对心经的集中的集体学习与直接的讨论而形成的成果。①

另一个特点是,这些心经注释书虽然是退溪弟子在跟随退溪学习心经的过程中形成的,但并没有和退溪交流而直接涌现出来的,因此即使是由退溪来论断有关心经讲论中的是非,但不同弟子间仍然会有不同的看法,而且在传写过程中也会出现很多错误,因此在上述四种心经注释书中,会出现有些部分与退溪本意不同的地方,从而使得上述四种注释书存在着差异。为了保持退溪的原意,曹好益所著心经注释书才命名为《心经质疑考误》。

第三个值得注意的特征是,在退溪弟子学习和注释心经的过程中,不断有弟子如赵穆等提出对程敏政及其《心经附注》文本的质疑,并试图修改《心经附注》中的错误字句,甚至直接删除某些被认为是不合理的内容,如《心经附注》首章所载程复心的《心学图》。对此,李退溪采取了强硬的维护《心经附注》文本的立场,坚决不同意弟子修改附注文本,要求保持心经文本的原貌,并针对弟子甚至自己也怀疑的心经附注末章所引吴澄的和会朱陆条,专门做了《心经后论》一文,阐述自己对心经作为经典的维护立场。

这种状况一直维持到退溪去世之后,才由同时作为退溪和南冥弟子的

---

① 参见[韩]宋熹凖《我国心经注释书的历史展开》,《心经注解丛编》(一),第53页(原文为韩文,由笔者翻译)。

寒冈郑逑打破。郑逑因不满于真德秀的注和程敏政的附注而著《心经发挥》一书,只保留了真德秀《心经》文本中的经文部分,所有的注释均由自己重新选定,形成与心经附注完全不同的新的心经注释著作。郑逑这种打破原著的做法,开启和引导了17世纪以栗谷为领袖的畿湖学派的心经研究与注释风气。

总之,由李退溪完成的心经心学,不仅影响了16世纪后半期李氏朝鲜的政治发展趋势,引导士林退归乡村,退出了由官僚性理学者与勋旧派之间的争斗,化解了李朝中期延续了半个世纪之久的恶性士祸政治循环,在某种程度上避免了李氏朝鲜的衰落,也由此开启了李朝性理学者对心经的重视,使心经成为朝鲜性理学发展中的一本重要经典,影响了此后朝鲜性理学的发展。

第三章
李栗谷与17世纪李氏朝鲜的心经研究及意义

第一节 17世纪李氏朝鲜心经研究的思想历史背景

一、17世纪李氏朝鲜心经研究的历史背景

17世纪朝鲜心经研究不可忽视的历史背景,是其所面临的国家安全危机与内部出现的党争分裂问题。

这一时期大致包括宣祖代(1567~1608)、光海君代(1608~1623)、仁祖代(1623~1649)、孝宗代(1649~1659)、显宗代(1659~1674)和肃宗代(1674~1720)。

这段历史时期大致可分为前后两个阶段。前一段历史自宣祖末年始,历经光海君代(出现后金与朝鲜问题)至仁祖初年为止,朝鲜先后经历了16世纪末宣祖代的壬辰倭乱,和17世纪前期仁祖代的丁卯胡乱与丙子胡乱,国家安全成为这一时期李氏朝鲜面临的首要问题。后一段历史则自仁祖代始,历孝宗、显宗代,至肃宗代为止,主要面临的是以大礼仪之争为代表的西人与南人之间激烈的党争问题。

16世纪末至17世纪中期,朝鲜半岛首先面临着国家安全的严重历史局势。16世纪末被称为壬辰倭乱(1590~1597)的丰臣秀吉两次派兵入侵朝鲜,不仅导致李氏朝鲜的国势衰落,面临着被日本直接吞并的亡国危险,而且作为宗主国的明朝派遣30万大军入朝救援,也同时削弱了大明皇朝的国势。进入17世纪后,随着后金势力的兴起,朝鲜再遭丁卯胡乱(1627

年,后金入朝)、丙子胡乱(1637年,清太祖率10万大军入朝,仁祖降清,与明朝断绝宗藩关系)的三大历史事件的发生,意味着朝鲜半岛开始走向衰落。

其次则是作为李氏朝鲜精英阶层的官僚学者集团内部又发生了分裂,形成了激烈的党争。此后直至李氏朝鲜灭亡,朝鲜半岛被日本吞并为止,朝鲜统治阶层始终陷入党争与学争中无力自拔而置国家安全于不顾。

党争产生于宣祖代。李氏朝鲜本来在16世纪后半期在退溪依据心经而在哲学上完成圣贤心学,以个体人格的圣贤人格修养为目的引导士林从政治上退归乡村,成功化解了自燕山君以来延续了半个世纪之久的恶性士祸政治循环,有可能将国家引向正常发展历史轨道的前提下,却在退溪去世后,因主导士官僚集团的栗谷李珥主张回归朝鲜道学政治传统而再次导致朝鲜官僚学者集团内部的分裂。

明宗薨,宣祖以旁支入继大统,皆因领议政李浚庆有众望而镇之,方不至于人心动摇。宣祖初政,留意政治,登用白仁杰、李滉、李珥等,讲学论治,下令撰《儒先录》,刊行《近思录》《心经》《小学》《三纲行实》等书,励精图治。

问题在于,不仅此时以栗谷为领袖的朝鲜士林试图再次实现道学政治,因而在政治上采取激进态度,引导宣祖追赠赵光祖为议政,擢用卢守慎、柳希春等,又伸乙巳士祸以来之冤,追夺南衮官爵,削李芑、郑顺朋、林百龄等勋籍,导致官僚阶层再次出现分裂。

李退溪对此种政治状况甚为担忧,曾写信给弟子奇大升说:"党分已形,邪正混淆,向使天心稍有变动,谁能御之?"①其后宣祖很快就怠于政、溺于色,朝廷内部陷入混乱与贪腐。

正是在此种状况下,宣祖五年(1572),领中枢府事李浚庆临卒上遗札,有"破朋党之私"之言,李珥极口贬斥李浚庆,谓其欲祸士林,最终引爆了东西党人的分裂。

李浚庆临终遗言之前,金孝元(东人)与沈义谦(西人)之间的矛盾,导致士林之间前辈后辈不相协,此即李浚庆所指朋党之私。李浚庆临终遗言出,宣祖当庭出示遗言并询问朋党是谁?副提学李珥极力贬斥李浚庆欲祸士林,并力主调停之说,但遭到双方反对,国王亦斥责李珥骄激,非可用之

---

① [韩]李滉:《答奇明彦 别纸》,《陶山全书》(二),第108页,退溪学研究院版,1988。

材,李珥弃官归乡,时论溃裂不可救。自是以后,士类中分,无不入东西指目之中。

东人以大司宪许晔为领袖,金孝元、卢守慎、金宇颙、郑仁弘、李泼、柳成龙等属之,因多为退溪弟子因此退溪学派被目为东人。西人以左议政朴淳为领袖,郑澈、白惟咸、柳拱辰、尹斗寿、尹根寿等属之,李珥因为对西人帮助较多而被目为西人。自此以后,李氏朝鲜精英阶层不仅从此陷入激烈的党争,而且在学术上也因党派分裂而分裂为岭南学派与畿湖学派。前者思想上以退溪为宗,党派上属于东人;后者思想上以李珥为宗,党派上属于西人。党争与学争混合在一起,使得李氏朝鲜在进入17世纪以后,发展方向出现了偏差,不再关注国计民生,而是深深陷入党派与学派之争中,甚至在国家面临日本丰臣秀吉入侵前夕,都因党派之争而置国家安危于不顾。这种发展趋势直至李氏朝鲜最终被日本吞并,始终存在。

栗谷虽未能调停党争,但在政治上很清醒,曾向宣祖进言"养兵十万以备急",但因其在政治上主张道学政治而与王权形成对立,最终被贬谪,其政治策略未能起作用,反而在其去世后使得党争更趋激烈。

自宣祖十七年(1584)李珥辞世,历经光海君代至仁祖反正为止的40余年间,始终是东人占据政治势力,并在其间分裂为南人和北人,北人又分裂为大北、小北,大北又分裂为骨北、肉北,小北又分裂为清小北、浊小北。西人也分裂为申西、尹西。

在这段历史时期,朝鲜半岛先后经历了长达七年的日本侵略(壬辰丁酉倭乱)和清势力的压迫(丁卯胡乱、丙子胡乱)与被迫降清,国家安全出现严重危机。但是,作为国家领导层的官僚学者阶层却陷入激烈的党争中而置国家安全于不顾,朝鲜王室亦无力阻止与调停。

党争对国家安全的影响,由以下一事即可窥知。宣祖二十三年(1590)派佥知黄允吉为通信正使,司成金诚一为副使,典籍许晟为书状官,赴日本考察丰臣秀吉。及还朝,宣祖询问日本情形,居然因为东西党人党争的原因而看法相反。身为西人的黄允吉认为丰臣秀吉目光炯炯,有胆智,一定会入侵朝鲜。但身为东人的金诚一却认为丰臣秀吉目光如鼠,一定不会入侵朝鲜,不足畏。官僚学者阶层各护其党,纷纭不定。作为国王的宣祖亦无力阻止朝堂之上的党派纷争,选择相信金诚一之言,升于堂上,

"先曾命诸道防备者,至是悉罢。"①最终导致壬辰倭乱发生时,如入无人之境,朝鲜大败。

仁祖代党争继续进行。乘仁祖反正,西人得势,并分裂为清西、功西,功西又分裂为老西、少西。孝宗代(1649~1674),西人继续得势,孝宗专任宋时烈、宋浚吉等。许穆为南人,处于不得势地位。同时也因王室礼制问题,再次引起党争背景下的大礼仪之争,形成17世纪中期以后李氏朝鲜的礼学思想兴盛。

二、17世纪李氏朝鲜心经研究的思想背景:大礼仪之争与礼学兴盛

17世纪李氏朝鲜的大礼仪之争发端于仁祖代。仁祖反正,西人得势,但因为发生礼讼而分裂为清西、功西。自此以后,党争与大礼仪之争纠缠在一起,愈演愈烈,作为李氏朝鲜社会精英的士官僚阶层陷入了无穷尽的党派分裂斗争与学术之争中,根本无力顾及国家的内政与安全。

仁祖以旁支入继大统,在如何对待仁祖生父定远君问题上,金长生主张应为叔侄关系,李廷龟、郑经世、李元翼、金尚宪等从之。朴知诫主张应为父母之礼,其门人李义吉又上疏论应将定远君追崇而入庙,崔鸣吉、李贵、许积等支持此论。朝廷分裂为两派。朝议多不赞成追崇之说。但仁祖很快采用强硬态度,追尊生父为王,号元宗,入太庙,以继统之君主礼仪待之。黜反对者。

自此以后,历经孝宗、显宗、肃宗代,党派纷争激烈,礼仪之争不仅成为17世纪朝鲜党争和政争的工具,礼学也成为朝鲜学术界争论与研究的主要问题。该时期著名礼学家金长生,在礼学上研究颇深,著有《丧礼备要》1卷、《家礼辑览》3卷、《疑礼问解》8卷,以及《礼记记疑》等。

孝宗代专任宋时烈、宋浚吉等,西人继续掌权,南人许穆等无以抗衡。孝宗薨,显宗即位。因慈懿大妃的服制问题不载于《五礼仪》,显宗(1659~1674)命大臣儒臣议之。领议政郑太和、左议政沈之源、领敦宁李景奭等,认为孝宗为第二子承统,慈懿大妃对孝宗的关系可以从轻,故定为期年之服。吏判宋时烈、右参赞宋浚吉等赞成,因而施行。但进善尹镌、掌令许穆等认为孝宗为第二子长子,故主张慈懿大妃对孝宗的关系为重,应为三年

---

① [日]林泰辅著,陈清泉译:《朝鲜通史》,(台北)商务印书馆,1974。

之服。由此开始了西人和南人之间以礼仪问题为思想契机的党派纷争。

尹鑴著理气之说,斥退溪栗谷,甚至斥朱子之经注,改定中庸章句。宋时烈斥其为斯文乱贼,极力排斥。南人与西人在政治上相互轧轹。显宗十五年(1674),仁宣大妃(孝宗之妃张氏)薨时,因为慈懿大妃之服制问题,再次引起西人与南人之间的党争。礼曹本来定为期年,忽改为大功九月,大邱儒生都慎徵上书难之,显宗昭大臣议论,再次引起南人与西人之间的党争,最终西人失败,宋时烈出水原待罪,许穆为领议政。

肃宗代,南人与西人继续争夺政权。肃宗初年为南人执政,宋时烈、金寿恒被流放,南人得势。但南人内部又起争斗,并再次借肃宗丧时慈懿大妃的服制问题形成对立,分裂为清南和浊南:大司宪尹鑴主斩衰三年,许穆赞成,被目为清南。许积、权大运反对,被目为浊南。肃宗五年(1679),西人与南人之间又借宗统问题展开党争,最终南人失势,尹鑴、许积等被赐死,西人得势。此次政局变换被称为"庚申换局"。

宋时烈被昭还朝,名倾一世。但因墓文事与弟子尹拯形成对立,又因上疏伸救其师金长生之孙而遭到议论,再因上疏请尊孝宗庙号而与弟子朴世采形成对立,终于导致西人分裂。宗宋时烈者为老论,宗尹拯、朴世采者为少论。自是以后,老论少论相互倾轧,延续百余年之久。又因肃宗重私情而任性,反复其政,造成西人、南人、老论、少论相互攻击,党争惨烈。肃宗十五年(1689),因定王子之名号,西人被黜,宋时烈被赐死,南人得势。此后又因肃宗废王妃事,西人、南人交替被黜,最终西人被任用,复宋时烈、金寿恒之官爵。终肃宗之世,党争纷纭,伴随着大礼仪之争,官僚学者无不身陷其中,李氏朝鲜失去了中兴之机。①

三、17世纪李氏朝鲜心经研究概述:著述与特征

16世纪末,栗谷李珥继退溪之后成为朝鲜士林领袖。栗谷在退溪生前曾以师生礼事之,并多次与退溪书信往复讨论性理学,但在思想上却与退溪有很大差异,不仅在退溪与奇大升的四端七情分理气论争中明确支持齐大升而反对退溪的观点,而且在退溪去世后著文批判退溪的心学思想,由此而形成16世纪末期朝鲜学术界分化为两大学派,即以退溪为核心的

---

① 参见[日]林泰辅著,陈清泉译《朝鲜通史》,(台北)商务印书馆,1974。

岭南学派,与以栗谷为核心的畿湖学派。17世纪以后朝鲜性理学的发展基本上是在这两大学派的背景下展开的。

从渊源上讲,朝鲜开国至成宗代为止,并未形成学派的区别,只有占据了学界与政界之官学地位的勋旧派,与以吉再为代表的一批隐于林下、被称为节义派的在野势力。到了成宗代,由于岭南士林派开始进入中央政权,学界也自然形成勋旧派与士林派两大学派的对立。以金宗直为首、以吉再为渊源的士林派因以岭南地方为根据地而成为岭南学派的起源,他们以性理学的公道论为出发点,极力批判勋旧派并最终招致数次士祸的打击,但其追求公正的学问精神则被后来的学者所继承,成为朝鲜士林的基本精神。

16世纪经过退溪在性理学上的心学发展与处世之道上的努力,逐渐化解了延续半个世纪之久的士祸政治的恶性循环,朝鲜士林派也逐渐成为占据学界与政界集权地位的文官集团。但在宣祖即位、退溪去世之后,文官集团却又因学缘、地缘、血缘以及经世观的差异而分化为岭南学派和畿湖学派。从学术传承及经世观上讲,经金宏弼之首弟子赵光祖而在畿湖地方展开的道学派,最终为李珥所继承并发展为畿湖学派。另外一支则经岭南出身的李彦迪并为退溪李滉和南冥曹植所继承而成为岭南学派。

因此,16世纪末期继退溪而成为士林领袖的李栗谷在性理学上与退溪的差异及批判,很大程度上渊源于道学派在经世观上与退溪所继承发展的心经心学的差异,这也造成17世纪朝鲜学界在心经研究上的分化,即属于岭南学派的寒冈郑述与其弟子眉叟许穆的心经研究,以及属于畿湖学派的沙溪金长生及其门人尤庵宋时烈、南溪朴世采的心经研究,以及虽无师承但在思想上倾向于畿湖学派的浦渚赵翼的心经研究。

在16世纪后半期及17世纪前半期活动的官僚学者,退溪学派主要有三个分支,他们分别由退溪的直传弟子鹤峰金诚一学脉,西厓柳成龙学脉,及寒冈郑述学脉。前两支学脉在16世纪末解决朝鲜国家危机中的文官集团内部的分裂中有着重要影响,却没有留下有关心经的著述,只有郑寒冈继承了退溪的心经心学并留下了《心经发挥》一部关于心经的重要著述,寒冈弟子眉叟许穆有《心学图》《尧舜禹传授心法图》等有关心经的研究著述,以及18世纪前期眉叟的私淑弟子星湖李瀷有关心经的著述《心经疾书》等,寒冈一系的心经研究对18世纪以后朝鲜实学的形成有着不可忽视的影响。关于星湖的心经研究将放在后章叙述。

与退溪学派不同,在栗谷去世之后,畿湖学派有关心经的研究与著述呈现出活跃的状况,其代表人物有栗谷弟子沙溪金长生的《心经记疑》,金长生弟子尤庵宋时烈的《心经释疑》及其对王室的心经讲解,及虽不属于栗谷学派但在思想上可归属于栗谷学派的浦渚赵翼的心经研究著述如《心法》《持敬图说》和《心学宗方》以及《心经增减节注附说序》等,而17世纪后半期带有总结性的朝鲜心经研究者,则是金长生的儿子金集的门人南溪朴世采的心经研究,他留下了《心经标题》《心学至诀》《心经问答》《书心经后论后》等诸多有关心经的著述,并对朝鲜17世纪之前的心经传承过程有一定的总结研究,也有《心经答问》传世。

从总体上看,畿湖学派的心经著述虽在时间上晚于退溪学派,却成为17世纪李氏朝鲜心经研究的主导,赵翼、宋时烈、朴世采、金昌协等畿湖学派学者,都留下了重要的心经著述。该时期朝鲜心经研究的首要特征,是畿湖学派学者在研究心学的同时,试图通过经筵讲义向国王进讲心经或在国王要求下注释心经,在思想上则是试图融合退溪的心经心学关于敬的核心思想,希望能够通过国王实践心经之敬为心主的修养论,达到治国的目的。

但无论是退溪学派的郑逑和许穆,还是栗谷学派的金长生、宋时烈、朴世采等,在朝鲜思想发展史上均以礼学名世。因此,心经研究呈现出来的是附属于礼学的心学思想。也是在礼学兴盛的思想背景下,从郑逑和许穆的思想中产生出的实用礼学思想对朝鲜18世纪的经世致用之实学思想产生了极大的思想影响,星湖李瀷及19世纪的茶山丁若镛等被称为朝鲜实学派主力的学者,在思想上均渊源于17世纪退溪学派的礼学思想,他们同时也都留下了心经研究著作,因此,礼学、实学、心学三者之间内在的思想关系的研究应该成为这一时期退溪学派心经研究的重点。

但在深入研究17世纪朝鲜心经研究之前,还必须弄清该时期李氏朝鲜的心经研究在学派上产生分裂的根源。该时期形成畿湖学派和岭南学派两大系列的心经研究,且一直延续至李氏朝鲜灭亡为止,除了党争的影响以外,其根本原因还在于17世纪初,继退溪成为儒林领袖的栗谷李珥,无论在性理学上,还是在处世论上,都与退溪的思想形成分歧,并最终导致朝鲜知识阶层的分裂。

因此,为了深入理解17世纪以后的李氏朝鲜心经研究的特征,首先叙述栗谷李珥的思想特征。尽管李珥并没有专门的心经著述,但其在理气观、心性论,以及政治观上所表现出的对退溪心性哲学的批判,依然深刻影响了17世纪以后的朝鲜心经研究。

第二节 栗谷对退溪圣贤心学的批判及其历史意义

从地理位置上讲,畿湖是指以京畿道一代为中心包括海西(黄海道)、湖西(忠清道)在内的地域。在这一地域内产生出了许多继承畿湖学派导师李珥及其道友成浑的性理学说的学者,如金长生、赵宪、郑晔、安邦俊、金集、宋时烈、宋俊吉、尹拯、朴世采、权尚夏、韩元震、任圣周、金昌协、金昌翕等。

17世纪畿湖学派的学者同样在礼学背景下留下了关于心经的著述,但是,作为畿湖学派导师的李栗谷却没有对心经附注做过任何评论,也没有留下关于心经的著述,反而是在栗谷去世后,由其弟子金长生、宋时烈、朴世采等人对心经给予了关注并留下了大量著述。关键在于,这一时期无论是国家安全问题还是大礼仪之争问题,实际上都与李栗谷在性理学上对退溪心经心学的批判存在着直接的内在关系。

如前所述,隐藏在退溪心经心学思想背后的历史原因,是退溪试图从心学上寻求消解士祸恶性政治循环的思想对策,并最终起到了不可忽视的历史作用。但在退溪去世后,成为16世纪末、17世纪前期朝鲜儒林领袖的李栗谷,却因为固守程朱理学之道学政治要求,不仅未能实现国治民安的政治理想,反而引发了东西党论之分裂,终至无法收拾败局。

一、李栗谷的道学政治及其现实影响

李珥(1536~1584),字叔献,号栗谷、石潭,本贯德水,大明世宗皇帝嘉靖十五年(朝鲜中宗大王十年,1536)出生于江陵外祖母家。7岁随母亲学四书诸经,19岁与牛溪成浑定道义之交,同年入金刚山学禅,旋悟其非,作自警文,以圣人为准则。

后专心于性理之学,笃信力行。21岁别试以《天道策》夺魁,自此先后在科举考试中9次夺魁,被称为"九度状元公"。23岁谒退溪先生于陶山,以师礼事之。世宗嘉靖皇帝四十三年甲子(朝鲜明宗十八年,1564),29岁的栗谷明经及第,拜户曹佐郎,官至吏曹判书。神宗皇帝万历十二年(朝鲜

宣祖大王十七年,1584),卒于京城大寺洞寓舍,享年49岁。

著述有《栗谷全书》及《东湖问答》《圣学辑要》《繫蒙要诀》《经筵日记》等。其学问由弟子金长生、赵宪、郑晔等继承,并形成与岭南学派并立的畿湖学派,这两大学派构成16世纪以后朝鲜朝学术思想发展的基本脉络,李珥也与李滉一起被称为500年朝鲜王朝的儒学双璧。

栗谷虽然并没有关于心经的直接著述,但他对退溪理气互发论的批判以及在人心道心问题上的理学观点却直接影响了17世纪畿湖学派的心经思想研究,因此具有重要的心学意义。而他之所以坚持在心性论上批判退溪,是因为他在政治上反对退溪的退归林下,主张实现赵光祖的道学政治。

栗谷要求的是在政治上实现尧舜之治,即儒家自孔孟以来始终在追求的古代以道德治国的理想政治,而退溪之心经心学所追求的则是个体的主敬成圣,是以个体为基础而扩展向全体的一种逻辑推理,因此在政治上主张儒林退出政治舞台,回归林下,专心研究性理学,追求个体道德人格的成圣。

据《栗谷年谱》记载,宣祖六年(1573),栗谷升通政大夫承政院同副承旨知制教兼经筵参赞官春秋馆修撰官。在向国王进讲心经"筵臣有言整齐严肃最有下手处"时,引起宣祖的追问与讨论:"上曰:何以谓之有下手处?整齐严肃以外言之,故人易于用功,主一无适以内言之,故难于下手耶?"

这里值得注意的首先是退溪所完成的心经心学对朝鲜王室的思想影响问题。众所周知,退溪以69岁高龄一生中最后一次出任官职,但很快发现年轻的宣祖并无意治道时,最终上呈宣祖《圣学十图》并说"吾之报国,止此而已"。从他退归之后写给弟子的书信中可知,宣祖曾经听讲《圣学十图》,退溪说:"十图示喻曲折,感佩至意。……伏闻圣明垂念,欲讲究,倘或有裨于涓涘,死填沟壑无恨,但此时左右不在银台为可叹耳。"

此次宣祖与臣下讨论整齐严肃、主一无适的问题,正是退溪以《圣学十图》为载体所表达的圣贤心学之核心问题,此时已是退溪去世三年以后,可见通过对《圣学十图》的讲论学习,退溪所完成的心经之圣贤心学已经对宣祖有了潜移默化的思想影响,甚至可以在经筵讲论中随时讨论圣贤心学之主敬所要求的整齐严肃、主一无适等问题。

其次则是栗谷在整齐严肃、主一无适问题即退溪圣贤心学的核心问题上与退溪思想的差异问题。当宣祖提出自己的看法之后,栗谷随即发表了自己的看法,说:"整齐严肃不特外貌为然也。若徒整容仪而政事不出于天理,则不得为整齐严肃矣。如汉成帝临朝穆穆,尊严若神而政事颠错,岂可谓之敬乎？因进曰:臣昔者忝冒玉堂,每以唐虞三代之事启达,则自上答谓何可猝然为之乎？此教诚是也。臣意亦非欲遽见其效也,只欲今日行一事,明日行一事,渐入佳境耳。……为治当以唐虞为期而事功则须以渐进也。"①即认为敬并不仅仅表现在外在容貌的整齐严肃上,而是要首先表现在政治上实现儒家以德治国的三代之治上,道学政治的试图表现得很明确。

栗谷还在与国王和学者的讨论中,多次明确自己的道学政治主张。如甲戌二年(1574)正月升副承旨,因天灾异变应旨上万言封事。一日上以纲纪未振为叹,栗谷对曰:"纲纪之在国家,若浩然之气在一身也。……须以公平正大之心施之政事,今日行一善政,明日行一善政,直必举,枉必错,功必赏,罪必刑,则纲纪立矣。"上曰:"今行何事可以为治乎？"先生对曰:"先定大志,得贤委任可也。但知人实难,必先用功于学问,于穷理居敬力行三者勉勉加功,至于理明德成,则贤愚邪正可以洞见矣。……修撰尹睍曰:李珥论学以穷理置于居敬之先,臣意居敬当在穷理之先。先生曰:程子曰,未有致知而不在敬者,睍言是也。但敬是贯始终之功,无先后可论,殿下立志坚定而敬以穷理,以力行,则初似辛苦,用功之久,至于义理有味,则处善循理,快然自足,心宽体胖,泰然悦豫矣。"②仍将性理学然归结为国王要实现道学政治上来。

再如,栗谷与退溪学派学者也就政治态度问题发生过争论。"金宇颙谓先生曰:公于经席启辞,事业上言语多,心学上言语少,吾意则不然。自上若知学问入头处,则事为自中于理矣。先生曰:君言甚好,但吾所启皆是立志之事,必上志愿治然后亦于学问得力。苟无其志,则学问无安顿处,故以诚心求治之说反复焉,非先事为而后学问也。"③栗谷所继承的道学政治要求的是君王先立志治国,而金宇颙所继承的退溪圣贤心学要求的则是先在道德修养上入手,二者的差异明显。

问题在于,栗谷在政治上强烈的道学政治试图,不仅没有引起国王的欣赏,反而直接引发了士权与王权的冲突,最终遭到王权的打击。

---

① [韩]李珥:《栗谷全书》二,第294页,成均馆大学校,大东文化研究院,1971。
② [韩]李珥:《栗谷全书》一,第297页,成均馆大学校,大东文化研究院,1971。
③ [韩]李珥:《栗谷全书》二,第294页,成均馆大学校,大东文化研究院,1971。

如自宣祖元年(1568)至宣祖五年(1572),栗谷在政治上全力追求道学派格君心之非、引君当道的政治理想。如乙巳三年(宣祖二年),特进官金铠启言:"当今少年辈轻蔑大臣,已成己卯之习云云。承旨奇大升等请对,极言铠欲祸士林之状。领议政李浚庆进曰:'朝廷之上当守体统,顷日承旨请对之事非近规,恐坏体统也,假使有可畏之机,自有台谏及论思之官,何必承旨请对耶?"栗谷启曰:"此言不然。若所言是则何妨于体统?承旨亦经筵参赞之官,请对言事亦其职也,今者善政不举,百度废弛,若不振作以新一代之规矩而徒然拘常守旧,则安能祛积弊而大有为哉?大臣不能引君当道而惟遵守近规是务,殊非群下所望也。"①明确提出"引君当道"的道学政治要求。

再如乙巳三年六月除校理,七月还朝,劝朴淳(号思庵)就吏曹判书职时也说:"当今时势当衷集清流,静以镇物,务积诚意以感圣心。铨衡之任,不可委之流俗。公若固辞,使小人操柄,则是公误国也。朴公乃出。"②表达对大臣积极参政的道学政治要求。同年九月,栗谷制进《东湖问答》,具体陈述道学政治要求:"凡十一条。其一论君道,其二论臣道,其三论君臣相得之难,其四论东方道学不行,其五论我朝古道不复,其六论当今之时务,其七论务实为修己之要,其八论辨奸为用贤之要,其九论安民之术,其十论教人之术,其十一论正名为治道之本。"③表达对国王实践道学政治的要求。又与同僚上疏论时务九事:"请定圣志以求实效,崇道学以正人心,审几微以护士林,谨大礼以重配匹,振纲纪以肃朝廷,尚节俭以舒国用,广言路以集群策,收贤才以供天职,革弊法以救民生。"④又如《年谱》载,宣祖十一年(1583),栗谷48岁,"时上专意眷注而首相亦极推重焉。先生遂以经济自任,知无不言,言无不尽,每以格君心,正朝廷为出治之本,又以激浊扬清为正朝廷之先务。"

栗谷这种基于道学政治的强烈要求,曾引起其道友成浑的疑问。牛溪对栗谷提问说:"儒者惟以格君心为主,若上心不可回,则当速引退,苟不出此而先务事功,则是枉尺直寻,非儒者之事也。"栗谷答:"此言固然。但上心岂可遽回?当迟迟积诚以冀感悟,若以浅薄之诚,责效于旬月而不如意

---

① [韩]李珥:《栗谷全书》二,第288页,《年谱》,成均馆大学校,大东文化研究院,1971。
② [韩]李珥:《栗谷全书》二,第287页,《年谱》,成均馆大学校,大东文化研究院,1971。
③ [韩]李珥:《栗谷全书》二,第289页,《年谱》,成均馆大学校,大东文化研究院,1971。
④ [韩]李珥:《栗谷全书》二,第290页,《年谱》,成均馆大学校,大东文化研究院,1971。

则辄欲引退,亦非人臣之意。"①

除了批判时事及在思想上引君当道以外,朝鲜道学者如赵光祖、李栗谷等均在政治实践上表现出对王权的强烈干预甚至强迫国王行事的特征,如栗谷在步入仕途的最初几年中,曾上疏论妖僧普雨罪,又疏论尹元衡,与同僚上疏论时务三事:"请正心以立治本,用贤以清朝廷,安民以固邦本。正心之目有三,曰:立大志,勉学问,亲正人;用贤之目有三,曰:辨邪正,振士气,求俊义。安民之目有三,曰:询弊瘼,宽一族,选外官,平狱讼。"②《年谱》记载:"时仕路混浊,清议不行,先生慨然以循公绝私,激浊扬清为务,流俗多忌之。"③庚午四年,又"与同僚力请削卫社伪勋:时先生力主削勋之议,一时明贤大臣亦或难之而先生独抗议不挠,玉堂四十余箚皆先生笔也。竟得请乃已。"④以士权干预王权,甚至要求代替王权施行道学政治,是这一时期栗谷极力追求的道学政治实践。

但栗谷这种强烈的道学政治要求并没有起到任何影响,在《年谱》的同一条记载中,栗谷曾在夜对中批评宣祖没有为治之志,宣祖直接回答说:"自顾不能兴治也。"对此,栗谷批评说:"殿下虽曰不能,臣不信焉。殿下沈溺女色乎?好听音乐乎?耽嗜饮酒乎?好驰骋戈猎乎?但殿下所欠惟不立志治国耳。此正由于学问上欠践履之功故也。"⑤

再如,乙亥三年九月,进《圣学辑要》。宣祖对栗谷所进《圣学辑要》的反应:上谓先生曰:"其书甚切要,此非副提学之言,乃圣贤之言也,甚有补于治道,如我不敏,恐不能行。"先生谢曰:"自上每有此教。臣切问焉:昔宋神宗曰,此尧舜之事,朕何敢当?明道愀然曰:陛下此言非宗社臣民之福。殿下之言无乃近此乎?"⑥与王权的冲突已经明显化。

栗谷格君心之非的道学政治要求不仅未能在政治实践中取得实效,反而因为过于激进而首先导致与王权的不断冲突,继而导致文官集团的分裂。

栗谷一再提出要"引君当道"并坚决反对领议政李浚庆的稳健政治态

---

① [韩]李珥:《栗谷全书》二,第295页,成均馆大学校,大东文化研究院,1971。
② [韩]李珥:《栗谷全书》二,《年谱》,成均馆大学校,大东文化研究院,1971。
③ [韩]李珥:《栗谷全书》二,《年谱》,成均馆大学校,大东文化研究院,1971。
④ [韩]李珥:《栗谷全书》二,第291页,《年谱》,成均馆大学校,大东文化研究院,1971。
⑤ [韩]李珥:《栗谷全书》二,第295页,成均馆大学校,大东文化研究院,1971。
⑥ [韩]李珥:《栗谷全书》二,第303页,成均馆大学校,大东文化研究院,1971。

度,不仅导致日后无法面对东西党人分裂的政治局面,而且在削伪勋问题上的强硬态度最终引起与王权的冲突,《年谱》载,乙巳三年,请削卫社伪勋以定国是:"一日于经筵语及乙巳事,李相浚庆启曰:'卫社之时,善士或有坐死者。'先生曰:'大臣之言,何可含糊不明乎?卫社是伪勋也。其得罪者皆善士也。仁庙礼陟,中庙嫡子只有明庙而已,天命人心岂归他哉?而奸凶乃敢贪天之功,斩伐士林以录伪功,神人之愤久矣,今当圣上新政之处,当削伪勋,正名以定国是,不可缓也。'李相曰:'此言则然矣,但先朝之事不可猝改。'先生曰:'不然。明庙幼冲,虽未免奸凶之欺弊,今则在天之灵洞照其奸矣,虽曰先朝之事,岂可不改乎?'"①如此,直接导致士林在政治上的分裂。

  与此相比,退溪在处世之道上,始终坚持退身徇义,并以此化解士权与王权的冲突,如明宗二十年(1567),明宗(恭宪大王)升遐,身为儒林领袖的退溪曾承召入京,至是将辞疾退归,栗谷面请,曰:"幼主初服,时事多艰,揆之分义,不可退去。"②退溪答曰:"道理虽不可退,以吾观之则不可不退。身既多病,才亦无能为也。"栗谷曰:"若先生在经席之上则为益甚大。夫仕者为人,岂为己乎?"退溪曰:"仕者固是为人,若利不及人而患切于身,则不可为也。"栗谷曰:"先生在朝,假使无所猷为而上心倚重,人情悦赖,此亦利及于人也。"后又移书劝留并论国葬事。③

  这一段对话显示出当时作为儒林领袖的李退溪与初入仕途、急于实现道学政治的栗谷之间在政治态度上的明确差异。

  退溪集后半生精力在性理哲学之心性论上探索治理朝鲜士祸政治恶性循环的思想对策,并坚持以"退身徇义"处世之道来化解,因此六月赴召入都,七月为大行王行状修撰,厅堂上撰行状,拜礼曹判书兼同知经筵春秋馆事,八月以病免即东归。十月,16岁的宣祖以龙骧卫大护军兼同知经筵春秋馆事并拜同知中枢府事召退溪,至戊辰(1568)正月,退溪上疏三辞召命。在新王即位、儒林望治的形势下,退溪依然坚执退归的做法不仅与积极进取的栗谷形成鲜明对比,士林疑虑,以"明哲保身"批评退溪并有"见溺不援"之论。退溪对此明确提出自己化解士祸政治的主张,批评道学派

---

① [韩]李珥:《栗谷全书》二,第289页,《年谱》,成均馆大学校,大东文化研究院,1971。
② [韩]李珥:《栗谷全书》二,第284页,《年谱》,成均馆大学校,大东文化研究院,1971。
③ [韩]李珥:《栗谷全书》二,第284页,《年谱》,成均馆大学校,大东文化研究院,1971。

的政治试图可能再次引发士祸的危险,说:"且格君心之非正大人之事,岂我所敢当?假使有大人之才德,如不量时而动,则无益于国家而有失于己分。"①

再看宣祖初年退溪对于时事的关注及实践态度。穆宗隆庆皇帝三年(宣祖二年,1569,时退溪69岁,栗谷34岁)乙巳正月庚午,退溪除吏曹判书,不拜,以病三辞,许免,复拜判中枢府事,甲子诣阙谢恩,仍乞放归田里,不许,是月文昭殿之议起;己卯入春秋馆史馆与诸宰出《世宗实录》,考文昭殿仪轨,诣政院上庙图及札子。乙未入侍朝讲;乙亥诣宣仁门外上札乞退,不许,壬寅再上札乞退,不许,除议政府右赞成,不拜,诣阙外上札力辞,许递;三月丙午,又诣阙乞拜递兼带职名职名致仕归田,不许,拜判中枢府事,戊申诣阙谢恩,入夜厅对,乞退,许之,午漏下拜辞出城,宿东湖梦赉亭,己酉乘船东归。九月答卢伊斋丧礼书。可见退溪坚决退归的政治态度。

退溪力主退归,并不是在政治上无所关心。相反,是因为他清楚地观察到了年轻的宣祖无意政治,若儒林过于进取,会很容易重蹈士祸政治的覆辙,因此退溪在给弟子的书信中反复论述道学政治的不可为。如在《答齐明彦》(乙巳)中,就说:"赵静庵陈启抄送去。闲中试详披阅,滉自见此文字,如醉如醒,半月十天犹不能廖也。窃料斯人也,非不知为难,知难而误有所恃之故,良由永退无路而致之,可知是长使英雄泪满巾者,不独死诸葛一人也。且观当时事势虽不有靖国夺功事,亦不免一败,然所以激众奸而促发骇机,正由此一事,是乃诸贤临危不戒,直前太锐之故,此又不可不知者也。"②退溪对赵静庵道学政治失败原因的分析深刻清醒。

与此相比,栗谷则一意坚持道学政治,最终导致了士官僚阶层的分裂。宣祖五年,上疏辨相臣札,文官集团内部开始分裂。《年谱》载:"时权奸既去,士论稍张,而流俗大臣所向不同,小人之不得志者阴伺间隙,前辈之庸碌者咸怀不平,金铠等遂欲构陷士类。适铠子世辉径泄而不售。有李元庆者,李相浚庆之从弟,失职怏怏,常冀朝廷有事。上舅郑昌润亦欲擅揽权势。相与纠结,潜图内通,欲攻朴纯、齐大升、李后百等十余人……白公仁杰尝谓人曰:'方今大臣,务要安静,其弊也偷。士流务欲建白,其弊也激。吾将见上,尽言使得调剂。先生闻之,恐其言繁失旨,反致上疑有朋党,止

---

① [韩]李滉:《退溪全书》四,第66页,《退陶先生言行录》。
② [韩]李滉:《陶山全书》二,第98页,成均馆大学校,大东文化研究院,1971。

之甚力。至是,李相临死上劄,请破朝臣朋党之私,盖指士流也。有曰:'不事行检,不务读书,高谈大言,遂成虚伪之风'……又曰:'上时露英气以震之。'上惊问大臣曰:'若有朋党,朝廷乱矣。'大臣和解之而语甚模糊。先生乃痛斥之。"①

基于道学政治强硬的政治态度,栗谷在朝廷内部已经出现分裂的情况下,对李浚庆临终上劄又采取了激烈的批判与攻击,遂造成文官集团内部分裂为东西党人,自此一发不可收拾,使得作为国家精英阶层的士官僚阶层陷入了彻底的党争中,直至朝鲜被日本吞并为止都未能解决党争问题,严重影响了朝廷对国家安全问题的应对,终至亡国。不能不说与当时作为儒林领袖的李栗谷的道学政治态度有着直接关系。

乙亥三年(1575,宣祖八年)10月,栗谷再作调停之策:"时沈金角立,朝著不靖。先生尝见卢相守慎,曰:两人当出于外以定浮议。卢相白上,欲出之。先生又启曰:此两人未必深成嫌隙,只是我国人心轻躁,其亲戚故旧各相告语,遂致纷纭。大臣当镇定,故欲出二人以绝其根耳。今日朝廷虽无奸人显著者,亦岂必无小人乎?若小人目以朋党为两治之计,则士林之祸必起矣。自上不可不知此意。"②但这种调停主张不仅未能阻止党争分裂,反而连栗谷自己也被迫退出政坛,彻底失去了影响历史发展方向的机会。

《年谱》载,乙亥三年(1575)六月上札论君德,命删正四书小注,七月劄论推治宪吏之非。八月劄论谏院请推大臣之失。文官集团正式分裂为东西党人。栗谷试图调停:"先生曰:柳公读书之人也,李季真(后白字)金重晦(继辉字)练达时务,明习典故,皆不可去朝也。上劄请留,不得。自是党论纷纭,先生务为调停之策,士林依以为重。未久,先生去朝而乖张日甚,永为缙绅之患。"③

与退溪基于心经心学自我人格之培养与追求从而在政治上并不强迫国王行仁政相比,栗谷之道学政治一派则始终会直接干预王权,强迫王权重视民生国治,也因此一再导致王权对道学派的打击与迫害,朝鲜16世纪前期的士祸与后期的党人分裂均与此有直接关系。这也导致了朝鲜很快

---

① [韩]李珥:《栗谷全书》二,第292、293页,《年谱》,成均馆大学校,大东文化研究院,1971。
② [韩]李珥:《栗谷全书》二,第303页,《年谱》,成均馆大学校,大东文化研究院,1971。
③ [韩]李珥:《栗谷全书》二,第302页,成均馆大学校,大东文化研究院,1971。

将面临的日本入侵与北方后金政权的入侵之严重局面无法化解危机的严重后果。

粟谷在政治上反对退溪的退身徇义,一再强行道学政治,最终不但引起王权的打击而被迫退出了政治舞台,失去了可以干预朝鲜国家安全危机的良机,而且也无力阻止士官僚阶层的分裂,直接影响了17世纪朝鲜半岛进入了历史衰退期。与此相关的是,粟谷在心性哲学上对退溪心经心学的批判,也直接影响了17世纪以后朝鲜学派的分化。

二、粟谷对退溪四七理气论的哲学批判

在性理学上,粟谷继承的是朱子的理气观,坚持以理为本,由此首先批判了朝鲜气学代表花潭徐敬德的主气论。据记载,思庵少时游花潭之门,以为经传所论未尝及天地之先,又以为天地未生之前冲漠无朕而已,又以澹一清虚为气之始。粟谷对花潭气学的批判说:"花潭主张太过,不知阴阳枢纽之妙在于太极……且所谓冲漠无朕者,指理而言也。"①

其次,在心性哲学上,粟谷批判退溪的四端七情分理气论(理气互发论),坚持朱子的理气观(即理与气不即不离的观点),以及人性论上恶产生根源的气禀说,在休养论上则坚持程朱理学格物致知的为学方式,反对退溪以心经心学为基础完成的圣贤心学。

如丁卯十月复奇高峰书,论《大学》止至善之知行问题及明明德之穷理尽性问题。粟谷提出:"明明德之目有格物致知,此则穷理也;有诚意正心修身,此则尽性也。"②表现出粟谷在性理哲学上对程朱理学格物致知为学方式的继承。戊辰二年(宣祖昭敬大王元年,1568)五月,与成浑论至善与中及颜子格致诚正之说。再次表明对朱子格物致知为学方式的继承与强调。

粟谷在理气观上对朱子理学的继承,反映在心经心学问题上,则是粟谷与退溪在主敬问题上的差异。粟谷之主敬是要求"敬之活法"即"于事物上一一穷理",这与退溪所继承的心经心学之主敬有根本差异,后者要求的是个体内在的道德自省与严格的自我约束,包括时时刻刻的念头都要随

---

① [韩]李珥:《粟谷全书》二,卷23,《年谱》,成均馆大学校,大东文化研究院,1971年。
② [韩]李珥:《粟谷全书》二,卷23,《年谱》,成均馆大学校,大东文化研究院,1971年。

时省察,时刻以儒教三纲五常之道德规范约束自我。

栗谷曾向退溪阐述自己的心学主张,说:"敬者主一无适,如或事物齐头来则如何应接?珥以此言反覆穷之而得其说焉:主一无适,敬之要法;酬酢万变,敬之活法。若于事物上一一穷理而各知其当然之则,则临时应接如镜照物,不动其中,东应西答而心体自如,因其平昔断置事理分明故也。不先穷理而每事临时商量,则商量一事时他事已蹉过,安得齐头应接譬如五色同现镜中而镜之明体不随色变,同时(缺)照。敬之活法,亦如是也。此则动中功夫。若于静中,则须于一事专心,如读书而思射鸿鹄,便是不敬。盖静中主一无适,敬之体也;动中酬酢万变而不失主宰者,敬之用也。非敬则不可以止于至善,而于敬之中又有至善焉。静非枯木死灰,动不纷纷扰扰,而动静如一,体用不离者,乃敬之至善也。以此推之,舜之明四目、达四聪、齐七政、修五礼、如五器,虽若多事,何尝不敬,何往而无主一之功也?……若方氏所谓中虚而有主宰,朱子曰'圣人之心莹然虚明,看事物来,若大若小,四方八面,莫不随物随应,此心元不曾有这物事',此之谓也。"①

退溪答书曰:"事物之理循其本而言之,固莫非至善,然而有善斯有恶,有是斯有非,亦必然之故也,故凡格物穷理所以讲明是非善恶而去取之耳,此上蔡所以求是论格物也。今曰事物之理莫非至善,何尝有不可,以此而訾温公可者学之之说,恐如此论理将坠于一偏而非内外一致之学也。"②显示出二者在心学上的差异。

三、《人心道心图说》:在修养论上对退溪心学的批判

在心性论上,栗谷曾与成浑多次讨论。成浑(1535~1598,中宗三十年~宣祖三十一年),字浩原,号牛溪,谥号文简。昌宁人,听松成守琛之子。自幼秉承家学,因病放弃举业,专心学问,思想上尊崇退溪,《牛溪年谱》记载:"尝谓退溪李先生真得考亭法门宗旨。虽以癃疾居远不及服事函丈之间,而终身尊仰不替,如出其门。曾因其至京往拜之,每得其文,未尝不敛

---

① [韩]李珥:《栗谷全书》一,第176页,《上退溪先生书》,成均馆大学校,大东文化研究院,1971。

② [韩]李珥:《栗谷全书》二,第177页,成均馆大学校,大东文化研究院,1971。

袄亲复,随手抄录,至成卷帙。"①可见其对退溪的尊崇。著述有《牛溪集》12卷,及《朱门旨诀》《为学之方图》等。

成浑与栗谷同出于坡州,自19岁定道义之交,一生讨论理学与心学的各种问题。《栗谷全书》中共收集了栗谷写给成浑的28封书信,时间从19岁至48岁(即栗谷去世之前),其中尤以自宣祖五年(1572)至宣祖十一年(1579)六年间,栗谷与成浑之间就理气四端七情人心道心问题进行的往复论辩最为重要,这也是李退溪和齐大升之间的四端七情分理气论辩结束6年以后,李栗谷与成浑之间就此问题的延续辩论。

穆宗隆庆皇帝壬申六年,栗谷拜副应教,病辞归栗谷,与牛溪先生论理气四端七情人心道心。栗谷提出:"大抵发之者气也,所以发者理也。非气则不能发,非理则无所发。无先后,无离合,不可谓互发也。但人心道心则或为形气,或为道义,其原虽一而其流则歧,固不可不分两边说下矣。若四端七情,则有不然者。四端是七情之善一边也,七情是四端之总会者也。一边安可与总会者分两边相对乎?"②反对退溪的四端七情分理气论。并从心学上论证说:"方寸之中初无二心,只于发处有此二端,故发道心者气也,而非性命则道心不生;原人心者理也,而非形气则人心不生。此所以或原或生,公私之异者也。"③

在人心道心之善恶及其修养方法问题上,栗谷也坚持道学修养,反对退溪心学的烦琐性,说:"道心纯是天理,故有善而无恶;人心也有天理,也有人欲,故有善有恶,如当食而食,当衣而衣,圣贤所不免,此则天理也。因食色之念而流而为恶者,此则人欲也。道心只可守之而已,人心易流于人欲,故虽善亦危,治心者于一念之发,知其为道心则扩而充之,知其为人心则精而察之,必以道心节制而人心常听命于道心,则人心亦为道心矣,何理之不存,何欲之不遏乎?"④认为只要坚持道心即可。

栗谷还对真德秀修养论进行了批评,说:"真西山论天理人欲极分晓,

---

① [韩]成浑:《牛溪先生年谱补遗》卷一,《德行》。
② [韩]李珥:《答成浩原》(壬申),《栗谷全书》一,第198页,成均馆大学校,大东文化研究院,1971。
③ [韩]李珥:《答成浩原》(壬申),《栗谷全书》一,第198页,成均馆大学校,大东文化研究院,1971。
④ [韩]李珥:《教制进人心道心说》,《栗谷全书》二,第318页,成均馆大学校,大东文化研究院,1971。

于学者功夫甚有益,但以人心专归之人欲,一意克制则有未尽者。朱子既曰虽上智不能无人心,则圣人亦有人心矣,岂可尽谓之人欲乎?"①

栗谷论述四端七情的理气论根源说:"性具于心而发为情,性既本善,则情亦无不善,而情或有不善者,何耶?理本纯善而气有清浊,气者,盛理之器也,当其未发,气未用事,故中体纯善,及其发也,善恶始分。善者,清气之发也;恶者,浊气之发也。其本则只天理而已。情之善者,乘清明之气,循天理而直出,不失其中,可见其为仁义礼智之端,故目之以四端;情之不善者,虽亦本乎天理而既为污浊之气所掩,失其本体而横生,或过或不及,本于仁而反害仁,……故不可谓之四端耳。周子曰:五性感动而善恶分;程子曰:善恶皆天理;朱子曰:因天理而有人欲。皆此意也。今之学者不知善恶由于气之清浊,求其说而不得,故乃以理发者为善,气发者为恶,使理气有相离之失,此是未莹之论也。"②

他进一步从程朱理学之"气禀说"论述四端七情及其善恶之根源,说:"以此观之,则七情即人心道心善恶之总名也,孟子就七情中剔出善一边目之以四端,四端即道心及人心之善者也。……论者或以四端为道心,七情为人心,四端固可谓之道心矣,七情岂可只谓之人心乎?"③批判了退溪的四端七情理发气发论。

从总体上看,程朱理学修养论是向外走,指向社会群体的道德修养与建立在儒家仁义礼智信之道德体系基础上的社会秩序之建立,其修养方法比较简单,即以建立在心的理性认识能力基础上的格物致知为学方式去体认天理,判断人欲并去除之,也就是程朱理学所追求的存天理去人欲。而真德秀以《心经》为载体的朱子学心学化追求的则是建立于人心道心说基础上的个体修养理论,是向内走的,指向个体道德人格之成为圣贤的追求,其心性哲学的基础则是心经传入朝鲜半岛并发展到李退溪时提出的四端七情分理气论,其修养方式则是建立在主敬基础上的复杂的修养理论,这种修养理论超越了程朱理学建立在心之虚灵知觉基础上的理性主义哲学,

---

① [韩]李珥:《教制进人心道心说》,《栗谷全书》二,第318页,成均馆大学校,大东文化研究院,1971。
② [韩]李珥:《答成浩原》,《栗谷全书》一,第193页,成均馆大学校,大东文化研究院,1971。
③ [韩]李珥:《答成浩原》,《栗谷全书》一,第192页,成均馆大学校,大东文化研究院,1971。

而走向了"心为身主,敬为心主"基础上的宗教性哲学,其烦琐性、个体性、漫长性以及自我性,构成其基本特征。

四、在对待程复心《心学图》问题上栗谷与退溪的思想差异

与此相关的是,李栗谷在退溪生前也曾向退溪提出了《心学图》的问题。在庚午《上退溪先生书》中,栗谷在讨论退溪《圣学十图》中的问题时,特别对《心学图》提出了批判,认为其中有很多问题,他在信中从三个方面进行了论述,说:

> 林隐程氏《心学图》可疑处甚多,试言其略:则大人心乃圣人之心,是不动心、从心之类也,何以置之道心之前也?本心则虽愚者亦有此心矣,若大人心则乃尽其功夫、极其功效能全本心者也,岂可不用功而自有耶?且以遏人欲、存天理分两边功夫已为未安,而其功夫次第亦失其序,心在、心思亦似易置。既曰慎独、克服、心在而乃曰求放心,虽反复推之,终是失序。阁下推衍,至以颜子为求放心,此亦未安。大抵圣贤之言有精有粗,不可就其精者而强求其粗,就其粗者而强求其精也。孟子求放心之说泛为学者言也,是粗底也。孔子克己复礼之说是专为颜子而言也,是精底也。今于其精底必抑而卑之使为粗,于其粗底必引而高之使为精,则虽是说得行,岂是平正底道理耶?且以慎独置之遏人欲一边,则凡是省察之事皆当属焉;以戒惧置之存天理一边,则凡是涵养之事皆当属焉,然而尽心是知而乃属乎涵养,正心是行而乃属乎省察,此亦不可晓也。
>
> 珥意此图重文叠说而已,别无意味,恐不必取也。①

栗谷不仅指出《心学图》中之良心、本心、大人心、赤子心等在位置排列上的失当,以及将尽心置于存天理一边、将正心置于遏人欲一边在位置上的错误,而且批评退溪对《心学图》在位置上的维护(由此语可以推测退溪与赵穆讨论《心学图》之位置问题,栗谷也了解),最后干脆说程复心的

---

① [韩]李珥:《栗谷全书》一,第181页,成均馆大学校,大东文化研究院,1971。

《心学图》毫无意义,可以弃之不用。如在答赵穆的书信中一样,退溪对李珥的来信也在答书中做了周密详尽的论述与批驳。

退溪首先对有关排列顺序失当的问题做了阐述,指出:"心圈上下左右六个心,只谓圣贤说心各有所指有如此者,以其本然之善谓之良心,本有之善谓之本心,纯一无伪而谓之赤子心,纯一无伪而能通达万变谓之大人心,生于形气谓之人心,原于性命谓之道心,于是以良心、本心其义类相近,故对置诸上左右;赤子心、大人心、道心、人心,以其本语之相对,故对置诸中下左右。"①

退溪接着指出,《心学图》中的排列本身并不具有功夫次第的先后顺序的意义,说:"此六者,正如朱子以《西铭》前一段为基盘者同焉,当其说基盘时,安有功夫旨可分先后耶?自惟精惟一以下方说做功夫底,亦犹《西铭》后一段下棋子处一般,其以遏人欲、存天理为相对功夫,其来尚矣。真西山亦云'克治存养,交致其功',于此对说,何为而不可乎?所以必历举其余而言之者,是岂谓必由于此一层而至于彼一层,又以彼一层为梯级而上至第几层耶?盖以为圣贤论心法处不止一端,皆不可不知,不可不用功力云尔。其从上排下,亦以其作图之势有 不得不然者,非谓其如《大学》之有功程先后也。求放心三字若如来谕而已,则孟子当言曰学问之始当求其放心足矣,何得谓'学问之道无他'云云耶?"②

针对栗谷上述批评退溪不该以颜子为求放心进行推论为《心学图》的顺序问题辩护的问题,退溪反驳说:"若谓到颜子地位功夫已精细,无复有一毫放心之可言,则'才差失便能知'之说著不得矣。朱子每每为学者举此章者,以为始之固在此,终之亦以此。若以孟子之语推其极而细论之,颜子之不远复亦可以拟言于此矣。"③

最后,针对栗谷提出的《心学图》将存天理与遏人欲相对而置以及"尽心"与"正心"的位置错误问题,退溪也提出了自己的看法,说:"至如心在、心思、尽心、正心之易置,则来说亦似有理。然心非省察何由而在?思而立乎大岂不是涵养?则二者所属初亦无碍。忿憓、恐惧等,一有之而不能察云云,则正心岂必偏于涵养乎?尽心虽云属知,此图非分知行,只分遏人

---

① [韩]李珥:《栗谷全书》一,第181页,成均馆大学校,大东文化研究院,1971。
② [韩]李珥:《栗谷全书》一,第181页,成均馆大学校,大东文化研究院,1971。
③ [韩]李珥:《栗谷全书》一,第182页,成均馆大学校,大东文化研究院,1971。

欲、存天理耳,尽心之训曰极其心之全体而无不尽者,必其能穷理而无不知也,以此属之理一边岂有不可?"①

联系退溪在答赵士敬同样关于《心学图》中心的排列顺序问题的疑问时的坚决维护的态度,可以发现,退溪对此反驳的态度很强硬,不同的是,作为退溪亲传弟子的赵穆虽然提出了同样的问题,但对退溪的看法是恭敬地接受,而作为青年官僚学者的李珥则并不接受退溪的批评,而是坚持认为程复心的《心学图》根本没有意义,只是"重文叠说而已,别无意味,恐不必取也",即认为退溪应该将《心学图》从《圣学十图》中剔除。

在对待程复心《心学图》的问题上,16世纪中叶的朝鲜学术界对其提出批评意见的并不仅仅是在学术思想上与退溪并不一致的青年学者李珥,而是包括了赵士敬、李德弘等极为崇拜退溪的门人弟子,而无论是当时还是后世,程复心此人的心学思想在理学本土都未引起过任何关注,也没有起到任何思想影响,因此,问题的关键在于,李退溪为何在面临如此大的批评压力时依然坚持强硬的维护态度?反过来,作为青年学者的李珥又为何对儒林领袖李退溪维护《心学图》的做法提出如此直接的批判?这在以程朱理学为意识形态的礼教森严的儒教社会中似乎难以理解。

实际上,双方在程复心《心学图》问题上的批判与维护之思想对立的背后,隐藏着的真正问题是对程朱理学在心性哲学上的思想维护与发展之思想争论问题。换言之,所谓的《心学图》中各种心的位置排列问题,实际上关系到的是李退溪在心性哲学上的独立探索与对程朱性理哲学的思想发展,以及以李珥为代表的16世纪中后期朝鲜以程朱理学为正统哲学及统治意识形态的维护者,对退溪以心经文本为载体的圣贤心学思想发展的反对。这种发展与维护之间的对立,集中体现在四端七情分理气论争上,正是因为程复心的《心学图》和《心统性情图》为退溪在与奇大升长达八年的四端七情分理气论争中提供了最为重要的理论依据,因此退溪才始终对学术界对《心学图》的批评持强硬的维护态度,而李珥显然也知道《心学图》的背后隐藏的真实问题之所在,因此,在退溪去世后的第二年,他就与道友成浑就退溪的四端七情分理气问题进行了全面地批判,并就此提出了自己在理学上的观点。

问题首先是由成浑提出的,他说:"今看十图《心统性情图》退翁立论,

---

① [韩]李珥:《栗谷全书》一,第182页,成均馆大学校,大东文化研究院,1971。

则中间一段曰:'四端之情,理发而气随之,自纯善无恶,必理发未遂而掩于气,然后流为不善;七者之情,气发而理乘之,亦无有不善,若气发不中而灭其理,则放而为恶'云,究此议论,以理气之发当初皆无不善,而气之不中乃流于恶云矣。人心道心之说既如彼,其分理气之发而从古圣贤皆宗之,则退翁之论自不为过耶?"①

如前所述,《心统性情图》包含了退溪在心性哲学上独立探索的思想成果,即其四端七情分理气论。其意义在于,退溪正是通过将四端、七情进一步分理气而论,再一次从程朱理学的理气本体论上探索人性之恶的根源,从而在朱熹的因外物诱惑而导致情之为恶的性恶论基础上,发展到内在的"气发不中而灭其理,则放而为恶"上。也正是在这个意义上,程复心的《心统性情图》所提供的建立在心之虚灵知觉基础上的理性本质,才为李退溪的成圣修养提供了理论依据,而程复心的《心学图》所提示的"心为一身之主宰,敬又为一心之主宰"的哲学命题,又为李退溪所继承的心经心学之主敬成圣提供了为学方式,从而成为其圣贤心学思想体系不可或缺的思想依据与理论基础。

成浑向栗谷提出的不仅是退溪心学的核心所在,而且他还认为退溪的四端七情分理气论是来自于朱子以理气互发论人心道心,因此没有不当的地方,只是认为"气随之、理乘之之说正自拖引太长,似失于名理也",并提出了修改的意见:"愚意以为四七对举而言则谓之四发于理、七发于气可也,为性情之图则不当分开,但以四七俱置于情圈中而曰:四端指七情中理一边发者而言也,七情不中节是气之过不及而流于恶云云,则不混于理气之发而亦无分开二歧之患。"②并以此请教于栗谷。

栗谷在《答成浩原》中,首先批评退溪的四端七情分理气说是不遵守朱子的人心道心理论而"纷纭立论",认为朱子的确以发于理、发于气论人心道心之别,但这只是"大纲说",而退溪却进一步用理发气发来论四端七情,这是"分开太甚",要求学者如果"欲两边说下则当遵人心道心之说;欲说善一边则当遵四端之说;欲兼善恶说则当遵七情之说,不必将枘就凿,纷纭立论也。"③表现出李栗谷在性理学上对程朱理学的继承与守成性特点,

---

① [韩]李珥:《栗谷全书》一,第193页,《附问书》,成均馆大学校,大东文化研究院,1971。
② [韩]李珥:《栗谷全书》一,第194页,成均馆大学校,大东文化研究院,1971。
③ [韩]李珥:《栗谷全书》一,第192页,成均馆大学校,大东文化研究院,1971。

与之相比,则显现出李退溪具有哲学原创性特点。

其次,栗谷提出了自己反对退溪以理发气发论四端七情的理由,认为人心道心与四端七情不是两对可以类比的哲学范畴,"盖人心道心兼情意而言也,不但指情也;七情则统言人心之动有此七者,四端则就七情中择其善一边而言也,固不如人心道心之相对为终始矣,乌可强就而相准耶?"①因为人心道心不能相兼而可以相终始,四端七情则是四端不能兼七情而七情却可以兼四端,因此不能用朱子的理发气发论来论四端七情。

同时,栗谷还对退溪的四七理气论进行了分析,指出了其错误之处,说:"退溪先生既以善归于四端而又曰'七者之情亦无有不善',若然,则是四端之外亦有善情也,此情从何而发哉?孟子举其大概,故只言恻隐、羞恶、恭敬、是非而其他善情之为四端则学者当反三而知之,人情安有不本于仁义礼智而为善情者乎?善情既有四端而又于四端之外有善情,则是人心有二本也,其可乎?"②

最后,栗谷提出了自己在人心道心四端七情问题上的观点,说:"大抵未发则性也,已发则情也,发而计较商量则意也,心为性情意之主,故未发已发及其计较皆可谓之心也。发者气也,所以发者理也,其发直出于正理而气不用事则道心也,七情之善一边也;发之之际气已用事则人心也,七情之合善恶也。"③坚持的仍是程朱理学的理气心性论。

杨国荣曾论程朱理学是以性说心,说"程朱理学以理具于心、性即理、性为心之体、化心为性、性其情等展开了其心性说,其中内在的主体是建构性的本体地位。"④又说:"程朱以性说心的进路,在理论上趋向于先验与超验的融合:性体既是先验的,又是超验的。理性本体一旦被赋予超验的性质,则往往会蜕变为异己的、强制的力量。在朱熹那里,道心对人心的关系,便具有强制的意味:他要求人心听命于道心,从另一个方面看也就是由道心对人心颁布绝对命令。相形之下,王阳明以心体立论,并把心理解为先天形式与经验内容、理性与非理性的统一,确乎表现了不同的思路,它对于化解超验与经验、理性与非理性、道心与人心的紧张,限制理性的过度专

---

① [韩]李珥:《栗谷全书》一,第192页,成均馆大学校,大东文化研究院,1971。
② [韩]李珥:《栗谷全书》一,第192页,成均馆大学校,大东文化研究院,1971。
③ [韩]李珥:《栗谷全书》一,第193页,成均馆大学校,大东文化研究院,1971。
④ 杨国荣:《心学之思——王阳明哲学的阐释》,第50、51页,中国人民大学出版社,2010。

制,无疑具有不可忽视的理论意义。"①

　　这种说法的确指出了程朱理学在心性哲学上的本质特征,即试图通过将传统儒家的伦理道德规范上升为超验的理性本体而获得对社会群体的强制性力量,重建以三纲五常为核心的儒教社会体制,但这似乎并不能真正说明程朱理学与阳明心学以及迄今为止并没有被宋明理学研究所重视的心经心学之间的实质性差别问题。

　　因为对于宋明理学而言,无论是程朱理学的"性即理"还是阳明心学的"心即理",以仁义礼智之性所代表的理学之天理都始终是最终的目的和意义,差别只是在于究竟该如何实践和达到这一重建以三纲五常为核心的儒教社会体制,亦即理学与心学不同的为学方式上。这一点自当年鹅湖之会朱熹和陆九渊兄弟之间关于"支离"和"无言"的著名对话中就已经显现出来,而朱子之后由陈献章到王阳明的心即理心学,继承和发展的也正是陆学所提倡的以致良知为代表的为学方式所要求的当下的道德实践,并要求抛弃朱学以格物致知为代表的烦琐的为学方式,这种为学方式上的差别才是程朱理学与陆王心学的本质差别。

　　有意思的是,在理学本土发生的阳明心学对程朱理学的扬弃与争论,同样发生在同时代朝鲜性理学的发展中,只不过是以李栗谷对程朱理学的坚守与对李退溪以四端七情分理气论为基础所完成的心经心学的批判的形式展开的。在上述退溪去世后栗谷写给成浑的信中,栗谷就直接提出了自己的在人心道心、四端七情问题上的理学观点。

　　栗谷由此认为四端和七情之间的关系实际上并不能成为真正的问题,真正的问题是人心道心而不是四端七情,因为人心道心是始终相对的一对范畴,也是理学修养论中所要真正解决的问题,即朱子要求人心听命于道心从而解决现实人生中的人欲问题,而四端七情问题实际上类似于程朱理学中的本然之性与气质之性的范畴问题,二者之间是包含和被包含的关系而不是人心道心之间相对立的关系,如果一定要像李退溪那样将四端七情分理气而论,就会导致人心有二本的错误结论,他说:

> 四端七情正如本然之性、气质之性。本然之性则不兼气质而为言也,气质之性则却兼本然之性,故四端不能兼七情,七情则兼

---

① 杨国荣:《心学之思——王阳明哲学的阐释》,第58页,中国人民大学出版社,2010。

四端。朱子所谓发于理、发于气者,只是大刚说,岂料后人之分开太甚乎!学者活看可也。且退溪先生既以善归之于四端而又曰七者之情亦无有不善,若然则四端之外亦有善情也,此情从何而发哉?孟子举其大概,故只言恻隐、羞恶、辞让、恭敬、是非而其他善情之为四端,学者当反三而知之,人情安有不本于仁义礼智而为善情者乎?善情既有四端而又于四端之外有善情,则是人心有二本也,其可乎?①

退溪生前在与奇大升之间关于四端七情分理气论长达八年的论争中,曾经反复强调自己发展理学的思想正当性,尤其是栗谷上述所言本然之性与气质之性的问题,退溪就曾以此举例说,程朱之前儒家只有本然之性而没有气质之性之说,既然程朱可以在哲学上发展出气质之性并由此探讨人性之恶的根源以及治理恶现象的哲学对策,那么自己为什么不能再对四端七情进一步分理气而论并由此发展心学思想呢?作为曾经在理学上请教过退溪的年轻学者,栗谷对李奇之间的那场著名学术论争不仅很清楚,而且自始至终都赞成奇大升而反对退溪的观点,在退溪去世之后,栗谷再次与成浑讨论并批评退溪在四七理气问题上的思想观点,显然并不是为了进行争论而是为了表明自己的理学立场,尤其是在理学修养论上的正统立场,因此,栗谷在书信的最后部分明确指出:

    知其气之用事,精察而趋乎正理,则人心听命于道心也;不能精察而惟其所向,则情胜欲炽而人心愈危、道心愈微矣。精察与否皆是意之所为,故自修莫先于诚意。今若曰四端理发而气随之,七情气发而理乘之,则是理气二物,或先或后,相对为两歧,各自出来矣,人心岂非二本乎?情虽万般,夫孰非发于理乎?惟其气或掩而用事,或不掩而听命于理,故有善恶之异。以此体认,庶几见之矣。②

因此,真正的分歧仍然在于程朱理学与南宋真德秀之后的朱子学心学

---

① [韩]李珥:《栗谷全书》一,第193页,成均馆大学校,大东文化研究院,1971。
② [韩]李珥:《栗谷全书》一,第193页,成均馆大学校,大东文化研究院,1971。

化之间在恶的理气本体论根源及如何治理恶的修养论问题上的差异问题。李退溪继承了真德秀以来的心经心学对朱子学的心学化思想发展,并在程朱理学对人性之恶根源的哲学探索基础上,进一步对四端七情分理气而论之而得出恶产生的两种可能情况进行了心性哲学上的再次探索。在这一过程中,程复心的心学思想成为退溪论证的思想依据,更重要的还是,退溪在《心经附注》文本编首所载的程复心《心学图》所提供的心为一身之主宰,敬又为一心之主宰的哲学命题中,找到了主敬成圣的圣贤心学修养论之理论核心,这也是李退溪坚决维护程复心《心学图》的根本原因。

与之相比,李栗谷所继承的则是程朱理学在本体论与修养论上的基本思想,他所反对的只是退溪在人心道心上对程朱理学的心学化发展。那么,李退溪所完成的圣贤心学与程朱理学的思想关系尤其是区别究竟何在呢? 笔者认为,主要表现在以下三个方面。

其一,在人性之恶的根源问题上,程朱理学是以"气禀说"立论并由此发展了传统儒学尤其是孟子的人性本善的思想。二程首先提出"善固性也,恶亦不可不谓之性",将其所面临的时代危局化为哲学上的恶加以哲学探索,并用气禀说来解释人性之恶的生成论根源,在修养论上则强化孟子的人沦为禽兽的危险性,从而表现出强烈的批判精神。但二程在人性论上对孟子的思想发展显然会导致与原始儒学不一致的问题,因此,张载用天命之性(本然之性、天地之性)与气质之性的范畴来解决这一问题,从而使理学在思维上出现了分层次思维,即在天命之性的层面上,以性即理来代表传统儒学的人性本善论,而在气质之性的层面上,则用"心统性情"的命题来解决修养论问题。因为在现实人性的层面上,既然存在着天生的性恶问题,则性即理显然无法解决现实的治理恶现象的问题,正是在这一层面上,张载提出的"心统性情"就成为理学修养论的基本出路。集理学于大成的朱熹显然对二程和张载在人性之恶的根源以及如何治恶的问题上的思想非常了解,因此他曾说"二程气质之性,张载心统性情,颠扑不破!"不仅如此,朱子还以心的虚灵知觉之理性认识能力为基础,融合《大学》所提出的三纲领、八条目,发展出以格物致知为为学方式的理学思想体系,因此,在人心道心问题上,朱子的最终结论是归结于《大学》之诚意上的,正如李栗谷在上述书信中所论述的那样,以心说性,指出孟子求放心的必要性。

但是,李退溪在人性之恶的根源问题上,却在继承程朱理学气禀说的基础上,进一步以《天命图》做了新的理论发展,高扬人的主体地位。

其二,在现实人生的修养论层面上,程朱理学与退溪心学的差异。朱子以心说性,阐明性即理的意义。在现实人生的意义上,朱子提出恶产生的根源乃在于情之迁于物而然也,向外的物欲问题,穷天理,灭人欲,表达理学的根本意义。退溪之四端七情分理气论则将外在的物欲拉向内心的已发未发之际,内在的恶念,个体的,经验的,相应的,由性即理之超验的走向内在的经验的。在这个意义上,心经心学与阳明心学存在着必然的思想联系,表现为吴澄、程敏政、王阳明的和会朱陆问题;主敬成圣成为退溪心学的根本目的与意义。因此,如果说在现实人生的意义上程朱理学是以心说性,那么李退溪所完成的心经心学则是以敬说心。

其三,在为学方式上的联系与发展。退溪对朱子理性主义的继承,对理学及其后的朱子学心学化的继承与思想总结,尤其是对主敬之为学方式的完成,"要之,兼理气、统性情者,心也,而性发为情之际","要之,用工之要俱不离乎一敬",与程朱理学格物致知的为学方式不同,自真德秀将格物致知发展为读书即已经开始,逐渐向个体人格的内在的成圣修养发展。同时也表现出了与王阳明心即理心学之致良知的为学方式所要求的社会群体的当下的道德实践要求也有本质区别:个体的与社会群体的区别,内在的与外在的区别,人性之恶与人性本善的区别,道学政治上的区别。而退溪之所以强烈拒斥阳明心学,是因为阳明心学最终在"满大街都是圣人"的意义上走向了禅学,这与退溪所继承的心经心学一派所主张的要通过终生的内在道德修养才能最终实现圣贤人格的学问追求有着本质的区别。

换言之,从程朱理学的以心说性,到李退溪的以敬说心,虽然同样是性善情恶,但二者之间在思想上的联系与差异,均表现在真德秀以后理学本土的朱子学心学化这样一个性理学发展史中的思想发展问题上,其思想载体则是真德秀所编辑的《心经》文本,不仅在理学本土由明代中叶的学者程敏政再次附注《心经》而进一步融合朱陆,而且在同时代的朝鲜理学传播中,又再次由李退溪继承了《心经附注》文本所表述的心学化思想。只不过这种心学与同时代理学本土成为时代思潮的阳明心学之间存在着巨大的思想差异,其根本特征,即是主敬成圣即个体内在的圣贤人格追求而非阳明心即理心学所追求的社会群体当下的道德实践追求。前者向内而后者向外,二者的区别对于16世纪中后期陷入半个世纪之久恶性士祸政治循环中的朝鲜儒林领袖李退溪而言,有着极为鲜明的思想特征与对心经心学的选择意义。

总之,栗谷在处世观、心性论、理气观上,都对退溪的心经心学进行了批判。因此,问题首先是,李退溪为什么要坚持发展心经心学?笔者认为,这是朝鲜理学自身的社会发展需要。化解16世纪前半期的士祸政治思想需要,是李退溪选择心经心学的内在历史原因,他之所以严厉拒斥同时代的阳明心学,正是因为阳明心即理心学所追求的是社会群体的道德实践与引发朝鲜士祸政治恶性循环的朝鲜道学派的社会要求相一致,因此退溪不可能接受阳明心学,而程敏政心经心学所追求的个体道德人格之成圣追求,显然可以化解朝鲜士祸政治的恶性循环,因而被退溪所接受并在心性哲学上作了进一步发展,在理论上完成了自真德秀以来以心经文本为载体所做的朱子学心学化思想发展试图。

而李栗谷之所以既不接受阳明心学,也不接受退溪的心经心学,与他所继承的朝鲜道学派的政治试图有关。

如前所述,在经历16世纪前半期半个世纪之久士祸政治对士林的残酷血洗之后,16世纪后期的李退溪基于心经心学的个体道德修养理论,以儒林领袖的身份引导士林退归乡村,专心于性理学,成功化解了王权对士权的打击,本来有可能使李氏朝鲜重新走向正常的历史发展方向,但是,继退溪之后成为儒林领袖的栗谷,却再次选择了15世纪以赵光祖为代表的道学政治,最终引发了导致李氏朝鲜亡国的党争。

究其原因,一方面与李氏朝鲜开国之初就存在的不支持王权的节义派的思想传统有关,但更重要的还是与17世纪前期的李氏朝鲜的现实政治有关。在经历了半个世纪之久的士祸政治以后,李氏朝鲜已经出现了民生凋敝、士气低落、王权过盛的社会弊端,尤其是17世纪前期朝鲜半岛连续遭受的日本入侵与两次胡乱,使作为儒林领袖的栗谷李珥深刻感受到了国家所面临的安全危机,这与朱熹当年所面临的北方游牧民族对南宋的压迫和侵略非常相似,因此,李栗谷选择在性理学上继承程朱理学,在现实政治态度上继承朱子学中所包含的"格君心之非"的道学政治,并以此批判退溪的心经心学思想,也是历史的必然选择。

同时,朱子道学政治中所包含的激烈的现实批判精神,理学对民生疾苦的关注,强烈的时代使命感,对王权的限制和约束,即引君当道的政治理想,都与阳明心学所追求的社会群体的道德实践相迥异,也与退溪心经心学所追求的个体道德人格的成圣成贤有着很大的实践差别。因此,栗谷在理学的意义上批判退溪的心经心学思想,也在心学的意义上严厉拒斥阳明心学。而17世纪李氏朝鲜的心经心学,也在以栗谷为宗的西人占据政治势力的前提下展开,并成为这一时期主要的心经研究,以退溪为宗的岭南学派的心经研究则处于少数。

第三节　17世纪退溪学派的心经研究:著述及特征

17世纪初郑逑的《心经发挥》进一步向心经心学所主张的"敬"发展,17世纪中后期的许穆则在朝廷陷入东西党争与大礼仪之争的思想历史背景下,不仅作为南人领袖直接参与了与宋时烈等西人的大礼仪之争,而且在心经研究上也显示出退溪学派的思想特征。

一、寒冈郑逑的心经研究及其特征

郑逑(1543~1620),字道可,号寒冈,谥号文纯。清州人,金宏弼之外曾孙,与东冈金宇颙同为星州出身又同为退溪的直传弟子,因而被并称为"两冈"。

郑逑早年曾从学于曹南冥弟子德溪吴健,后同时出入于退溪、南冥两大儒门下,亦同时继承了南冥的气节和退溪的学问方法,并向退溪学习与讲论《心经附注》。后抛弃举业,专心学问。宣祖六年(1573),以学行举荐并数次被授予官职,均不就,宣祖十三年(1580)始就任昌宁县监,后历任官职,壬辰倭乱时曾举义兵与倭寇作战,宣祖四十一年(1608)任大司宪。光海君即位后,因临海君与永昌大君狱起上书申救而被指为护逆,最终落职归乡。晚年建百梅园,以讲学著述及教育后学终老。

郑逑不仅精通性理学与礼学,而且对于算术、兵阵、医药、风水等皆精通。其性理学著述有《心经发挥》《洙泗言仁录》《太极文辨》《圣贤风帆》等。礼学著述则有《五先生礼说分类》《家礼集览补注》等。同时,他也关注经世思想并留下了很多经世文字,如论述古今政治规范与得失的《古今忠谟》《古今治乱提要》《历代纪年》,及通过历代名人传记留下历史教训的《古今人物志》《古今名臣录》等。医药类书籍则有《医眼集方》《广嗣续集》以及以《咸州志》《昌山志》为代表的地理志类著述。

郑逑与经世有关的著述,通过其门人许穆在近畿学派中代代传承,从而对18世纪后朝鲜实学派的代表李瀷、安鼎福、丁若镛等人的经世思想给予了极大的影响。

现有《寒冈集》行世。其门人有许穆、徐思远、李厚庆、黄宗海等,尤其是许穆,作为郑逑嫡传而成为近畿学派的创始者,并对18世纪朝鲜实学派的思想有极大的影响。

1. 编纂《心经发挥》的理由与目的

作为岭南学派礼学的代表学者,郑逑一生都致力于礼学的研究与著述,31岁时即补注朱子《家礼》而作《家礼辑览补注》,之后又编纂以丧服礼为核心的《礼记丧礼分类》《深衣制度》《五服沿革图》《深衣制造法》及《婚仪》《冠仪》等礼书。同时,他的礼学研究不仅仅局限于朱子礼学,而是表现出向古礼接近的特点,在研究视野上也扩大到诸多宋代理学家,最终在60岁以后收集整理了程颢、程颐、司马光、张载、朱熹等宋儒有关礼说的随时问答而编纂成《五先生礼说分类》一书。

此书也表现出郑逑追求实用的思想特征。在此书编纂完成后,当时曾有学者向其提出为何不把朱子《家礼》分门别类编入《五先生礼说分类》一书中的问题,郑逑分析说:"人有见而问之曰:'……若使《家礼》随门类入则节目咸备,次第靡阙,亦可以据而行之,岂不为礼家之完书哉?'余谓言固然矣。余亦初有是意,亦尝试入于冠昏等礼矣,既又思之:所为此书者,实非求多于古人,只缘诸书散载之言殊不便于仓卒之考阅,故今姑为抄集便览地。若《家礼》之书,夫既盛行于当世矣,家无不有,人无不讲,今复取而编入,则岂不为重复而烦猥哉?况《家礼》既为一部成书,此书当不过考证羽翼而已,尤不合破彼而补此,此所以欲入而还止者也。"① 可见其在礼学上注重实用的特征。

同时,郑逑的礼学研究还有一个不可忽视的特征,即礼学研究与心经之间的思想关系问题。

尽管郑逑在思想研究上以17世纪前半期的礼学大家而闻名,但他对自己的礼学与心经之间的思想关系却有明确论述,认为礼学之根本在于敬,而敬又为真西山《心经》之核心思想,因此郑逑在学术思想上最终归结于对心经心学的研究与总结,这就是他在60岁时完成的《心经发挥》一书。

在《心经发挥序》中,郑逑首先论述了心的作用与意义,以及心与敬的

---

① [韩]郑逑:《五先生礼说分类序后识》,《寒冈集》卷10。

关系,说:"人惟一心之微而为尧舜者在是,为桀为跖者在是,上焉而参天地、赞化育者在是,下焉耳同草木、归禽兽者在是,吁!其可警也夫!"①接着,又论述了心与敬的关系,说:

> 要其几,不越乎敬之一字而已。自尧舜精一之训而所以精一之者非敬乎?肃然如上帝之临,惕然若君子之友,邪思闲而诚思存,忿思惩而欲思窒,善必迁而过必改,改又必于不远,殊非以敬为主乎?故圣人胸襟旷然若无物而答为仁之问,则因材之笃,亦不出于克复敬恕,至于子思子之戒惧,子曾子之诚正,盖无非敬焉,而求之礼乐之本,则亦敬也。②

郑逑不仅认为敬为心之主,而且认为礼乐之本也是敬,一语道破了礼学与心学之间的内在关系。接着又论述了程朱理学与圣贤心学的思想关系,并特别强调了真德秀《心经》的圣贤心学思想意义,说:

> 邹孟之所以寡欲存心,扩四端而灭恶欲者,皆非敬而能焉乎?然而先古圣贤实未有明言敬之一字,提掇而表章之、推之为圣学纲领者,爰自伊洛。万古道统之要,昭乎其有的矣。西山先生又历选前后经传之训,编为此书,以立心学之大本,于是敬之为功于此心益明且显,使学者而无意于此心则已,如其有意,宁可一日一时之舍此书而他求乎?自尧舜以至于程朱,所以由此心而入圣域而参赞焉者,一开卷而秩然可见,凛乎若先圣先师之指示此心。吁,其可敬矣夫!③

这里有一个值得注意的心经文化传播现象,即经过16世纪中期李退溪对心经心学的深入研究与圣贤心学思想体系的完成,尤其是其后半生对门人弟子的心经讲论与教育,到了17世纪初郑逑开始研究心经时,④已经

---

① [韩]郑逑:《心经发挥》,[韩]宋熹準:《心经注解丛编》三,第3页,(首尔)学民文化社,1985。(以下只注书名)
② [韩]郑逑:《心经发挥序》,《心经发挥》。
③ [韩]郑逑:《心经发挥序》,《心经发挥》。
④ 郑逑的《心经发挥》完成于神宗皇帝万历癸卯秋八月(1603年)。

表现出在性理学思想发展史上的总结与文化叠加现象,即郑逑已经开始在思想上总结心经心学的思想渊源与产生、发展过程。

郑逑指出,虽然早在孔孟时就已经提出了敬的修养论意义,但明确将其作为"圣学纲领""万古道统之要"的则是二程和朱熹,而将其编辑为书"以立心学之大本"的则是真西山,接着附注此书的是明代中叶的程敏政,深入研究心经心学思想并在朝鲜传播其思想的则是李退溪,说:"皇朝程篁墩为之附注而吾退溪李先生最爱此书,至于系后论于篁墩之书而引鲁斋神明父母之喻,西山之后唯先生为深知此书之味,而自西山而言之,亦未为不遇后世之子云矣。"①

有意思的是,郑逑并没有深入阐述退溪对心经的思想发展意义,而是接着论述了自己修改甚至可以说是放弃程敏政《心经附注》文本体系,重新在真德秀《心经》文本的基础上编纂《心经发挥》一书的理由与目的,说:"常怪程氏之注其所取舍或多未莹,至于程朱发明开示之大训颇多未入编中,不能不为此书之遗憾。"②也就是说,他认为程敏政的《心经附注》不仅有很多令人不满意的地方,而且程朱很多有意义的话也未能收入,因此才决定重新编辑此书。

编辑的方法,一是将"程朱发明开示之大训""分门辑录"以代替程氏原注。二是重点围绕"敬"之一字辑录程朱语录,说:"其于敬之一字则略仿西山之例,特加条详,欲使人知程朱诸先生之反复叮咛于此一字,其功如是,则当悚然思所以加励,宜无所不用其力,不敢他求,皆所以为羽翼此书之地也。"③三是在《心经》后附录了周子《太极图说》、程子《定性书》、伊川《好学论》、张载《西铭》、朱子仁诚等说,以及程朱行状略,并为此书名之曰《心经发挥》。

尽管郑逑在《心经发挥序》的最后,特意说明其辑录《心经发挥》的目的是"岂敢为播示外人计哉?只为便此残年检阅玩读之资耳"。④ 但实际上,无论是从其对《心经附注》的结构上,还是内容上的改动,甚至大部分内容的重新辑录中,都可以明显看出郑逑在心经研究上的独特思想意义之所在,因此《心经附注》与《心经发挥》的文本比较便显得尤为必要。

---

① [韩]郑逑:《心经发挥序》,《心经发挥》。
② [韩]郑逑:《心经发挥序》,《心经发挥》。
③ [韩]郑逑:《心经发挥序》,《心经发挥》。
④ [韩]郑逑:《心经发挥序》,《心经发挥》。

2.《心经发挥》与《心经附注》的文本比较

郑述的《心经发挥》与程敏政的《心经附注》相比,有两大明显的特点:一是在文本结构上作了比较大的改动,二是在内容上作了更大的改动,基本上不再按照程敏政的附注而是按照自己的理解重新作了辑录。为了清楚地做一个对比,列表如下①:

卷数	《心经》《心经附注》	《心经发挥》辑录
1.1《书·大禹谟·人心道心章》	真德秀原注朱子1条。程敏政附注朱子、真德秀、王柏等10条,卷首附注复心《心学图》与说1条(以下只说原注、附注、辑录,不再注明人名)	郑述共辑录程朱语录23条,去掉了程氏在卷首附注的程复心《心学图》与说,最后王柏1条换成了真德秀之语
1.2《诗·鲁颂·上帝临女章》	原注朱子、真德秀等3条。附注程子、杨时2条	辑录14条
1.3《诗·大雅·视尔友君子章》	原注朱子、郑氏2条。附注朱子、真德秀等3条	辑录4条
1.4《易·乾九二·闲邪存诚章》	原注程子3条。附注程子、朱子、吴澄共5条	辑录程子、朱子共11条,去掉附注中吴澄之语
1.5《易·坤六二·敬以直内章》	原注伊川、杨时共4条,附注程子、朱子、真德秀等共36条,程敏政按语2条	辑录二程、朱熹、谢上蔡、真德秀等共377条
1.6《易·损大象·惩忿窒欲章》	原注伊川、杨时共2条。附注二程、朱子等共7条	辑录二程、朱子语录共19条
1.7《易·益大象·迁善改过章》	原注程子、王氏共2条。附注朱等8条	辑录程朱等16条
1.8《易·复初九·不远复章》	原注伊川、张载共3条。附注程子、朱子、张栻、真德秀等共6条	辑录二程、张载、朱子、张栻、真德秀等共8条
2.1(原《心经附注》1.9)《论语·子绝四章》	原注朱子1条。附注程子、朱子、真德秀等共6条	辑录二程、朱子、黄幹共12条

---

① 真德秀《心经》不分卷,为了对比清楚,笔者在此按照程敏政《心经附注》中所分4卷加以标示,并注明郑述《心经发挥》在卷数上的变动,而且为了对比清楚,特将《心经发挥》的辑录条数单独列出以作对比。

续表

卷数	《心经》《心经附注》	《心经发挥》辑录
2.2(原1.10)《论语·颜渊问仁章》	原注伊川、杨子等3条。附注二程、张载、朱子、真德秀等共19条	辑录朱子、张栻、真德秀等共38条
2.3(原1.11)《论语·仲弓问仁章》	原注伊川1条。附注程子、朱子等共5条	辑录二程、朱子、张栻等共15条
2.4(原1.12)《中庸·天命之谓性章》	原注朱子3条,附注二程、朱子、真德秀等23条,程敏政按语1条	辑录朱子、真德秀等共71条
2.5(原1.13)《诗·潜虽伏矣章》	原注程子、朱子共3条,附注朱子、真德秀、吴澄等共4条,程敏政按语1条	辑录程子、朱子、吕东莱、真德秀等共9条,去掉附注中吴澄之语
3.1(原2.1)《大学·诚意章》	原注朱子、郑氏共4条,附注二程、朱子、张栻、真德秀等共17条,诚几图1个,程敏政按语3条	辑录朱子、真德秀等共32条
3.2(原2.2)《大学·正心章》	原注朱子2条,附注二程、张载、朱子、真德秀等共37条,程敏政按语5条	辑录二程、朱子共32条
3.3(原2.3)《乐记·礼乐不可斯须去身章》	原注孔氏、郑氏共4条,附注二程、张载、朱子、张栻、谢上蔡等共38条,程敏政按语3条	辑录二程、朱子等共31条
3.4(原2.4)《乐记·君子反情以和志章》	原注唐孔氏1条,附注张载、朱子、真德秀、谢上蔡等共11条,程敏政按语2条	辑录二程、朱子、张栻等共9条
3.5(原2.5)《乐记·君子乐得其道章》	原注郑氏、程子共2条,附注二程、张载、朱子等共8条,程敏政按语2条	辑录二程、张载、朱子等共10条
3.6(原2.6)《孟子·人皆有不忍人之心章》	原注朱子、程子共4条,附注朱子、杨时、真德秀、黄幹等共10条	辑录程子、朱子共6条

续表

卷数	《心经》《心经附注》	《心经发挥》辑录
3.7(原2.7)《孟子·矢人函人章》	原注朱子2条,附注朱子、张栻等共3条	辑录朱子2条
3.8(原2.8)《孟子·赤子之心章》	原注朱子1条,附注程子、朱子、饶双峰共4条	辑录朱子、张栻共6条
3.9(原3.1)《孟子·牛山之木章》	原注朱子、程子等共4条,附注二程、朱子、张载、真德秀、许鲁斋等共71条,程敏政按语10条	辑录程子、朱子、真德秀等共76条(比较:二者在内容上之同异。程敏政的重点问题:心学修养中静坐与佛教的区别问题。
3.10(原3.7)《孟子·鱼我所欲章》	原注朱子1条,附注朱子、张栻等共5条	辑录朱子、张栻共4条
3.11(原3.2)《孟子·仁人心章》	原注程子、朱子共6条,附注程子、朱子、真德秀等共20条	辑录二程、朱子共30条
3.12(原3.3)《孟子·无名之指章》	原注朱子1条,附注程子、永嘉郑氏、真德秀共3条	辑录程子、永嘉郑氏、真德秀共4条
3.13(原3.4)《孟子·人之于身也兼所爱章》	原注朱子1条,附注张载、朱子、武夷胡氏、张栻共6条	辑录朱子、张栻等共5条
3.14(原3.5)《孟子·钧是人也章》	原注朱子1条,附注荀子、新安倪氏、朱子共6条	辑录朱子、荀子、真德秀等共10条
3.15(原3.6)《孟子·饥者甘食章》	原注朱子2条,附注朱子1条	辑录朱子、张栻、真德秀等共5条
3.16(原4.1)《孟子·鸡鸣而起章》	原注程子、杨氏共3条。附注程子、谢上蔡、朱子、张栻、真德秀、陆象山、兰溪范氏等共16条,舜跖图1个,程敏政按语1条	辑录程子、朱子、谢上蔡等共23条,去掉附注中陆象山1条
3.17(原4.2)《孟子·养心章》	原注朱子、程子、张栻共3条。附注程子、张载、吕氏、谢上蔡、真德秀、黄幹等共11条	辑录朱子、黄幹、真德秀等共23条

续表

卷数	《心经》《心经附注》	《心经发挥》辑录
4.1(原4.3)《周子·养心说》	无原注。附注朱子3条	辑录朱子3条
4.2(原4.4)《周子·通书·圣可学章》	无原注。附注朱子、伊川、杨时、徽庵程氏共8条,程敏政按语2条	辑录朱子、黄幹、陈淳等共8条。
4.3(原4.5)《程子·视听言动四箴》	无原注。附注朱子、庆源辅氏、白云许氏、程复心共11条	辑录朱子、白云许氏共13条
4.4(原4.6)《范氏心箴》	无原注。附注朱子、云峰胡氏共4条,程敏政按语1条	辑录朱子、云峰胡氏共2条
4.5(原4.7)《朱子·敬斋箴》	无原注。附注朱子、真德秀、吴澄共6条	辑录朱子、黄幹、吴澄、张栻等共10条
4.6(原4.8)《程正思·求放心斋铭》	无原注。附注朱子、黄幹共5条,程敏政按语1条	辑录朱子、黄幹共3条
4.7(原4.9)《朱子·尊德性斋箴铭》	无原注。附注朱子书信35条、陈北溪、黄幹、慈溪黄氏、吴澄等7条,共42条,程敏政按语6条	辑录朱子13条
附录	原《心经》及《心经附注》文本皆无	附录: 1.周子《太极图说》 2.程伯子(颢)《定性书》 3.程叔子(颐)《好学论》 4.张子《西铭》 5.朱子《仁说》 6.朱子《诚名义》 7.《程伯子行状略》 8.《朱子行状略》

  从以上统计中可以看出,郑述的《心经发挥》不仅与程敏政的《心经附注》在文本结构上有很大差异,而且在思想内容上也与程敏政及李退溪的心经心学都存在着明显的差异。

  首先从文本结构上看,《心经发挥》与《心经附注》相比作了两个方面的改变。一是将《心经附注》的卷数结构作了调整。如前所述,真德秀当初编辑《心经》并未分卷,到了明代中叶程敏政附注心经时,将其分为4卷。而郑逑在辑录《心经发挥》时,首先将程氏所分四卷作了重新划分,将原《心经附注》的卷一之第九至十三节划分为《心经发挥》之第二卷,又将《心经附注》的卷二、卷三及卷四之第一、二节,划分为《心经发挥》之第三卷,其余部分为《心经发挥》之第四卷。除此以外,郑逑还将原《心经附注》第三卷第七节《鱼我所欲章》放到了原第二节《仁人心章》之上,变为《心经发挥》第三卷第十节。

二是增加了原《心经》与《心经附注》皆无的新的内容。程敏政在附注《心经》文本时,只是将原来并无分卷的内容作了分卷,并在原心经文本的每一条注下增加了新的注释。但郑逑在编纂《心经发挥》时,不仅将程氏所附注的内容大部分去掉,换成自己重新辑录的程朱语录,而且在心经文本中加入了新的附录(见上表)。也正是这些附录的内容,显示出了退溪《圣学十图》对郑逑的圣贤心学思想影响。

三是《心经发挥》在内容及思想选择上与程敏政《心经附注》的差异,主要表现在三个方面:其一是放弃了《心经》原注与附注的内容而完全根据自己的理解来重新注释《心经》文本,如郑逑在《心经发挥序》中所言,他这样做的原因在于:"常怪程氏之注,其所取舍或多未莹,至于程朱发明开示之大训颇多未入编中,不能不为此书之遗憾,于是拈取表出,分门辑录。"①就是说,他认为程敏政的附注有很多令人不满意的地方,因此他的《心经发挥》完全使用程朱等理学家的格言语录来注释《心经》文本。

其次是郑逑《心经发挥》对《心经》文本的注释主要围绕着"敬"之一字而展开。在《心经发挥序》卷一第五节《敬以直内章》的注释中,郑逑总共搜集了377条有关敬的语录来注释"敬"。其中除了胡五峰、陈北溪、杨时、尹和靖、谢上蔡、觉轩蔡氏、致堂胡氏、武夷胡氏、黄榦等程朱弟子的少数几条注释之外,其余均为二程、朱子、周敦颐、张南轩、真德秀等程朱理学家的有关敬的思想言论,尤其是二程和朱子论敬的内容成为其注释的主要部分。

郑逑在《心经发挥序》中不仅阐述了敬为"圣学之纲领"的思想,也论述了了自己在《心经发挥》中以敬为核心注释《心经》文本的目的,说:"其于

---

① [韩]郑逑:《心经发挥》。

敬之一字,则略仿西山之例,特加条详,欲使人知程朱诸先生之反复丁宁于此一字,其功如是,则当竦然思所以加励,宜无所不用其力,不敢他求,皆所以为羽翼此书之地也。"①

最后是与郑逑放弃真德秀与程敏政原注与附注相关的问题,即程敏政的《心经附注》中有关程朱理学之外的内容,尤其是有关陆象山与吴澄甚至王柏的有关思想被彻底删除。从上述表格统计中可以看到,程敏政《心经附注》最后一条是关于朱子《尊德性斋铭》的附注,为了表达自己的和会朱陆的思想,程敏政在该条下附注朱子书信 35 条、陈北溪、黄榦、慈溪黄氏、吴澄等 7 条,共 42 条,程敏政按语 6 条。程敏政最后一条所引吴澄和会朱陆之语曾对退溪造成极大思想困惑,并为此作《心经后论》,专门论述程敏政和会朱陆思想的弊端,同时又在强调朱子末学之弊的意义上接受心经心学的道德修养意义。但在郑逑这里却已经不再是问题了。他直接删除了程敏政的所有附注,包括末条所引吴澄之语,代之以朱子的 13 条论述尊德性之语。

这是一个很有意思的心经文化发展现象,它同时表现出心经思想在经历了 16 世纪中叶李退溪在思想上的发展与总结并形成完整的圣贤心学思想体系以后,在之后的历史文化发展过程中对朝鲜后学的思想影响。这种影响不仅包括对退溪圣贤心学思想的继承,同时也在某种程度上开始放弃退溪在心性哲学上对程朱理学的发展(即退溪以心经文本为载体对真德秀以后的朱子学心学化的圣贤心学体系之完成),表现出试图重新回到程朱理学的思想试图。

3.《心经发挥》与退溪心学的思想关系

如上所述,《心经发挥》与《心经附注》在文本内容上的最大不同,是郑逑在《心经》文本的最后增加了许多原本没有的内容,也正是这些内容透露出郑逑作为退溪的直传弟子所受到的退溪心经心学思想的影响。

如上所述,郑逑在《心经发挥》的最后部分,附录了周子《太极图说》、程伯子(颢)《定性书》、程叔子(颐)《好学论》、张子《西铭》、朱子《仁说》与《诚名义》,以及《程伯子行状略》与《朱子行状略》共 8 篇文章。简单比较一下退溪的《圣学十图》即可发现,其中的周子《太极图说》、张子《西铭》、朱子《仁说》,正是退溪《圣学十图》中的《第一太极图》(说)、《第二西铭

---

① [韩]郑逑:《心经发挥序》,《心经发挥》。

图》(说)及《第七仁说图》,而《第四大学图》及其后所引朱子《大学或问》有关敬的论述,尤其是所论"敬者,一心之主宰而万事之本根也",不仅是退溪圣贤心学所主张的主敬成圣之心学的为学方式,也是郑述在重新注释《心经》时最为核心的思想所在,由此,退溪圣贤心学思想对其弟子郑述的思想影响是显而易见的。但有意思的是,仍然是通过对郑述《心经发挥》与其尊师李退溪的《圣学十图》的对比,还可以发现另外一个有意思的现象,即郑述在心经心学上不同于其师退溪的地方。

退溪的《圣学十图》包括《第一太极图》《第二西铭图》《第三小学图》《第四大学图》《第五白鹿洞规图》《第六心统性情图》《第七仁说图》《第八心学图》《第九敬斋箴图》《第十夙兴夜寐箴图》,对比郑述的《心经发挥》,尤其是他在《心经》文本之后附录的内容,可以发现他在明确继承了上述《圣学十图》的太极图、西铭、仁说这一部分的内容之外,其他部分的内容则有不同,这些不同的部分又可分为以下两种。

一是《圣学十图》中有关程朱理学在行为规范上的规定内容,包括《第三小学图》、《第五白鹿洞规图》、《第九敬斋箴图》、《第十夙兴夜寐箴图》在内的部分,郑述实际上是继承了这些思想内容的。

这些图与说的内容非常直观,就是对儒者日常的思想行为的规范,如《小学图》的内容就是儒家对儿童成长过程中的行为规范与修养教育,其大要分为立教、明伦、敬身三个部分,立教的内容为:立胎育保养之教,立小大始终之教,立三物四术之教,立师弟授受之教。明伦的内容为:明父子之亲,明君臣之义,明夫妇之别,明长幼之序,明朋友之教。敬身的内容为:明心术之要,明威仪之则,明衣服之制,明饮食之节。由朱子及其弟子所编辑的《小学》一书,随着性理学的传入而传入朝鲜半岛并受到历代朝鲜理学家的重视,退溪在《圣学十图》中不仅收录了其内容,而且根据《小学》的内容创作了《小学图》,并在其下引朱子《大学或问》论述《小学》的意义,说:"今使幼学之士必先有以自尽乎洒扫应对进退之间,礼乐射御书数之习,俟其既长而后进乎明德新民以止于至善。"①明确说明儒家的道德修养及日常行为规范自幼儿即已开始。

再如《圣学十图》之《第五白鹿洞规图》,不仅再次强调了儒家自孔子开始就提出的父子、君臣、夫妇、长幼、朋友之间应该遵守的道德秩序,而且

---

① [韩]李滉:《陶山全书》一,第195页,退溪学研究院,1980。

进一步以穷理和笃行两项规定了儒者的日常行为规范,只不过这种行为规范是为进入书院学习的儒生规定的。穷理一项规定儒生要博学、审问、慎思、明辨,笃行则又从修身、处事、接物三个方面作了规定,其中修身之要为"言忠信,行笃敬,惩忿窒欲,迁善改过",处事之要为"正其谊不谋其利,明其道不计其功",接物之要为"己所不欲,勿施于人,行有不得,反求诸己"。

对于退溪的圣贤心学而言,最为重要的还是《圣学十图》之《第九敬斋箴图》与《第十夙兴夜寐箴图》。退溪在《敬斋箴》后首先引吴澄对此的解释说:"箴凡十章,章四句。一言静无违,二言动无违,三言表之正,四言里之正,五言心之正而达于事,六言事之主一而本于心,七总前六章,八言心不能无适之病,九言事不能主一之病,十总结一篇。"①又引真德秀对朱子《敬斋箴》的评论说:"敬之为义,至是无复余蕴。有志于圣学者,宜熟复之。"②明确规定了儒者的日常行为规范。

但对于退溪的圣贤心学而言,仅仅是从行为规范上来规定儒者的日常行为还不够,还需要从时间上进行严密的行为规定,因此退溪才对元代籍籍无名的陈茂卿所做的《夙兴夜寐箴》表现出了极大的重视并将其作为《圣学十图》的最后一图,而且在其下的说明中说:"臣今谨仿鲁斋《敬斋箴图》作此图以与彼图相对。盖《敬斋箴》有许多用工地头,故随其地头而排列为图;此箴有许多用工时分,故随其时分而排列为图。"③在时间上规定了儒者的日常行为规范。

也就是说,李退溪用《第九敬斋箴图》和《第十夙兴夜寐箴图》一起为儒者个体人格的道德修养提供了一个从时间到空间、以"敬"为核心的完整的行为规范与日常生活准则,这也是李退溪圣贤心学中最为重要的内容。

作为退溪的亲传弟子,郑逑显然继承了退溪圣贤心学以敬为核心的行为规范的重要性,虽然他的《心经发挥》并没有附录《圣学十图》之《第十夙兴夜寐箴图》,但有一个非常值得注意的现象是,郑逑在《心经发挥》中删除了程敏政附注中所有关于吴澄、陆象山甚至王鲁斋等人的注释,却在《心经》文本中的第四卷第五节(原《心经附注》第四卷第七节)对朱子《敬斋

---

① [韩]李滉:《陶山全书》一,第202页。
② [韩]李滉:《陶山全书》一,第202页。
③ [韩]李滉:《陶山全书》一,第203页。

箴》的注释中，保留了唯一一条有关吴澄的注，即上述吴澄解释朱子《敬斋箴》内容的那条注释。这也就是说，郑述即使是在反对陆王心学的前提下，仍然注意到了心经心学及退溪在继承心经心学基础上所完成的圣贤心学中的儒家行为规范的重要作用与思想意义，因此在《心经发挥》中仍然保留了这些内容，只不过他是通过再注释程朱理学语录来保留的。

一个非常值得注意的现象是，郑述在《心经发挥》一开始就删除了程敏政在心经卷首加入的程复心的《心学图》与说。与此相比，李退溪在《圣学十图》中不仅收录了程复心的《心学图》，而且同时收录了程复心的《心统性情图》并在该图的基础上创作了《心统性情图》中、下二图，将自己在心性哲学上的独立探索的思想成果浓缩于其中，从而成为其圣贤心学所赖以成立的哲学基础。因此，程复心心学思想对于退溪的重要性是不言而喻的。

有意思的是，在退溪生前，他的门人弟子就曾一再向退溪提出程复心《心学图》的问题，如前所述，赵穆曾在写给退溪的信中从三个方面提出了《心学图》的问题，并因此而说"窃恐此图非真精审得当、不可移易也"。①而退溪在答书中，不仅详细论述了《心学图》的内容之合理性，而且说"此是程隐翁四五十年林下潜心所得，恐难以一朝率然立论所能攻破也"，明确表明了自己对《心学图》的维护态度。

不仅是《心学图》的问题，前述赵穆的《心经禀质》中还曾提出要去掉《心经附注》中不是程朱等人的注释，完全采用程朱等理学家的语录来重新注释《心经》文本。退溪当时在答书中就提出了明确的反对，指出保存经典完整性的重要性。而在郑述作《心经发挥》时，退溪已经去世，《心经发挥》中真正删除的内容，实际上是退溪所完成的心经心学中的一个重要理论部分，即有关心性哲学的部分。

这一部分不仅关系到心经文本中所辑录的程复心、吴澄和王鲁斋等人的心学思想，也是李退溪在性理学上的原创性部分，但郑述在《心经发挥》中抛弃的却正是这部分的内容。其在理论上的重要意义，就在于程复心的心统性情图与说为退溪在四端七情分理气论问题上与奇大升之间长达八年的争论提供了一个理论依据，而四端七情分理气论（即李栗谷坚决反对的理气互发论）正是退溪在心经心学的基础上建立起来的圣贤心学的理论

---

① ［韩］赵穆:《心经禀质》。

基础。

郑述在《心经发挥》中删除了程复心的心学图,其意义在于重新向程朱理学的回归,学术上的保守性,导致退溪学派在16世纪末朝鲜文官集团的分裂中走向政治上的保守性,尤其是作为退溪学派两大支柱之一的东冈出使日本却采取调和态度,最终在丰臣秀吉侵略朝鲜时被国王革职。

寒冈对心经文本的全新注释,对此后朝鲜性理学者的心经著述有很大影响。作为退溪的再传弟子,寒冈弟子李休运(1597~1668)留下了唯一的心经注释书《心经章图》。该书是从心经中选取了最为重要的12章并做成图,并无思想上的创新与发展。真正起到思想影响的,是郑述另一弟子许穆的心经研究。

二、眉叟许穆的心经研究:著述及特点

许穆(1595~1682),字和父、文父,号眉叟、台龄老人,谥号文正。阳川人,郑述门人。30岁以后隐居于广州牛川之紫峰山下,专心求学。32岁时因说主张仁祖追崇私亲定远君的朴知戒"违礼媚君"并主张开除其儒籍一事而遭到停止科举考试的惩罚,最终抛弃举业,无意仕途。63岁时(1657,孝宗八年)以遗逸受举荐,初任持平,同年升任掌令并建议停止北伐之议。

第一次服制问题时,许穆因上疏主张三年说而被降职,并在此后数十年间被废锢。肃宗即位(1675)时,第二次服制是非争论中,又因主张期年服而被重新任用,并随着西人的失势而被特进为大司宪。也正是在这个阶段,他向肃宗上呈了论述心学大要及心之持守方法的《心学图》和《尧舜禹传授心法图》,并进讲心学。此后历经礼曹判书、左赞成而最终在81岁时升为右议政。

作为南人领袖的许穆,在政治上不仅与宋时烈相对立,而且因为在宋时烈的处罚问题上固守不妥协的立场,而与主张稳健论的许积之浊南一派相对立,从而成为清南领袖。著述有文集《记言》及《经说》《东事》《经礼类纂》等。①

许穆在学问上的最大特点,是对六经古文的推崇。17世纪后半期的

---

① 参见崔英成著《韩国儒学思想史》三,第109页,(首尔)亚细亚文化社,1995。(原文为韩文,引用资料为笔者自译,以下不再注明)

朝鲜学术界主流,仍然是信奉以朱子《四书集注》为核心的程朱性理学,占据核心政权地位的也是固守程朱理学为正统的老论一派。但许穆却提出"六经之文,圣人继天立极,开物成务之文,为天地之至教"。① 许穆因此将学问主体转向了古经、古礼、古文,并在礼学上自成一家之言。

他批评当时过度遵信朱子学却忽视六经古文的朝鲜学界说:"后来论文学者,苟不学程朱氏为之,以为非儒者理胜之文,六经古文徒为稀阔之陈言。穆谓儒者之所宗,莫如尧舜孔子,其言之理胜,亦莫如易春秋诗书,而犹且云尔,岂古文莫可几及而注家开释易晓也?"②当代韩国学者据此认为许穆的学问表现出脱朱子学风的胎动现象③。

值得注意的是,许穆并没有在思想上反对程朱理学,而是将程朱看作古经文的注释家而加以利用的,他说:"宋时程氏朱氏之学,阐明六经之奥纤悉,委屈明白,恳恳复绎,不病于烦蔓,此注家文体自与古文不同,其数陈开发使学者了然无所疑晦,不然圣人教人之道竟泯泯无传,穆虽甚勤学,亦何所从而传古文之旨哉?"④也就是说,许穆在学问上既没有像当时的学术界那样将程朱理学视为不可超越的神圣思想,也没有反对程朱理学,而是将其视为阐释六经不可缺少的注释书并通过程朱对古文的阐释最终达到对六经的解读与认识这样一种学术态度。

正是在这一特殊的态度之下,许穆并没有表现出对程朱理学在思想上的兴趣,而是将思想重点放在了心学上。作为寒冈的亲传弟子,他在思想上继承了退溪心学并成为退溪心学由岭南地方向近畿地方传播的桥梁,最终使得退溪学派在17世纪发展为岭南与近畿两个分支。

与他在学问态度上将程朱理学视为六经的注释书相联系,他在心学上也表现出试图融合心经心学与程朱理学的特征,这或许与郑述在心经心学的研究上通过删除程复心的《心学图》以及退溪的心统性情思想有着某种内在的联系。

许穆的心经心学研究主要表现在向肃宗国王上呈的《心学图》与《尧舜禹传授心法图》中。在思想上则主要表现在三个方面。

其一是许穆《心学图》在对心的认识上表现出的试图融合心经心学与

---

① [韩]许穆:《答尧典洪范中庸考定之失书》,《记言》卷3。
② [韩]许穆:《答朴德一论文学事书》,《记言》卷5。
③ 参见郑玉子《眉叟许穆研究》,《韩国史论》第5集,1979。
④ [韩]许穆:《答朴德一论文学事书》,《记言》卷5。

程朱理学的特征。

从大纲上看,许穆《心学图》的最上方是心字,心字的左右两边注以"虚灵、不昧"四字,这显然来自于朱子对心之理性认识能力的界定;心字下方右边为竖写的静、虚、明、通四字,左边有竖写的动、直、公、溥四字。在《心学图》后的解释中,许穆说:"事物未交,知觉未萌,此心虚明,寂然无物。及心与物交,知觉自生。人生而静。静故此心虚明,至于无所不通。人之理直,直故公,至于大而无穷。故曰:静虚则明,明则通;动直则公,公则溥。明通公溥,心学之大要。"①许穆说他上述关于心的规定是"特举其学术成效次第。"②

稍加对比即不难发现,许穆对心的规定显然来自于周子的《通书》。《通书·圣学第二十》说:"圣可学乎?曰:可。曰:有要乎?曰:有。请问焉。曰:一为要。一者无欲也,无欲则静虚动直,静虚则明,明则通;动直则公,公则溥。明通公溥,庶几矣。"③许穆直接将周子《通书》关于心之静虚动直、明通公溥的阐释移植到自己的《心学图》中,只是将周子的"庶几矣"换成了"心学之大要",可见其心学的根源来源于周子。

不过在《心学图》中,许穆同时也在解释静虚动直、明通公溥的注释中,融合了朱子理学与心经心学的思想,如在心字的注释中右边标示"虚灵,具众理,心之体",左边标示"不昧,应万事,心之用",显然来自于朱子的思想。而在对"虚"字的注释中,右边标示"无欲故虚,心不可有一事",左边标示"喜怒哀乐未发之中,天下之大本";在对"直"字的注释中,右边标示"人之理直",左边标示"喜怒哀乐发而中节之和,天下之达道",显然来自于心经心学的修养论。尽管心经心学的内容也来自于朱子对《中庸》已发未发论的思考与领悟(即中和之悟),但心经心学尤其是李退溪将已发未发理论应用于四端七情分理气论中,并由此完成了圣贤心学思想体系,作为退溪后传的许穆显然也在其《心学图》中吸收了有关思想,从而表现出试图在心学思想中融合程朱理学与心经心学的特征。

其二是《尧舜禹传授心法图》所表现出的为学方式问题。许穆在《心

---

① [韩]许穆:《心学图》,[韩]宋熹準:《心经注解丛编》三,第367页,(首尔)学民文化社,1985。

② [韩]许穆:《心学图》,[韩]宋熹準:《心经注解丛编》三,第367页,(首尔)学民文化社,1985。

③ (宋)周敦颐:《周敦颐集》第40页,岳麓书社,2002。

学图》后的说明中指出,《心学图》是"特举其学术成效次第。其持守之方,莫切于尧舜禹传授心法十六言"①,显然是指出了自己在心学上的为学方式。

许穆所作《尧舜禹传授心法图》的内容,是将《心经》卷1第1节的内容"帝曰:人心惟危,道心惟微,惟精惟一,允执厥中"画成了图。图的最上端仍然是"心"字,右边是竖写的"人心——惟危",左边是竖写的"道心——惟微——惟精——惟一",以及用虚线相连并放置在"道心"左侧的"允执厥中"。

在对该图框架的具体标示中,许穆综合了真德秀《心经》在该条下所引朱子论人心道心之语,同时也综合了程敏政在《心经附注》中对该条附注的内容,如对"心"的标示是"心之一个知觉,天理人欲,同行而异情"。②前一句显然来自于朱子的"心之虚灵知觉一而已"③,后一句则是程敏政心经附注中的第二条所引朱子语"五峰云天理人欲,同行异情,说得最好"。④

再如对"人心道心"的标示,人心旁边标示"发于形气之私",道心旁边标示"发于义理之正",显然来自于真德秀在该条下所引朱子注"而以为有人心道心之异者,以其或生于形气之私,或原于性命之正而所以为知觉者不同"⑤一语。不同的是,他将朱子原话中的"生于""原于"都换成了"发于",显然是继承了退溪的理气互发思想,表现出试图融合退溪心学与程朱理学的特点。其余对"惟危""惟微""惟精""惟一""允执厥中"的标示则均采用了朱子的话。

在《尧舜禹传授心法图》后,许穆又将程敏政在该条后附注的朱子论惟精惟一的话原文抄录,只是不知为何将程氏附注中的"朱子曰:尧舜以来未有议论时先有此言,圣人心法,无以易此。经中此意极多"中的"朱子曰"换成了"程子曰",还有就是将附注原文中的《中庸》明善,惟精也;诚身,惟一也"⑥一语,换成了"又如择乎《中庸》,得一善则拳拳服膺而勿失

---

① [韩]许穆:《心学图》,[韩]宋熹準编:《心经注解丛编》三,第367页,(首尔)学民文化社,1985。
② [韩]许穆:《尧舜禹传授心法图》,[韩]宋熹準编:《心经注解丛编》三,第368页,(首尔)学民文化社,1985。
③ [韩]宋熹準编:《心经注解丛编》一,第15页,(首尔)学民文化社,1985。
④ [韩]宋熹準编:《心经注解丛编》一,第17页,(首尔)学民文化社,1985。
⑤ [韩]宋熹準编:《心经注解丛编》一,第17页,(首尔)学民文化社,1985。
⑥ [韩]宋熹準编:《心经注解丛编》一,第17页,(首尔)学民文化社,1985。

之,是惟一也"。① 其余内容则完全相同。

该段话朱子的原文是:"朱子曰:尧舜以来未有议论时先有此言,圣人心法,无以易此。经中此意极多。所谓择善而固执之,择善即惟精也,固执即惟一也。又如博学、审问、慎思、明辨,皆惟精;笃行是惟一也。《中庸》明善,惟精也;诚身,惟一也。《大学》致知格物非惟精不可能,诚意则惟一。学者只是学此理。孟子以后失其传亦只是失此。"②

总之,从总体上看,许穆在《尧舜禹传授心法图》后引用程敏政在附注中所引朱子的这段话,本意仍然在于用理学关于天理人欲的观点来注释《心经》文本第1条所辑录的伪古文尚书关于人心道心的思想。其重点在于程朱理学要求"必使道心常为一心之主而人心每听命焉",即要求用超验的道德理性来制约人的思想行为,也就是用儒家的三纲五常之道德规范来制约每一个人的日常行为。

真德秀以后以《心经》文本为载体的朱子学心学化,就是以朱子的人心道心说为逻辑起点展开其心性修养思想框架的。之后的程敏政更是进一步用程朱语录来阐释了心经心学建立在程朱理学人心道心、天理人欲理论基础上的主敬成圣心学的思想框架。当《心经附注》传入朝鲜半岛并经过李退溪在心学思想上的探索与重建以后,更是将程敏政未能完成的圣贤心学以《圣学十图》的方式进行了最终的理论完成。

作为退溪学派由退溪—寒冈—许穆的传承者,许穆自然也继承了心经心学最为核心的部分,通过将作为《心经》理论基础的人心道心说图式化(即《尧舜禹传授心法图》)的方式,再一次强调了心经心学的核心,并在图后引用朱子的话强调"圣人心法,无以易此",表明心经心学在朝鲜半岛经历了退溪在思想体系上理论完成与其亲传弟子郑逑的阐述以后,到了17世纪前期的三传弟子许穆这里,已经开始将心经心学中的核心思想衍化为图说的形式开始向王室传播。也就是说,在进入17世纪以后,心经心学已经逐渐成为朝鲜性理文化中的一部分并开始影响统治阶层的思想意识形态。

其三是许穆在心经研究上试图融合心经心学与程朱理学的特点,更加明显地表现在他在《尧舜禹传授心法图》之后所做的"为学之序"中:

---

① [韩]宋熹準编:《心经注解丛编》三,第369页,(首尔)学民文化社,1985。
② [韩]宋熹準编:《心经注解丛编》一,第17页,(首尔)学民文化社,1985。

第三章　李栗谷与17世纪李氏朝鲜的心经研究及意义

心之体本虚,其理则实。感通无穷皆实理。虚者实之体,实者虚之用。事物未交,知觉未萌,此心虚明,寂然无物。及心与物交,知觉自生。物格知至,意诚心正,皆心之良能也。由是而推之,流行不穷者,道也。自修身以至家齐国治天下平,皆一理。心与物相感,物理自明者,诚也。诚非敬不存,敬非诚不立。敬主一,一则定,心法莫善于定。定则静,静则安,安则虑,虑则得。泉之涓涓,火之焰焰,自然之序,可见为学之序亦然。故曰序不可乱,功不可阙。天地无为而行化育,圣人无私而赞化育。圣人无欲,故无私。学至于无欲则大,大则化,化则神,神则不可知。①

在这里,许穆将程朱理学所赖以成立的《大学》之诚与心经心学所赖以建立的敬结合起来,提出"诚非敬不存,敬非诚不立",并将二者的结合看成是"为学之序",明确地表现出融合程朱理学与心经心学的特点。而这一特点似乎并不仅仅表现在上述郑逑与其弟子许穆的心经研究著述中,也同时表现在17世纪畿湖学派的心经研究中。

17世纪退溪学派的心经研究,除了郑逑的《心经发挥》与许穆的心经著述以外,还有郑逑另一门人李休运(1597~1668)所著《心经章图》,及张显光门人郑好信(1605~1650)所著《心经后小说》。

李休运的《心经章图》在思想上并无创新,只是将《心经附注》中自认为重要的内容画成了图,包括《人心道心章》《上帝临汝章》等共12个依据心经文本内容画成的图。在形式上则是对程复心《四书章图》的模仿,并无新意。

郑好信的《心经后小说》只是一篇短文,叙述了自己读心经的心得,说:"聃翁初见余,以为操心之要,无过乎心经,乃以此篇上下卷赠之。余受而读之者有年矣。盖心者身之主也,不能操之,则出入无时,莫知其乡而不能存之矣,其何以养性乎?又何以修齐治平乎?操之之要,只是一个敬而已。许鲁斋尝曰:'吾于小学书,敬之如神明,尊之如父母。'退溪尝引之曰'愚于心经亦云。'先生之言,真先得我心云耳。"②亦无思想发展,充其量也只是说明退溪对心经的普及与教育之思想影响。

可以发现,在退溪去世之后,17世纪退溪学派由郑逑、许穆一系所传

---

① [韩]许穆:《尧舜禹传授心法图序》,[韩]宋熹準编:《心经注解丛编》三,第370、371页,(首尔)学民文化社,1985。

② [韩]郑好信:《心经后小说》,[韩]宋熹準编:《心经注解丛编》三,第441页。

承的心经研究表现出的共同特征,就是试图在思想上融合心经心学与程朱理学。究其原因,应该是与16世纪末、17世纪前期朝鲜所面临的严重国势有关。

另一个值得注意的问题是,在退溪去世之后的16世纪后期与17世纪初期退溪学派的传承之中,只有郑逑、许穆一系即被韩国学者称为近畿地区的一支继承并留下了关于心经研究的著述,另外两支由退溪亲传弟子东冈、鹤冈传承的分支,却没有留下关于心经研究的著述,因而退溪学派的心经研究就显得相对单薄,反而是栗谷学派的传承者如金长生、宋时烈、赵翼、朴世采、金幹等传承有序地研究并留下了大量有关心经研究的著述。

第四节 17世纪畿湖学派的心经研究及其历史意义

一、浦渚赵翼的心经研究

赵翼(1579~1655),字飞卿,号浦渚,存斋,谥号文孝。丰壤人。其父为金知中枢府事赵莹中。自幼事父极孝,被誉为当代第一孝子。宣祖三十五年(1602)文科及第,官至左议政。光海君三年(1611)因郑仁弘反对李彦迪、李滉从祀文庙,在弹劾郑仁弘时遭到降职。仁祖十三年(1635)李珥、成浑的文庙从祀问题被提起,遭到岭南儒生的激烈反对,赵翼和吴允谦、安邦俊等人一起上疏辩诬。孝宗初,两贤的文庙从祀再论时,赵翼也极力阐明反对派的毁谤。光海君被废后,继承了宣祖王统的仁祖究竟该如何称呼其私亲定远君的问题出现时,在议论纷起中,"赵飞卿独谓:为人后亦可称本生为父母"①,力论不可只拘泥于名分,从而与当时被封为朝鲜正统学说的二程所谓"为人后者应称本生父母为伯叔父母"之定论相违背。在党论中赵翼属于西人,在壬辰倭乱以后国家陷入内忧外患的危局中时以经济自任,并曾建议设置大同厅解决国家所面临的经济难题。

赵翼在学术上并无师承,但他不仅在理学和礼学上都自成一家,而且

---

① 参见[韩]赵翼《因兵曹参判崔铭吉劄子论典礼劄》(戊辰)。《浦渚集》卷8。[韩]张维:《鸡谷漫笔》卷1。

对音律、卜筮、兵法、禅学等均有涉猎。著述有《浦渚集》18册、35卷,以《持敬图说》《易象概略》《庸学困得》《论孟书经浅说》《朱书要类》等编次而成。其说多与程朱之说相异,在学问上以圣贤为准,并不局限于某个学派①,但从其对先儒的尊崇上尊慕李珥、批判退溪的四端七情说上看,似乎可以将其放在畿湖学派的心经研究中加以讨论。

赵翼曾在《论栗谷与牛溪论心性情理气书》中说:"先生(按:指栗谷)早夭,虽幸有志于学而无所师承,迄今未有所成就。及今有疑于此,又不得亲质以解其惑,呜呼!是可痛恨也已。"②可见其在思想上对栗谷的尊崇。

在四端七情分理气论问题上,赵翼也表现出赞成栗谷、批判退溪的观点。在上述论著中,他批评退溪说:"夫退翁先生以四端七情分对而论,则既失其名义,而互发之说又似昧乎大本,至以四端为由中而出,七情为外感而发,则其失又甚矣。盖退翁先生之失,其病根正在于人性为有二。"③在理发气发问题上,他说:"以理之在气言之,则气之所以发者皆理也,而气发则理又乘焉。自既发之后观之,则皆气发而理乘也,自发之始观之,则皆理发而气发也。"④"夫阴阳五行万物生而理无所不在,则是固气发而理乘也。然推其本则理即生气,此非理发乎?"⑤显然赞成栗谷的理气不二观点。因此,笔者在此仅从心经心学研究史的角度将其归入17世纪畿湖学派中加以阐述。

赵翼虽然以理学与礼学为自成一家之言,但在思想上则以持敬存心为本,从而与心经心学存在着密不可分的思想关系。宋时烈在《浦渚赵公神道碑铭》中曾描述赵翼"每以持敬存心为一生本领工夫,常曰:持敬以收敛操存为要,以精神湛然在里为验。又曰:为学只要做私欲尽去、天理纯全底人。只要做光明洒落、不愧天地鬼神底人。只要做担当天下事、参天地赞化育底人,其本只在存心"。⑥ 以持敬存心为为学之本,可见赵翼思想受心

---

① 同许穆相似,赵翼在并不反对程朱的情况下,在思想上表现出试图超越程朱的特点,他曾说"此理乃天下古今所同然之公物也。先圣之立言垂训,后贤之解释经义,乃所以求此理也,如或有疑,当反复深思,究极其所向而已。"(《浦渚年谱》卷2,《尹宣举墓志铭》)韩国学者因此而将其归入"脱朱子学风的胎动"之标题下(参见:崔英成:《韩国儒学思想史》三)。
② [韩]赵翼:《浦渚集》卷22。
③ [韩]赵翼:《浦渚集》卷22。
④ [韩]赵翼:《浦渚集》卷22。
⑤ [韩]赵翼:《浦渚集》卷22。
⑥ [韩]宋时烈:《宋子大全》卷126。

经心学影响之深。不仅如此,他还留下了《心法》《持敬图说》和《心学图》,以及《心经增减节注附说序》等有关心经的研究著述。

赵翼在心经研究上最重要的著述是《心法》一书。在《心法十二章序》中,赵翼叙述了自己所作《心法》与《心经》之间的关系,说:

> 西山先生《心经》历撫诗书以来论心法格言,可谓简切矣,然翼犹惧其文多难于恒诵也,今更抄其尤切者,经各一章即后贤语凡十二章,其九《心经》所撫,其三新抄也。盖学则贵博而守则贵约,欲其尤约而易于持守尔。注有《心经》,在兹只录鄙说,独诗礼新抄故录其本注,此亦取其简约云尔。噫,此可谓精之精者也。既择而得之矣,惟在守之拳拳而已。①

在标记为万历戊午腊月立春书的这篇序中,赵翼叙述了自己作《心法》的原因,是为了更容易背诵《心经》所录圣贤格言而"更抄其尤切者"并补充了三条新的内容。从其后所附目录中可以看到,《心法》的内容保留了原《心经》文本的《人心道心章》《不远复章》《四勿章》《诚意章》《中庸首章》《牛山之木章》《通书圣可学章》《四箴》以及《敬斋箴》共九章的经典语录,新补充的三章分别是第二章《雝雝在宫章》、第七章《毋不敬章》、第十二章《夙兴夜寐箴》。

从《心法》的内容看,赵翼的心经研究有三个特点。其一是试图将退溪《圣学十图》之圣贤心学与《心经》文本之心学融合起来,并以持敬为核心来重新编辑心经文本而作《心法》,从而明确表现出退溪圣贤心学对赵翼的思想影响。

这一点首先表现在他在《心法》所补充的内容上。第二章《雝雝在宫章》的内容是择录自《诗经》"雝雝在宫,肅肅在庙,不显亦临,无斁亦保。"②其下所引朱子之注曰:"雝雝,和之至也。肅肅,敬之至也。不显,幽微之处也。斁与斁同,厌也,保守也。言文王在闺门之内则极其和,在宗庙之中则极其敬,虽居幽隐,亦常若有临之者,虽无厌斁,亦常若有所守焉,其

---

① [韩]赵翼:《心法》,[韩]宋熹準:《心经注解丛编》二,第469页,(首尔)学民文化社,1985。

② [韩]赵翼:《心法》,[韩]宋熹準:《心经注解丛编》二,第475页,(首尔)学民文化社,1985。

纯亦不已盖如是。"①也就是说,赵翼引诗经的这条内容主要是为了说明持敬对于学者修养的重要性,他在该条下所做的说明中也说:"愚谓'不显亦临,无斁亦保'两句,所以形容圣人纯亦不已之意,而于持守之功甚为要切,学者所当勉学也。"②

其所补充的第七章《毋不敬章》的内容来自《曲礼》"毋不敬,严若思,安定辞,安民哉"。③ 其下所引真德秀之言曰:"毋不敬者,谓身心内外不可使有一毫之不敬也。其容貌必端,严而若思,其言辞必安定而不遽。以此临民,民有不安者乎?"④仍然是强调要在容貌辞气上持敬,赵翼在其后也说:"愚按:此三言于持守之功甚为简切,学者宜深体之。"⑤

不过,赵翼在其《心法》中新抄录的最值得注意的内容,是《心法》第十二章《夙兴夜寐箴》。尽管郑述和许穆是退溪的亲传及再传弟子,但在他们的心经研究著述中,还没有发现像赵翼这样明显地将退溪《圣学十图》中的《夙兴夜寐箴》与《心经》文本相融合的例子。如前所述,李退溪正是通过去世前所做的《圣学十图》完成了圣贤心学的思想体系,而其中一个重要的内容就是通过将宋末元初几乎不知名的学者陈茂卿所做的《夙兴夜寐箴》与《心经》文本中所收录的朱子《敬斋箴》结合起来,为学者的主敬成圣修养提供了一个从时间到空间的完整的人格修养方式而最终完成其圣贤心学思想体系的。尽管退溪去世后其《圣学十图》及持敬的心学思想几乎影响了17世纪朝鲜的整个文官集团,但直接将退溪的《圣学十图》与《心经》文本融合起来的,则只有赵翼的《心法》。这也是其心经研究中最为独特的地方。

不仅如此,赵翼还作有《持敬图》以及《持敬图说》《持敬图后说》《书持敬图后》,反复论证持敬的重要性。如在《持敬图说》中,他就论述了敬的重要性,说:"尝考敬之一字,欲之所以寡,理之所以明,心之所以立,事之所以治,千古圣人所以尽性立极之要,万世学者所以希圣希贤之大方也。故君子于敬,自为士至于为圣人,无一时之可舍也。自无所睹闻,至于酬酢万变,自闲居燕处,至于造次颠沛,无一处之可离也。一日之内,自子而亥;

---

① [韩]赵翼:《心法》,[韩]宋熹準:《心经注解丛编》二,第475页,(首尔)学民文化社,1985。
② [韩]赵翼:《心法》,[韩]宋熹準:《心经注解丛编》二,第476页,(首尔)学民文化社,1985。
③ [韩]赵翼:《心法》,[韩]宋熹準:《心经注解丛编》二,第500页,(首尔)学民文化社,1985。
④ [韩]赵翼:《心法》,[韩]宋熹準:《心经注解丛编》二,第501页,(首尔)学民文化社,1985。
⑤ [韩]赵翼:《心法》,[韩]宋熹準:《心经注解丛编》二,第501页,(首尔)学民文化社,1985。

一月之内,自朔而晦;一年之内,自春而冬。一生之内,自始学至于老死,无一刻之可息也,而其用力之要,不过一其内,齐其外,养于静,察于动而已。今以此四者为目而撷拾古圣贤格言附于下为此图,诚能于此深体而不息,则欲自寡,理自明,心自立,事自治,希贤而为贤,希圣而为圣矣。"①在《书持敬图后》中也强调:"敬是圣贤一生工夫本领。舍是非圣贤也。学者学圣贤,亦当以此为一生工夫本领,舍是非学圣贤也。圣之为圣,学者之学圣,皆在此而已。"②由此可见,在退溪从思想上完成了圣贤心学之后,持敬已经成为此后朝鲜心经心学研究中作为核心的思想并被此后的学者所继承,从而成为朝鲜心经研究的核心内容。

赵翼心经研究的第二个特点,是试图将程朱理学与心经心学融合起来。在《心经增减节注附说序》中,赵翼就说:

> 圣贤之学,其本,心而已。夫人均也,有大人焉,有小人焉;心一耳,有天理焉,有人欲焉。天理人欲,相为消长。人欲消而天理长者为大人,人欲长而天理消者为小人。虽大人之至,至参天地而赞化育,亦不过天理之长之至也;虽小人之至,至沦于禽兽而众恶归焉,亦不过人欲之长之至也。夫一心之中,理欲消长之几,初若甚微,而其归之远,若此其绝,可不惧哉? 故圣贤之学,要在治其心,去私欲之弊,全天理之公而已。……尧舜禹汤文武所以代天理物,孔曾思孟所以继往开来,莫不以是为本也。秦汉以来,圣学不传,心法遂绝,则天下贸贸,人欲炽而天理灭矣。及宋诸大贤出,然后始复以圣贤为学而以治心为事,于是心法大明。西山生诸大贤后而得其传,实辑成此经,日晨诵之。夫自尧舜以来及宋凡圣贤心法名言即合为一书,其要矣乎! 盖尝历究其旨,其言虽殊,其求以去人欲、全天理则一也。盖圣贤之所以为圣贤,只在天理之全而已,故其言用功之要无不合若符契也。然则此书乃千圣宗传,所以去人欲全天理,为圣为贤之大法也。而篁墩程氏又聚

---

① [韩]赵翼:《心法》,[韩]宋熹準:《心经注解丛编》二,第530、531页,(首尔)学民文化社,1985。
② [韩]赵翼:《心法》,[韩]宋熹準:《心经注解丛编》二,第535页,(首尔)学民文化社,1985。

宋诸贤语附注其下,其所以推明经意者亦博矣。①

在表现出上述心经研究特征的同时,赵翼的心经研究也表现出了另外一个现象,即失去了退溪圣贤心学的原创性而表现为在心经心学上的杂乱融合,如《心学宗方》等。其批判退溪四端七情分理气论,正是去掉了其原创性的表现,同时也失去了退溪作为原创性哲学家在学术上的严谨性,如退溪曾要求弟子赵穆不得任意改动经典文本,但在其去世后,无论是郑逑还是其三传弟子许穆以及赵翼等,皆纷纷随意改动《心经》文本,据己意再编心经,实际上已经造成了退溪曾经担心的心经文本的混乱性,而经典一旦被改动便会面临失去其经典性的问题。

同时,退溪圣贤心学对17世纪朝鲜心经研究的思想影响,深刻地表现在学者对持敬思想的继承上。而无论是岭南学派还是畿湖学派,实际上都已经将持敬作为心学的核心而加以继承与接受。从赵翼的上述论述中即可证明。

二、尤庵宋时烈的心经研究:著述与特征

宋时烈(1607~1689),字英甫,号尤庵、尤斋,谥号文正,沙溪金长生(1548~1631)门人,而金长生曾向李珥、宋翼弼学习礼学并成为当时的礼学大家,因此宋时烈在学派传承上属于17世纪以李珥为代表的畿湖学派的学者。

宋时烈于仁祖十一年(1633)司马试及第,同年成为敬陵参奉,很快成为凤林大君(即日后的孝宗国王)的师傅。丙子胡乱(1637)时扈从国王于南汉山城,在朝鲜王室接受清朝提出的屈辱条件并于三田渡设立受降台投降清朝之后,宋时烈落职归乡,闭门读书。孝宗一年(1649)以山林遗逸登用为掌令,从此开始与以复仇雪耻为雄心壮志的孝宗谋划北伐大义,官至左议政。但在孝宗去世后,很快陷入礼论是非中,并在愈演愈烈的党争旋涡中沉浮。

在第一次慈懿大妃的服制问题上,宋时烈因主张期年说而被南人主张

---

① [韩]赵翼:《心法》,[韩]宋熹準:《心经注解丛编》二,第547~549页,(首尔)学民文化社,1985。

的三年说打败,落职归乡。显宗十五年(1674),因孝宗妃仁宣王后去世而再次形成慈懿大妃的服制问题之党争中,南人的期年说被采用,西人被驱逐出朝廷,但同年显宗去世,肃宗(1674~1720)即位,两司以误礼乱统之罪名遭到弹劾,宋时烈被剥夺官职并被流配到咸镜道之德源。自此开始直到肃宗六年(1680)庚申换局南人失势为止,宋时烈先后被流配到长鬐、巨济、清风等地,经历了南谪北窜的流配生涯,由此而对仕途感到憎恶,因此在脱离流配生涯之后被任命为领中枢府事后旋即辞职,彻底离开了政界,于肃宗九年(1683)致仕。但肃宗十五年(1689)却又因上书反对肃宗立禧嫔张氏所生之子为世子而引起肃宗震怒,遭到剥夺官职及南人的弹劾,再次被流放到济州岛,不久在押送汉阳途中被赐死,享年83岁。

肃宗二十年(1694),因甲戌换局西人再次掌权而为宋时烈申冤,恢复官职,颁布谥号,所著文集(215卷,102册)因士林大同之议而被命名为《宋子大全》。除此之外,还有《朱子大全劄疑》《程书分类》《语类小分》等著述存世。

在韩国儒学史研究中,宋时烈因其一生力主北伐大义而被历代韩国儒学者及统治者所重视,如宋时烈徒孙韩元震就说:"尤庵先生学宗考亭,义兼春秋,闲先圣,拒跛淫,为天地立心,为生民立道,事业之诚,又莫与并也。"①18世纪的国王正祖(1776~1800在位),更是在骊州大老祠碑文中留下了"学符紫阳,排接栗翁,直字真诀"的至高评价。

但是,如果仅仅是在政治上主张北伐大义,在哲学上学宗朱子,似乎很难让人将宋时烈放在退溪和栗谷之后而成为朝鲜儒学史上的第三人,如南公辙即曾评价宋时烈说:"尤庵文论事处多,言性理处少。"②事实上,《宋子大全》的内容十之八九也确实是关于时事的,而且宋时烈在性理学上的论述不仅很少,内容也并未超出朱子学的范围,就连宋时烈本人也曾说:"吾之所学,只一部朱子大全而已,其敢舍所学而经营于他术耶?"③因此,如何评价宋时烈在性理学上的思想独特性就成为朝鲜儒学史研究中不能回避的问题之一。

实际上,宋时烈之所以能够占据朝鲜儒学史上第三人的位置,与其关

---

① [韩]宋时烈:《宋子大全》,附录,卷19。
② [韩]南公辙:《日得录·文学》,《金陵集》卷20。
③ [韩]宋时烈:《宋子大全》卷16附录,《语录》。

于心经心学的研究与阐述有着不可分割的关系。尽管他在朝鲜心经研究史上只留下了一部《心经释疑》，而且还不是原创，只是对退溪当年与弟子们讲论心经而记录下的《心经释疑》的校对释疑之作，却正是因为他在这部书中所表达出的思想，不仅使我们能够看到宋时烈思想的独特意义，也能由此解读到心经心学对17世纪朝鲜儒学思想发展史的意义，尤其是对17世纪朝鲜王室的思想影响之历史意义。可惜的是，至目前为止的宋时烈研究中，很少有人注意到这一点，韩国学者吴熙常也评价说："当代韩国学者在研究宋时烈的哲学思想时，也将重点放在其北伐雪耻之所谓大义名分以及在哲学上学宗朱子上，唯独对宋时烈的心经研究无所关注。"因此，对宋时烈《心经释疑》的研究具有重要意义。

宋时烈的《心经释疑》具有三大特征。其一是宋时烈心经心学研究的独特性，即将退溪的心经心学与程朱理学所重视的《大学》治国思想结合起来，从而使朝鲜17世纪的心经研究呈现出新的历史意义。

如前所述，宋时烈为金长生门人，而金长生的思想已经深受心经心学的影响，他曾说："为学之本，先主持敬，不愧屋漏工夫最紧要也。"①在其《行状》中也记载："其授书次第，则始以小学、家礼，次以心经、近思，以培其根本，以开其门路，然后及于四子五经，循循有序，阶级甚严。"②宋时烈自己也在接受肃宗之命修订退溪师徒所著《心经释疑》时说："少从师友，略有所闻，则亦不敢有隐于圣明。"③因此可以肯定心经对宋时烈有着不可忽视的思想影响。

但与其师金长生重视礼学不同的是，宋时烈的心经研究表现出的显著特征，是将心经的心学思想与《大学》齐家治国平天下的政治理想直接结合起来，如在《心经释疑序》中就说：

> 臣窃闻：惟道无形，该贮于心，以为一身之主而为齐家治国平天下之本。语其大则极于无外，语其小则入于无内，虽尧舜之钦明睿哲，亦岂外是而能哉？然既主于身而身有耳目口鼻五脏百体之形气，则凡其声色臭味充盈安逸之私，又由心而作用，与夫所谓

---

① [韩]金长生：《沙溪全书》卷43，《年谱》。
② [韩]金长生：《沙溪全书》卷48，《行状》。
③ [韩]宋时烈：《进心经附注释疑劄子》，[韩]宋熹準编：《心经注解丛编》三，第429页，(首尔)学民文化社，1985。

道者相为宾主消长焉。苟或不察于此而一为形气之所掩,则舜之为跖,圣之为狂,只在瞬息俄顷之间矣,可不惧哉!是以舜之将以天下禅禹也,必以人心道心、危微精一十六字相为授受,而礼乐刑政不与焉,可谓深切著明矣。①

众所周知,《大学》一书为程朱理学一派区别于陆王心学的根本点,原因就在于程朱一系的性理哲学在现实政治上追求的是传统儒家齐家治国平天下的政治理想,尤其是对处于偏安江南、金人威逼下的南宋,朱熹的思想更具有强烈的富国强兵之愿望,而实现的方式正是《大学》所提供的修身齐家治国平天下的政治理想模式。朱熹也因此而对古本《大学》移经补传,推出格物致知的为学方式,强烈要求以心之虚灵知觉的理性认识能力来控制人生而具有的私欲,存天理去人欲,最终达到国家与社会的治理。

陆九渊一系的心学则基于心即理的哲学理念,要求的是社会群体当下的道德实践,而反对程朱理学以人心所具有的理性认识能力来探求、论证儒家道德之合理性与神圣性的为学方式,认为那样只能使人陷入烦琐的学问中而离社会群体的道德实践与道德秩序之实现越来越远。因此,到了明代,当王阳明在出入朱熹哲学之后试图以陆九渊的心即理为根本建立起自己的心学时,也不得不首先以古本大学来反对程朱之改正大学,并以所谓朱陆早异晚同之说来作为理论依据。

问题在于,当朝鲜理学发展到17世纪并同样面临着当年南宋所面临的国家安全、社会动荡、思想陷入党争之局面时,宋时烈将心经之人心道心思想直接与大学之政治理想结合起来,一方面表明在经历了16世纪后半期李退溪及其学派对心经心学的探索并最终在朱子学心学化的思想发展史意义上完成了圣贤心学之后,其心学思想对17世纪朝鲜儒学发展之政治意识形态意义上的深刻影响;另一方面也表现出宋时烈在当时朝鲜处于激烈动荡的现实历史局面下,试图将心经心学所重视的个体自我的道德人格之成圣追求,重新拉回到程朱所重视的大学所追求的国家与社会的治理这一政治目的上来。

换言之,作为李珥、金长生一系的继承者,宋时烈的思想实际上继承的

---

① [韩]宋时烈:《心经释疑序》,[韩]宋熹準编:《心经注解丛编》三,第415、416页,(首尔)学民文化社,1985。

是朝鲜儒学发展过程中的道学政治一派。溯源而论,即由朝鲜开国之初即已存在的郑道传、吉再以及16世纪中期的赵光祖一系道学政治家所坚持的朱子思想中"格君心之非"的政治思想诉求。

不同的是,在经历了两个世纪不断的政治失败,尤其是16世纪前半期惨烈的士祸政治对朝鲜儒林的毁灭性打击之后,17世纪的朝鲜官僚学者如宋时烈等,似乎已经意识到了此前道学政治家单纯在政治上强迫国王行仁政的不可能,而开始接受李退溪在16世纪后半期穷毕生精力所完成的心经心学中温和的政治诉求的意义,并因此开始将心经心学所追求的基于自我自觉的道德修养方式与大学所追求的治国平天下的政治理想结合起来,这也是17世纪朝鲜性理学发展的一个根本特征,而且是由一直抱有治国理想并积极在政治上实践的栗谷学派在实践过程中来实现的这一结合。

这一点我们从赵翼的心经研究中也可以看到。而在退溪去世之后,继承了退溪心学思想的岭南学派则因为退溪后半生都力主退身徇义而深受其思想影响,因此17世纪作为继承了退溪思想的岭南学派反而没有这种特征,即使在作为岭南学派代表的郑述的心经研究中,也更多地表现出对心经本身主敬思想的继承与发挥,而缺少宋时烈这样对心经思想的发展。

尽管赵翼的心经研究也曾表现出将心经心学与大学融合起来的特点,但宋时烈的心经研究仍然表现出与其的不同,那就是对朱子思想的直接继承与崇拜,以及他所提出的独特的所谓"直"哲学。

如上所述,尽管宋时烈被正祖称誉为"我东之先正,即宋之朱夫子"①,其所留下的庞大著述也被当时儒林尊称为《宋子大全》,但其著述多是论时事出处而很少讨论性理思想,朝鲜儒学者曾有"尤庵文论事处多,言性理处少",②以及"国朝先儒学术几皆宪章紫阳,而若论其专门之功,则前有退陶,后有尤庵。然退陶致力于论学文字,尤庵致力于时事出处,各因其一偏,而成就之所以异也"③之评论,可见其在朝鲜性理学思想发展上并无特别的思想贡献。

但是,当代韩国学者在宋时烈思想研究中却认为,宋时烈思想的独特之处,就在于其所提出的"直思想"。

---

① [韩]正祖:《弘斋全书》卷179,《群书标记》《两贤传心录》。
② [韩]南公辙:《金陵集》卷20,《日得录》。
③ [韩]吴熙常:《老洲集》卷25,《杂议》。

宋时烈首先认为,世间万事万物其根本就在于一个"直"字,他在71岁时曾说:"为学之要,惟事事悉求其是,决去其非,积累日久,心与理一,自然所发皆无斯曲。圣人应万事,天地生万物,直而已。"①即将"直"看成是宇宙万物之本。进一步,又将"直"看成是孔子、孟子、朱子相传心法,说"朱子之实承孔孟之统者,唯一字而已。"②甚至认为朱子哲学的根本也在于一个"直"字,说"晦翁所以集大成者,其要只在此一字而已。"③

宋时烈关于直的思想,来源于其师金长生,而金长生之说又渊源于朱子。宋时烈曾说:"沙溪先生之学专出于确之一字,而每以直之一字为立心之要,此朱子易簀时授门人之单方也。其言曰:天地之所以生万物,圣人之所以应万事,直而已。"④经宋时烈倡导之后,又成为畿湖学派老论系列之相传心法。

那么,宋时烈所谓的"直"哲学究竟是什么,其真正的现实历史意义又是什么? 实际上,宋时烈强调"直"的目的,在于孟子的养气说。孟子曾在谈到浩然之气时说"其为气也,至大至刚,以直养气而无害,则塞于天地之间。"⑤宋时烈在孟子以直养气的基础上,又以道义释"直",再从李珥所说"心是气","变化气质"之说中,将孟子的养气说转换为养心说,推导出应以道义来养心和养气的思想。这种建立在"直"思想基础之上的以养气为内容的养心说,为宋时烈的道学思想与心法之学相结合提供了哲学基础。

再进一步,宋时烈之所以以"直"之一字作为孔、孟、朱子相传心法,并一再强调以道义来养心之说,最终目的是为了从朱子的思想中借用恢复大义的思想。朱子当年曾力主讨伐金人,恢复山河,并将此视为国是而把主张议和之说视为卖国,而宋时烈则亲身经历了三田渡受降之国耻,因此一生都渴望能够报仇雪耻。而作为深受性理思想熏陶的儒家官僚学者,对于历史上一直受儒教文明熏陶的朝鲜被传统儒家视为夷狄禽兽的落后民族所征服感到耻辱,这也是他能够从朱子的恢复大义中感受到的最大思想价值与意义。

宋时烈曾说:"孔子之作春秋也,大义数十而尊周最大。朱子初见孝

---

① [韩]宋时烈:《宋子大全》附录,卷6,《年谱》庚申3月条。
② [韩]宋时烈:《宋子大全》卷136,《赠李景和说》。
③ [韩]宋时烈:《宋子大全》卷136,《海上宋权尹二孙北归说》。
④ [韩]宋时烈:《宋子大全》卷131,《看书杂录》。
⑤ 孟子:《孟子·公孙丑上》。

宗,罄陈所学而讨复为先。此义一晦则三纲沦,九法败,中国入于夷狄,人类化为禽兽矣。"①其门人记述也说:"朱子之训,有关于世道而尤为尤翁平生所执守者,其大纲有四焉,曰距诐淫以承三圣也,曰崇节义以尊东周也,曰严惩讨以扶伦纪也,曰恶乡原以反正经也。"②这也是宋时烈将朱子视为圣人的根本原因。其门人所记《语录》中也说:"先生每言曰:言言而皆是者,朱子也;事事而皆当者,朱子也。若非几乎聪明睿智,万理俱明者,必不能若是。朱子非圣人乎? 故已经乎朱子言行者,则夫履行之而未尝疑也。"③

宋时烈能够在思想上将心经心学与程朱对于大学之治国理想结合起来,与赵翼的心经研究表现出不同的特点。还有一个历史机遇问题,即因为宋时烈曾经在孝宗即位前做过其师傅,而孝宗也因为朝鲜在1637年经历了三田渡受降之国耻而在即位后怀抱复仇雪耻之志,从而与宋时烈所追求的恢复大义相通,君臣际遇而最终形成宋时烈在朝鲜儒学史上的地位,也形成宋时烈心经心学的独特意义,即试图将心经心学由本来的儒者个体自我的道德人格修养,引向国君治国之心,并强调将此心施之于政。如在《心经释疑序》中,宋时烈就说:

> 窃闻二帝三王存此心者也,夏桀商纣亡此心者也。存心之要,舍敬字何以哉? 殿下试以列圣之心为心而溯而求之尧舜禹汤文武之心而施之于修齐治平之上,一日之间,必有天下归仁之效矣。若或徒事诵说而已,则书愈精而心愈荒,适足为作聪明自圣人之资矣。臣为是甚惧焉。④

在此,宋时烈首先吸收了心经心学所追求的以敬存心之核心思想,但与心经心学所追求的是个体自我道德人格修养及成圣成贤目的不同的是,宋时烈追求的是作为一国之君的国王存治国之心并施行于政治实践中,并向国君承诺只要能够这样做就会立即看到治国之效。换言之,作为李珥一

---

① [韩]宋时烈,《上安隐峰》,《宋子大全》卷27。
② [韩]宋时烈,《宋子大全》卷19,《附录》。
③ [韩]宋时烈,《宋子大全》卷17,《附录·语录》。
④ [韩]宋时烈:《心经释疑序》,[韩]宋熹準编:《心经注解丛编》三,第419、420页,(首尔)学民文化社,1985。

系道学政治的继承者,宋时烈追求的仍然是道学政治基于《大学》齐家治国平天下的政治理想而非心经心学所追求的个人成圣,但同时也表现出与此前李珥、赵光祖等朝鲜道学政治家那种渊源于朱子"格君心之非"之激烈的政治诉求手段之不同。

宋时烈在吸收了心经心学尤其是退溪集后半生精力所完成的心经圣贤心学内含的基于劝导国君自觉修养并在此基础上自觉行仁政的温和政治诉求手段,由此避免了朝鲜宣祖(1567~1608)以来已经陷入内忧外患、党争分裂局势下再次引起重大士祸的危险。这不能不说是退溪及其学派在16世纪末期在性理哲学基础上所完成的圣贤心学对17世纪朝鲜思想的深刻影响,尤其是曾经深受孝宗重用的宋时烈,作为官僚学者能够将心经心学引向国君治国之心,以退溪圣贤心学之温和的政治诉求来实现赵光祖、李珥等道学政治家所追求的"格君心之非",的确是17世纪朝鲜心经研究的一个重要特征。

不仅如此,宋时烈的心经研究在表现出尊尚朱子思想的同时,也同样接受了南宋末年真德秀以来将朱子格物致知为学方式探求万事万物之理的客观理性精神引向读书穷理的特征,如在其《进心经附注释疑劄子》中所言:

> 因窃伏念帝王之学虽与韦布不同,而其治心修己,以简御繁,以静制动则无以异也。心经所载,究其始末不出于此,故圣祖神考无不尊尚。伏愿殿下毋徒讲说而必须体之于心,验之于身。平居无事,则必以敬存养此心,使其湛然虚明之体无或为物欲之波动;其念虑萌动之时,则必以敬精察于其几,果天理也,则一意扩充,必期于御家邦而弥六合;果人欲也,则用力克治,勿使少有留滞。如此则清明在躬,志气如神,以之发号施令,以之应事接物,各得其宜而万姓悦服矣。此孔子所谓天下归仁者也。然不先明理则以人欲为天理者多矣,其认贼为子之害,必至于覆邦家而亡宗祀矣。是以朱子之告于其君者,必以读书穷理为先。①

---

① [韩]宋时烈:《进心经附注释疑劄子》。宋熹準编:《心经注解丛编》三,第430~432页,(首尔)学民文化社,1985。

第三章 李栗谷与17世纪李氏朝鲜的心经研究及意义

总之,宋时烈因处身于17世纪不断遭受外来侵略,尤其是被儒家自古以来视为夷狄之落后民族的清征服而降国这样一个特殊的历史时期,因此终生追求崇明排清①,并借用朱子《通鉴纲目》之正统论与名分思想,上溯至春秋大义之尊王攘夷思想。虽最终未能实现,但其临死之际,仍为门人与子孙留下遗戒:

> 学问则当主朱子,事业则以孝庙所欲为之志为主。我国国小力弱,虽不能有所为,常以"忍痛含冤,迫不得已"八字存诸胸中,同志之人,传授不可失也……又曰:天地之所以生万物,圣人之所以应万事,直而已。孔孟以来相传惟是一直字,而朱子临终所以告门人者,亦不外此矣。②

由此而使宋时烈在朝鲜17世纪的心经研究上,呈现出综合心经与大学、将退溪之心经心学与栗谷之道学政治融合起来,并最终归结于朱子学的思想特征。

其二是退溪心经心学经过宋时烈的性理学阐释而对17世纪朝鲜王室的思想影响。

17世纪朝鲜心经研究的另一大特征,是心经对朝鲜王室的思想影响之显著。退溪在经历了后半生对心经心学的性理哲学探索并最终在68岁时以《圣学十图》完成了心经之圣贤心学之后,在将《圣学十图》上呈给宣祖时曾说"吾之报国,止此而已"。但此后继退溪而成为朝鲜儒林领袖的李珥,无论是在性理哲学上还是政治理念上,都与退溪有着巨大差异。

在政治上,李珥继承的是朝鲜道学政治家赵光祖等人的"格君心之非"之激烈的政治诉求,在思想上继承的则是程朱理学以《大学》为基础的格物致知之学。因此,李珥对心经并不重视,也没有留下关于心经的专门著述,而且对退溪圣贤心学所赖以成立的四端七情分理气论进行了详细地

---

① 当1637年朝鲜被清征服降国并受三田渡之辱之后,朝鲜官僚学者多数感念曾为其宗主国的明朝,一是因为明朝在朝鲜士人的心目中始终是文明的象征,二是因为明朝在朝鲜此前(1590~1597)受到日本丰臣秀吉大军侵略时曾派20万大军倾力救护朝鲜,并运送大米于朝鲜救急,因此朝鲜士人始终将明朝作为宗主国而感恩,宋时烈曾说:"我国实赖神宗皇帝之恩,壬辰之变,宗社已墟而复存,生民几尽而复苏,我邦之一草一木,生民之一毛一发,莫非皇恩之所及也。"(《宋子大全》卷5,《己丑封事》)

② [韩]宋时烈:《宋子大全》附录,卷11,《年谱》乙巳条。

哲学批判,而退溪在与奇大升长达八年的四七论争中,正是依据《心经附注》卷首所录的程林隐之心学思想作为反驳奇大升的理论依据的,其后在探索与完成《圣学十图》的过程中,由《心经附注》中所载王柏对元代无任何思想影响的陈茂卿之《夙兴夜寐箴》,成为退溪构筑圣贤心学之最为重要的思想,并将其作为《圣学十图》之第十图。因此,栗谷对退溪四端七情分理气论的批判,同时意味着对其圣贤心学所赖以成立的心经心学的批判。

但是,这并没有影响栗谷之后心经对17世纪朝鲜王室的思想影响,其中与宋时烈能够将退溪心学与栗谷的道学思想融合起来应该有着不可分割的思想关系。宋时烈在《心经释疑序》中曾说:

> 恭惟我孝宗大王尊信此书,日使筵臣进讲,而既又恭读数过,详玩其文,沉潜其义,必欲以尧舜之心为心。尝语筵臣曰:"私意之萌于心者,予必觉之。"呜呼!其文理密察,深思实践之妙可见于此矣。至其末年,道明德胜则辉光赫烜,表里洞彻,凡在臣邻,至诚尊亲而惜乎筵臣未有能承奉其全体大用之实而天靳遐龄,此率土臣民所以至今怨号追慕,如丧考妣者也。惟我显宗大王尝语及此书而自叹圣躬善病,不能尽力于此矣。今我圣上深味此书,由二圣而达于尧舜之心,实我东方千一之会也。①

从宋时烈的上述描述中可以看出,在自孝宗(1649～1659)、显宗(1659～1674)至肃宗(1674～1720),即17世纪中期至18世纪初期的这一段历史时期内,李氏朝鲜国王对心经的重视。

值得注意的是,宋时烈还叙述了17世纪中后期朝鲜国王对于退溪心经研究及其著述的重视及尊重。首先是当时参与校订的官僚学者均为执政的官僚学者,如大匡辅国崇禄大夫领中枢府事宋时烈,副提学李翊相、金万重,大司宪朴世采等,均为当时的执政大臣。其次是指出了不仅此次重新修订校对的心经版本来源于退溪门人李德弘外孙金万杰的事实,而且说

---

① [韩]宋时烈:《心经释疑序》,宋熹準编:《心经注解丛编》三,第416、417页,(首尔)学民文化社,1985。

"于李滉元本则不敢动一字,盖尊畏前辈之义而不得不如是也。"①可见17世纪中后期李氏朝鲜对退溪心经研究的重视。

由此可窥见心经心学经退溪深入发展之后,对17世纪朝鲜王室思想影响之深刻,尤其是经过曾在孝宗时代为官僚学者第一人的宋时烈在肃宗之命下进一步对退溪师徒所著《心经释疑》的阐释之后,更成为此后影响历代朝鲜国王思想的理学经典。宋时烈在上述序文中,谈到在其完成了对《心经释疑》的校对注释之后,肃宗"命书局印行,要与四方共之",可见朝鲜王室推广心经心学文化的历史意义。到了18世纪后半期,作为朝鲜国王的正祖(1776~1800)更是留下了有关心经的专门著述《心经讲义》,可见该书对朝鲜王室思想影响之深。

其三是宋时烈对《心经释疑》校对内容上的特征。

宋时烈在《心经释疑序》中,首先叙述了《心经释疑》的来历,说:"惟兹释疑之书,本出先正臣李滉之门,其记之者实门下人李德弘、李咸亨,而滉又合二家所记,斟酌证正,可谓端的无疑矣。"②就是说,《心经释疑》本来是16世纪中期退溪对门人弟子讲论心经时,由门人李德弘、李咸亨记录下来,并由退溪亲自将二者所记综合起来进行校订后而成,因此,此书可以说是退溪学派讲论、普及心经的读本。

宋时烈接着又叙述了修订该书的原因,一是因为退溪本人"平生尊信此书,其于讲论之际,毫分缕析,犹恐一字之或讹,一义之不明。其门人记其论说之语,则犹且取而审订之,必期于是正而后已,其用心可谓勤矣。"③明确指出了李氏朝鲜的心经研究渊源于退溪及其学派的思想史实。而之所以要重新修订此书,是因为"记者非一人而得失随人,故虽经名师之审订而尚未免于支蔓疏漏之病"。④

基于这一目的,宋时烈所修订的退溪弟子所著的《心经释疑》,大量删减了原著的内容,并修改了其中的部分内容。其在《心经释疑校正凡例》

---

① [韩]宋时烈:《心经释疑序》,宋熹準编:《心经注解丛编》三,第418页,(首尔)学民文化社,1985。
② [韩]宋熹準编:《心经注解丛编》三,第417、418页,(首尔)学民文化社,1985。
③ [韩]宋时烈:《进心经附注释疑劄记》,[韩]宋熹準编:《心经注解丛编》三,第428页。(首尔)学民文化社,1985。
④ [韩]宋时烈:《进心经附注释疑劄记》,[韩]宋熹準编:《心经注解丛编》三,第428页,(首尔)学民文化社,1985。

中规定了修改的规则为：

> 有疏漏处则依圣教补之(或有全补者,或有略补其零星者,或有仍其旧而别加按字以补之者);有支蔓处则依圣教减去(有全删者,此则不载于此本。有略删其文字语意之未安者);有可改者则改之(有全改者,有略改其语句之未稳者)。①

重要的是,宋时烈指出,修订退溪及其弟子所著的《心经释疑》是受到国王肃宗的命令,说:"然而屡经传录,不无重复讹舛,圣上病其然,使筵臣校正以进,而如臣病伏草莽者,亦使得与于是役,圣上察迩询荛之盛心,亦可见矣。"②对于承国王之命删减退溪与弟子讲论心经所成的《心经释疑》,宋时烈一再强调了初学与后学、帝王之学与布衣之学的不同。

他解释说:"盖惟原本之繁而不杀者,当时特为初学之士而致其叮咛反复之意,其在今日则不得不节要,只以明夫本书之旨而已",③又举朱子当年向皇帝进讲《大学》略于《大学或问》之例,是因为"其告于人主者,又与诏后学有异也。盖告人主主于简,而诏后学不厌其详也"。④ 明确表明17世纪李氏朝鲜的心经研究已经在前期退溪及其学派的研究、普及的基础上,开始走向影响王室及政治的深入阶段。宋时烈解释说:

> 窃伏念帝王之学虽与布衣不同,而其知心修己,以简御繁,以静制动则无以异也。心经所载,究其始末,不出于此。故圣祖神考,无不尊尚。伏愿殿下毋徒讲说,而必须体之于心,验之于身。平居无事,则必以敬存养此心,使其湛然虚明之体,无或为物欲之波动。其念虑萌动之时,则必以敬精察其几:果天理也,则一意扩充,必期于御家邦而弥六合;果人欲也,则用力克治,勿使少有留

---

① [韩]宋时烈:《心经释疑校正凡例》,宋熹準編:《心经註解叢編》三,第435页,(首尔)学民文化社,1985。
② [韩]宋时烈:《心经释疑序》,宋熹準編:《心经註解叢編》三,第418页,(首尔)学民文化社,1985。
③ [韩]宋时烈:《进心经附注释疑劄记》,[韩]宋熹準編:《心经註解叢編》三,第429页,(首尔)学民文化社,1985。
④ [韩]宋时烈:《进心经附注释疑劄记》,[韩]宋熹準編:《心经註解叢編》三,第430页,(首尔)学民文化社,1985。

滞。如此则清明在躬,志气如神,以之发号施令,以之应事接物,各得其宜而万姓悦服矣。此孔子所谓天下归仁者也。①

如前所述,当心经在16世纪中叶李氏朝鲜面临恶性士祸政治循环的现实历史背景下,李退溪通过对心经的哲学阐释,以"敬为心主"的个体道德修养之圣贤心学,完成了对官僚士阶层与王权的对抗的思想化解。但在进入17世纪以后,以李栗谷为代表的道学政治再次导致了朝鲜官僚阶层本身的分裂,使李氏朝鲜陷入了激烈的党争与学术论争中,伴随着大礼仪之争与性理学上的人物性异同论争,对心经的研究也从退溪所主张的个体道德修养,再次转向政治斗争的方向。因此,宋时烈在承王命而删减退溪与弟子所著《心经释疑》时,强调的也不再是心经对于士人的个体道德修养意义,而是再次回到了朱子当年所强调的穷理灭欲,他说:

然不先明理则以人欲为天理者多矣。其认贼为子之害,必至于覆邦家而亡宗祀矣。是以朱子告于其君者,必以读书穷理为先。其说详备于朱子甲寅行宫第二奏劄,臣尝以是写进于圣祖之前,则圣祖极加叹赏矣。伏愿殿下于闲燕之中,试并取而留心焉。臣不胜区区芹曝之诚。②

总之,宋时烈的《心经释疑》虽然是对退溪及其弟子所著《心经释疑》的修订,但通过修改而表达了栗谷学派追求道学政治的主张。同时,在注释学的意义上,也呈现出以下独特性:其一是人名注释,对于历史资料的保存意义。其二是词语意思注释,对于国王及学者阅读心经文本的帮助。其三是韩文注释对于心经在朝鲜半岛传播过程中的语言学意义。肃宗命书局印行《心经释疑》,要与四方共之,表明心经在传入朝鲜大约两个世纪之后,在经历了文本研究、思想发展之后,已经进入与朝鲜文化融合的阶段。

---

① [韩]宋时烈:《进心经附注释疑劄记》,[韩]宋熹準编:《心经注解丛编》三,第430~432页,(首尔)学民文化社,1985。
② [韩]宋时烈:《进心经附注释疑劄记》,[韩]宋熹準编:《心经注解丛编》三,第432页,(首尔)学民文化社,1985。

三、南溪朴世采及其门人的心经研究：著述与特征

朴世采(1631~1695)，字和叔，号南溪、玄石。出生于仁祖九年，卒于肃宗二十一年。谥号文纯。金尚宪、金集之门人，礼学家金长生的再传弟子。孝宗二年(1651)进士，因为介入李珥、成浑的文庙从祀问题，上疏斥责岭南儒生柳稷而不为所容，无意仕途，专心学问。但仍然无法脱离当时的党争与学争，对于慈懿大妃的服制问题，著《服制私议》，阐明三年说的不可行，并发信斥责主张三年说的尹鑴。第二次服制是非中，因追罪宋时烈等人，朴世采也被流配杨根、原州等地6年。在此期间，著《读书记》《春秋补编》《心学至诀》等。庚申换局后，结束流配生活，并因宋时烈的举荐任礼曹参议。

以怀尼纷争为契机，西人分裂为老论和少论，朴世采被推戴为少论领袖，首次提出皇极荡平说。主张用王权之力根绝党争，并因致力于保和士林而获得众望。乙巳换局(1689)后，辞退官职，专心著述，通过与少论界学者尹拯、郑齐斗等书信往还讨论学问。著《理学通录补辑》《伊洛渊源续录》《东儒师友录》等，阐明李氏朝鲜道学的中国渊源。同时著《王阳明学辨》《良知天理说》等，逐条批判王阳明的说教，尽力维护程朱道统。

甲申换局(1694)后，历任左议政、右议政，在与南九万、尹趾万等领导少论政权的同时，致力于李珥、成浑的文庙从祀问题并最终得到解决。死后老论执政，直到英祖四十年(1764)在老少荡平论的影响下，才获得从祀文庙的资格。①

在学问上，朴世采立足于程朱道学传统而将赵光祖、李滉、李珥、成浑、金长生视为东方五贤加以敬仰。其学问以敬学为根底，以礼学为体现。

朴世采在学派上属于畿湖学派(栗谷学派)，在党派上属于由西人分化出来的老论、少论中的少论派。因此，其学术思想自然也脱离不了17世纪中后期的大礼仪之争，其思想研究重点也表现在礼学研究上。

朴世采精通礼学，留下了大量礼学著述，有《南溪礼说》(20卷，10册)《六礼辑疑》《变礼质问》《四礼变节》《三礼仪》《家礼要解》《家礼外篇》等。

---

① 参见[韩]崔英成《韩国儒学思想史》(三)，《朝鲜后期篇》第179、180页。(首尔)亚细亚文化社，1997。

国王正祖曾评价朴世采的礼学研究,说:"《南溪集》六十卷中,礼说最可观。盖说礼家每以自己私智多所傅会,此所以纷如聚讼,而若南溪之说,无一自家擅论,只得收聚许多文书来,以彼证此而已,惟在好礼者就其中去取之耳。"①可见其礼学研究的特点。其礼学思想由门人金榦继承。

对于17世纪中后期李氏朝鲜的心经研究而言,最为值得重视的还是朴世采的心经研究。朴世采留下了《心经标题》(1册,笔写本)、《心学至诀》(1册2卷,载于《南溪集》,并有笔写单行本)、《心经问答》(《南溪集》所载)、《书心经后论后》(载于《南溪集》)等有关心经的著述,并曾奉国王命参与宋时烈所编《心经释疑》工作。

其心经研究可以说是该时期李氏朝鲜心经研究的总结。这一特征首先表现在朴世采对心经传入朝鲜半岛至其研究心经为止的文本整理。具体而言,是其所著《心经标题》和《心经问答》中对退溪学派的心经研究著述按照自己的需要进行文本整理,并对退溪与栗谷的心经研究思想进行继承与融合。如在《心经标题凡例》中就说:

——此书本非中国所重,惟我静庵先生表章之,退溪先生笃好之,殆与《近思录》埒。亦有训释、讲论,门人抄录而行于世(退溪门人李咸亨所著质疑,一名讲录。其中所谓李录,即同门李德弘所记。此外又有誊本、标注云),间亦附以己意,顾无刊本,其所誊者,久益舛误,以至或烦或略,不便于受读。兹敢不揆愚浅,手加整顿,兼且考证于他书,一以简明为主,俾后之读者有所凭依而无疑焉。

——旧文有误或不紧者弃之;虽有误处而容当商量者,略著其说而别论之;其问答亦必待意见相允者而存之,非系此类则皆删去。

——其所取舍之先录质疑无,无于质疑则次录李录,无于李录则次录标注。自此以下皆仿此。惟其文义,或有彼略而此详者,亦有互从处。

——所引经史诸书,不存旧文,必皆申考元书,撮其要旨以入录,其末必系之曰:某书使得有所参考。

---

① [韩]正祖:《弘斋全书》卷171,《日得录·人物》。

——经史外如《朱书节要记》《记疑》及《退溪集》《月川集》《寒冈集》《心经发挥》,曹芝山《心经质疑考误》,金沙溪《心经记疑》,郑守梦《近思录释疑》等书,并以次第录入。

——诸书所论之外,或全条阙漏而所阙紧切,不可不录者,亦以己意略论其概,辄以按字别之,庶几读之者亦有所砭正云。①

在《心经标题》中,朴世采对心经赞赏的态度,表现在他所引退溪答黄仲举、赵士敬两书中对《心经附注》的评价中。

在《答黄仲举》一书中,对于黄"以心经所引诸书漫无统记为病",且"谓篁墩见之不明,择焉未精",因此希望退溪对《心经附注》进行删改的要求,退溪不仅坚决拒绝,而且对于黄仲举批评真德秀与范兰溪②,明确说:"真西山议论虽时有文章气习,然其人品甚高,见理明而造诣深,朱门以后,一人而已。范兰溪有得于此学,朱门所许,盖非一心篴也。今乃以华而不实,曼而不切诮二子,愚所未安。"③对于黄仲举指责慈溪黄氏④曾诋伊川一事,退溪回答说:"慈溪黄氏诋伊川之言,未知见于何书,若心经二条,则非诋伊川,实所以发明程朱遗意。其言意蔼然忠厚恳恻,救世之药石也。"⑤

对于黄仲举批评程敏政在附注中将真德秀、范兰溪、黄震之言放在大注,将朱子之言放在小注,因此批评其附注"择之不精"的看法,退溪反驳说,"此非择之不精,只以言有宾主,意有浅深而然耳。"⑥坚决维护心经,不允许门人弟子轻易改动心经。对于弟子赵士敬试图用朱子集注、章句来代替心经附注原注,退溪也说:"此经之行于今,殆与四子近思录同其尊,一朝

---

① [韩]朴世采:《心境标题凡例》,《心经标题》,[韩]宋熹凖编:《心经注解丛编》三,第545~547页,(首尔)学民文化社,1985。
② 兰溪范氏,金福伦《心经劄记》注:"范浚,兰溪人,绍兴间举贤良不起,笃志求道,称为香溪先生。"([韩]宋熹凖编:《心经注解丛编》二,第69页)
③ [韩]宋熹凖编:《心经注解丛编》三,第560、561页,(首尔)学民文化社,1985。
④ 慈溪黄氏,依今人所说,应指黄震(1213~1280),南宋庆元慈溪(今浙江慈溪)人,字东发,进士出身,曾任吴县(位于今苏州市)县尉,擢史馆检阅,预修宋宁宗、理宗两朝国史、实录。因言弊政,出任通判广德军,绍兴府,知抚州,后为浙东提兴常平。宋亡,隐居宝瞳山而逝。人称于越先生。学宗程朱,力排佛老。著有《黄氏日抄》《古今纪要》等。
⑤ [韩]宋熹凖编:《心经注解丛编》三,第561页,(首尔)学民文化社,1985。
⑥ [韩]宋熹凖编:《心经注解丛编》三,第561页,(首尔)学民文化社,1985。

辙以己意有所改动,非徒人共骇怪,于心亦甚未安。"①始终表示出维护心经的态度。

对此,朴世采也表现出对退溪的肯定,认为"退溪此说乃答黄仲举赵士敬书,所以归重于附注至矣。以后人观之,似亦太涉拘泥,然其裁处,诚自不背于道理。"②并举例说,在退溪去世后,寒冈郑逑依据黄仲举、赵士敬的意思改撰《心经附注》而成《心经发挥》,"虽于其间不无可取之端,然论其大体要旨,则视诸此书不逮者甚多,于是退溪之说始验矣。后之读者不可不知此意,故敢特著卷首"。③ 表现出对退溪及其学派心经研究的总结与继承。

但在涉及心经心学的性理学时代意义上,身为栗谷学派与西人少论领袖的朴世采,则明确表现出维护栗谷心经研究的态度。表现在其所著《心经问答》所收录的《答李汝九问心经》《答李真卿问心经》《答申伯武问心经》中,多次谈到对退溪和栗谷在心经心学问题上分歧的看法,如在作为心性修养根源的理气关系问题上,栗谷始终批评退溪的四端七情分理气论,认为退溪"理气互发、理发气随之说,反为知见之累耳"。④ 反映在心经心学上,则是栗谷对程复心《心学图》的批判。栗谷曾在《上退溪先生问目》中说:

> 林隐程氏《心学图》可疑处甚多。试言其略,则大人心乃圣人之心,是不动心、从心之类也,何以置之道心之前耶?本心则虽愚者亦有此心矣,若大人心则乃尽其功夫、极其功效、能全本心者也,岂可不用功而可自有耶?且以遏人欲、存天理分两边功夫,已为未安,而其功夫次第亦失其序,心在、心思亦似易置,既曰慎独、克服、心在而乃曰求放心,虽反复推之,终是失序。阁下推衍,至

---

① [韩]朴世采:《心经标题》,[韩]宋熹準编:《心经注解丛编》三,第 562 页,(首尔)学民文化社,1985。
② [韩]朴世采:《心经标题》,[韩]宋熹準编:《心经注解丛编》三,第 564 页,(首尔)学民文化社,1985。
③ [韩]朴世采:《心经标题》,[韩]宋熹準编:《心经注解丛编》三,第 564 页,(首尔)学民文化社,1985。
④ [韩]李珥:《答成浩原》,《栗谷全书》一,第 214 页,成均馆大学校,大东文化研究院,1971。

以颜子为求放心,此亦未安。①

退溪则在答书中坚决维护程复心的《心学图》,并对栗谷批判之说逐条进行了反驳,说:

> 心圈上下左右六个心,只谓圣贤说心,各有所指有如此者,以其本然之善谓之良心,本有之善谓之本心,纯一无伪而已谓之赤子心,纯一无伪而能通达万变谓之大人心,生于形气谓之人心,原于性命谓之道心。于是以良心、本心其义类相近,故对置诸上左右;赤子心、大人心、道心、人心,以其本语之相对,故对置诸中下左右。此六者,正如朱子以《西铭》前一段为基盘者同焉。当其说基盘时,安有功夫之可分先后耶?自惟精惟一以下方说做功夫底,亦犹《西铭》后一段下基子处一般,其以遏人欲、存天理为相对功夫,其来尚矣。真西山亦云,克制存养交致其功,于此对说,何为而不可乎?②

实际上,栗谷之所以批判程复心的《心学图》,根源仍然在于退溪在性理哲学上坚持将四端七情分理气而论。退溪在心性哲学上坚持将四端七情分理气而论,是为了在程朱理学气禀说所展示的现实人性之恶的基础上,进一步探寻治理恶现象的思想对策,并沿着心经心学所主张的"心为身主,敬为心主"的修养论,引导陷入长期士祸政治、一再遭受血洗的朝鲜士林退归乡村,将精力放到个体人格的成圣成贤之修养上,因此在政治实践上一再坚持退归,而不是李氏朝鲜开国以来的道学政治上。

继退溪之后成为朝鲜士林领袖的李栗谷坚持的则正是道学政治,在性理哲学上坚持的则是程朱理学,尤其是朱子当年坚持的孟子"格君心之非"的强硬道学政治理论,因此在修养论上坚决反对心经心学的人心道心说,以及程复心的心学图说与心统性情图说。

栗谷批判退溪的理气互发论,说:

---

① [韩]李珥:《上退溪先生问目》,《栗谷全书》一,第181页,成均馆大学校,大东文化研究院,1971。

② [韩]李珥:《上退溪先生问目·退溪答书》,《栗谷全书》一,第181页,成均馆大学校,大东文化研究院,1971。

云峰胡氏曰:性发为情,其初无有不善;心发为意,便有善不善。退溪先生则曰:四端,理发而气随之;七情,气发而理乘之。胡氏以情意为二歧,退溪以理气为互发,此皆未然。盖心之体是性,心之用是情,性情之外更无他心。……五性之外无他性,七情之外无他情,孟子于七情中剔出其善情,目为四端,非七情之外别有四端也。情之善恶,孰非发于性乎? 其恶者本非恶,只是掩于形气,有过不及而为恶,故程子曰善恶皆天理,朱子曰因天理而有人欲。四端七情果为二情,而理气果可互发乎?

夫以心性为二用,四端七情为二情者,于理气有未透故也。凡情之发也,发之者气也,所以发者理也。非气则不能发,非理则无所发(自注:发之以下23字,圣人复起,不易斯言)。理气混融,元不相离,若有离合,则动静有端,阴阳有始矣。理者,太极也;气者,阴阳也。今曰太极与阴阳互动则不成说话。太极阴阳不能互动,则谓理气有互发者,其不缪哉?……若理气互发,则是理气为二物,各为根柢于方寸之中,未发时已有人心道心之苗脉,理发则为道心,气发则为人心矣,然则吾心有二本矣,岂不大错乎!①

实际上,栗谷坚持批判退溪的四端七情分理气论,目的是为了反对退溪心经心学所主张的个体内心的圣贤人格修养目的,因为这种基于心经心学发展而来的圣贤心学,其现实的政治目的是要引导朝鲜士林退归乡村,从而化解李氏朝鲜16世纪前半期因士林与包括王权在内的勋旧阶层的政治争斗而导致的长达半个世纪之久的恶性士祸政治循环。但栗谷继承的则是李氏朝鲜开国以来的道学政治,这种道学政治根基于朱子的国是论,在心性哲学上则根基于孟子的"格君心之非",主张人性本善,在修养论上主张只要国王能够认识到王道政治,便可实践儒家的仁政,因此并不需要退溪所继承与发展的心经心学所主张的复杂的个体人格的成圣成贤之修养。

对此,17世纪中期在退溪和栗谷之后成为少论派领袖的朴世采,继承

---

① [韩]李珥:《年谱上》,《栗谷全书》二,第291、292页,成均馆大学校,大东文化研究院,1971。

的则是粟谷道学政治一派的心性修养理论，反对退溪及其学派的心经心学修养论。如在《答申伯武问心经》中，对申伯武提出的"心学图大人心则粟谷所论至矣，而但所谓大人心岂可不用功而自有耶一言亦不能无疑。孟子曰，大人者不失其赤子之心云，则赤子何所用功而有此纯一之心耶？世雄所赞良心本心之分左右，虽有退溪所论，而本然、本有之所分别处，终不能无疑"①，朴世采虽然对退溪的观点有所继承，但在涉及粟谷一派的道学政治理论的性理哲学根基的意义上，仍然否定退溪所推重的程复心的心学图，说：

> 心学图诸心字，退溪基盘之说大概近之。如以其说推之，良心本心虽或略同，赤子心虽似人心，大人心虽是生人心，不害其分置。盖此六心之中，上四心只言其名目位置而已，自人心道心以下，方为精一用功之地，恐似不同。然此图终是混杂不明，故鄙尝有改定图，未知何如也。②

在《答郑真卿问心经》中，郑氏提出"心学图。今以要解所论之语观之，退粟两先生之说互有得失，而末端所引孝庙临筵之教，以为遂成定论云，则此乃归重于粟谷之说也，未知如何。"朴世采回答"遂成定论，今改之以群下咸服"。③ 明确表明了在心经心学上继承粟谷学派的观点。

在四端七情分理气论问题上，朴世采同样继承了粟谷的思想而反对退溪的学说，如在《答郑真卿问心经》中，郑氏提出"颜渊问仁章七情出焉。李录：不言四端，只言七情。曰：此混沦言之，言七而四在其中。妄意四端七情固可均谓之情，而详味此论上下语意，则专以七情言之，既曰情既炽而益荡，其性凿矣，又曰约其情使合于中。若兼四端而言，则四端乃善端之发见者，岂有炽荡凿性之弊。又恐扩充之未至，岂加捡制之工乎？"④朴世采

---

① ［韩］朴世采：《心经问答》，［韩］宋熹準编：《心经注解丛编》四，第272、273页，(首尔)学民文化社，1985。
② ［韩］朴世采：《心经问答》，［韩］宋熹準编：《心经注解丛编》四，第273、274页，(首尔)学民文化社，1985。
③ ［韩］朴世采：《心经问答》，［韩］宋熹準编：《心经注解丛编》四，第185页，(首尔)学民文化社，1985。
④ ［韩］朴世采：《心经问答》，［韩］宋熹準编：《心经注解丛编》四，第201页，(首尔)学民文化社，1985。

答曰:"此论本以五性七情相配说。其义不系于四端。李问既非,退溪之答亦恐不宜如是也。"①明确否定退溪及其学派在四端七情问题上的观点。

朴世采在《书心经后论后》中,同样批判了程敏政的和会朱陆说,并批评退溪在这一问题上对程敏政的偏袒。

朴世采自述"少喜读此书"(按:指心经附注),但对心经附注篇末所引吴澄所论和会朱陆之说感到疑问,认为退溪"所以取经之义,论人之术,严明中正",但"于所谓《道一编》及程氏平生学业之梗概,姑不能详",因此在其赴中国后得到程敏政的《篁墩文集》"而谨阅之",详细了解了程敏政道一编的和会朱陆之说后,评价说:"况如附注纂次之精密,文集辞理之典雅,皆足为羽翼斯文之重,而奈何乃以道一编之说敠之于其间,是必自有所弊者存焉尔。盖其……能早有见于诸儒训释之繁,则仍以尊德性求放心为吾学之大要……则又以朱子晚年与象山相合,为斯道之归一,以树其偏胜之见。正与此书终条之意,互成表里……由是观之,程氏虽亦自谓以心学为先,已不免于因一念之邪,启滔天之祸。而及他言行多有未压人望,又不啻势利之谤者,甚可惜也已。"②表现出对程敏政和会朱陆的严厉批判。显示出17世纪中期李氏朝鲜坚守程朱理学,反对陆王心学的思想状况。同时也对退溪在《心经后论》中对程敏政在心经附注最后一条引吴澄和会朱陆的问题的态度表示了反对,表明栗谷学派在固守朱子学上的思想立场。

但从总体上看,朴世采的心经研究仍然吸收了退溪和栗谷二家的心经心学思想,试图融合程朱理学与朱子学心学化的心经心学,参考寒冈郑述的《心经发挥》与浦渚赵翼的《持敬图说》,将核心指向退溪心经心学所发展和强调的"敬"字上,完成了《心学至诀》一书。

朴世采在《心学至诀后识》中,阐述了自己编著《心学至诀》的原因与目的,说:

> 学者所诵,法洙泗洛闽而已。然洙泗之学以求仁为主,洛闽之学以居敬为要,其旨将不同耶?世采窃闻之:仁者心之道,而敬者心之贞。盖致其贞所以思合于其道,则圣门之告仲弓、樊迟,殆

---

① [韩]朴世采:《心经问答》,[韩]宋熹準编:《心经注解丛编》四,第201页,(首尔)学民文化社,1985。

② [韩]朴世采:《书心经后论后》,[韩]宋熹準编:《心经注解丛编》四,第282、283页,(首尔)学民文化社,1985。

必由此云尔。苟以其义而推之,所谓居敬之于求仁,不特无所异,而为更亲切的当者审矣。是诚不可以不知也。

　　粤自洛闽表章敬学以来,惟皇朝篁墩程公附注西山真氏心经,益加明揭,以至本朝寒冈郑文穆公发挥间,乃专用此说,分门列目,意更详密。第其为书,语本源则多所遗,语条理则多所阙,语文义则多所复。采自始读时,不无少疑……僭不自量,辄敢遵仿其法而整顿之,参以近世浦渚赵公持敬图说,别成此书,以究其意,岂诸公所以有望于后学者然耶?①

　　在此意义上,朴世采所著《心学至诀》,完全围绕着敬之一字,来综合整理退溪、栗谷学派对心经心学的研究内容,卷上分为敬之纲条、敬之工夫、敬之事义、敬之病痛、敬之地头,卷下分为敬之配合、敬之管摄、敬之功效。

　　每一部分又分为更加详细的总结与整理,如敬之纲条部分,又细分为专言敬之主宰根本、专言敬之貌言视听思、专言敬之仁敬之孝慈信、专言敬之心貌言物、专言敬之修己安人安百姓、专言敬之小学大学等具体内容。在敬之工夫部分,又总结整理了有关主一无适之敬、整齐严肃之敬、常惺惺之敬、其心收敛不容一物之敬、惟危畏近之敬等具体内容。表现出朝鲜心经心学发展到17世纪中后期,已经开始向以敬为核心的道德修养之学发展的趋势。在《心学至诀凡例》中,朴世采即明确说:"此书惟以工夫条目之序为主……所引他义如道德精一操存之类,只取其关于敬字工夫者,其余皆不录。"②

　　值得注意的是,朴世采的心经心学研究不仅表现出以敬字为核心,融合与整理17世纪中后期朝鲜心经研究的趋势,而且其目的也在于将心经心学用于影响国王的国家治理思想。在这一意义上,可以说朴世采是继承了栗谷学派的政治哲学,但不同的是,栗谷是站在维护正统程朱理学的立场上,反对退溪学派对心经心学的继承与发展,而朴世采则是在继承栗谷学派道学政治的意义上,试图用退溪学派的心经心学,尤其是经学来影响

---

　　① [韩]朴世采:《书心经后论后》,[韩]宋熹準编:《心经注解丛编》四,第154、155页,(首尔)学民文化社,1985。

　　② [韩]朴世采:《心学至诀凡例》,[韩]宋熹準编:《心经注解丛编》四,第1页,(首尔)学民文化社,1985。

国王的政治思想。

朴世采在《心学至诀》的第一部分敬之纲条中,专门整理了敬之修己安人安百姓、敬之小学大学等具体内容。他整理了敬之修己以安百姓的内容,引子路问君子,孔子答曰修己以敬,修己以安人,修己以安百姓之语,将心经心学所主张的以敬成圣的个体修养目标,转向国王的以敬治理国家的目标。再引程子解释孔子的修己以安百姓,进一步强调国王修己以敬的国家治理意义,说:"程子曰:圣人修己以安百姓,笃恭而天下平。惟上下一于恭敬,则天地自位,万物自育,气无不和而四灵毕至矣。此躬信达顺之道,聪明睿智皆由是出,以此事天飨帝。"①明确为国王提供了一个治理国家的哲学指导思想:敬即可治理国家。在《进心学至诀疏》中,朴世采再次向国王论述了自己以敬为核心编著《心学至诀》一书的国家治理意义,说:

> 臣尝谓主一无适者,居敬之正法也。旨意节度,灿然具备,所谓一心之主宰,万事之根本者,转益分明。……而况人主承宗庙之重,处臣民之上,酬酢万几,日犹不足,纷纭鬐鞈,无有少停,是宜于此益有以提挈大纲,卓然自立,以至于动静弗违,表里交正之域,而必使其体直而用方者,其于向所谓就日用念虑起处,分别其公私义利而决取舍之几,自可沛然而无碍矣。及其修己之功,积累发越,聪明睿智皆由是出,不惟孔颜之为仁,舜禹之执中,相传旨诀,可以驯至通贯,所谓上下一于恭敬,天地自位,万物自育,气无不和而四灵毕至者,无不在其中矣。②

特别值得注意的是,16世纪中叶李退溪在继承心经心学的基础上完成的圣贤心学,其对象是朝鲜士林,目的是通过心为身主、敬为心主的个体道德修养,实现个体人格的成圣成贤,但到了17世纪中后期的朴世采所编著的《心学至诀》所追求的心经心学,其修养主体则由士林转向了国王,目的则是试图通过让国王进行以敬为核心的道德修养,实现国家的治理。

---

① [韩]朴世采:《心学至诀》,[韩]宋熹準编:《心经注解丛编》四,第12页,(首尔)学民文化社,1985。

② [韩]朴世采:《进心学至诀疏》,[韩]宋熹準编:《心经注解丛编》四,第159、160页,(首尔)学民文化社,1985。

因此朴世采在上疏中才一再向国王强调,希望国王能够重视其《心学至诀》,"先观其门类大义,次审其工夫要法,必当详昧其言而亟用其力,以之涵养,以之省察,以之致知,以之力行,以之明天理,以之灭人欲,由浅而入深,体道而成德,其效至于疾敬德以祈天永命,笃恭而天下平,则其在敬字之义,亲切于心经,兼通于小大学者,又不外是矣"。心经所强调的以敬为核心的道德修养,成为17世纪中后期李氏朝鲜精英阶层给出的治理国家所面临的内忧外患的唯一思想对策。

附:厚斋金榦的心经研究

金榦(1646~1732),字直卿,号厚斋,谥号文靖。清风人。朴世采首门人,同时从学于宋时烈。肃宗四十四年(1718)受学行举荐入仕,官至赞成。著有《厚斋集》50卷,及《东儒礼说》《经书劄记》《答问经义》《答问礼疑》等。

《心经问答》是金榦与宋时烈及当时学者李君辅、申明允之间就心经问题讨论的书信。共有六封,包括《上尤庵先生》二封、《答李君辅》三封①、《答申明允》二封。

从内容上看,只是对心经文本中的个别词句的意思进行讨论,如在二封《上尤庵先生》中,讨论了"物接于外,闲之而不干于内",与对真德秀"孔子所谓己即舜所谓人心"这句话的不同看法。在《答李君辅》的三封信中,分别讨论了宋时烈对心经文本中程敏政所谓"寄命于耳目"的看法,②李君辅与崔锡鼎对心经文本之"道心伊何根于性命"的看法,③对心经文本"朱子曰,子静之说亦自是"的"亦自是"三字的看法,以及心经文本朱子对"主一无适"的解释的看法;在《答申明允》的二封信中,则讨论了对心经文本中"延平静坐"与"正其衣冠尊其瞻视"的看法。

总之,金榦的《心经问答》内容主要是对上述一些字句的简单讨论,并不涉及心经心学的思想主题。从其著述主题看,其关心的思想重点仍在于当时学术界关心的礼学而非心经心学。

小结:17世纪朝鲜心经研究的特征及意义

从整体上看,17世纪朝鲜的心经研究有两大特征:其一是相比于16

---

① 答李君辅的三封书信中,除一封名为《答李君辅》外,其余二封分别为《答李君辅与尤丈往复说》《答李君辅与崔锡鼎往复说》。
② 宋时烈认为程敏政所说的"耳目"是指"耳目之欲",金榦对此持反对看法。
③ 信中并未详述李君辅与崔锡鼎的看法,只是认为两人的看法都不对,并提出真德秀所谓"根于性命"之"根"字"即朱子所谓原字也"。

世纪以退溪学派为主的心经心学研究,到了17世纪则演变为以栗谷学派为主,尤其是宋时烈和朴世采的心经研究为主,并表现出试图融合退溪与栗谷两大学派的心经心学思想。其二则是朝鲜王室对心经的关注。

16世纪退溪及其弟子留下了众多心经学习、讲论及研究与注释书,主要有月川赵穆的《心经禀质》,雪月堂金富伦的《心经劄记》,艮斋李德弘的《心经质疑》《心经讲录》《陈清瀾学蔀通辩心图说辩》,芝山曹好益的《心经质疑考误》,寒冈郑逑的《心经发挥》。

其特征在于,该时期李氏朝鲜的心经研究,首先是由李退溪研究、发展与普及,并在心经心学的基础上以《圣学十图》完成了圣贤心学,其弟子所留下的大量心经著述,主要是跟随退溪学习心经而留下的质疑、讲录类书籍,只有寒冈郑逑的《心经发挥》是因不满于程敏政的心经附注而试图重新编辑心经注释,开启了改编心经附注的风气,如寒冈弟子李休运即从心经中抽出12章,作《心经章图》一书。不仅如此,寒冈改编心经附注的做法也影响了17世纪栗谷学派的心经研究方向。

除了退溪及其弟子即岭南学派的心经研究以外,还有少数其他学者的心经著述,如张显光门人郑好信著有《心经后小说》一文,是一篇心经读后感。同类心经读后感的文章还有王室后裔并受到岭南学派影响的松月斋李时善(1625~1715)所著《读心经》一文,以及李德弘的外曾孙、金应祖门人金万杰(1625~1694)所作《谨次心经赞》一文。

进入17世纪以后,由退溪及其岭南学派展开的心经心学思想,显然已经影响到了李氏朝鲜王室尤其是作为国家最高权力执掌人的国王的思想,孝宗、显宗、肃宗,都曾经在经筵与官僚学者如宋时烈、朴世采等讲论心经,肃宗还命宋时烈、朴世采等官僚学者对退溪学派的心经讲论书籍进行整理,作《心经释疑》一书,表现出在17世纪中期至18世纪初期的这一段历史时期内,李氏朝鲜国王对心经的重视。

肃宗朝畿湖学派学者留下了大量有关心经的著述,如农岩金昌协作为经筵官向国王讲解而成的《心经经筵讲义》,眉叟许穆作为经筵官向国王上呈《心学图》和《尧舜禹传授心法图》等,主要是作为经筵官向国王讲义心经的记录。另外,在《朝鲜王朝实录》中,可以发现自孝宗、显宗至肃宗代,大量有关国王对心经关心的记录。

在这一前提下,李氏朝鲜的心经研究由16世纪后半期的退溪学派,转移到17世纪以栗谷学派为主的心经研究。在思想上,则由退溪的圣贤心学所要求的士林自身的个体人格的成圣修养,转向要求国王治理国家的道学政治修养。无论是宋时烈、赵翼还是朴世采,在其心经著述中,都一再强调国王以敬为核心的道德修养对于治理国家的重要性。

第四章
18世纪李氏朝鲜的心经研究及意义

第一节 18世纪朝鲜心经研究的思想历史背景与研究概述

一、18世纪朝鲜心经研究的历史背景

18世纪的李氏朝鲜共经历了肃宗(1674~1720)、景宗(1720~1724)、英祖(1724~1776)和正祖(1776~1800)共4个朝代。肃宗代心经研究已如上章所述,景宗代只有4年,因此,该时期的历史主要分为肃宗末年至景宗代以党争为特点的前期,和以英祖、正祖采取强硬手段镇压党争并在此前提下出现的文化隆盛为特征的中后期。

18世纪前期,即肃宗末年至景宗代,继续老论少论之党争,并酿成辛壬士祸。如上所述,因肃宗专任性情而导致其在位46年间朝政陷于党争中,至肃宗末年,老论少论之轧轹益加激烈。肃宗最终倾心于老论并将其定为"斯文之事"之方针,要求世子(后即位为景宗)不可更改。自此老论掌权。肃宗薨,景宗即位,因立王世弟及裁断庶务之事,再次引起老论少论之党争,最终形成辛壬士祸。老论派势力遭到血洗,少论得势,录社功臣,致尹宣举、尹拯之祭,黜宋时烈之院享,尽改肃宗晚年之方针。但景宗久病赢弱,无力改变党争,在位4年而薨,王世弟即位,是为英祖。李朝迎来18世纪改变党争、文艺隆盛之历史局面。

英祖深察积年党争之害,采用荡平策,不问老论少论,断然斥其首谋。丁未换局虽用少论,但不以党派为标志。之后老论少论并用,致力于消灭

党派之争。即位元年即下令布告:"朋党之弊,多驱人于逆党,故其被流窜者之中,有抱冤者,铨曹宜荡平收用之,群臣皆应袪党习而务公平。"①三十九年,英祖告王世孙曰:"予三十余年之苦心,唯在调剂朝廷。今日之世,当有伺熙丰党之习者,汝应守之不变!"②尽管如此,老论少论仍继续争斗,此外又有南人小北互争。此四党派在纷争中日益溃裂,分裂为八九种之多。

正祖继位,采用强硬政治手段,赐死左议政洪林汉及郑厚谦等,之后又致力调停,擢用人才,务举同寅协恭之实,故正祖时代党争逐渐平息。但自英祖末年开外戚专政之态,至纯祖(1800~1834)以后益甚,与党派关系互相纠结,造成无穷祸害。无论朝廷如何调停,都难以从根本上扫除党派陋习,老论、少论、南人、小北四党,始终并存。

总之,18世纪的李氏朝鲜,党争虽然导致各种政治换局,但从整体上看,因有英祖、正祖之政治英明与荡平之策,国势走向隆盛,又因英祖、正祖关心文治,故迎来文化复兴时代。

二、18世纪朝鲜心经研究之思想背景

如前所述,李氏朝鲜自开国以来即学宗程朱,中期以后理学思想研究走向深入精微,17世纪党争开启后礼学成为研究重点,产生了大量礼学著述,官撰礼学书籍有《续五礼仪》《续五礼仪补》《丧礼补编》《乡饮仪式》《乡约条例》《乡礼合编》等。其他礼学著述有朴圣源综合先贤李彦迪、金麟厚、李滉等32家礼说而成的23卷《礼疑类辑》(附录2卷),对18世纪朝鲜社会发挥了重要实践影响的李绛所著《四礼便览》,金钟正所著《四礼辑要》等众多礼学著述。同时,因畿湖学派试图借助心经心学影响王室,心经研究也走向深入。在老论少论党争中,也出现了尹鑴对程朱理学的批判,被韩国学者称为"脱朱子学风的胎动"。英祖代除礼学隆盛外,还出版了有关国计民生的官撰巨著《东国文献备考》与《续经国大典》。

英祖崇尚节俭,注重发展农业经济,曾刊印《农桑集成》颁布全国,且减田租,赈饥馑,设均役厅,颁布帛尺于全国,严禁滥用大斗小斗。又严禁巫觋淫祀。同时注重儒教社会教化,下劝学文于全国,亲行释菜礼,下令诸

---

① [日]林泰辅著,陈清泉译:《朝鲜通史》,第217页,(台北)商务印书馆,1974。
② [日]林泰辅著,陈清泉译:《朝鲜通史》,第217页,(台北)商务印书馆,1974。

道申明乡饮酒礼,设忠良科,奖节义,奖励风教。英祖不仅注重民生,更注意在文化上记述典章文物之事,设编辑庭,命奉朝贺洪凰汉、领中枢金相福、领议政金致仁等,仿马端临之《文献通考》,分象纬、舆地、礼乐、兵刑、田赋、财用、户口、市籴、选举、学校、职官13门,撰写《东国文献备考》,于英祖四十六年完成,全书共百余卷。成为当时官撰书籍之巨擘,裨益后世。

正祖承英祖之后,亦励精图治,作《钦恤典则》以正典刑,劝农政,赈饥荒,施行仁政。在政治上广求贤才,录用忠臣子孙,综核名实,常使人暗访地方情状,以民生疾苦为治国急务。正祖与英祖一样重视儒教伦理教化,考正《小学训义》,合三纲二伦行实为五伦行实,作《乡饮仪式》《乡约条例》《乡礼合编》等,刊布全国,务在移风易俗。

同时,正祖继承英祖好学之风,著述颇多。曾于五年(1782)亲选唐宋八大家之文,作《八子百选》。又于十八年(1794)作《朱书百选》,以改变当时学者读朱子书者少的局面。二十二年(1798),对于自己爱读的《三礼》《史记》《汉书》《唐宋五子集》《唐宋八大家文》《陆赞文》等,亲自加以批圈,作《四部手圈》。又取易、诗、书、春秋、礼记99篇,并置《大学》《中庸》于《礼记》之中,将朱子章句附于其下,作《五经百篇》。二十三年(1799),又采集真德秀《大学衍义》与丘濬《大学衍义补》之切要可为借鉴者,加以批点而作《大学类义》。又亲选朱子之诗作《雅颂》。此外,奎章阁又将正祖自在东宫时至二十三年为止所进御制缮写本共191篇,分为4集,题曰《弘斋全书》。其后至纯祖十四年(1814),内阁印进《弘斋全书》100册。

正祖代更有众多官撰书籍如《国朝宝鉴》《文苑黼黻》《同文会考》《武艺图谱通志》《协吉通义》《奎章阁志》《弘文馆志》《尊周汇编》《乡礼合编》《史记英选》等。

英祖、正祖两代文治上具极大功绩者为续编《经国大典》。如前所述,李氏朝鲜自太祖李成桂于1392年立国始,即以明朝为宗主国,以性理学为国家意识形态,并以《大明律》为核心修撰《经国大典》,仿照中国六部制建立起儒教国家体制。此后,至英祖、正祖代,李氏朝鲜已历400余年,随着时代发展,政治变迁,社会民生发展而促使制度变更,官职增减,因此有必要对作为国家体制准则的《经国大典》进行修改续编。①

---

① 据《朝鲜通史》载,李朝太宗四年(1405)时,人口只有322700余人,153400余户。至正祖十年(1786),人口增加到7356700余人,1737600余户。可见其社会民生之发展。

《经国大典》在肃宗代曾有修改,如《受教辑录》《典录通考》之编著。至英祖时重新加以修订。英祖十九年(1743)设纂辑厅,命刑曹判书金若鲁、礼曹判书李宗城、前参判李日跻、金尚星、前承旨具宅奎等6人,分掌六典。命领议政金在鲁等总领其事,撰《续大典》六卷。二十二年(1746),修成《续经国大典》。

正祖八年(1784),又以原典、续典之编帙不同,且续典以后教令众多,制度上相互抵牾处亦不少见,故命大臣再次修编大典,撰成《大典通编》六卷。正祖又命绫恩君具允明修《典律通补》6卷,《别集》1卷。该书合《经国大典》《续大典》《大典通编》及《大明律》为一编,以实用为主要标准,专录当时现行典律。又于典律之外,补充可资为考据者,及名物度数之可资为六典之旁考者,取为别编。

总之,李氏朝鲜在经历了16世纪的士祸政治对儒林的血洗与打击,17世纪壬辰倭乱与丁卯丙子胡乱对国家安全造成的危机,以及自宣祖代至景宗代的激烈党争之后,终于在英祖与正祖两代(1724~1800)迎来了经济民生发展与文化复兴之盛世。人口大幅度增加,各种书籍刊行,朱子学再次受到重视与复兴。

在这一历史背景下,18世纪的李氏朝鲜出现了以经世致用为特征的思想流派,该学派的代表人物为星湖李瀷,以及安鼎福、郑尚骥等,最终在19世纪初形成以丁若镛为代表的实学派思想。李瀷与丁若镛均有心经研究专著。

与此同时,因为仁祖代在政治上降清,此后历代尊清为宗主国,并不断派遣官僚学者入清,自然接触到西学东渐历史潮流下传入清朝的各种西方先进文物与基督教思想,由此形成以《燕行录》为代表的李氏朝鲜后期的北学派。该派代表学者有洪大容(1731~1783)、朴趾源(1737~1805)、朴齐家(1750~1815)、李德懋(1741~1793)、柳得恭(1749~1807)等。该派虽无心经著述,但其实学思想深刻影响了19世纪初集朝鲜实学于大成的丁若镛的心经研究。

值得指出的是,18世纪的李氏朝鲜虽然在英祖、正祖的锐意文治下取得了社会发展与文化复兴,但在以朱子学为意识形态的主导思想下,也存在着压抑技术、清代考据学不受重视的倾向。同时,这一倾向也与17世纪以来朝鲜官僚学者阶层致力于将心经心学与栗谷学派所继承的朱子"格君心之非"的政治主张结合起来,不断在经筵讲读中向国王灌输,最终深刻影响了17世纪以后李氏朝鲜王室的政治治理思想,尤其是18世纪末的正祖,更是在经筵之上与群臣讨论心经而在《弘斋全书》中留下了《心经讲义》一书。①

三、正祖与《心经讲义》:心经对朝鲜王室的思想影响

如上所述,《心经讲义》是正祖在弘文馆命群臣讲论心经的记录。在讨论中,群臣对心经的发表集中在敬、诚两种观点上。

一种以退溪心经心学核心的"敬"字为准则,如侍讲官朴天衡就说:"心经一部,专论心学,而治心之要无出于敬之一字,持敬之道亦在于慎独二字。"②检讨官赵鼎镇亦持此论,说"精一之道惟在于敬焉",代表了退溪学派心经心学的核心思想。在这一核心意义上,退溪学派官僚学者认为并不存在君王与庶人的差异,如知经筵事郑尚淳就说:"人心道心本是义理形气之别,而帝王与匹庶无间。苟能于危微之际,闲邪存诚,无处不敬,则自底于精一执中之于域,危者安,微者著,此是尧舜传授心法,而实为千古帝王之柯则。"③

另一种则以栗谷学派心经心学之"诚"为准则,如检讨官朴天行应对正祖"各陈文义"之命时就说:"千古圣贤,心法之妙,尽在此一部心经矣。……治心之要,何尝舍是诚而他求哉!是以大学曰欲正其心,先诚其意。又曰诚其意者,毋自欺也。"④这是继承了栗谷学派的心学思想。不同的是,18世纪栗谷学派的心学更强调帝王之学与普通人之学的差异,并进一步要求君王能够实践圣学心法。

与退溪学派不同的是,栗谷学派官僚学者认为,帝王之学与匹庶之学不同,普通学者可以依据心经所提示的各种方法如戒惧谨慎,或诚或敬等

---

① 《弘斋全书》卷66,《经史讲义》载:"摛文院讲毕,遂诣弘文馆召领经筵事徐命善、李徽之、知经筵事郑尚淳、金熤,同知经筵事李命植、郑昌圣,参赞官李坤、徐有防、申应显、郑志俭,侍讲官朴天衡,侍读官李时秀、李鼎运、李谦彬、柳孟养,检讨官赵鼎镇、朴天行、权以纲、洪文泳等,讲是篇(按:指心经)。内阁诸臣亦以听讲与焉"。

② 正祖:《弘斋全书》卷66,《经史讲义》。转引自[韩]宋熹準:《心经注解丛编》五,第361页,(首尔)学民文化社,1985。(以下只注书名)

③ 正祖:《弘斋全书》卷66,《经史讲义》。

④ 正祖:《弘斋全书》卷66,《经史讲义》。

进行休养,而帝王因为身为万化之源,必须敬义夹持,"先审查于公私义利之分"①,才可以实现三代之治。

上述两种观点表明18世纪李氏朝鲜在心经研究上,沿着17世纪以来的退溪与栗谷两大学派的心学思想继续深入,其共同点是都要求君王能够实践心经心学提出的圣贤心法,在政治上追求三代之治。如知经筵事金熤即指出,虽然各位馆臣阁臣对心经的理解各不相同,"或曰诚,或曰敬,或以心性,或以问学,是固讲筵之例套,学究之常谈,而其实进德之方,为治之要,不外此数条语矣",且"末梢一转语,举皆以勉君德之语结之",要求国王"勿以诸臣见解之浅短,敷奏之疏略,随例而应之,只以其末梢仰勉底数条语,……实实体念,实实收用",②即可达到三代之治。

与此同时,还有一个值得注意的观点,就是参赞官郑志俭对真德秀心经的批判,说:"此章即尧舜传授心法,真德秀所以为心经之首,而但以人心直作人欲解,与朱子训释异矣。朱子既有定论,而德秀如是看,必自有见,而终恐不如朱说之精细。参合先儒之旨而实体于此心发处,则必有以明两说之得失,而用工节度方可无疏漏之患。"③这是表明要直接回到朱子而反对真德秀心经对朱子学的心学化发展。

对以上各种观点,正祖首先表明了自己对心经的尊重与重视,说:"此篇先正得之于旅邸而断简残编,错杂无绪,不成一统之书,故先正搜整考证以为晚年之功焉。盖附注与按说,不但各自不同,程篁墩则学失正路,言多误解,向非先正之明辨,则安知无误后学之叹也?然而经传之大训,圣贤之要工,尽载一编,历历可考。则浊昏于来世,柯则于末学,上自皇王,下及匹庶,其全体大用之工,舍此书而何以哉?先正所谓不在近思录下者,真切实语也。予每尊信此书而愧无平日之工。今与卿等讲得其一二,可乎?"④

这一段话不仅表明正祖对心经心学的赞成,而且从其对心经在朝鲜半岛传播过程的熟知,也说明心经在经历了在朝鲜半岛的长期传播,尤其是经过16世纪退溪对心经文本的考证与思想发展,及17世纪栗谷学派通过经筵讲义而将心经心学与渊源于朱子的"格君心之非"政治要求结合起来,不断向王室阶层进行思想熏陶之后,到了18世纪后期的正祖代,已经

---

① 领经筵事徐命善所对之语。转引自《弘斋全书》卷66,《经史讲义》。
② 领经筵事金熤所对之语。转引自《弘斋全书》卷66,《经史讲义》。
③ 参赞官郑志俭所对之语。转引自《弘斋全书》卷66,《经史讲义》。
④ 正祖:《弘斋全书》卷66,《经史讲义》。

深入发展到影响国王与所有官僚儒者阶层,并成为朝鲜性理学发展中与近思录相等地位的经典,不容忽视,更不容反对。其通过国王的道德修养实践儒家政治理想的思想也成为朝鲜国王的自觉认知。但也同时使得18世纪的李氏朝鲜在统治阶层的思想意识形态上,走向了内在的道德修养,而非西学东渐这一大的历史背景下向外在的科学与理性发展的治国之道。

朝鲜半岛最终未能顺利实现近代化,应该说与李氏朝鲜自国王至整个官僚阶层在心经心学与朱子学"格君心之非"引导下走向封闭的思想认识有着直接思想关系。即使18世纪的朝鲜半岛迎来了英明睿智的英祖与正祖的关心民生,锐意治理国政,文化复兴,但仍然选择了内在的性理学心学化后的道德思想实践,而非近代化这一历史发展大背景下的科学技术实践。史载,正祖对技艺压抑尤甚,曾设立科条禁止制造艺器,并在接见阁臣时,"适进御膳,皆用苦窳之器,王指之曰:'以言教者不如身教。'呜呼!此不过一斑,其意向即如此,不独不讲发达之道,务道之污下,宜乎工艺美术之日趋衰退也!此盖欲守节俭之道而误其法也。"①即为例证。

在正祖对心经思想的重视中,另一个值得注意的特征是对道德思想实践的重视,这也是18世纪朝鲜半岛开始产生实学派(包括北学派)的思想契机。

在对心经的讨论中,几乎所有馆臣与阁臣都提出了国王在思想上实践心经心学道德人格修养的要求,而正祖对此也极力赞同,如上述知经筵事金熤提出要求国王"实实体念,实实收用"心经心学之后,正祖即答"此言果好矣。诸臣之谓心谓性,互陈叠奏者,言虽多而意则同,要皆君德上仰勉,……竟夕临筵,饱闻诸臣之昌言,充然如有得于心,而今将还内矣,可不以实践之道猛醒而深思也?"②

但是,这种实践专门指的是道德思想的实践而非科学技术的实践。在对心经文本所说的"允执厥中"之"中"字的讨论中,正祖首先赞同程朱理学所主张的知先行后,认为"知中果为难。何以则为知中之要道耶?明善则知中耶,穷理则知中耶?……今学者之知中而得中者,何异于医者之知药而用药耶?"③认为学者首先要了解儒教道德思想,然后才有可能去实践

---

① [日]林泰辅著,陈清泉译:《朝鲜通史》,第225页,(台北)商务印书馆,1974。
② 正祖:《弘斋全书》卷66,《经史讲义》。
③ 正祖:《弘斋全书》卷66,《经史讲义》。

它。因此,正祖给"中"字下的定义是"大体中者,随事善处,无过不及,则即是中也。日用事为,各自有这中,本非别般甚高低事。"①在此基础上,正祖强调的是对道德思想的实践,说"知到一事之中,则行一事之中。知到二事之中,则行二事之中,终至于无处不中,无事不中。每当千百万事,各得其中,则是乃为大中至正之道"。

但与此同时,正祖也指出,这种实践指的是对儒家道德思想的实践,而非科学技术的实践,说:"文王始道敬字而学者知居敬之工,成汤说得性字而学者知性理之学,尧舜传授之际,又拈来一中字,而天下后世乃知大中之义焉。其意则一也,古昔圣王,何尝用工于名物度数而后乃中耶?"②由此批评当世学者"以穷理之工看作别般技艺,经学与科目分为两条门路。自是以来,科目从事者视经籍为弁髦,人无读书;士皆曚经举世,有面墙之叹。此岂非衰世之事也?"③

正祖与官僚学者这种要求实践儒教道德而非科学技术的思想,既引导了18世纪李氏朝鲜的实学派之诞生,同时也在宏观的历史发展方向上,意味着心经心学与朱子道学政治结合之下的朝鲜半岛对西方近代科学技术的压抑,最终无法顺利实现近代化。因此,18世纪李氏朝鲜的心经研究,亦表现出退溪学派与栗谷学派、实学派以及阳明心学派的心经研究同时存在的特征,其重要者,则是以星湖李瀷与茶山丁若镛为代表的实学派的心经研究。

四、18世纪以后李氏朝鲜心经研究概述

进入18世纪以后,李氏朝鲜的心经研究开始分化。从大的方面看,分化为栗谷学派与退溪学派的心经研究。栗谷学派的心经研究主要体现在尤庵宋时烈与南溪朴世采系列的心经研究上;退溪学派的心经研究则主要体现在星湖李瀷、茶山丁若镛等实学派人物的心经研究上。

(一)18世纪以后退溪(岭南)学派心经研究概述

在16世纪后期由退溪学派展开心经研究之后,17世纪李氏朝鲜的心

---

① 正祖:《弘斋全书》卷66,《经史讲义》。
② 正祖:《弘斋全书》卷66,《经史讲义》。
③ 正祖:《弘斋全书》卷66,《经史讲义》。

经研究重点转向栗谷学派,尤其是尤庵宋时烈一系的心经研究,其重心在于引导国王以心经之敬为核心,来实现栗谷一系的道学政治,一个简单的政治逻辑:国王以敬为核心进行道德修养,即可明天理灭人欲,达到治国目的。但在进入18世纪以后,岭南学派的心经研究重新活跃起来,先后出现了星湖李瀷、茶山丁若镛等实学派人物的心经研究。

其主要心经著述与代表人物,首先是18世纪前期退溪学统的葛庵李玄逸门人郑万阳(1664~1730)、郑葵阳(1667~1732)兄弟,著有《心经释疑补遗》,及李玄逸之子密庵李栽门人九思堂金乐行(1708~1766),著有《心经坤之六二章附注五峰说》。其次是继承了退溪心经心学的岭南地方学者大山李象靖系统的心经研究。

李象靖(1710~1781),号大山,谥号文敬。出生于安东,牧隐李穑后人,密庵李栽的外孙并师事外祖父。自幼专心于学问,有以道学报国之志。在安东大夕山建立大山书堂,培养大量学者,被誉为"小退溪"。英祖十一年(1735)文科及第,官至参议。著述有《大山集》《朱子语节要》《敬斋箴集说》《退陶书节要》《心经讲录补刊》等。

李象靖关心心经,但未能完成有关著述,命其弟子金宗敬、金宗德完成有关心经的研究。金宗德(1724~1797)最终完成了《心经讲录刊补》。该书不仅反映了李象靖的心经思想,而且是站在正统退溪学的立场上对退溪学派心经研究的整理与总结,对此后退溪学派的心经研究具有重大影响。

李象靖的其他弟子也有大量心经研究著述问世,如默轩李万运(1736~1820)著有《心经发挥记疑》,该书是对寒冈郑述的《心经发挥》疑问部分记录自己的意见。芝厓郑炜(1740~1811)[1]著有《心经发挥考异》也是同类著作。金宗燮(1743~1791)著有《读心经说》,并参与金宗德著述的《心经讲录刊补》等。

最后是18世纪中后期以星湖李瀷(1681~1763)与茶山丁若镛(1762~1836)为代表的实学派心经心学研究。李瀷在学统上属于近畿岭南学派,曾仿照《近思录》,将退溪所有文集、言行录等选出格言,作《李子粹语》,著有《心经疾书》。李瀷弟子尹东奎之子、李瀷再传弟子尹光绍(1708~1786)著有《心经后论后说》,尹光绍弟海隐姜必孝(1764~1848)著

---

[1] 郑炜是郑述第八代孙,也是李象靖弟子。

有《心经时习录》。① 丁若镛在学统上属于近畿岭南学派,著有《陶山私淑录》,其心经代表作为《心经密验》。

(二)栗谷学派心经研究概述

18世纪栗谷学派的心经研究随着老论少论的党派分裂,分化为尤庵宋时烈一系与尹拯一系的心经研究,少论领袖朴世采一系的心经研究则因为其弟子郑齐斗为朝鲜阳明学集大成者而演变为阳明学派的心经研究,为本章重点研究内容。

宋时烈一系的心经研究,人数与著述众多。18世纪前期的代表者,有宋时烈和朴世采的门人、厚斋金幹的心经研究(见朴世采章),宋时烈门人丈岩郑澔(1648～1736)著有《心经篇末吴氏说后辩》,另一门人郑缵辉(1652～1723)著有《心经记疑》。18世纪后期的代表者有宋时烈首弟子权尚夏门人屏溪尹凤九著有《心经讲说》。权尚夏、韩元震门人姜奎焕(1697～1731)著有《心经劄疑》。权尚夏门人南塘韩元震著有《心经附注劄疑》。宋时烈一系的心经研究延续到19世纪,代表者有宋时烈六代孙刚斋宋稚圭的弟子闵百佑,及继承了栗谷学风的华西李恒老。

其次是本为宋时烈弟子但在党派上属于少论派领袖的尹拯一系的心经研究。18世纪前期代表者有李恒福曾孙、朴长远门人李世龟(1646～1700),著有《心经问目》《心经释疑校本问答后说》。尹拯门人林象德(1683～1719),著有《心经读书答录》。18世纪后期代表者有尹拯曾孙敬庵尹东洙(1674～1739),著有《心经问目》。李縡门人白水杨应秀著有《题心经后》《题学蔀通辩后》,另一门人鹿门任圣周著有《心经经义》。

本章选取南塘韩元震与鹿门任圣周的心经研究作为18世纪栗谷学派心经研究的重点加以专门阐述。郑齐斗的心经研究则作为阳明学派的心经研究专门论述。

第二节 经世致用学派的心经研究及特征

18世纪李氏朝鲜在英祖、正祖代的文化隆兴背景下,出现了一部分学者呼吁以经世致用、利用厚生、实事求是为目的的思想,这种思想被现代韩

---

① 尹光绍、姜必孝属于畿湖学派学者,但在学派传承上则属于退溪学派。

国学者称为实学,其代表人物是退溪学统的学者星湖李瀷、燕岩朴趾源、阮堂金正喜,以及19世纪初实学派的集大成者茶山丁若镛。

实学运动的兴起是以畿湖地方在野南人学者为中心形成的,在经历了17世纪壬辰倭乱与两次胡乱以后,在旧秩序的变化与解体过程中,引起了一部分有良心的知识人的共感,特别是在英祖和正祖两代,乘着文艺隆声的时代契机,几乎形成一种时代思潮。但是,因为历史时代限制以及其自身缺陷,①造成了实学运动在19世纪衰落,最终早期以经世致用、利用厚生为目的的实学,被以金石、考证、典故为中心的学问所代替。实学派的心经心学研究正是在这样的思想历史背景下进行的。

一、星湖李瀷的心经研究:著述与特征

李瀷(1681~1763),字子新,号星湖,籍贯骊州。近畿岭南学派学者。其父李夏镇作为没落南人出身的学者,在庚申换局(1680)中以大司宪身份落职,被流放到平安道云山县。李瀷即出生在父亲的贬谪之地。其父翌年于流配地去世,李瀷一家回到安山的瞻星村,李瀷在祖母膝下长大。

李瀷自幼聪明,受学于仲兄李潜,锐意学问,博览群书。25岁时参加增广试,落第。翌年,因从兄在党争中被老论势力所杀而受到极大冲击,自此绝意仕途,隐居林下,专心学问。47岁时以学行被举荐并被任命为缮工监假监役,但被李瀷拒绝,83岁时朝廷依据优老例典给予李瀷金知中枢府事的寿职,于同年去世。

李瀷之所以能够成为实学者,首先与其一生都生活在农村因而对当时的社会现实有着直接深刻的认识有关,其次则与其出身于官僚家庭有关。其父李夏镇不仅为官僚学者,且曾于肃宗四年(1680)作为燕行使到过中国并买回来大量书籍,李瀷通过阅读书籍接触到了清朝正在展开的新的学问,扩大了见闻。这些条件和背景使得李瀷能够用力于实学并最终成为实学派的领袖。

---

① 实学运动虽然敏锐地反映了时代要求,但其本身具有时代限制。首先是实学派学者大都是南人学派,因此在英祖、正祖代以西人老论势力占据政治权力的历史背景下,在激烈的党争中很难起到实质性影响。再加上作为实学派主流的李瀷系列的大多数学者,因为有感染以邪教为名的西学嫌疑,在纯祖即位后受到了多次打击,以及朴趾源一派也在"文体反正"的旗帜下受到了极大打击,因此,实学派的"救国济民"方针并未起到实质性影响。

作为严肃的道学者,李瀷以程朱学作为正统,敬仰李滉之学问道德,祖述退溪思想,曾仿照《近思录》,将退溪所有文集、言行录等选出格言,作《李子粹语》,被称为退溪的隔世高足。同时又私淑眉叟许穆。蔡济恭在《星湖先生墓志铭》中,将其学统定为"李滉—郑逑—许穆—李瀷"一系。但与传统退溪学派不同,李瀷同时称赞栗谷李珥,说"今退溪之书,专功于本源伦行之间,未及于政事。……至于栗谷,其言八九中窾,乃国朝以来识务之最"。① 显示出李瀷并不固执于学派之争,而是主张应该追求对实际生活有用的东西,也因此对现实有着深刻的认识与批判。

李瀷博览群书,经史子集无不涉猎,穷究天文、地理、算律、阴阳、医药、卜筮之外,也对通过中国传来的西方学术乃至天主教都一一加以研究,并将这些广博的知识应用于经世致用之学,成为当时著名的学问大家。门下人才辈出,其有名者如尹东奎、安鼎福、慎后聃、权哲身等,直至传到19世纪初的实学大家丁若镛。因此,其学问最终形成了朝鲜后期实学中的经世致用学派。

李瀷因一生专心于学问,因此留下了众多著述。其代表者则为以儒教的四书三经为首,包括《小学》《孝经》《近思录》《心经》《朱子家礼》等的《疾书》,以及包含着国家体系改革思想的《星湖僿说》与《藿忧录》。对于本书的心经研究而言,重点在于考察李瀷的《心经疾书》所表现的心学思想。

与心经传入朝鲜半岛以来所受到的上自国王、下自知识阶层的尊重相比,作为经世致用学派领袖学者的李瀷,对程敏政其人及其《心经附注》文本,直接表现出完全否定的态度。

在《心经附注疾书》中,李瀷首先描述了《心经附注》在传入朝鲜半岛后受到的重视,说:"《心经附注》何以读?因时之贵之也。时何贵之?为其搜聚洛建言语也。……昔者退溪首喜此书,与四子近思录比,当时门人无不讲诵,流于今成俗。上之进奏于九重,下之家户传习,句句笺注,细大莫遗,殆圣经不如也。"②但李瀷对此却持完全批判的态度,说:"然彼程氏者(按:指程敏政),以其人则当题而黜利也,以其学则外朱而内陆也,以其

---

① [韩]李瀷:《星湖僿说类选》卷10。
② [韩]李瀷:《心经疾书序》,《心经疾书》,[韩]宋熹準:《心经注解丛编》四,第581页,(首尔)学民文化社,1985。(以下只注书名)

书则去就无章也,虽不读可也。"①在当时心经受到朝鲜中期历代国王重视的现实历史条件下,李瀷这种批判态度显然独具特色。

李瀷在完全否定程敏政《心经附注》的前提下,又对程敏政的《心经附注》条分缕析地进行了批判。首先是附经还是附经传的问题,李瀷说"夫如是,奚以不读西山本经,只收经传及宋贤所自作篇文,至其书牍语录之类不及也,惟取简要问目,不系程氏乃别立科条,博采类汇,是附经而非附经传也。"②其次是《心经附注》所收内容驳杂不精的问题,说:"人心人欲,朱子前后之异说而无用黑白;本敬本静,朱张互争之辨而不惮并收,是务广,非专精也。"③最后是程敏政在附注中自注问题,李瀷认为,"其他自注,都无见解,只抄辑书籍附尾而显者乎?"④

总之,对于《心经附注》,李瀷在总体上持批判和否定的态度。如果一定要读心经,李瀷表明了两个观点:一是可以直接读真德秀的《心经》文本,二是只读程敏政《心经附注》文本中的理学名言,完全抛弃程敏政的自注,说"今若舍置规模,但习绝句,不害为多识前言之助。故审阅之暇,辄录并为序"。⑤

由此也可看出,李瀷所著《心经疾书》在其经世致用学问体系中所占的重要性并不大,仅仅只是作为"多识前言之助"而存在的,而且所读的也只是《心经附注》中所辑录的性理学家名言,不涉及其心学思想体系。

因此,李瀷的《心经疾书》在内容上也只是对《心经附注》中所辑录的性理名言或思想片段的心得体会,而不是心学思想体系。这与16世纪李退溪借助《心经附注》文本完成的心经心学之圣贤心学思想体系,及17世纪栗谷学派将《心经附注》的道德人格修养思想与朱子"格君心之非"的道学政治要求结合起来,通过不间断的经筵讲义向国王灌输其心学思想,有着本质上的差异。也就是说,到了李瀷这里,他所关注的问题是有关国计民生的经世致用的实学思想,而非有关国王或者官僚学者、知识阶层的个人道德人格的修养问题。

仅仅作为读书心得而存在的《心经疾书》,从内容上看,除了对心经文

---

① [韩]李瀷:《心经疾书序》,《心经疾书》。
② [韩]李瀷:《心经疾书序》,《心经疾书》。
③ [韩]李瀷:《心经疾书序》,《心经疾书》。
④ [韩]李瀷:《心经疾书序》,《心经疾书》。
⑤ [韩]李瀷:《心经疾书序》,《心经疾书》。

本中的经典名言如"敬义夹持""克己复礼为仁""中庸求中""大学诚意、修身""礼记礼乐""孟子四端、求放心、养心"、张子"寡欲"等的简短心得体会之外,能够自成思想的内容大体包括程子的《四勿箴》、朱子的《敬斋箴》《尊德性斋铭》、程正思的《求放心斋铭》,以及心经文本最为重要的心学渊源《大禹谟》经文。在对这些理学经典思想的心得中,体现出了李瀷最为重要的经世致用思想目的。

首先是在对《大禹谟》"人心惟危,道心惟微,惟精惟一,允执厥中"16字经文的阐述中,李瀷集中论述了人欲的定义与正当性,试图在李氏朝鲜以性理学为统治意识形态的现实历史背景下,为发展国计民生提供哲学意识形态上的合理性与正当性。

李瀷首先从程朱性理学的理气观出发,为人心、人欲下了定义,认为无论圣愚都有人心人欲,说"人有形气,这形气上生者即人心,知寒觉饥之类是也。人无有无此心者。知寒则便欲暖,觉饥则便欲饱,欲者即七情之一而圣愚亦同有也。若暖饱而不害于义,则乌可以不欲哉?惟其从人欲而生者,故谓之人欲。"①这就从性理学理气观的基础上为人心人欲的正当性与普遍性进行了定义。他还进一步引用程朱之语为这一观点进行性理学经典论证,说"程子曰:道心人心,天理人欲便是。朱子曰:人欲只是饥欲食,寒欲衣之心。其说本自无憾"。②

李瀷从性理学的意义上继续论证人欲与利的正当性,对传统儒家的"正其谊不谋其利"进行实学意义上的阐释。他首先区分了心与欲的区别,说:"欲暖欲饱之前,只有知寒觉饥之心,未及有所谓欲者也,此又二者所以有不同也。"③接着论证被心经作为"万世心学之渊源"的《大禹谟》所谓"人心惟危,道心惟微",并不是指人欲就是不好,不能将人欲专归于邪恶,而仅仅只是指人在饥寒时自然有饱暖之欲,如果此时顾不上以义来节制欲,才有可能会"危而易坠",所以"君子守正,知非义之不可求,虽知饥寒而无暖饱之欲者,亦有之。此其分界,不可乱而一欲字为之机括"。④ 也就是说,只要以义来节制欲,那么人欲就是正当的,所以李瀷一再引朱子语

---

① [韩]李瀷:《心经禹谟》,《心经疾书》。
② [韩]李瀷:《心经禹谟》,《心经疾书》。
③ [韩]李瀷:《心经禹谟》,《心经疾书》。
④ [韩]李瀷:《心经禹谟》,《心经疾书》。

说"人欲未便是不好","人心不可谓是人欲"①,来论证人欲的正当性。

进一步,李瀷又提出了人欲与利欲的区别,认为"以人欲为利欲者非邪"。②他采用了与论证心、欲与人心、人欲之关联与区别的相同逻辑,来论证义与利的关系,说:"易曰'利者义之和也。'顺理为利,利亦初非不善。"③也就是说,利本身是好的,只有在一种情况下才会转化为不善,即"循此而行,不以义节之,为不善而已。故转为不善之名目。人欲亦然,惟其形气之私,不以天理宰之,为恶底而已,故亦转为不善底名目,其意同也。"④

如此,李瀷便从性理学的理气观上论证了人欲与追求利的正当性,弱化了心经心学将人欲视为万恶之源的哲学根基,为经世致用学派所主张的国计民生的正当性提供了性理学依据。

其次是在对经典的解释中表现出的实学思想。他在解释心经坤六二的"君子敬以直内,义以方外"时,对成为朝鲜心经研究中退溪主敬、栗谷学派主诚(义)的学派分别,进行了重新阐释,直接要求回到朱子格物致知为学方式,力图阐明道德修养与追求实际学问知识的二元论。

他直接超越了退溪学派与栗谷学派在敬与义问题上的对立,首先从体用关系上重新界定敬、义,说:"敬义是体用。然敬是主一,主一则通贯动静,故如不敢欺谩,不愧屋漏之类,已兼方外说而总之谓敬之事也。"但重点是要去实践而不是在主敬还是主诚上争论,故李瀷强调要"知行两进","格而致之",从知行上论证朱子格物致知为学方式的重要性,说:"静而存天理,动而遏人欲,即涵养节度,苟不格致而明夫天理之实,存亦非得,遏亦非真。此其就上面更有亲切下工处。然所谓自然天理明者,何也?亦曰知行两进,故敬义都属之行而与知相须者也。"⑤

李瀷将退溪学派主张的敬与栗谷学派主张的义(诚)都归结于行,要求通过朱子格物致知的实践功夫去明天理,显示出经世致用学派的思想特征。能够体现出李瀷在思想上与退溪学派联系的,是他最终仍然将明理的手段归结于退溪心经心学的核心敬,说:"虽欲格而致之,非敬亦无所用力,

---

① [韩]李瀷:《心经禹谟》,《心经疾书》。
② [韩]李瀷:《心经禹谟》,《心经疾书》。
③ [韩]李瀷:《心经禹谟》,《心经疾书》。
④ [韩]李瀷:《心经禹谟》,《心经疾书》。
⑤ [韩]李瀷:《心经禹谟》,《心经疾书》。

故必以敬为基本,从此而致其知,则得尺得寸,方为吾有天理之明可以驯致,非谓兀守一敬字而众理自明也。"①仍然强调实践而非仅在思想上论说。

因此,李瀷最终将其为学方式归结为程朱理学所主张的格物致知二元论,说:"程子曰:'涵养须用敬,进学则在致知',此可以破的。"这意味着18世纪的朝鲜心经研究已经开始突破心经文本的心学限制,在实学派经世致用的意义上走向实践哲学,在性理哲学上回归程朱理学格物致知的为学方式。

在实学派的意义上,李瀷的心经研究还表现出对同时期清朝考据学的学习与运用,及对通过清朝传来的西学的了解之特征。如在解释心经中的"翻车"一词时,李瀷就说:"翻车,按:《字汇》,水碓曰辘车。今俗依水涯壅上流设水车,转轮与碓身交激,使自舂,即其遗制也。陈兴义'荒村终日水车鸣'是也。或云激水器,非也。"②表明其对名物制度的熟知。

再如对心经文本中"著"字的解释,李瀷说:"著,如著鳟之著。《周礼》六鳟之一有著鳟。无足而著地也。然则著床,无足之床也。夜卧之床异于坐床,无足而著地,故曰著床也。"③对典故的熟知也是实学派的特征之一。而他在《心经疾书》中引用《维摩经》来比较东西方哲学的差异,说:"维摩经云,一大增损,百一病生。四大增损,四百四病同时俱作。四大者,地水火风也。肌肉属地,血脉属水,华色属火,动作属风。不记全文,大概如此。西方之教,不言五行,只论四大也。一大失宜,或增或损,其病百数。"④显示出他对西学的了解。

二、茶山丁若镛的心经研究:著述与特征

丁若镛(1762~1836),字美庸、颂甫,号茶山、俟庵,堂号与犹堂,谥号文度,18世纪末、19世纪初朝鲜实学集大成者。在学派上属近畿岭南学派,著有《陶山私淑录》和《心经密验》。

其父丁载远曾任晋州牧使,其侄女婿黄嗣永、妹夫李成薰、兄长丁若

---

① [韩]李瀷:《心经禹谟》,《心经疾书》。
② [韩]李瀷:《心经禹谟》,《心经疾书》。
③ [韩]李瀷:《心经禹谟》,《心经疾书》。
④ [韩]李瀷:《心经禹谟》,《心经疾书》。

钟,均为18世纪末朝鲜著名天主教徒,并在辛酉邪狱中被处死,①丁若镛也被流放。其生涯以辛酉邪狱为分水岭分为前后两个阶段。16岁时看到李瀷的遗稿,私淑李瀷,致力于为百姓和国家的经世致用之学。23岁时通过李檗接触到西学,此后四五年间倾心于西学。27岁时文科及第,并在正祖关照下进入奎章阁,从事各种编纂事业。此后以抄启文臣被选拔任职,官至副承旨。因其对西学的熟悉,在建筑水原城时曾使用自己所创制的引重、起重架等科学技术与机器。33岁任京畿道暗行御史时曾检举涟川县监徐龙辅和朔宁郡守康命吉的违法事实,使之被撤职,由此升任同副承旨、兵曹参知。次年,中国神父周文谟潜入事件发生后,受邪学连累而被降职为忠清道金井驿察访,迅即以副司直起用,与柳得恭等一起在奎章阁从事各种编纂事业。

但受到老论僻派以浸染邪学为要点的攻击,38岁(1799)时曾上《自明疏》为自己辩护。次年正祖薨,纯祖即位,政府开始大规模镇压天主教,丁若镛与妹夫李成薰、兄长丁若钟等一起被捕,被流放到庆尚道长鬐,此后又因侄女婿黄嗣永帛书事件而被移配全罗道康津,并在此度过了18年的流放岁月。流放期间倾力于著述,其大部分著述都完成于谪居期间。

纯祖十八年(1818)解除流放后,回到罗州本贯,直至宪宗二年(1836)去世为止,用力于著述与教育后学。死后于隆熙四年(1910)被朝廷下封号为文度,并追尊为奎章阁提学。1934年,以丁若镛逝世一百周年纪念事业为契机,形成对丁若镛关注的高潮。1959年又成立了"丁茶山纪念事业会",从而形成对丁茶山的全面研究。

丁茶山的著述卷帙浩大,达500余卷。从内容上看,大体可分为研究六经四书等儒教经典的经学研究,及诗文、杂著等其他部分。作为朝鲜后期实学思想的集大成者,丁若镛最具代表性的著述即被称为"一表二书"的《经世遗表》《牧民新书》《钦钦新书》,不仅是其学问的归结,也是其对政治、经济、社会的改革构想,同时也是对朝鲜后期思想界展开的实学成果的集大成。丁若镛自己在《自撰墓志铭》中曾总结说:"六经四书以修己,一

---

① 辛酉邪狱是指1801(辛酉)年发生在朝鲜半岛的镇压天主教事件。李氏朝鲜于正祖时形成了天主教会,天主教在朝鲜半岛广泛传播。正祖虽将天主教定为"邪教",但并未加以大规模镇压。纯祖即位,大王大妃金氏垂帘听政,于1801年开始了严厉镇压天主教、大规模肃清天主教徒的行动,中国神父周文谟以下300余人被陆续处死,史称"辛酉邪狱"。

表二书以之为天下国家,所以备本末也。"①

丁若镛明确提出了经世致用的学问目的,说:"经世者,何也？官制、郡县之治、田制、赋役、贡市、仓储、军制、科制、海税、商税、马政、船税、营国之制,不拘时用,立经陈纪,思以新我之旧邦也。"②针对朝鲜 17 世纪以来与党争相结合而陷入观念化、空虚化的朱子学风,丁若镛主张直接回到原始儒学,以尧舜周公孔子之修己治人之道作为学问根本,并以仁作为贯通学问的线索。从修己的角度探求仁乃个人的实践,从治人的角度展开仁,则是仁思想的社会实践的扩充。

在对仁这一概念的解释上,丁若镛充分发挥了朝鲜实学派所追求的实事求是的学问精神,③将仁从性理学所规定的形而上概念转为具体的儒家道德规定,认为仁就是儒家的孝、悌、慈,说:"人与人尽其分,斯之为仁","仁者,向人之爱也。子向父,弟向兄,臣向君,牧向民,凡人与人之相向而蔼然其爱者,谓之仁也。"④这样就避免了理学在朝鲜半岛传播中因成为科举开始的手段与党争的工具而逐渐走向空虚化的思想弊端。

丁若镛还进一步将儒家道德从理学的先验性转向实践性,说"仁义礼智之名,成于行事之后,故爱人而后谓之仁,爱人之先,仁之名未立也。……岂有仁义礼智四颗,磊磊落落,如桃仁杏仁,伏于人心之中者乎？"⑤在追求经世致用之学的基础上,丁若镛最终将作为性理哲学本体的理,从性理学的形而上之先验性转为实践之理,并批判理学以性为理,说:"理字本是玉石之脉理。治玉者,察其脉理,故复假借,以治为理。……而《中庸》云'文理密察',《乐记》云'乐通伦理',《易传》云'俯察地理',《孟子》云'始条理,终条理',仍亦脉理之义也。《大雅》云'乃疆乃理',……此皆治理之理也。治理者,莫如狱,故狱官谓之理。……何尝以无形者为理,有质者为气,天命之性为理,七情之发为气乎？《易》曰'黄中通理',又曰'易简而天下之理得矣';《乐记》云'天理灭矣';《易》曰'穷理尽性以至于命'

---

① [韩]丁若镛:《与犹堂全书》第 1 集,卷 16。茶山学术文化财团,2012。(以下只注书名)
② [韩]丁若镛:《与犹堂全书》第 1 集,卷 16。
③ 注:星湖李瀷曾说:"穷经将以致用也。说经而不措于天下万事,是徒能读耳。"(《星湖僿说》卷 20)
④ [韩]丁若镛:《与犹堂全书》第 2 集,卷 9。
⑤ [韩]丁若镛:《孟子要义》,《与犹堂全书》第 2 集,卷 5。

……静究字义,皆脉理、治理、法理之假借为文者,直以性为理,有古据乎?"①

丁若镛据此批判性理学在人性论上将性分为天命之行与气质之行的性二元论,以及将天命之性视为先验之理的观点,进而不仅将人性归之为儒家的道德实践规范,说"恐惧戒慎,昭事上帝,则可以为仁。虚尊太极,以理为天,则不可以为仁,归事天而已"。②而且由此提出了自己的"性嗜好"说,认为孔孟原始儒学所讲的人性,就是基于人的天然好恶本性基础上的自然性,并且认为这种天然本性就是善性,说"孟子论性善之理,辄以嗜好明之。"③

总之,丁若镛既在以六经四书为代表的经学基础上建立起了自己经世致用的实学,又以性嗜好说批判了程朱理学的先验人性论与以气质之性所代表的现实人性之恶论。而这一切都最终归结于他在《心经密验》一书中所主张的人格实践论,这也是他在哲学的最终意义上继承退溪学派的圣贤心学的明证。

与星湖李瀷主张可以不读心经相反,丁若镛将心经视为实践经学思想的路径,说:"余穷居无事,六经四书既究索有年,其有一得,既铨录而藏之矣,于是求其所以笃行之方,唯《小学》《心经》为诸经之拔英者。学苟于二书潜心力践,《小学》以治其外,《心经》以治其内,则庶几希贤有路。故余一生放倒,桑榆之报,顾不在是乎?《小学枝言》者,所以补旧注也;《心经密验》者,所以验之于身以自警也。从今至死之日,意欲致力于治心之术,所以穷经之业,结之以心经也。"④

丁若镛在《心经密验》中记载该书完成于"嘉庆乙亥中夏之晦"即1815年,时丁若镛53岁,正处于流放岁月中,且是在完成了大部分经学研究之后。他不仅将心经视为实践六经之学的方法,而且认为践行心经心学可以达到圣贤人格的追求,表明丁若镛在心性哲学上对退溪心经心学的继承。

从心经文本上看,丁若镛的《心经密验》完全去掉了程敏政的附注,只对真德秀《心经》文本所载的儒家经典进行全新阐释,因此,《心经附注》文本中所涉及的和会朱陆问题并不成为丁若镛所关注的问题。这一方面表

---

① [韩]丁若镛:《孟子要义》,《与犹堂全书》第2集,卷5。
② [韩]丁若镛:《与犹堂全书》第1集,卷16。
③ [韩]丁若镛:《孟子要义》,《与犹堂全书》第2集,卷3。
④ [韩]丁若镛:《心经密验》,(定本)《与犹堂全书》6,第194页。

明李氏朝鲜性理学发展到18世纪末、19世纪初期时，已经在实学派的思想中超越了此前陷入空虚化的性理学阶段，另一方面也说明丁若镛的心经心学追求的不再是纯粹思想上的争论，而是如何通过对心经心学的实践达成圣贤人格追求的现实问题。

在《心经密验》中，丁若镛将讨论的重点放在阐述自己的人性论、心性论和实践论上，而对于实践圣贤人格的具体道德规定，则直接继承了退溪的心经心学思想。如对构成退溪心学核心思想的朱子《敬斋箴》，丁若镛只引用了吴澄对《敬斋箴》内容的概括，曰："其一言静无违，其二言动无违，其三言表之正，其四言里之正"，并加按语说："退溪作图，至精至正，得本旨。"①因此，了解丁若镛的心经心学，重点在于理解其所关心的人性问题。

在《心经密验》中，丁若镛阐述的核心观点是他在人性论上提出的"性嗜好"说。明确提出："性之为字，当读之如雉性、鹿性、草性、木性，本以嗜好立名，不可作高远广大说也。《召诰》曰'节性，唯其日迈'，《王制》曰'修六礼以节民性'，《孟子》曰'动心忍性'，皆以嗜好为性也。"②将人性规定谓人的自然属性，又进一步解释说："嗜好有两端，一以目下之耽乐为嗜好，如云雉性好山，鹿性好野，猩猩之性好酒醴，此一嗜好也；一以毕竟之生成为嗜好，如云稻性好水，黍性好燥，葱蒜之性好鸡粪，此一嗜好也。"③

如此，人性就成为自然的、可以直接体会到的现实人性，而不再是程朱性理学所主张的先验的人性。他批判理学的人性论说："今人推尊性字，奉之为天样大物，混之以太极阴阳之说，杂之以本然气质之论，眇芒幽远，恍忽夸诞，自以为毫分缕析，穷天人不发之秘而卒之无补于日用常行之责，亦何益之有矣？斯不可以不辨。"④这不仅是对程朱理学人性论的批判，也是对朝鲜后期性理学在发展中陷入如人物性同异论争之类空虚学风的直接批判。

在此基础上，丁若镛为人欲的正当性进行了辩护，说："吾人灵体之内，本有愿欲一端，若无此欲心，即天下万事都无可做。唯其喻于利者，欲心从

---

① ［韩］丁若镛：《心经密验》，［韩］宋熹準：《心经注解丛编》五，第478页，（首尔）学民文化社，1985。（以下只注书名）
② ［韩］丁若镛：《心性总议》，《心经密验》。
③ ［韩］丁若镛：《心性总议》，《心经密验》。
④ ［韩］丁若镛：《心性总议》，《心经密验》。

利禄上穿去；其喻于义者，欲心从道义上穿去。欲之至极，二者皆能杀身而无悔，所谓贪夫徇财，烈士殉名也","此身既存，体不能不求其苟暖，肚不能不求其苟饱，四肢不能不求其苟安，顾安能都无欲哉？"①丁若镛由此批判周子的无欲论，认为倘若一个人无欲无求，简直就是天地间一弃物，并举例说："余尝见一种人，其心泊然无欲，不能为善，不能为恶，不能为文词，不能为产业，直一天地间弃物。人可以无欲乎？"②由此批判了程朱理学所主张的"穷天理，灭人欲"，从人性论上论证了人欲的正当性与必然性。他认为孟子所说的"养心莫善于寡欲"指的只是"利禄之欲"，而非正常的穿衣吃饭甚至治产业、为文学等正常的身体与心理欲望，从而为19世纪的朝鲜半岛提供了走向近代化的思想契机。

在承认人的自然欲望的正当性基础上，丁若镛又从心性论上解释了现实中恶的根源，提出了"性善心恶"的独特观点。

他首先在人性善恶问题上回到了孟子的性善论，并用自己的性嗜好说加以解释，说："今论人性，莫不乐善而耻恶，故行一善则其心充然以悦，行一恶则其心欲然以沮……若是者，知善之可慕而恶之可憎也。凡此皆嗜好之显于目下者也。"③又说："孟子性善之论，非孟子创为之也，……性善者，先圣之本论，非一家之私言也……性者，吾人之嗜好也。"④

他由此批判程朱理学的本然之性与气质之性的性二元论说法来自于佛教，说："佛氏谓如来藏性清净本然，谓本然之性纯善无恶，无纤毫沉滓，滢澈光明，特以血气新薰之故，陷于罪恶。有宋诸先生皆从此说。然吾人灵体，若论其嗜好，则乐善而耻恶；若论其权，则可善可恶，危而不安，恶得云纯善而无恶乎？"⑤又说："本然之义，世多不晓。据佛书，本然者，无始自在之义也。儒家谓吾人禀命于天。佛氏谓本然之性无所禀命，无所始生，自在天地之间，轮转不穷……此所谓本然之性也。逆天慢命，悖理伤善，未有甚于本然之说。先儒偶一借用，今人不明来历，开口便道本然之性。本然二字，即于六经四书、诸子百家之书，都无出处，唯首《楞严经》重言复

---

① ［韩］丁若镛：释《周子养心说》，《心经密验》。
② ［韩］丁若镛：释《孟子养心莫善于寡欲》，《心经密验》。
③ ［韩］丁若镛：《心性总议》，《心经密验》。
④ ［韩］丁若镛：《心性总议》，《心经密验》。
⑤ ［韩］丁若镛：《心性总议》，《心经密验》。

言,安望其与古圣人所言沕然相吻合耶?"①这就从根本上否定了程朱性理学的人性论。

但是,丁若镛还需要解释现实中的恶之根源,否则便与其将心经视为修身养性的路径相违背。他由此提出了性善心恶的"灵体三理"说:"总之,灵体之内,厥有三理。言乎其性,则乐善而耻恶。此孟子所谓性善也;言乎其权衡,则可善而可恶。此告子湍水之喻,杨雄善恶混之说所由作也;言乎其行事,则难善而易恶。此荀卿性恶之说所由作也。"②那么这个可善可恶的"权衡"究竟是什么?其意又何在呢?

丁若镛在对心经开篇被视为"万世心学渊源"的"人心唯危,道心惟微"之16字相传心学旨诀的解释中,规定说:"人心惟危者,吾之所谓权衡也。心之权衡,可善可恶,天下之危殆不安,未有甚于是者。"③在解释孟子的"仁,人心也。义,人路也"时,又对心经所引"程子曰,心本善而流于不善,所谓放也"进行了反驳,说:"有恻隐之心,有羞恶之心,此善心也。有鄙诈之心,有易慢之心,此恶心也。心之发用,可善可恶,与性不同,故古经无心本善之说。"④

如此,丁若镛就将恶的根源归之于可善可恶之人心,这样既避免了程朱理学的性二元论,也避免了朝鲜后期陷入空虚学风的人物性同异论争。但在现实的层面上,丁若镛的修养论最终仍然未能超出理学的范围,而是重新回归到心经的道心学说上,说:"道心惟微者,吾之所谓性好也。天命之谓性,率性之谓道,斯之谓道心也。孟子曰,人之所以异于禽兽者几希。几希者,微也。性之乐善虽根于天赋,而为物欲所弊,存者极微。"⑤将现实中恶现象的根源归之于"物欲之弊",从而与其在性嗜好说中对人欲的辩护形成矛盾。

但从另一个角度看,这也意味着心经修养论的必要性。因此,丁若镛在对心经文本的阐释中,将重点放在了如何实践儒家道德修养的问题上,通过对孔子的仁学、忠恕之道与朱子尊德性的阐释,论述了自己的道德修养实践论。

---

① [韩]丁若镛:《心性总议》,《心经密验》。
② [韩]丁若镛:《心性总议》,《心经密验》。
③ [韩]丁若镛:释《人心惟危》条,《心经密验》。
④ [韩]丁若镛:释孟子《仁人心》条,《心经密验》。
⑤ [韩]丁若镛:释孟子《人心惟危,道心惟微》条,《心经密验》。

在对心经文本"颜渊问仁,子曰克己复礼为仁"的解释上,丁若镛对心经所引张载"礼仪三百,威仪三千,无一物之非仁"的阐释中,贯彻了自己的实学思想,将仁规定为对具体的儒家礼仪制度的践行,说:"盖仁者,人也。人与人之尽分也。父与子,二人也;君与臣,二人也。凡父与子、君与臣之间所行礼节,孰非所以为仁之方乎? 兄弟、宾主、夫妇、长幼,凡其礼节,皆人与人相与之法也。复礼为仁,非谓是乎?"①这不仅是其实学思想的体现,而且也是其将经学思想体系建立在周礼之上的直接体现。也就是说,丁若镛的心经心学的核心,仍然是通过实践儒家的礼仪制度来达到圣贤人格的完成,甚至国家治理的。

丁若镛通过实践礼仪制度以达成儒家伦理道德实践的观点,还体现在他对孔子忠恕之道的阐释上。

真德秀《心经》第1卷第11章所选经典为《论语·颜渊第十二章》:"仲弓问仁。子曰:'出门如见大宾,使民如承大祭。己所不欲,勿施于人。在邦无怨,在家无怨。"注释中引用二条理学解释,一条是伊川所说"如见大宾,如承大祭,敬也。敬则不私。一不敬则私欲万端,害于人矣。"另一条是引朱子"敬以持己,恕以及物,则私意无所容而心德全矣"。② 都是从主敬的意义上来阐释孔子的仁。程敏政在附注中又则增加了五条程朱理学的解释,其中有朱子的解释涉及《论语》对恕的规定:"问:己所不欲,勿施于人是恕。朱子曰:伊川云,恕字须兼忠字说。盖忠是尽己,尽己而后为恕。今人不理会忠而徒为恕,其弊只是姑息。"③

《论语》中有两次论及"忠恕"。一次是孔子和曾子谈论"吾道一以贯之",曾子对其他门人的解释是"夫子之道,忠恕而已矣",④另一次是子贡问孔子"有一言而可以终身行之乎?"孔子回答说:"其恕乎! 己所不欲,勿施于人。"⑤也就是说,孔子明确将恕定义为"己所不欲,勿施于人"。但关于忠,在《论语》中则是作为一个既定的概念使用的,如子曰"言思忠""与人忠""言忠信,行笃敬"等,并没有对"忠"这一概念本身的具体解释。后来朱熹在《中庸章句》中作了具体解释,说:"尽己之心为忠,推己及人为

---

① [韩]丁若镛:释《颜渊问仁》条,《心经密验》。
② (明)程敏政:《心经附注》,[韩]宋熹準:《心经注解丛编》一,(首尔)学民文化社,1985。
③ (明)程敏政:《心经附注》,[韩]宋熹準:《心经注解丛编》一,(首尔)学民文化社,1985。
④ 《论语·里仁篇第四》。
⑤ 《论语·卫灵公篇第十五》。

恕。"性理学在朝鲜半岛传播过程中,也一直是以程朱对孔子忠恕之道的解释为标准的。

丁若镛对此进行了直接批判。他首先从原始经典训诂学的角度论证说:"尽己之谓忠,推己之谓恕,于今便成铁铸语。然从来尔雅、说文、三仓之家无此训诂。所谓忠恕者,不过曰实心以行恕耳。若尽己、推己必当两下工夫,则是夫子之道二以贯之,非一贯也。"①又从文字训诂的角度批判说:"恕有二义,一曰推恕,一曰容恕。古经所言皆是推恕而先儒多作容恕看,故曰其弊只是姑息。若认恕无错,何得曰有弊?恕之为德,施之万人而无弊。"②坚决反对程朱理学将忠恕视为两个概念看。

批判的目的仍然是为了真切实践儒家道德规范与礼仪制度,所以他说:"今人读忠恕,皆欲忠以修己,恕以治人,大误大误。恕以修己,惟实心行恕者谓之忠恕。"③强调实心行恕就是忠恕。进一步,丁若镛又对孔子"己所不欲,勿施于人"即为恕的经典进行了阐释,指出:"恕者,何也?不欲受于子者勿施于父,不欲受于父者勿施于子,……不欲受于长者勿施于幼。凡人与人相与之际,皆用此道,所谓絜矩之道也。……经曰'己所不欲,勿施于人'。先儒瞥见此文,认人字太远,看作众人之疏贱者,不知人字密贴在天伦骨肉之亲,父子兄弟之间,故求仁之方日以远矣。"④将恕道规定为在人际关系间全面践行儒家伦理规范。

丁若镛甚至将一贯之道视为个体人格成圣成贤之法门,说:"成圣成贤之法,不外乎一贯。若使一贯之旨讲得真切,尊德性者知可以下手矣……古之所谓一贯者,以一恕字贯六亲,贯五伦,贯经礼三百,贯曲礼三千。其言约而博,其志要而远。以恕事父则孝,以恕事君则忠,以恕牧民则慈,所谓仁之方也。"⑤可见,以恕为核心来实践儒家孝悌忠信之道德规范,最终达到个体人格的成圣成贤与治理国家之道,成为丁若镛心经心学的根本特征。

在《心经密验》的结尾,丁若镛还通过对"今人解释"孔子一贯之道的批判,对心经传入朝鲜半岛以来自退溪学派开始至19世纪初的心经研究,

---

① [韩]丁若镛:释《颜渊问仁,子曰克己复礼为仁》条,《心经密验》。
② [韩]丁若镛:释《颜渊问仁,子曰克己复礼为仁》条,《心经密验》。
③ [韩]丁若镛:释《颜渊问仁,子曰克己复礼为仁》条,《心经密验》。
④ [韩]丁若镛:释《颜渊问仁,子曰克己复礼为仁》条,《心经密验》。
⑤ [韩]丁若镛:释《心经·朱子尊德性斋铭》,《心经密验》。

在尊德性道问学问题上的和会朱陆问题,进行了总结性批判,说:"尊德性三字,今人不达其旨,唯知与道问学为相对之物,彼为知,此为行;彼为博文,此为约礼;彼为穷理,此为居敬;彼为真认,此为实践而已。其实所谓尊德性之工,不知如何下手,如何入头。此大梦也。"①

在尊德性的意义上,丁若镛总结了自己的人性论学说,将自己的心经思想归入真德秀、程敏政、李退溪以来以心经为载体的朱子学心学化思想发展中来,主张以恕为核心实践儒家的孝悌忠信之道德规范与以周礼为代表的礼仪制度,他解释说:"原夫性者,乐善耻恶之所油然也。率此本性,可以居仁,可以由义,仁义之所由成,故名之曰尊德性也。乃此德性,本受于上天,故尊之奉之,罔敢坠失也"②,强调人性本善。而之所以要进行道德修养与实践,是因为"心之权衡,可善可恶,而措诸行事,难善易恶,若于是不予之以乐善耻恶之性,使之嗜于善而肥于义,则举世尽力求为些微之小善,亦难乎其果行,斯则性之于人,诚为无上至宝,可尊可奉而不可须臾而相违者也"。③ 这也意味着丁若镛最终在个体人格成圣成贤的意义上,继承了退溪学派的心经心学思想。

丁若镛在强调以恕为核心实践儒家道德规范的同时,也批判了吴澄所主张的和会朱陆思想,并将自己的道德实践主张与陆象山的心学区别开来,说:"率之以往,可以居敬,可以约礼,然直以是为力行实践,犹之未然。陆象山大拍头胡叫唤,谓六经皆糟粕,专把尊德性三字以立法门。然于三字犹未能切问而真知,况于六经知浩汗乎?知不明则行不力,安得径谓之糟粕乎?认仁字误,认恕字误,认端为末,认庸为平,将何以力行而实践哉?"④

这意味着丁若镛在为学方式的意义上,继承的是程朱格物致知的为学方式,主张先知后行,从而与陆学的知行合一区别开来。与此同时,在将儒家伦理道德由程朱理学的先验性转向日常生活的实践性意义上,丁若镛也批判了理学的形而上特性所导致的朝鲜后期理学的空虚化,说:"今之所谓一贯者,天地阴阳之化,草木禽兽之生,纷纶错杂,芸芸载载者,始于一理,中散为万殊,末复合于一理也。老子曰,天得一以清,地得一以宁,圣人抱

---

① [韩]丁若镛:释《心经·朱子尊德性斋铭》,《心经密验》。
② [韩]丁若镛:释《心经·朱子尊德性斋铭》,《心经密验》。
③ [韩]丁若镛:释《心经·朱子尊德性斋铭》,《心经密验》。
④ [韩]丁若镛:释《心经·朱子尊德性斋铭》,《心经密验》。

一以为天下式。佛氏曰,万法归一,一归何处。今人乐闻此说,耻吾道狭小,于是强把一贯之句以与老佛猗角为三,此儒门之大蠹也。"①

由此可见,丁若镛的《心经密验》既在圣贤人格的追求上继承了退溪的心经心学思想,从而与朝鲜道学派格君心之非的政治主张区别开来,也在为学方式的意义上继承了程朱理学的格物致知,先知后行,从而与陆学追求的单纯道德实践区别开来。同时,也在经世致用的实学意义上与程朱理学的形而上追求区别开来,并由此批判了朝鲜后期理学在党争背景下陷入空疏无用的弊病,试图将18世纪末、19世纪前期的朝鲜理学重新拉回到以周礼为框架的儒家道德秩序的建设上来。但正像韩国学者所说,因为18世纪朝鲜实学派学者在政治上始终处于劣势,因此,实学派的思想并未能对该时期的李氏朝鲜形成重要的思想影响。

第三节　畿湖学派的心经研究及特征

如前所述,18世纪畿湖学派的心经研究至宋时烈因党派分裂而大体分化为三条思想线索,一为虽曾从学于宋时烈但并不以门人而是以后学身份自称的金昌协及其兄弟金昌翕一系的心经研究,一为虽是宋时烈弟子但在党派上属于西人少论领袖的朴世采及其弟子郑齐斗的心经研究,一为宋时烈首门人权尚夏及其弟子韩元震、尹凤九、李縡与其弟子任圣周的心经研究。这一系的心经研究也是18世纪畿湖学派心经研究的主要线索。

从时间线索上看,18世纪初以金昌协兄弟的心经研究为主要代表,18世纪中期则以韩元震、尹凤九的心经研究为代表,18世纪末则以任圣周的心经研究为代表。本节即以此为线索进行述评。郑齐斗的心经研究则放在下一节专门论述。

一、金昌协一系的心经研究:著述与特征

金昌协(1651~1708),字仲和,号农岩,谥号文简。本贯安东,金尚宪曾孙、金寿恒之子,与其兄金昌辑、弟金昌翕并为当时著名学者。静观斋李端相门人、女婿,24岁起从学于宋时烈,讲论学问,但并不以门人相称,而

---

① [韩]丁若镛:释《心经·朱子尊德性斋铭》,《心经密验》。

第四章 18世纪李氏朝鲜的心经研究及意义

是以"后学"自处。① 自幼专心向学,讲道修业,在埋头于经传的同时,金昌协在学问上强调文道合一,亦致力于古文,在境界上大有韩愈、欧阳修之风,被誉为18世纪末李氏朝鲜古文四君子之一。

19岁进士及第,但在第二次服制问题争论中,西人失势,其父金寿恒被流配全罗道灵岩,金昌协随父至谪所侍奉。32岁时在增广文科试中状元及第,官至大司成。37岁时自请外职,出任清风府使。因己巳换局父亲又被流配珍岛,金昌协抛弃官职,再次至谪所侍奉父亲,后父亲在谪所被处死,金昌协谢绝世事,进入永平之鹰岩,建农岩书室,专意学问。甲戌换局(1694)后父亲得到申冤,朝廷多次授予其如大提学、礼曹判书等官职,但其始终未任职。其门下学者辈出,有其弟金昌翕、陶庵李縡,及其孙子渼湖金令行等。著述有《农岩集》36卷、《朱子大全箚疑问目》12卷,及《心学旨诀记疑》《心经经筵讲义》等。

在性理学上,金昌协以畿湖学派传人,试图折中栗谷与退溪在四端七情、理发气发问题上的分歧,作《四端七情说》,对栗谷与退溪之说进行详尽分析;②在人性论问题上,对当时朝鲜学界争论的人物性同异问题持相异观点,并提出了人心善恶三端说。③

总之,从金昌协的性理学思想上看,他对退溪和栗谷学说的折中试图及在人物性同异问题上的深入分析,一方面显示出18世纪李氏朝鲜性理学的深入发展,另一方面也意味着该时期朝鲜性理学在党争与学术分裂背景下,走向了脱离实际的空疏学风。其心经研究正是在这样的思想历史背景下展开的。

如前所述,朝鲜孝宗、显宗、肃宗都对心经十分重视,④且重用以宋时烈、朴世采为代表的西人学者,包括金昌协在内的西人学者,大都为国王讲

---

① 农岩在《与慎无逸》中说:"尤翁吾所尊也,虽未尝受业为师弟子,而出入门下数十年,情义笃矣。"([韩]金昌协:《农岩集》卷20)
② 参见[韩]崔英成:《韩国儒学思想史》四,(首尔)亚细亚文化社,1995。
③ [韩]金昌协:《农岩续集》卷下:"大概人心善恶之分,皆因乎气,而其端则有三焉。本来禀赋,一也;随时清浊,二也;所感轻重,三也。以此三者参互而曲畅之,其义尽矣。"
④ 在金昌协的《心经经筵讲义》中就曾记载:在九月十二日的经筵讲心经中,儒臣追问国王究竟读过心经多少遍,国王回答"事务繁多,不能多读,而亦读八九十遍矣",可见17、18世纪朝鲜国王对心经的重视。

解过心经,《心经经筵讲义》即为当时的讲义记录。包括癸亥①七月十六日、十七日、二十日,八月六日、十一日,九月十二日,共6篇。

从内容上看,是在国王肃宗的引导下,众儒臣讨论有关心经文本中涉及的思想问题,金昌协对此的看法。肃宗不仅对心经思想有深刻了解,且通读过多遍,如在经筵讨论中,肃宗就曾说:"事务繁多,不能多读,而亦读八九十遍矣。"

在6篇经筵心经讲论中,总共涉及对心经文本中有关《乐记·礼乐不可斯须去身》、正心诚意、人心道心等问题的讨论,金昌协在有关讨论中,反复向国王肃宗强调了一个主旨,即朱子所倡导的格君心之非的重要性。如在八月初六的讨论中,金昌协就说:"且如时君圣主以尧舜三王之事为决不可行,此皆是自画也。自上宜省念于此,断然以古昔圣王自期而无或有退托之意,则实国家臣民之幸也。"②在九月十二日讨论《东铭》时,又说:"欲他人已从一句,尤切于人主。匹夫有过,不自引咎而乃反谓为当然,欲使他人从己,则其害固不可说。至于人主,有至尊之威,而乃或自是务胜,政令行事之失,不惟不自悔责,而必欲令群下阿谀顺旨,靡然从之,不敢为违覆匡救之计,则其为国家之害,何可胜言? 愿上于此,更加惕念焉。"③

强调君王之学与匹夫不同,因国家治理安危而务必"格君心之非",这是李氏朝鲜道学派的一贯主张,并为栗谷开创的畿湖学派所继承,由此也证明,金昌协为栗谷→金长生→宋时烈→金昌协、权尚夏、朴世采一系的畿湖学派传人。

在具体的实践之道上,金昌协也主张回到程朱理学的诚意正心、天理人欲论,说:"是以自家而国,自国而天下,治效不过如彼。若果能正得此心,使粹然一出于天理之公而无一毫人欲之私,则治平之效,将有桴鼓之应矣。有此心必有此效,不可诬也。"④与此同时,金昌协在心经经筵讲义中,更进一步要求国王不仅要与儒臣讲读心经,更要按照心经所提供的道德修养规范进行实践,说:"臣伏观殿下,勤御经筵,留心圣学,然燕闲日用之间,

---

① 从金昌协的生卒年月推测,其所著《心经经筵讲义》所记载的"癸亥",应该是指肃宗九年(1683)。
② [韩]金昌协:《心经经筵讲义》,[韩]宋熹準:《心境注解丛编》四,第490页,(首尔)学民文化社,1985。(以下只注书名)
③ [韩]金昌协:《心经经筵讲义》。
④ [韩]金昌协:《心经经筵讲义》。

苟不能实下工夫,而只以临筵讲读为事,则其与朱子所谓将正心吟咏一饷者,相去几希矣。"①具体的实践方法,则是性理学的天理人欲论与心经心学的个体道德修养方式的结合,他说:"若讲诚意,则必须省察于天理人欲之几,好善则如好好色,恶恶则如恶恶臭。讲正心,则必须于忿懥恐惧、好乐忧患之际,常加观照,无使有偏系之病,然后方可为讲学之实。"②

同时,在治理国家的意义上,金昌协主张通过国王对儒家礼乐的实践而达到治国的目的,他在心经的经筵讲义中反复向国王陈说此意,如说:"王者制礼作乐,所以化民成俗,不但为治身治心之具……其礼以庄敬为本,乐以和乐为本……人主苟能以庄敬和乐治其身心,至于真积力久,深造乎其极,则以之制礼作乐而化民成俗,亦何所不可乎?"③在七月二十日的经筵讲义中,金昌协也向国王详细阐述了儒家礼乐制度对治理国家的意义,并将栗谷学派所主张的"格君心之非"与退溪学派所主张的个体人格的主敬成圣道德修养结合起来,④从而不仅在性理哲学上试图折中退溪与栗谷的四七理气之争,而且在现实意义上也最终指向国家治理的政治目的。

除了《心经经筵讲义》,金昌协还著有《心学旨诀记疑》1卷,是对朴世采所著《心学旨诀》一书的问题讨论,包括"总言敬之失于拘迫悠缓条""专言敬之失于悠缓条""专言敬之有纷扰条""专言敬之力行条""愚不肖之敬条"等,共6条。内容上则是对《心经旨诀》上述内容的简单疑问与反对,如"专言敬之力行条"就说:"皋陶谟曰,'亦行有九德,宽而栗'止'强而义'。按:九德本以成德言,似不得谓之力行。"⑤从总体上看,基本上都是简单提出自己的疑问与反对意见。

如上所述,朴世采是宋时烈的门人,但在政治上宋时烈为西人老论领袖,朴世采则是西人少论领袖,并在大礼仪之争中与老论形成激烈党争,因此在心经心学上也表现出不同倾向。金昌协显然继承了宋时烈的心经心学思想,因此对朴世采所著《心学旨诀》从整体上进行了否定,说:"盖详此书,主意专在于表出敬字,故经传中凡及敬字者,不问紧歇,皆引之,如责难

---

① [韩]金昌协:《心经经筵讲义》。
② [韩]金昌协:《心经经筵讲义》。
③ [韩]金昌协:《心经经筵讲义》。
④ [韩]金昌协:《心经经筵讲义》。
⑤ [韩]金昌协:《心经经筵讲义》。

于君本非敬之宗旨,而以其有敬字则取之;如《中庸》戒惧慎独,敬之实功无大于此者,而特以无敬字,故仅得附见于朱子说戒惧慎独皆敬条下,而不得与《洪范》《论语》《大学》《曲礼》之言并列于正文……然则子思所以发明心学之要者,终不得见于此书矣。以此而言,则此书之作,本不为学者心学之实工,而只以资其考证敬字之名目耳。窃恐从上圣贤著书立言之意,或不如此也。"①反映出18世纪初心经在某种意义上也成为党争与学争工具的时代特征,但也反映出金昌协的心经心学主张实学、反对单纯的考证之学的特征。

从总体上看,金昌协一系的心经研究比较简单,如其兄金昌辑也作有《心经坤之六二章解》一文,只有对经文"敬以直内、义以方外"简单解释。此后,金昌协之孙金令行也有《请郑文岩跋旧藏心经》一文,简单记述了其祖父所藏心经一书失而复得的过程。与18世纪中期宋时烈首门人权尚夏一系的心经研究相比,18世纪初期金昌协一系的心经研究显得相对简单与追求实用。

二、韩元震的心经研究:著述与特征

权尚夏(1641~1721),字致道,号遂庵、寒水斋,谥号文纯,本贯安东,宋时烈首门人。宪宗一年(1660)司马试及第,因党争而绝意政治,埋头于学问,后成为湖西山林领袖。肃宗一年(1675)因受其师宋时烈在慈懿大妃服制问题追罪而被流配德源,最终卜居清风之黄江,埋头学问,培养后进,弟子众多,其中尤以被称为"江门八学士"的韩元震、李柬、尹凰九、蔡之洪、李颐根、玄尚弼、崔徵厚、成万徵为最著。

权尚夏是以李珥为宗师的宋时烈一系的畿湖学派嫡传,尤其是作为18世纪以来占据了权力地位的湖西山林领袖,确保了与代表岭南学派的南人系山林进行的政治与学问的论争中处于优势地位,又通过倡导由其弟子韩元震、李柬提出的人物性同异论辩,形成了朝鲜性理学发展史上继四端七情分理气论之后的第二次学术大辩论,被韩国学者认为是李氏朝鲜性理学的深化与发展。② 著有《寒水斋集》34卷,及载于其文集的《太极说》

---

① [韩]金昌协:《心经经筵讲义》。
② [韩]崔英成:《韩国儒学思想史》四,第21页,(首尔)亚细亚文化社,1995。

《阴阳五行说》《四七理气辨》等。

权尚夏本人没有关于心经的著述,但其门人韩元震、尹凰九以及李縡门人杨应秀与任圣周都留下了有关心经的专门著述。其中,韩元震与尹凰九的心经研究代表了18世纪中期畿湖学派的心经研究,而李縡门人杨应秀与鹿门任圣周的心经研究,则代表了18世纪后期畿湖学派的心经研究。

韩元震(1682~1751),字德昭,号南塘,谥号文纯,本贯清州,出生于洪州南塘。权尚夏高第,江门八学士之一,湖洛论争中主张人物性不同论,湖论的代表学者。肃宗四十三年(1717)以学行举荐进入仕途,英祖时任经筵官,以名讲而受到英祖喜爱,后在党争中受少论排斥而落职。在学术上为李珥嫡传,以性理学为正统,兼通天文、地理、历算、兵法等,尤其通晓易学。著述有《南塘集》38卷、《朱子言论同异考》《礼仪经传通解补》《心经附注劄疑》等。

作为李珥→金长生→宋时烈→权尚夏一系畿湖学派的嫡传学者,韩元震在性理学上坚守栗谷李珥的主理论,批判主气论,说:"主于理者为正学,主于气者为异端。正学异端之辨,只在于理与气而已。"①在心性论上,韩元震主张人性本善,心有善恶,说:"盖圣学之要,莫急于知性善,莫大于气质变化。"②由此进一步主张人物性不同,说:"理体一也,而有以超形气而言者,有以因气质而名者,有以杂气质而言者。超形气而言,则太极之称是也,而万物之理同矣。因气质而言,则健顺五常之名是也,而人物性不同矣。杂气质而言,则善恶之性是也,而人人物物,由不同矣。"③其在性理学上的主张也反映在其《心经附注劄疑》中。

《心经附注劄疑》是韩元震对《心经附注》中的一些问题进行的解释,并没有一个系统的思想体系。从内容上看,大致可以分为三类:一是在人心道心问题上对真德秀、李退溪、王柏等观点的批评,这也是韩元震《心经附注劄疑》讨论的中心问题;二是对宋时烈《心经释疑》中的一些词句的疑问与注释;三是该书结尾对程敏政和会朱陆的严厉批判。

关于人心道心问题的讨论,首先出现在该书的第一条"赞好乐忿懥"的解释中所涉及的四端七情问题。如前所述,在朝鲜性理学发展史上,曾

---

① [韩]韩元震:《南塘集》卷6,《经筵说》(下)。韩国文集丛刊,(首尔)景仁文化社,1990。(以下只注书名)
② [韩]韩元震:《南塘集》卷3,《太极图》。
③ [韩]韩元震:《南塘集》卷6,《经筵说》(下)。

经出现过退溪与奇明彦之间就四端七情分理气论的学术大辩论,退溪主张"四端理发而气随之,故纯善而无恶;七情气发而理乘之,故有善恶"的论点,奇明彦则坚持朱子的理气不可离的观点,反对退溪的观点。这场长达8年的学术大辩论,几乎成为16世纪中后期李氏朝鲜学术界整体参与的学术论战,而17世纪初继退溪成为李氏朝鲜儒林领袖的栗谷李珥,正因为在四七理气问题上反对退溪的观点支持奇明彦的观点,从而形成17世纪后朝鲜性理学发展史上的两大学术流派,即以退溪为宗的岭南学派与以栗谷为宗的畿湖学派。

作为畿湖学派的嫡传,韩元震在四端七情问题上自然选择栗谷一派的观点,因此,在上述解释中,韩元震批评退溪的四端七情论,说:"按:忿懥好乐,七情中之喜怒也。人心固不出于七情之外,七情不专是人心。以此属之人心,恐未为可。退溪以七情为人心,无乃出于此耶?"①表明其在学派上属于畿湖学派的态度。

其次是对真德秀所说的"声色臭味之欲,皆发于气,所谓人心也;仁义礼智之理,皆根于性,所谓道心也"的观点进行的分析与批判,认为真德秀"以人心发于气,其失朱子之旨甚矣。以仁义礼智为根于性,语固未安。"②

韩元震指出,《心经释疑》否定真德秀对人心与仁义礼智的看法是有道理的。他认为,仁义礼智是未发之性,道心是已发之情,真德秀在《心境赞》中以仁义礼智为道心,则是以性为情,而其下以铦锋悍马来比喻用力克治的说法,又似乎专以人心为不好,对人心的解释也有问题。究其根源,《心经赞》"以道心专作理字看。道心亦曰心,则是亦气发也,安得专以理字言也?既以人心为发于气,又以道心专作理字看,则盖未免乎二岐之差矣","西山之以人心道心分作理气,不可复讳。退溪之谓人心道心相资而相发者,恐本于此也。"③

韩元震又进一步分析和批判了真德秀和李退溪以人心道心分属理气的观点,说:"《中庸序》曰心之知觉一而已矣,又曰所以为知觉者不同,何尝以知觉偏属人心耶?人心道心皆此心之知觉,而能觉者,气之灵;所觉者,心之理。非气则不能觉,非理则无所觉,未有去一而能有觉者,则人心

---

① [韩]韩元震:《心经附注箚疑》,[韩]宋熹準编:《心经注解丛编》四,第653页,(首尔)学民文化社,1985。(以下只注书名)
② [韩]韩元震:《心经附注箚疑》。
③ [韩]韩元震:《心经附注箚疑》。

道心之不可分作理气也,岂待辨而后明耶?且所谓人心者,本只以食色之心名之也,今转作气之灵觉,又何据也?"①在人心道心的理气关系问题上,韩元震坚持的是栗谷一派所主张的理气不离观点,也因此才会批判退溪一派所坚持的理气分属观。

在此基础上,韩元震接着又分析和批判了王柏的《人心道心图说》,认为王柏此图"以形气性命同置心字中,是以形气为心上发用之气,而以人心道心为各从理气而发也,其失已甚矣。"②韩元震认为,形气、性命、仁义礼智、心,这四者的关系是:"形气,耳目口鼻之体也;性命,仁义礼智之德也;心则包性命而居于形气之中者也。"③因此才会有人心道心之发的区别,但不能因此认为人心道心在本源上不同,所以说:"心包性命,而发则人心道心无不原于性命矣。然从人心道心之已发而推究其所以有是心之故,则人心之发傍由耳目口鼻之形而生,道心之发,直由仁义礼智之性而出,故以人心道心分属性命,而非以为发处有不同也。"④

从根本上讲,韩元震之所以在人心道心问题上坚持栗谷学派理气不离的观点,反对退溪学派以人心道心分属理气而论的观点,实际上仍然是基于栗谷在政治上追求朱子"格君心之非"的道学主张,因此在心性论上也坚持程朱理学基于《大学》正心诚意、修身齐家、治国平天下的修养论,反对退溪基于心经心学人心道心说展开的主敬成圣之个体道德人格修养论。

《心经附注箚疑》中的第二类内容,是对宋时烈《心经释疑》中的一些词句的疑问及注释,如对周子、程子所谓"主一"之"一"的解释,认为此"一"字"皆兼动静说",因此心经文本中所引觉轩蔡氏说"周子'一者无欲'之一"是指"静之主一"之说是不对的。再如对心经文本所引"子绝四。勿轩熊氏曰,此诚意之事"的看法,《心经释疑》认为不对,韩元震也认为熊氏的看法不对,不过继续对"绝"字进行了分析,认为"绝字在圣人分上为绝无之意,在学者分上当用力绝之。四毋字,在圣人只是无字意,在学者当作勿字用。"⑤诸如此类的字意注释,大都比较简单,不涉及学派分歧。

在《心经附注箚疑》的最后,则是对程敏政朱子晚年定论说的严厉批

---

① [韩]韩元震:《心经附注箚疑》。
② [韩]韩元震:《心经附注箚疑》。
③ [韩]韩元震:《心经附注箚疑》。
④ [韩]韩元震:《心经附注箚疑》。
⑤ [韩]韩元震:《心经附注箚疑》。

判,认为"定论二字,可见篁墩暗然诬民归陆之邪心也","诬圣之罪有甚于洪水"①,反映出李氏朝鲜直至18世纪中期仍然对陆王心学持严厉拒斥的态度。

除了韩元震的心经著述外,与韩元震同为权尚夏门人的尹凰九,亦著有《心经讲说》。

三、尹凰九的心经研究:著述与特征

尹凰九(1681~1767),字瑞鹰,号屏溪、久庵,谥号文献。权尚夏门人。本贯坡平,于忠清道伽倻山所属之屏溪讲学论道,故学者称"屏溪先生"。英祖一年(1725)以遗逸受举荐进入仕途,任庆尚道清道郡守,之后历任持平、掌令、赞善、大司宪等职。著有《屏溪集》。在湖洛论争中与韩元震、李柬一起成为湖论的中心人物,以栗谷的理通气局说为依据,主张人物性不同。② 在心性论上,则主张性善心可善可恶,并以气禀说来解释圣人与凡人在人性上的区别。③

尹凰九著有《心经讲说》1卷,内容简单,是以问答的形式,讨论了朝鲜心经研究中涉及的总共6个问题。

从内容上看,主要是讲解心经中的一些词句意思,如对真德秀《心经赞》中的"好乐忿懥"的解释。学者提问说,"此二者皆心之用,非但发于耳目口鼻之欲,道心上以皆有此二者之分",而真德秀将好乐、忿懥皆置于人心之下,似乎不与道心相干,故此提出疑问。尹凰九回答说,这个问题在宋时烈的《心经释疑》中就已经批判过真德秀的错误,且进一步解释了人心道心、四端七情的关系,说:"二者,七情之喜怒也,道心亦何尝无喜怒也?且人心即生于耳目口鼻声色臭味之心,易流于人欲,故谓之危也,今曰'好乐忿懥,惟欲易流'云,则心之发用处皆谓之性也,道心亦心之发用而亦在

---

① [韩]韩元震:《心经附注劄疑》。
② [韩]尹凰九:《屏溪集》卷30,《答克客念章海》:"若言性理之分,理即理通之理也,性即气局上理也。"
③ 尹凰九说:"心专言则统性情,而单言则气也。是气也,虽所禀之精英该贮于方寸者,而气者不齐也,随所禀不齐,各有清浊,故以圣凡所同之性,而凡人之不能如圣人之直遂者,只为清浊所拘而不能不异也。必能加变化之工,无些子渣滓,至于清明纯粹,然后可以为尽性,即与圣人一也。"(《屏溪集》卷10)

情字圈中,混谓之'易流于欲也',未免后来诸儒道心四端人心七情之说也。人道四端之分,尤栗两先生言其失详矣,并商之。"①清楚表明了在心经心学上对退溪思想的批判,与对栗谷学派的思想阐述。

其他则主要是对心经文本中字句的解释,如对"惟理谓微"之"微"字、"闲邪存诚"之"邪"字、"子绝四"之"绝"字,以及程子论已发未发问题、程子"舍去如斯,达去如斯"问题的解释等,基本上都是基于李珥、宋时烈、权尚夏一系畿湖学派的观点来进行讲解的。表现出18世纪中后期畿湖学派心经研究的传承。

四、任圣周的心经研究:著述与特征

如上所述,18世纪畿湖学派的心经研究以权尚夏一系的心经研究为主展开,但与此同时,也存在着另一系虽在学派传承上属于畿湖学派,但在性理哲学本体上继承的却是根源于张载的朝鲜前期性理学者徐敬德德气论,在心经心学上继承的却是退溪心学的李縡一系的独特心经研究。

李縡(1680~1746),字熙卿,号陶庵、寒泉,谥号文正。本贯牛峰,出生于高阳花田。自幼丧父,受学于叔父。肃宗二十八年(1702)文科及第,官至大提学、礼曹判书,为老论中心人物。景宗二年(1722)发生辛壬士祸,其叔父死于狱中,李縡隐退,移居于麟蹄德山村,绝意仕途,埋头学问。英祖三年(1727)丁未换局,移居龙仁寒泉,教育弟子,并与尹凰九、朴弼周等学者交游。

作为当时的性理学大家,李縡在学问上私淑赵光祖和李珥,说"静庵和栗谷乃吾师","吾于栗翁受罔极之恩",并参与编纂《栗谷全书》,因此从学术传承上将李縡归于畿湖学派。在当时的湖洛论争中,李縡是洛论代表,主张人物性同。56岁时又与尹凰九展开了圣凡心不同的论争。但在朝鲜性理学发展史上,李縡最大的影响还是在礼学著述上。他67岁时编纂的《四礼便览》,以《朱子家礼》为纲,结合朝鲜时俗,确立了此后朝鲜半岛冠婚丧祭的礼仪制度,直至今天仍然在现实中被使用,对确立韩国的儒教社会体制起到了无可替代的思想与现实影响。

---

① [韩]尹凰九:《心经讲说》,[韩]宋熹準编:《心经注解丛编》四,第567页,(首尔)学民文化社,1985。

除了《四礼便览》外,李縡还著有《陶庵集》50卷,及《五先生微言》《近思录寻源》《中庸讲说》《心经集注抄节》等。

在心经研究上,李縡只有《心经集注抄节》,并未留下有关心经的专门论述,但其弟子杨应秀与任圣周,都有心经研究著述。任圣周著有《心经经义》,杨应秀著有《题心经后》《题学蔀通辩后》,是为畿湖学派在该时期的心经研究代表。

杨应秀(1700~1767),号白水,李縡门人,著有《白水集》13卷,其中就包括《题心经后》、《题学蔀通辩后》两文。前者主要是依据朱子《中庸章句》,批判程敏政在《心经附注》篇末所引吴澄在尊德性道问学问题上的和会朱陆思想;后一篇文章则是对陈建《学蔀通辩》的称赞,并在此基础上对陈建以道心为性、人心为知觉的观点进行了分析批判,认为依据朱子的《中庸章句》,人心道心皆为情,不可以情为性。由此批判罗整庵等学者的心性论。杨应秀还作《心图》,论述自己的心性情观。

要之,其学问目的仍在于回到朱子的尊德性与道问学并重,说:"愚窃以为,学者必尊德性而无一毫人欲之累,无一毫私意之弊,又必须道问学,析理则不使有毫厘之差,处事则无或有过不及之谬,而必尽夫三百三千之节文,然后方可无违于圣人之道也。"①

总之,杨应秀虽然在心经研究上并无成体系的著述,但还是能从其上述两文中窥见其对陆王心学的批判,以及在坚持朱子格物致知为学方式前提下,对心经心学的继承。与其相比,同为李縡门人的任圣周则留下了有关心经的系统著述。

任圣周(1711~1788),字仲思,号鹿门,谥号文敬。本贯丰川,出生于清风。陶庵李縡门人。与弟弟靖周、敬周一起受学于李縡,后在怀德注山建天云楼,讲学著述。英祖九年(1733)司马试及第,后以遗逸举荐入仕途,历任侍直、任实县监、杨根郡守等。英祖三十四年(1758),隐居公州鹿门洞,教育后学。正祖即位后,曾任东宫辅导及地方官,后再次隐居鹿门,研究学问至终老。其在学问上兴趣广泛,以性理学和礼学为主,同时深受实学派经世致用之经世论影响。

---

① [韩]杨应秀:《题心经后》,[韩]宋熹準:《心经注解丛编》五,第84页,(首尔)学民文化社,1985。

著述有《鹿门集》26卷,其哲学思想主要体现在杂著篇《鹿门杂识》中,①《心经经义》即包含在杂著中。

任圣周的思想虽然在学术传承上属于以李珥为宗的畿湖学派,却表现出独特的发展方向。

在性理学哲学本体论上,不同于李珥一派的朱子理学观,任圣周继承的是渊源于张载、后在朝鲜性理学传播中为花潭徐敬德所继承的气论,树立起主气论的哲学体系,主张"天地间,一太和之气而已",②"湛一之气,即浩然之气也,即天地也"。③"万理万象也,五常五行也,健顺两仪也,太极元气也,皆即气而名之也"。④ 以此主张理气不离,理一气一,反对传统性理学的理同气异观,说:"今人每以理一分殊,认作理同气异。殊不知理之一即夫气之一而见焉。苟非气一,从何而知其理之必一乎?理一分殊者,主理而言,分字亦当属理,若主气而言,则曰气一分殊,亦无不可矣。"⑤

在此基础上,对于其在学统上继承的栗谷李珥的理气观进行了分析与批判,认为栗谷在理气观上为二元论,说:"栗谷先生于理气源头深造自得,见得极透明,说得极玲珑,朱子以后殆未有臻斯理者也。独于气之本一处,犹或有未尽莹者,其曰'理之源一而已,气之源亦一而已。'又以道心为本然之气者,亦不可为不讲究。到此而乃于理通气局之论,专以气归之万殊,又以为湛一清虚之气,多有不在。究其归,终未免于二物之疑,岂未及致思而然欤?"⑥

任圣周认为,在哲学本体论意义上,理气不离,理一气一,而且理一是通过气一来体现的,因此,"通局二字,不必分属理气。盖自其一原处言之,则不但理一,气亦一也。一则通矣。自其万殊处言之,理亦万也,万则局矣。一故神,两在故不测,非通乎?仁作义不得,义作仁不得,非局乎?"⑦

---

① 注:任圣周的哲学思想,通过其弟靖周、敬周及妹氏允挚堂任氏(1721~1793)的家学传承,形成丰川任门一系的学术派别。允挚堂任氏更是韩国性理学史上唯一的女性哲学家,并著有文集2卷。
② [韩]任圣周:《鹿门集》卷26,《诗》。韩国文集丛刊,(首尔)景仁文化社,1990。(以下只注书名)
③ [韩]任圣周:《答李伯纳》,《鹿门集》卷5。
④ [韩]任圣周:《鹿门集》卷19,《鹿门杂识》。
⑤ [韩]任圣周:《鹿门集》卷19,《鹿门杂识》。
⑥ [韩]任圣周:《答李伯纳》,《鹿门集》卷5。
⑦ [韩]任圣周:《鹿门集》卷19,《鹿门杂识》。

在主张理气不离之气论的基础上,任圣周在心性论上亦主张心性一致,说:"盖心性一也,言心则性在其中。"①"盖心包得那性情,性是体,情是用,心字只一个字母,据此则心性之不可分而二之也,亦明矣。"②在心性不离的基础上,任圣周主张人性本善,而且是气质之善,说"人性之善,乃气质善耳,非气质之外别有善底性也。"③从而在心性论的根本上与程朱理学的天命之性与气质之性论完全不同。任圣周也因此对18世纪朝鲜性理学盛行的人物性同异问题进行了批判性总结。

任圣周早年继承师说,支持的是洛论的"人物性俱同论"。但在其中年对《孟子》"生之为性"章进行了反复研究后,在理气同原、心性一致论的基础上,转向了"人物性异"说。洛论人物性同的主张建立在性即理、心即气,性为理一,心则为气之万殊的基础上,认为人与禽兽在本性上都是善的,不同的只是心之偏全,即所谓性同心异,或者从理气心性上讲是性善气恶。任圣周反对这种看法,认为不仅本体之理善,本体之气亦善,他批判前者说:"今人多分人与性为二,以为气质虽恶而性自善,是理与气判作两物,而性之善者未足为真善也。"④

因此,在恶的根源问题上,任圣周实际上主张理、气、心、性皆善,不善者只是受到气之渣滓影响,他说:"心是湛一之神明,而性其德也。大抵遍体是气质,遍体是湛一神明,而才动则便由方寸而作用,故气机一动,渣滓用事,则湛一本体便被所累,而心与性亦皆受累。虽曰受累,不过一时之累,如清水之为泥沙所汩,水止而泥沙帖服,则水之清自如也。心静而渣滓屏息,则湛一与心与性,亦皆依旧纯一耳。"⑤如此,对于任圣周而言,朱子学心学化以来成为心经心学核心问题的烦琐的道德人格修养过程,便显得相对简单,他说:"所谓善养气,所谓变化气质者,亦谓复其气质之本体耳。故朱子释养气,亦必以复其初为言。"⑥

任圣周的心经思想研究,正是建立在其理气心性论的基础上的。其所著《心经经义》,完成于正祖十二年(1788)(戊申),是对心经文本内容的疑

---

① [韩]任圣周:《鹿门集》卷19,《鹿门杂识》。
② [韩]任圣周:《鹿门集》卷19,《鹿门杂识》。
③ [韩]任圣周:《鹿门集》卷19,《鹿门杂识》。
④ [韩]任圣周:《鹿门集》卷19,《鹿门杂识》。
⑤ [韩]任圣周:《鹿门集》卷19,《附录·行状》。
⑥ [韩]任圣周:《答李伯纳》,《鹿门集》卷5。

问与看法，包括心经赞、心学图、危微精一及退溪《心经后论》等20个文本内容。

从论述内容上看，大致可以分为以下几个方面：一是有关人心道心问题的论述，一是依据心经文本讨论道德人格修养中的诸多问题，如持敬、克己改过、礼乐、求放心、寡欲等，最后则是讨论退溪《心经后论》中涉及的居敬穷理、知行并进，以达到圣贤人格的心学修养目的问题。

首先是对包括《心经赞》《心学图》在内的心经文本中所涉及的人心道心问题的讨论。如前所述，在人心道心问题上，16世纪末曾引起退溪与栗谷在四端七情分理气问题的学术争论，并由此形成了朝鲜理学的分化，以退溪为宗的岭南学派，坚持退溪的四端七情分理气而论，在心经心学上主张道心发于理而纯善，人心发于气而善恶出，因此，在真德秀《心经赞》所提出的人心惟危道心惟微之16字万世心学之渊源宗旨下，退溪心学以程复心的《心学图》与《心统性情图》为构架，总结了《范氏心箴》、程子的《四勿箴》、朱子的《敬斋箴》等，为学者的圣贤人格修养提供了具体的道德规范与实践路径。

而在心性哲学上反对退溪将四端七情分理气而论的栗谷李珥，则批判程复心的《心学图》在排列顺序上杂乱无章，实际上是否定退溪心经心学主敬成圣的根本目的，试图表达朝鲜道学派"格君心之非"、以治国为最终目的的道学主张。以栗谷为宗的畿湖学派继承栗谷的观点，在17世纪以后的朝鲜性理学发展中继承了栗谷在人心道心问题上对退溪的反对，但在党争的历史背景下，失去了栗谷的现实政治目的，陷入纯粹的党派与学派之争。

任圣周继承的是退溪学派的心经心学，但同时也继承了栗谷、宋时烈一派的心学思想，如在人心道心问题上就对真德秀与李退溪单纯将四端归于道心，七情归于气发，认人心为形气，道心为性命的观点进行了批判，支持栗谷的说法，认为"七情是人心道心善恶之总名也。喜也有人心，亦有道心，有善亦有恶。怒也哀也乐也，莫不皆然。如喜猎、喜酒，人心也；喜读书、喜检束，道心也。人道心之得其中，善也。喜猎而过其度，喜酒而逾其节，喜读书、喜检束而反入于丧志拘迫之病者（此即栗谷所谓始道心而终人心者),恶也"①认为喜怒哀乐皆兼善恶,不可泛论七情为气发而易流于恶,由此批评真德秀和退溪说:"源头既错,故种种下语多如此。退翁亦不免西山之病,故此等处不能明破欤?"②

但在退溪所继承和发展的心经心学所追求的主敬成圣之心学意义上,任圣周对退溪盛赞的真德秀《心经赞》与载于《心经附注》首页的程复心之《心学图》,则对退溪的观点持完全赞同的态度,只是在人心道心、四端七情问题上,主张将其分开来进行具体论述,说:"今若论四端七情,则只可依纯理兼气之说而言之而已;论人心道心,则只可遵形气性命之训而分而言之而已;论天理人欲,则只可循公私善恶之例而释之而已。不可以此而合乎彼,以东而迁乎西,无益于理而徒乱本旨也。"③以此来折中退溪与栗谷在人心道心问题上的矛盾。

在《心学图》问题上,任圣周同样支持退溪的观点,认为此图"自人心道心、精一执择以下,心之工夫备矣,有终身不穷之妙,其味岂可量哉!……赤子心是人欲未汩之良心,可见人生之初本无不善;大人心是义理具足之本心,可见工夫之至可至大人,学者于此有以知赤子心为吾心之真面目,大人心为吾功之标的,而真实用力于精一存遏之事,则作圣门路,端不外矣。四者之目,亦岂无意味哉?"④明确表示了在心经心学上对退溪主敬成圣心学思想的继承。对于栗谷的批判,依然采取了折中的办法,说"吾所谓无深意者,指编排之意也,非谓此也"。⑤ 意思是说,栗谷所批判的《心学图》的编排问题其实并不重要,重要的是其所包含的心学修养的作用与意义。

其次是对包括《易乾九二闲邪存诚章》《坤六二敬以直内义以方外章》《孟子求放心章》《乐记礼乐不可斯须去身章》《论语颜渊问仁章》等心经文本中,所涉及的如何进行道德人格修养问题的讨论。

在上述内容的讨论上,任圣周在继承退溪心经心学的基础上,重点论述了礼乐对道德修养的重要性,如说:"孔子曰,立于礼,成于乐……《乐

---

① [韩]任圣周:《心经经义》,[韩]宋熹準:《心经注解丛编》五,第124页,(首尔)学民文化社,1985。(以下只注书名)
② [韩]任圣周:《心经经义》。
③ [韩]任圣周:《心经经义》。
④ [韩]任圣周:《心经经义》。
⑤ [韩]任圣周:《心经经义》。

记》则又分内外言之。盖此两者,固不可以先后言,而内外交养,不可斯须去身者也。幼也,亦以礼乐治身心;长也,亦以礼乐治身心。自始学至圣人,不过此两端工夫而已。"①

最后则是对退溪《心经后论》的讨论所要表达的继承退溪一派主敬成圣心学的继承。退溪的《心经后论》讨论的主要是程敏政在《心经附注》末条所引吴澄在尊德性与道问学问题上和会朱陆的问题。如前所述,朝鲜性理学自李退溪、李栗谷至18世纪末,始终对陆王心学持严厉拒斥的态度,但李退溪在发展心经心学时,继承的又主要是真德秀、程敏政以心经为载体的朱子学心学化思想。也就是说,朱子学心学化追求的正是在德性上的成圣成贤,抛弃的正是朱子在格物致知为学方式意义上追求客观事物之理的道问学精神。因此,李退溪势必要解释清楚程敏政和会朱陆与退溪拒斥阳明心学之间的矛盾。此正是退溪《心经后论》所作之根由。

在《心经后论》中,退溪采取了折中的办法,即继承心经心学、反对和会朱陆的二元论分析法,在此后退溪学派与栗谷学派的发展中,以栗谷为宗的畿湖学派学者对程敏政的和会朱陆采取的是严厉批判的态度,甚至有学者认为程敏政此人阴狠毒辣,试图以《道一遍》的朱子晚年定论说来毒害圣学。以退溪为宗的岭南学派学者则多遵循退溪的折中态度,将心经心学与阳明心学区分开来。

对于任圣周而言,他首先继承了退溪的主张,并不将思想重点放在批判程敏政的和会朱陆上,而是从正面论述朱子在为学方式上尊德性与道问学并重的重要性,说:"穷理以明善,力行以践实,乃朱夫子平生为学规模也。以先后言之则知在先,以知行言之则行为重。行而不先穷理,则摘埴冥行而流为异端矣。知而不行,则鹦鹉能言而无异俗学矣。"②由此批判陆学,赞成退溪心学,说:"象山之徒,全舍讲习而以顿悟为道者也。退陶先生所谓自用吾法而相资相救,以趋于大中至正之道者,可谓明得尽矣。"③并以继承朱子之学,发扬道学精神自期。

总之,任圣周虽然在学派传承上属于畿湖学派,但在心经心学上继承的却是退溪一派的主敬成圣之心学。不同的只是,退溪心学在四端七情分

---

① [韩]任圣周:《心经经义》。
② [韩]任圣周:《心经经义》。
③ [韩]任圣周:《心经经义》。

理气论的心性哲学基础上,追求个体人格的成圣成贤,并将修养的重点放在了烦琐严苛的主敬修养上,而任圣周因为在性理学本体上以主气论立足,且认为气之本亦纯善无恶,人所要修养的只是气在发时的渣滓,因此并不主张退溪心学严苛烦琐的修养过程,而是认为只要将渣滓去掉,即可恢复清明本性,说:"盖天以生为大德,而人得天之德以为德,所谓仁也。仁之理浑然粹然,充满乎方寸,普洽乎四体。其未发也,公平恻怛,感通周流之理已毕具焉,所谓仁之性也,恻隐之体也……及其感物而发也,蔼然如春日之初升……而公平测怛,感通周流之用,由是而行,所谓恻隐之情也,仁之用也。"①

由此可见,在任圣周的心经思想中,既继承了退溪心学主敬成圣的宗旨,也在主气论的立场上,主张人性本善,气质亦本善,由此省去了退溪心学成圣修养的烦琐与艰难,成为18世纪后期朝鲜心经心学发展中独特的思想发展。

第四节　18世纪朝鲜阳明学派的心经研究:著述与特征

如上所述,18世纪李氏朝鲜的心经研究在退溪学派与栗谷学派同时兴盛的前提下,出现了阳明派学者与实学派学者的心经研究,这是这一历史时期朝鲜心经研究最为重要的特征。本节即重点阐述阳明学派学者的心经著述及其思想特征。

一、李氏朝鲜阳明学派的成立和发展

据史料记载,阳明学传入朝鲜半岛是在中宗(1506~1544)代。最早见于记录的是性理学者讷斋朴祥(1474~1530)与十清斋金世弼(1473~1533)的著述中。

朴祥和金世弼在相从讲学的过程中,曾以诗批判阳明学,《讷斋集》有《辨王阳明守仁传习录》曰:"阳明文字东来,东儒莫知其为何等语。先生

---

① [韩]任圣周:《心经经义》。

见其传习录,斥为禅学,与金十清有酬唱三绝。"①金宏弼文集中对此亦有记载,曰:"先生文集中,有与讷斋酬唱三绝句,评论阳明学术者。阳明文字出来之后,东儒不省其为何等语,先生一见其传习录,已觉其为禅学,寄诗讷斋,深斥如此。则其与门人讲论之际,排斥之严可知也。退陶以后进,晚年始斥阳明之学,退陶之前觉阳明之诐淫者,先生一人而已。"②

由此可见,在王阳明还在世时,阳明学就已经传入了朝鲜半岛。韩国学者指出,《传习录》在中国刊行不过3年之后,就传入了朝鲜。③ 只不过在性理学作为李氏朝鲜绝对统治意识形态的时代背景下,阳明学自传入之初即遭到朝鲜性理学者的批判。到了16世纪中叶,当李退溪成为朝鲜儒林领袖时,阳明学更是受到了退溪的严厉批判与拒斥。退溪曾作《传习录论辩》等,对阳明的心即理、知行合一说等思想进行了详细批驳,使阳明学在朝鲜半岛的传播受到了极大打击。

因此,王阳明的《传习录》虽然早在15世纪初即已传入朝鲜半岛,但并不为士人所知,直至宣祖代(1567~1608),朝鲜知识阶层才逐渐接触到阳明学书籍,其中不乏对阳明学感兴趣的学者。在宣祖五年刊行《王文成公全集》以后,阳明学在朝鲜半岛的传播更加扩大,但仍然受到以退溪、栗谷为代表的正统朱子学派的严厉批判,如被认为是朝鲜最初阳明学者的李瑶曾向宣祖进言阳明学,但立即受到柳成龙、郑晔、柳拱辰等学者的反驳,直到朝鲜后期经历了壬辰倭乱和两大胡乱之后,学术界才逐渐从程朱理学的绝对思想统治下开始松动,阳明学派也逐渐形成。

据韩国学者研究,自16世纪初开始,朝鲜学界出现了少数对阳明学关心的学者,这些学者以近畿地方为中心,学统上也以主气派的徐敬德一系及李珥、成浑一系为主。被韩国学者认定为最初的阳明学者的南彦经,即出身于以主气著称的花潭徐静德门下。

南彦经(1528~1594),字时甫,号东冈,宜宁人。花潭徐敬德的门人,同时也出入退溪李滉门下。④ 明宗二十一年(1566)以经明行修受举荐,历任砥平县监,杨州牧使,任全州府尹时受郑汝立谋反事件而落职。壬辰倭乱时因举义而任骊州牧使、工州参议,最后因研究阳明学受到士林弹劾,终

---

① [韩]朴祥:《讷斋集》附录,卷4,年谱。
② [韩]金世弼:《十清斋集》卷4,附录。
③ [韩]崔英成:《韩国儒学思想史》三,第285页,(首尔)亚细亚文化社,1995。
④ [韩]崔英成:《韩国儒学思想史》三,第312页,(首尔)亚细亚文化社,1995。

被削职,余生以研究学问终老。因其著述失传而无法全面描述其思想,但柳成龙曾指出,南彦经门下大都崇尚王阳明,因此而被韩国学者视为朝鲜最初的阳明学者。

李瑶,字守夫,生卒年不详。以宗室而封为庆安令,南冥曹植门人,晚年学于南彦经,与金谨恭交游。性喜山水,学问上则关心阳明学,但没有留下有关阳明学的著述,只是在《宣祖实录》中记载有宣祖与李瑶有关阳明学的问答。宣祖问李瑶"阳明之说是乎?"李瑶答曰:"臣尝见阳明及象山书,臣之心以为好矣。"①

李氏朝鲜最初的阳明学者,在南彦经和李瑶之后,还有崔鸣吉(1586~1674)和张维(1587~1638),但都未留下有关阳明学的专门著述,且在当时以朱子学为绝对统治意识形态的历史现实下,朝鲜最初的阳明学者的活动都未能起到太大的历史影响。

17世纪后半期开始至18世纪初,经历了不断活动之后,以郑齐斗及其门人为主,在朝鲜半岛形成了阳明学派。郑齐斗定居于江华岛霞谷,集聚了多名学者研究阳明学,其门下人才辈出,有李匡臣、李匡吕、李匡师、李泰亨、金泽秀、沈锜等。李令翊、李忠翊、郑东愈等则为其再传或三传弟子。

二、阳明学派学者霞谷郑齐斗的心经研究

郑齐斗(1649~1736),字士仰,号霞谷,谥号文康,朴世采门人。显宗九年(1668)别试文科初试及第,但对时局感到绝望而无意于仕途,后虽受学行举荐而有过几次为官经历,但大都很快辞谢。

郑齐斗最初出入于朴世采门下,与当时多数学者一样学习朱子学,但从30岁前后开始,醒悟到朱子学二元论的用功弊端,正式转向阳明学,甚至为此不惜与其师朴世采决裂。自41岁至61岁期间,郑齐斗定居于安山,埋头于阳明学并在学术界广为传播,为此受到朴世采、尹拯、崔锡鼎等著名朱子学者的谴责与忠告。61岁时,郑齐斗移居于江华岛之霞岘,断绝世俗来往,深入探索阳明学的思想体系,并展开了试图将阳明学与朱子学统一起来完成圣学的著述活动。

直至其去世为止,倾尽全力培养后学,将江华岛打造成名副其实的阳

---

① 《朝鲜李朝实录》,《宣祖实录》二十七年甲午七月癸巳条。

明学基地。其门下李匡师、李匡臣、李匡明、金泽秀等优秀学者辈出,对江华学派的形成与发展做出了极大贡献。其学风对许多后辈学者亦有很大影响。其著作《霞谷集》因当时阳明学被视为异端而在两个世纪内始终未能面世,直到1930年其笔写本才公开面世。其中重要的著述有《村言》《学辨》《四书解》《三经剳录》《经学集录》《心经集义》《退溪心经跋后说》等。

作为18世纪初创立李氏朝鲜阳明学派的思想泰斗,郑齐斗继承了朝鲜阳明学先驱者南彦经和张维的学说,并立足于阳明学建立自己的思想体系。与此同时,郑齐斗在学问的态度上试图将朱子学与阳明学统一起来,认为朱子与阳明在学问上只是所取路径不同,但其实则殊途同归。他说:"朱子则疑陆氏之同于释,有遗物理之病;阳明则疑朱子之分于外,为袭义理之弊也。盖朱子自其众人之不能一体处为道,故其说先从万殊处入;阳明自其圣人之本自一体处为道,故其学自其一本处入。其或自末而之本,或自本而之末,此其所由分耳。其非主一而废一,则俱是同然耳。使其不善学之,则斯二者之弊,正亦俱不能无者;而如其善用二家,亦自有可同归之理,终将无大相远者矣。"①

在朱陆两是的基础上,郑齐斗首先批判了朱子后学"挟朱子而济其私"的时代弊病,说:"朱子之学,其说亦何尝不善,只是与致知之学,其功有迂直缓急之病,其体有分合之间而已耳,其实同是为圣人之学,何尝不善乎?后来学之者,多失其本,至于今日之说者,则不是学朱子,直是假朱子。不是假朱子,直是傅会朱子以就其意,挟朱子而作之威,济其私。"②直指已经陷入僵化与独断弊端的朝鲜朱子学弊端。

其次,郑齐斗也在坚持阳明心学的基础上指出了阳明学的弊病,说阳明学虽然简要,但其弊在于有可能流入"任情纵欲之患"。说:"余观阳明集,其道有简要而甚精者,而心深欣会而好之。辛亥六月,适往东湖宿焉,梦中忽思得,王氏致良知学甚精,抑其弊或有任情纵欲之患。"③基于此,郑齐斗在阳明学上采取了稳健性、渐进性的右派态度,拒绝阳明左派坚持的"顿悟上达""现成良知""任情纵欲"等弊端。在修养论上也受到刘宗周等

---

① [韩]郑齐斗:《答闵彦晖书》,《霞谷集》。韩国文集丛刊,(首尔)景仁文化社,1990。(以下只注书名)
② [韩]郑齐斗:《霞谷集》,《存言(下)》。
③ [韩]郑齐斗:《霞谷集》,《存言(下)》。

的诚意、慎独说影响，主张"主静""定性""慎独"等修养方法，从而在某种程度上显示出与理学本土的朱子学心学化中心经心学的思想联系。

也正是在这一意义上，郑齐斗站在阳明学立场上的心经心学研究才显得很有特色。其所作《心经集义》一书，不仅沿袭了退溪弟子郑述的《心经发挥》完全摆脱程敏政《心经附注》文本内容的方法，而且在《退溪心经跋后说》中，直接站在阳明知行合一说的立场上，批评退溪在《心经跋》中所主张的博文约礼、尊德性而道问学为朱子说，认为这种学问方法为"两般功夫"，分裂了学问与道德实践。认为阳明所主张的当下的道德实践才是学问的根本。

他在文章中对退溪主张的"博约两至，朱子之成功；二功相益，吾儒之本法"反问说："信以博文约礼之礼与文为两头物事乎？以尊德性道问学，博学以反约为两般工夫乎？夫其所博之文者，即其礼之文也；所问学者，即以其德行也；所博学者，即以其反约之事也。非尊德性，其所学问者何事也？非约礼反约，其博学者何为也？其分而言之虽若有两，合而行之，只是一事。"①这正是阳明心学所主张的社会群体意义上的当下的道德实践要求。这与之前朝鲜心经研究中无论是否在文本上遵从《心经附注》，但在思想核心上均专注于心经心学的核心"敬"，有着根本的差异。

郑齐斗所著《心经集义》共有24章，分为经上、经下两部分。在内容上完全摆脱了《心经附注》的文本内容，全部为自己所选。

《经上》包括论语尧曰章、大禹谟人心道心章、论语颜渊问仁章、颜渊喟然叹章、礼丹书章、易坤六二敬以直内章、诗大雅上帝临女章、大雅穆穆文王章、易乾大象天行健章、中庸诗云维天之命章等，共10章；《经下》包括易复初九颜氏之子庶几章、论语颜回好学章、中庸回也择善章、论语三月不违仁章、易乾九三进德修业章、大学在止于至善章、易系词乾坤易简章、中庸天命之谓性章上节、易乾九二闲邪存诚章、中庸天命下节未发之谓中章、洪范五皇极章、舜典命夔典乐章、洪范敬用五事章、大学修身为本章等，共14章。

可以发现，朝鲜心经研究在发展过程中，自郑述《心经发挥》完全摆脱心经文本以来，就不断沿着这一方向发展，至郑齐斗的《心经集义》仍然沿

---

① ［韩］郑齐斗：《退溪心经跋后说》，转引自［韩］宋熹準编：《心经注解丛编》四，第459页。

第四章 18世纪李氏朝鲜的心经研究及意义

用了这一方法。这意味着心经在传入朝鲜半岛后,在经历了最初的认识与学习,以及退溪及其学派的心经心学完成与思想普及之后,逐渐开始与朝鲜半岛本身的思想历史相结合,并试图发展出自己的心经思想体系。

为了详细了解18世纪朝鲜阳明学派心经心学的特点,笔者将郑齐斗的《心经集义》章节目录与退溪弟子郑述的《心经发挥》在下列表格中进行了对比,同时也将在内容上完全脱离了心经文本的二者目录与真德秀《心经》与程敏政的《心经附注》文本进行了对比。

卷数/(真德秀)《心经》/(程敏政)《心经附注》	郑述:《心经发挥》	郑齐斗:《心经集义》
1.1《书·大禹谟·人心道心章》 真德秀原注:朱子1条。 程敏政附注:朱子、真德秀、王柏等10条;卷首附程复心《心学图》与说1条	郑述:共辑录程朱语录23条;去掉了程敏政在卷首附注的程复心《心学图》与说,并加按语1条;最后王柏1条换成了真德秀之语	郑齐斗:将该章放在《心经集义·经上·全体道心之经凡2章》之第2章,去掉了心经文本的所有附注,重新加以注释:引乐记、程子共3条;集义:言人心,共引孟子7条、张子1条;言道心,共引孟子6条
1.2《诗·鲁颂·上帝临女章》: 真德秀原注:毛氏、朱子及真德秀自注等3条。 程敏政附注:程子、杨时2条	郑述:辑录14条。其中保留了真德秀原注1条、程敏政附注2条,其余11条则是郑述自己辑录二程、朱子、张载等理学家语录	郑齐斗:《心经集义·经上·主敬慎久至诚凡4章》之第1章:《诗·大雅·上帝临女章》:引"抑曰"1章,集义:引程子、张子各1条
1.3《诗·大雅·视尔友君子章》 真德秀:原注朱子、郑氏2条。 程敏政:附注朱子、真德秀、谢氏等3条	郑述:辑录4条。其中保留了真德秀原注2条,增加了卫武公、真西山2条	郑齐斗:删去该心经文本
1.4《易·乾九二·闲邪存诚章》 真德秀:原注程子3条。 程敏政:附注程子、朱子、吴澄共5条	郑述:辑录程子、朱子共11条。其中保留了真德秀原注3条,程敏政附注3条,但去掉了附注中吴澄之语	郑齐斗:《经下·易·乾九二·闲邪存诚章》:引孟子、程子等共15条

续表

卷数／(真德秀)《心经》/(程敏政)《心经附注》	郑述:《心经发挥》	郑齐斗:《心经集义》
1.5《易·坤之六二·敬以直内章》 真德秀原注伊川、杨时共4条。 程敏政:附注程子、朱子、真德秀等共36条,程敏政按语2条	郑述:辑录二程、朱熹、谢上蔡、真德秀等共377条。其中保留了原注3条,附注5条,其余均为郑述所辑录的程朱理学家关于敬的语录	郑齐斗:《经下·易·坤之六二·敬以直内章》:引程子1条,集义:引乐记、程子、孟子共4条,引《传习录》1条
1.6《易·损大象·惩忿窒欲章》 真德秀:原注伊川、杨时共2条。 程敏政:附注二程、朱子等共7条	郑述:辑录二程、朱子语录共19条	郑齐斗:删去该章经文
1.7《易·益大象·迁善改过章》 原注程子、王氏共2条,附注朱等8条	郑述:辑录程朱等16条	郑齐斗:删去该章经文
1.8《易·复初九·不远复章》 原注伊川、张载共3条,附注程子、朱子、张栻、真德秀等共6条	郑述:辑录二程、张载、朱子、张栻、真德秀等共8条	郑齐斗:删去该章经文
1.9《论语·子绝四章》 原注朱子1条,附注程子、朱子、真德秀等共6条	郑述:辑录二程、朱子、黄幹共12条	郑齐斗:删去该章经文
1.10《论语·颜渊问仁章》 原注伊川、杨子等3条,附注二程、张载、朱子、真德秀等共19条	郑述:辑录朱子、张栻、真德秀等38条	郑齐斗:引程子2条
1.11《论语·仲弓问仁章》 原注伊川1条,附注程子、朱子等共5条	郑述:将心经文本移到《心经发挥》第2章第3节,辑录二程、朱子等共15条	郑齐斗:删去该章经文
1.12《中庸·天命之谓性章》 原注朱子3条,程敏政附注二程、朱子、真德秀等23条,按语1条	郑述:将心经文本移到《心经发挥》第2章第4节,辑录朱子、真德秀等共71条	郑齐斗:取心经文本《中庸·天命之谓性章》之后节,引大学、论语、中庸、易系辞传等7条,用以说明"道心惟一之一"

续表

卷数/(真德秀)《心经》/(程敏政)《心经附注》	郑述:《心经发挥》	郑齐斗:《心经集义》
1.13《诗·潜虽伏矣章》 原注程子、朱子共3条,程敏政附注朱子、真德秀、吴澄等共4条,按语1条	郑述:将心经文本移到《心经发挥》第2章第5节,辑录程子、朱子、吕东莱、真德秀等共9条,去掉附注中吴澄之语	郑齐斗:删去该章经文
2.1《大学·诚意章》 原注朱子、郑氏共4条,程敏政附注二程、朱子、张栻、真德秀等共17条,诚几图1个,按语3条	郑述:将心经文本移到《心经发挥》第3章第1节,辑录朱子、真德秀等共32条	郑齐斗:删去该章经文
2.2《大学·正心章》 原注朱子2条,程敏政附注二程、张载、朱子、真德秀等共37条,按语5条	郑述:将心经文本移到《心经发挥》第3章第2节,辑录二程、朱子共32条	郑齐斗:删去该章经文
2.3《乐记·礼乐不可斯须去身章》 原注孔氏、郑氏共4条,程敏政附注二程、张载、朱子、张栻、谢上蔡等共38条,按语3条	郑述:将心经文本移到《心经发挥》第3章第3节,辑录二程、朱子等共31条	郑齐斗:删去该章经文
2.4《乐记·君子反情以和志章》 原注唐孔氏1条;程敏政附注张载、朱子、真德秀、谢上蔡等共11条,按语2条	郑述:将心经文本移到《心经发挥》第3章第4节,辑录二程、朱子、张栻等共9条	郑齐斗:删去该章经文
2.5《乐记·君子乐得其道》 原注郑氏、程子共2条,程敏政附注二程、张载、朱子等共8条,按语2条	郑述:将心经文本移到《心经发挥》第3章第5节,辑录二程、张载、朱子等共10条	郑齐斗:删去该章经文
2.6《孟子·人皆有不忍人之心章》 原注朱子、程子共4条,附注朱子、杨时、真德秀、黄榦等共10条	郑述:将心经文本移到《心经发挥》第3章第6节,辑录程子、朱子共6条	郑齐斗:删去该章经文

续表

卷数/(真德秀)《心经》/(程敏政)《心经附注》	郑逑:《心经发挥》	郑齐斗:《心经集义》
2.7《孟子·矢人函人章》 原注朱子2条,程敏政附注朱子、张栻等共3条	郑逑:将心经文本移到《心经发挥》第3章第7节,辑录朱子2条	郑齐斗:删去该章经文
2.8《孟子·赤子之心章》 原注朱子1条,程敏政附注程子、朱子、饶双峰共4条	郑逑:将心经文本移到《心经发挥》第3章第8节,辑录朱子、张栻共6条	郑齐斗:删去该章经文
3.1《孟子·牛山之木章》 原注朱子、程子3条,程敏政附注二程、朱子、张载、真德秀、许鲁斋等共71条,按语10条	郑逑:将心经文本移到《心经发挥》第3章第9节,辑录程子、朱子、真德秀76条	郑齐斗:删去该章经文
3.2《孟子·仁人心章》 原注程子、朱子共5条,程敏政附注程子、朱子、真德秀等共20条	郑逑:将心经文本移到《心经发挥》第3章第11节,辑录二程、朱子共30条	郑齐斗:删去该章经文
3.3《孟子·无名之指章》 原注朱子1条,程敏政附注程子、永嘉郑氏、真德秀共3条	郑逑:将心经文本移到《心经发挥》第3章第12节,辑录程子、永嘉郑氏、真德秀共4条	郑齐斗:删去该章经文
3.4《孟子·人之于身也兼所爱章》 原注朱子1条,程敏政附注张载、朱子、张栻等共6条	郑逑:将心经文本移到《心经发挥》第3章第13节,辑录朱子、张栻等共5条	郑齐斗:删去该章经文
3.5《孟子·钧是人也章》 原注朱子1条,程敏政附注荀子、新安倪氏、朱子共6条	郑逑:将心经文本移到《心经发挥》第3章第14节,辑录朱子、荀子、真德秀等共10条	郑齐斗:删去该章经文
3.6《孟子·饥者甘食章》 原注朱子2条,程敏政附注朱子1条	郑逑:将心经文本移到《心经发挥》第3章第15节,辑录朱子、张栻、真德秀等共5条	郑齐斗:删去该章经文

续表

卷数／(真德秀)《心经》/(程敏政)《心经附注》	郑述:《心经发挥》	郑齐斗:《心经集义》
3.7《孟子·鱼我所欲章》 原注朱子1条,程敏政附注朱子、张栻等共5条	郑述:将心经文本移到《心经发挥》第3章第10节,辑录朱子、张栻共4条	郑齐斗:删去该章经文
4.1《孟子·鸡鸣而起章》 原注程子、杨氏、朱子共3条,程敏政附注程子、谢上蔡、朱子、张栻、真德秀、陆象山、兰溪范氏等共16条,舜跖图1个,按语1条	郑述:将心经文本移到《心经发挥》第3章第16节,辑录程子、朱子、谢上蔡等共23条,去掉附注中陆象山1条	郑齐斗:删去该章经文
4.2《孟子·养心章》 原注朱子、程子、张栻共3条,附注程子、张载、吕氏、谢上蔡、真德秀、黄榦等共11条	郑述:将心经文本移到《心经发挥》第3章第17节,辑录朱子、黄榦、真德秀等共23条	郑齐斗:删去该章经文
4.3《周子·养心说》 无原注,程敏政附注朱子3条	郑述:将心经文本移到《心经发挥》第4章第1节,辑录朱子3条	郑齐斗:删去该章经文
4.4《周子·通书·圣可学章》 无原注,程敏政附注朱子、伊川、杨时、徽庵程氏共8条,按语2条	郑述:将心经文本移到《心经发挥》第4章第2节,辑录朱子、黄榦、陈淳等共8条	郑齐斗:删去该章经文
4.5《程子·视听言动四箴》 无原注,程敏政附注朱子、庆源辅氏、白云许氏、程复心共11条	郑述:将心经文本移到《心经发挥》第4章第3节,辑录朱子、白云许氏共13条	郑齐斗:将心经文本中作为经的该部分,移到《心经集义》经上《颜渊问仁章》的注释部分
4.6《范氏心箴》 无原注,程敏政附注朱子、云峰胡氏共4条,按语1条	郑述:将心经文本移到《心经发挥》第4章第4节,辑录朱子、云峰胡氏共2条	郑齐斗:删去该章经文
4.7《朱子·敬斋箴》 无原注,程敏政附注朱子、真德秀、吴澄共6条	郑述:将心经文本移到《心经发挥》第4章第5节,辑录朱子、黄榦、吴澄、张栻等共10条	郑齐斗:删去该章经文

续表

卷数／(真德秀)《心经》/(程敏政)《心经附注》	郑述:《心经发挥》	郑齐斗:《心经集义》
4.8《程正思·求放心斋铭》无原注,程敏政附注朱子、黄幹共5条,按语1条	郑述:将心经文本移到《心经发挥》第4章第6节,辑录朱子、黄幹共3条	郑齐斗:删去该章经文
4.9《朱子·尊德性斋箴铭》无原注,程敏政附注朱子书信35条、陈北溪、黄幹、慈溪黄氏、吴澄等7条,共42条,按语6条	郑述:将心经文本移到《心经发挥》第4章第7节,辑录朱子13条	郑齐斗:删去该章经文
附录:原《心经》及《心经附注》文本皆无	郑述:附录 1.周子《太极图说》 2.程伯子(颢)《定性书》 3.程叔子(颐)《好学论》 4.张子《西铭》 5.朱子《仁说》 6.朱子《诚名义》 7.《程伯子行状略》 8.《朱子行状略》	郑齐斗:新增内容 1.《论语·尧曰章》 2.《论语·颜渊喟然叹曰章》 3.《礼·丹书章》 4.《诗·大雅·穆穆文王章》 5.《易·乾·大象天行健章》 6.《中庸·诗云维天之命章》 7.《易·复·初九颜氏之子庶几章》 8.《论语·颜回好学章》 9.《中庸·回也择善章》 10.《论语·三月不违仁章》 11.《易·乾·九三进德修业章》 12.《大学·在止于至善章》 13.《易系辞·乾坤易简章》 14.《洪范·五皇集章》 15.《舜典·命夔典章》 16.《洪范·敬用五事章》 17.《大学·修身为本章》

  从文本形式上看,郑齐斗完全打破了心经文本4卷37章的格式,将其改为经上(共10章)、经下(共14章)的文本形式;从内容上看,只保留了心经文本4卷37章经文中的6章半(天命之谓性章只节取了最后几句内容)。

程敏政将真德秀所辑录的不分章节的37段心经文本进行了分卷,并在37章心经文本下增加了大量附注,形成4卷37章329个附注的《心经附注》文本。传入朝鲜半岛并经李退溪研究与发展,完成了心经心学后,始终将《心经附注》视为理学经典,甚至尊为父母,坚决不允许弟子对其加以任何改动。在其去世后,作为直传弟子的郑述做《心经发挥》,对《心经附注》文本进行了移经改传,但也是在保留心经37段经典语录及绝大部分附注的基础上进行的改动,如去掉了程敏政附注中具有和会朱陆思想的吴澄之语,又在心经文本后加上了周子、二程、张子、朱子等人的著述。

比较而言,郑述的《心经发挥》虽然也对心经文本进行了改动,但完整保留了心经文本的经文内容,只是改动了心经附注中的附注部分,而且即使是改动,也是在思想上继承了心经心学的主敬成圣思想,并在此基础上进一步强化了对作为心经心学核心的敬的注释,如在对《易坤之六二敬以直内章》的注释中,真德秀原注只有4条,程敏政附注增加到36条,郑述的注释增加到377条。同时,郑述还在《心经发挥》中去掉了程敏政因主张和会朱陆而在《心经附注》中所引用的陆象山、吴澄之说,说明郑述在退溪去世后完成了退溪直传弟子在退溪生前就一直想做但因退溪坚决反对对自己尊为父母的心经进行移经改传而未能完成的事情。

与郑述的《心经发挥》相比,作为李氏朝鲜阳明学派开创者的郑齐斗所著《心经集义》,不仅完全打破了心经文本的形式,在内容上也做了全新的组合,完全实现了对心经传入朝鲜半岛150多年来的彻底移经改传。不仅如此,郑齐斗的《心经集义》还从思想上对退溪及其学派始终坚持的心经心学所追求的主敬成圣的圣贤心学,进行了基于阳明心学意义上的心经心学的思想改变。

首先,郑齐斗通过对心经文本内容的取舍与增加,实现了由程敏政对心经文本的注释和李退溪的圣贤心学思想发展所追求的个体人格的道德修养,走向阳明心学所追求的社会群体的道德实践追求的思想转换。在心经注释学的意义上,则表现为《心经集义》通过对文本的取舍与增加,将心经心学在思想上所追求的核心——"敬",转变为阳明心学的"诚"。

从文本结构上看,《心经集义·经上》共10章,包括全体道心之经凡二章、全体为仁之学凡二章、敬怠义欲凡二章、主敬慎致至诚凡四章,经下分为格致诚正四节,包括格物致知一节、诚意一节、正心一节、修身一节。

从内容上看,首先是在心经心学所赖以成立的基础人心道心问题上,自真德秀、程敏政以至于李退溪，皆以朱子对人心道心的阐释为标准，引向程朱理学存天理灭人欲的终极目的。郑齐斗却是用《乐记》对人性与物欲关系的分析作为注释，虽然最终目的仍然是指向程朱理学的天理人欲问题，但侧重点或者说指向性从一开始就不同：

　　心经心学由对人心道心的朱子学阐释，强调的是人心道心"不是有两物，只是一人之心，合道理底是天理，徇情欲底是人欲"①，指向的是个体内心的道德修养，而且因为"道心杂出于人心之间，微而难见，故必须精之一之而后中可执"②，预示心经心学在走向个体内心道德人格修养的同时，也走向了后来李退溪在完成心经心学时宗教式的漫长而又烦琐的自我道德人格修养方式。

　　与此相比，郑齐斗基于阳明心学基础上的《心经集义》，从一开始便将修养的重心指向了陆王心学所赖以建立的思想基础：孟子的"先立乎其大者"。在对人心道心的14段集义中，郑齐斗选择了11段孟子的原文，在孟子性善说的基础上，将心学的重心指向了当下的道德实践。他引用孟子的良知良能说，强调"人之所不学而能者，其良能也。所不虑而知者，其良知也。孩提之童，无不知爱其亲也。及其长也，无不知敬其兄也。亲亲，仁也；敬长，义也。无他，达之天下也。"③与心经心学从一开始就将思想发展方向引向个体内在的道德天理与人性欲望与生俱来的永恒内在矛盾与宗教式的终生自我修养相比，郑齐斗基于心经心学人心道心说的集义，从一开始就将被心经心学烦琐化的儒教道德简化为亲亲与敬长，并将其规定为人的本能，强调只要去实践即可，这也正是阳明心学"知行合一"的精髓所在。

　　在此基础上，郑齐斗进一步引孟子对儒家道德的简化及程子对儒家行为规范的具体规定，来阐释孔子的"克己复礼为仁"。

　　在集义中，郑齐斗引孟子"仁之实，事亲是也。义之实，从兄是也。知之实，知斯二者而弗去是也。礼之实，节文斯二者是也。乐之实，乐斯二

---

① 程敏政：《心经附注》卷一，[韩]宋熹準：《心经注解丛编》一，（首尔）学民文化社，1985。（以下只注书名）
② 程敏政：《心经附注》卷一，[韩]宋熹準：《心经注解丛编》一，（首尔）学民文化社，1985。
③ 郑齐斗：《心经集义》卷之一，[韩]宋熹準：《心经注解丛编》四，第386页，（首尔）学民文化社，1985。（以下只注书名）

者。乐则生矣,生则乌可已也"。① 仍然是将孔子以仁义礼智为代表的儒家道德规范简化为事亲从兄也就是孝道,又引孟子的"求放心"说,强调阳明心学所主张的当下的道德实践主旨;再引程子的视听言动四箴,强调从外在行为规范上保持对儒家道德规范的自觉。

在接下来的"敬怠义欲凡二章"中,对于作为心经心学核心的"敬以直内章",郑齐斗引用的是真德秀的"敬以直内,义以方外",和程子的"学者不必远求,近取诸身,只明人理,敬而已矣",强调的仍然是阳明心学的当下的道德实践追求。

在集义中,郑齐斗引乐记、孔子、孟子、二程等对义利之辨的语录来阐释儒家"正其谊不谋其利,明其道不计其功"的义利观,并将其规定为"道义";又引孔子的"言忠信,行敬笃"来简单规定"持敬"。可见作为心经心学核心的"敬",并不成为郑齐斗基于阳明心学意义上的心学问题。

真正成为郑齐斗心学问题的核心概念是"诚"。在《心经集义》总共24章中,郑齐斗用18章的经与附注来阐释阳明心学建立于"诚"这一核心概念基础上的道德实践哲学。

如上所述,在将儒家道德规范规定为事亲从兄(孝道)这一简单的道德内容之后,郑齐斗首先用《诗经》《周易》《中庸》4章经文来表达对儒家道德规范的"上帝临汝,无贰尔心"之"诚",并在《集义》中引程子:"忠信所以尽德。终日乾乾。君子当终日对越在天也。盖上天之载,无声无臭。其体则谓之易,其理则谓之道,其用则谓之神,其命于人则谓之性。率性则谓之道,修道则谓之教……大小大事而只曰不诚之可掩如此。夫彻上彻下,不过如此。形而上为道,形而下为器。须著如此说,器亦道,道亦器,但得道在,不系今与后,己与人。"②强调只要能够当下实践儒家之忠信仁义与孝道,并对此诚心诚意,便可打通天人之道,实现形而上下为一体。这也是阳明心学最为根本的哲学基础。

而作为心经心学核心的"敬",在郑齐斗的《心经集义》中,只是为了实现"至诚"的前提,所以他在该4章经文前标题为"主敬慎致至诚",在对经文"集义"后的总结是"右为道心惟一之诚",可见其对心经进行集义的核

---

① 郑齐斗:《心经集义》卷之一。
② 郑齐斗:《心经集义》卷之一。

心概念就是基于阳明心学的"诚"。

强调对儒家孝道与忠信仁义的诚心与当下的实践,是为了实现治国平天下的最终目的。因此,郑齐斗在《心经集义》的经下部分,以"格致诚正修身"四节共14章经文与集义,表达了对儒家终极理想的逻辑推论与实践要求。

在格物致知一节中,郑齐斗用易经、中庸、论语等4章经文述说颜回好学这一主题,目的仍然是为了强调阳明心学对当下的道德实践要求,因此在该章开始便引用《传习录》所载阳明之语:"尔私意萌时,这一知处,便是尔的命根。当下即去消磨,便是立命功夫。"①这种当下的道德实践要求与心经心学主张的个体内在的道德人格修养形成鲜明对比:前者主张的是外在的行动,后者主张的是内在的思想修养。

值得指出的是,郑齐斗在《心经集义》中反复强调阳明心学当下的道德实践要求,根本目的是为了通过对《大学》经文的阐释,表达儒家治国平天下的终极理想。

在"格致诚正"一节中,郑齐斗选取了《大学》"大学之道,在明明德,在亲民,在止于至善"的经文,表达其基于阳明心学的心经集义,目的是为了以儒家道德治理国家的政治理想,而非心经心学的个体人格成圣成贤的最终目的,并将其规定为"道心精一之精"。

在对大学之道的集义中,郑齐斗引用《中庸》之言,将心经集义的心学目的引向社会道德与政治理想:

> 中庸子曰:"修身以道,修道以仁。仁者人也,亲亲为大。义者宜也,尊贤为大。"……又曰:"不可以不知人不知天。"天下之达道五,所以行之者三。曰君臣也,父子也,夫妇也,昆弟也,朋友之交也。五者,天下之达道也。智仁勇三者,天下之达德也。②

郑齐斗在对心经文本重新编辑与解释的过程中,不仅明确表达了阳明心学不同于真德秀以来心经心学走向个体内在道德修养的目的,将心经集义的目的定位于阳明心学的社会道德与政治理想,而且一再强调这种理想

---

① 郑齐斗:《心经集义》卷之二。
② 郑齐斗:《心经集义》卷之二。

的简单易行,即只要做到基于三纲五常的儒家道德秩序,便可实现《大学》修身齐家治国平天下的终极理想。因此,他将《易系辞传》"乾知大始,坤作成物。乾以易知,坤以简能。易则易知,简则易从",作为格物致知的经文,并在集义中一再强调无论贤愚,只要去实践君臣父子夫妇之道,都可以实现成己成物的光明之性——诚,即所谓"诚身有道,不明乎善,不诚乎身矣。诚者天之道也,诚之者,人之道也。诚者不勉而中,不思而得,从容中道,圣人也"。① 这与心经心学所提供的终生的烦琐的自我道德修养形成了鲜明对比。

在《心经集义》的最后部分"修身一节"中,郑齐斗表现出了一个非常独特的思想特点,即将朱子"格君心之非"的政治思想与阳明心学"知行合一"的社会道德实践主张结合起来,表达出18世纪末期朝鲜心经研究中的新的发展方向。尤其是在郑齐斗的《心经集义》中,多次提及并引用阳明学派的《传习录》之语,意味着该时期朝鲜性理学发展中已经出现思想上的松动,甚至有可能走出程朱理学的束缚,发展出新的思想。

总之,《心经集义》在用阳明心学解释心经心学的同时,保留了朱子学心学化所追求的道德实践问题,去掉了程朱理学本身所追求的格物致知为学方式中所包含的科学理性精神,只留下了对儒家的个人或社会群体的道德实践追求。这也说明了朝鲜性理学发展过程中为何由最初200年的朱熹理学本体研究,走向了16世纪中期及以后的心学研究这一性理学思想发展轨迹的历史合理性。

小结:18世纪朝鲜心经研究的特征及意义

如上所述,18世纪的朝鲜心经研究表现出几大特征。首先是研究的重点由17世纪的畿湖学派,重新回到了以岭南地域为中心的退溪学派,尤其是以星湖李瀷为代表的实学派的心经研究,在19世纪初丁若镛集实学派大成的心经研究中达到极高的水准。

其次是畿湖学派学者在政治上占据优势的前提下,虽未出现集大成的心经研究学者,但该派学者却利用经筵讲义的优势,向国王灌输"格君心之非"的心经心学追求,最终使得心经成为朝鲜历代国王如孝宗、肃宗、英祖,

---

① 郑齐斗:《心经集义》卷之二。

尤其是正祖等阅读的理学经典,正祖更是以国王之尊而著《心经讲义》,意味着心经在朝鲜半岛的思想历史影响之深刻。

最后则是从畿湖学派中发展出了以郑齐斗为代表的阳明学派的心经著述,意味着朝鲜心经心学的发展已经打破了程朱理学一统天下的局面,有可能发展出新的思想。

第五章
19世纪李氏朝鲜的心经研究及意义

第一节　19世纪李氏朝鲜心经研究的思想历史背景与研究概述

19世纪李氏朝鲜的历史大致可分为前后两个阶段：前期以外戚专政为主要特征，并在外戚争权，贪婪盛行下，导致朝鲜国势由衰弱走向崩溃；后期则以大院君专权及其与闵妃的政权争夺为特征，迎来日本、俄国与英法等西方列强的入侵所造成的国家安全危机，最终被日本吞并。

与中国以"五四"新文化运动展开的近代化思想革新不同，朝鲜半岛的近代以被日本吞并从而丧失了思想近代化的历史契机为特征，在思想上表现出以李恒老为代表的保守派的斥邪卫正运动，与开化派的思想革新运动的激烈冲突，同时伴随着对天主教的残酷镇压。

在这一过程中，作为500年李氏朝鲜统治意识形态的性理学及其代表的儒林，既表现出了保守落后的一面，也表现出了李震相及其弟子郭钟锡等积极参与政治并在思想上终结性理学，展开新的哲学探求的一面，同时还出现了以朴殷植、李炳宪等为代表的将儒教宗教化的试图，以及以郑寅普、朴殷植为代表的阳明学和国权恢复运动。同时，以田愚及其弟子为代表的守旧派，则以"去之守旧"的现实立场，隐居深山，从思想上对性理学进行研究，最终完成了程朱性理学在朝鲜半岛的终结。

在这一历史大背景下，19世纪李氏朝鲜的心经研究也呈现出新的特征。在以救亡为历史主题的现实历史环境下，朝鲜的知识阶层展开的是守旧派与开化派的政治争斗，在思想上则进行着以李恒老为代表的基于春秋大义的斥邪卫正论，和倾向于亲日的开化派之间的激烈思想冲突。在这样的思想历史背景下,心经研究不再成为朝鲜知识阶层的首要问题,而是附属于斥邪卫正论与开化派之间思想论争的学术研究,失去了18世纪以经筵讲义为特征的受到自国王至整个官僚知识阶层重视的思想待遇。

从大体上看,19世纪朝鲜的心经研究仍然沿着岭南学派与畿湖学派的线索进行,并产生了不少心经著述。从思想特征上看,又以岭南学派学者李震相与畿湖学派学者李恒老的心经著述为重点。因此,本章重点阐述李震相与李恒老的心经研究。

(一)19世纪岭南学派心经研究概述

李象靖一系的心经研究延续到了19世纪,其再传弟子也有大量心经研究著述问世,如金宗德弟子郑必奎(1760~1831)著有《心经记闻录》;另一弟子郑裕昆(1782~1865)著有《心经随得录》。柳长远弟子、龟峰金守一后孙金虎运(1768~1811)著有《心经疑义》;立斋郑宗鲁弟子柳栻(1775~1822)著有《心经疑义》;郑宗鲁门人尹禀颐(1775~1843)著有《溪门心经讲义》;郑宗鲁门人崔孝述(1786~1870)著有《心经讲录》①,另一门人李钟祥(1799~1870)著有《心经讲义》等。

从上述心经著述来看,大山李象靖弟子的心经研究,集中于金宗德和郑宗鲁门下弟子中。此外,还有退溪8代孙李野淳(1755~1831)著有《读心经讲录刊补》;李象靖玄孙李敦禹(1807~1884)著有《心经劄录》《心经赞图》;李彦迪后人李鼎益(1753~1826)著有《心经讲义》;李钟祥曾孙李能允(1850~1930)著有《心经讲义》等。

李象靖一系心经研究的重要人物是定斋柳致明。柳致明(1777~1861),字诚伯,号定斋,本贯全州,李象靖的外曾孙,出生于外祖父家之苏湖地区,就学于李象靖门人南汉朝和郑宗鲁。著有《定斋集》54卷、《家礼辑解》《学记章句》等。柳致明并未留下直接的心经著述,但对其门人的心经研究产生了重要影响。

柳致明门人的主要心经著述有慕亭李著秀(1790~1849)著有《心经说》;龟厓曹克承(1803~1877)著有《心经疑义》;危斋赵相悳(1808~1870)著有《心经讲录附标》;泉斋申弼钦著有《心经讲录箚疑》;养蒙斋金在洛

---

① 注:崔孝述出生于尚州,跟随外祖父郑宗鲁学习心经。《心经讲录》共有5章,为崔孝述1856年(丙辰)在学校讲心经时对孙振英、李锡全等质疑的回答。

(1798~1860)著有《心经释疑》;柳致皜(1800~1862)著有《读心经敬义章附注》;李性和(1821~1899)著有《读心经讲录刊补》等。

此外,19世纪岭南一系的心经研究,还有金与洛门人金时洛(1857~1896)著《心经赞图说》,另一门人金秉宗(1870~1930)著《第九心经赞图》;金兴洛门人金辉辙(1842~1903)著《心经讲义》,以及金道和门人金荣洙(1865~1956)著《心经劄义》等。

总之,岭南地方的心经研究著述,大部分是在以退溪为中心的安东地方形成,但在进入19世纪以后却转向其他地方,其代表人物为星州的凝窝李源祚及其弟子的心经著述。

李源祚(1792~1871),号凝窝,星州人。19世纪李氏朝鲜著名学者,曾在桧渊书院和川谷书院讲心经,并将有关心经的讲义记录下来而成《心经讲义》,还著有《批震侄与崔幼天问答心经疑义》,可见其对心经的重视。其侄子李震相(1818~1886)受其影响,留下了分量庞大的《心经箚启》。李源祚第二子敏窝李骥相(1826~1903)著有《心经劄录》。李震相之子大溪李承熙所著心经著述今未存,但其弟子弘庵金镇文(1881~1957)著有《心经发问对》。

此外,岭南地方学统不分明的心经著述有:凰洲南国柱(1690~1759)著有《心经辩证》;绸晦李钟和(1830~1886)著有《心经策问》;一斋蔡钟植(1832~1890)著有《心经发挥或问序》。

(二)19世纪畿湖学派心经研究概述

19世纪畿湖学派的心经研究分为三大分支,一为宋时烈的六代孙闵百佑的心经研究及著述;一为华西李恒老的心经研究及著述;一为田愚及其门人的心经研究及著述。因李恒老的心经研究为本章重点而在第三节专门阐述,而田愚一派的心经研究延续到了20世纪初,故将该派的心经著述放在下一章叙述,故在此概述闵百佑的心经研究。

首先是闵百佑的心经研究著述及特征。闵百佑(1779~1851),福川人,刚斋宋稚圭弟子,宋时烈的六代孙。继承家学,著有《心经集解》一书。该书主要是依据程敏政《心经附注》而进行的疏,因此在总体结构上完全遵照《心经附注》文本的四卷框架,同时包括了对程敏政《心经附注序》《后序》、敏政门人汪祚的《心经附注跋》,以及朝鲜心经的发展文本如李退溪的《心经后论》等进行的词句、文章内容的疏。

特别是在此之后附录的闵百佑的《心经集解钞入群书目录》,包括了《左传》《礼记》《周易》《仪礼》《扬子》《老子》《庄子》《孟子》《荀子》等中国古代哲学经典;《二程全书》《朱子语类》《性理大全》《朱子大全》《中庸或问注》《大学讲义》《近思录》《南轩集》等性理学经典;《史记》《宋史》《汉书》《后汉书》《唐书》《三国志》《北史》《晋书》等中国历史书籍。以及朝鲜性理学者的著述,如《理学通录(退溪所著)》《退溪集》《栗谷集》《圣学辑要》《寒冈集》《心经发挥》《心经释疑(宋时烈著)》《心经要解(朴世采著)》《心经质疑(李咸亨著)》《经书辨疑》《牛溪集》等,多达93种性理学经典及著述。

从内容上看,该书是搜集朝鲜学者对《心经附注》的解释,记载于《心经附注》各条内容之下,并没有作者本人的任何见解或注释。当时学者齐正镇在《心经集解序》中介绍说:"福川闵斯文百爝氏(后改名百佑),皓首山樊,劬心经籍,爰取我东诸家书,凡有议论及于此经,罔不萃集,载录于各条之下,其有未备者,又足以古传记,积以年岁,而书既脱稿,名之曰《心经集解》。"①清楚地介绍了《心经集解》的内容。

对于该书只是收集李氏朝鲜学者解释《心经附注》的内容而无作者自己见解的问题,齐正镇并不觉得该书不重要,反而从两个方面论证了该书的重要性。

一是从自古经典皆有注有疏以解释经义,但《心经》却只有程敏政之附注而无疏的角度,来论述该书的必要性,说:"诸经皆有注疏家注以释经,疏以演注,而经旨可寻。是经(按:指《心经》)晚始撼出经中原附二注,中州诸儒无及为疏之者。抑此经之注,非专于释经,盖多自成一义,羽翼圣经而以类附见者。义疏之作,视诸经尤不可阙也。"②

二是从朝鲜心经注释繁多且各立门户,由此而造成学者难以会通的角度,论证该书的必要性。说:"圣朝治教,贤儒辈作,研钻究覆,细大不遗,既收功于此书,遂嘉惠乎来学,讲义疏录,寝以成帙。第恨各立门户,会通无编,苟不能遍观而尽识,则幸而得其一二者,安保其无渗漏于八九乎?"③由此说明该书所做之必须。

---

① [韩]齐正镇:《心经集解序》,[韩]闵百佑:《心经集解》。
② [韩]齐正镇:《心经集解序》,[韩]闵百佑:《心经集解》。
③ [韩]齐正镇:《心经集解序》,[韩]闵百佑:《心经集解》。

而对于闵百佑此书只有采集先儒诸说而无自身见解问题,齐正镇也认为不成问题,并举对于《春秋》经文,《公羊传》和《谷梁传》各执一说,而"左氏所务,在广记而备言之,使学者优柔而自得之"为例,说明该书的必要性。

最后,齐正镇还论述了该书的意义,说《心经集解》出,"于是,辞句之艰晦者明,议论之参差者备。后学之研究经年而不可必得者,了然于一开卷之间,若群贤并在一堂之上,耳提而面命之,诚读心经之金镜也。其网罗采摭,苟非力量之大,闻见之富,孰能与于此哉!"①可见对该书意义之肯定。

从内容上看,闵百佑所著《心经集解》的确是在《心经附注》各条文本之下,收录了朝鲜各派学者的心经议论,确有齐正镇所说的解释词句,会通各派心经思想的作用。

第二节 李震相的心经研究:著述与特征

李震相(1818~1886),字汝雷,号寒洲,本贯星州。出生于星州大浦,因此被时人称为浦上先生或洲上先生。自幼从学于叔父李源祚。玄相允将其与徐敬德、李滉、李珥、任圣周、齐正镇一起,称为朝鲜性理学六大家。② 早年即通读经史百家,旁通政务、文章、制度及星历、算数、医药、卜筮等。17岁通读《性理大全》,18岁著《性命图说》,确立主理论立场。20岁参拜陶山书院,坚定私淑退溪的信念。23岁著《异端说》,指出异端说的共通点是都建立在主气论的基础上,将佛学、老庄以及阳明学都指为异端。他曾次第涉猎了退溪学派李玄逸、李縡、李象靖、柳致明的学说,34岁至安东寻访退溪学派的正脉柳致明,质疑性理学,因此受到柳致明的思想影响。

因其家世代为南人系统,受党论限制而终身不仕,亦未参加过学术活动。在思想上注重自得,并在考据学的基础上创造出了独特的思维方法,提出了竖看、倒看、横看的三阶段论,和逆推、顺推的二段论推理。逆推是指通过气来认识理,顺推是指自理来说明气。竖看是从本源上认识理气,

---

① [韩]齐正镇:《心经集解序》,[韩]闵百佑:《心经集解》。
② 玄相允:《朝鲜儒学史》,(首尔)民众书馆,1949。

倒看是从形迹上认识理气,横看是流行处认识理气。① 使用这种独特的思维方式,李震相在主理论的立场上对数百年来的朝鲜性理学发展史进行了批判总结,对源自张载、罗钦舜的朝鲜主气派徐敬德、李珥、韩元震、李柬、任圣周等的学说,进行了批判,认为他们的学说都是主气论。其高弟郭钟锡称赞说:"寒洲李先生出,而溯孟程之遗绪,考朱退之正传,著心即理之说,而辨阳明之谬见,破世儒之胡叫。以功论之,殆亦今世之程子也。"②

李震相一生专心于学问,留下了 85 册庞大的著述。其中包括《理学综要》22 卷,及《求志录》《辨志录》《春秋集传》《千古心传》《四礼辑要》等,尤其是在心经研究上,受其叔父李源祚影响,留下了分量庞大的《心经箚启》。

与其在性理学上所著《理学综要》是对朝鲜性理学发展史的总结一样,《心经箚启》也可以说是李震相在退溪学派的立场上对朝鲜 16 世纪以来心经发展史的批判性总结。他在《心经箚启》一书的结尾,记述了自己用了 44 年对早年所著该书进行修改、誊写的情况,说:"余成此编,今已四十四年,其间更读本编节次,修改者不为不多,而顾今精力凋耗,……所以拭眵勘过,腾成此本,而刊补之所已详,元书之所已刓者,略而不论。后人见之,倘以为可采否?癸未仲冬书。"③癸未是朝鲜高宗二十年(1883),距李震相去世只有 3 年时间,加上其自述该书早在 44 年前就已经编成,更在 44 年间不断修改,由此可见心经对其思想的影响及重要性。

《心经箚启》在结构上分为两部分,前一部分为李震相仿照程复心作《四书章图》之意,根据心经文本内容所作《心经图说》,共有《心经章图》、《心经赞图》等 14 图及说;④后一部分是《心经箚义》,是对包括程敏政的《心经附注序》、郑述的《心境发挥序》、真德秀的《心经赞》以及心经文本内容的解释。该书内容庞大,两部分加起来共有 36 章。

李震相心经心学的特征,是在继承和发展退溪心经心学的基础上,对

---

① [韩]李震相:"窃念理气之妙,不相离,不相杂,要在人离合看,故有就本原上竖看,有就流行处横看者,有就形迹上倒看者。"(《寒洲集》卷 7,《答沈稚文别纸》)
② [韩]郭钟锡:《俛宇集》卷 12,《心性杂记》。
③ [韩]李震相:《心经箚启》,[韩]宋熹準:《心经注解丛编》七,第 211 页,(首尔)学民文化社,1985。(以下只注书名)
④ 注:因每个图中又包含很多小图,故李震相在其《心经章图》后所附说中,说"凡此图子,散之为四十五图,而合之为一圈,即敬之一字而已",可见其所作图总数达 45 个之多。

16世纪以来朝鲜心经心学发展史的批判性总结。

在《心经图说序》中,李震相首先叙述了心经产生的意义及发展与东传朝鲜半岛的传播过程。他认为,人天生便被赋予了齐家治国、参赞天地、协理万事之责,而且人心本善,所谓"此心即帝降之衷,万善悉备,万理咸具"①,本应完成上天赋予之责,但因人"放其心而不求,荡其心而不养,日趋于禽衣犊裳之归"②,因此上古先贤为之担忧,"上自舜禹之授受,下逮程朱之继开,皆惓惓然指示求端用力之方,明体达用之要,至言大训,粲然可考,后之学者,行有余师矣。"③这是基于孟子的性善说与求放心论,阐述性理学心性修养的必要性与可行性。

李震相进一步阐述了心经心学的产生与存在意义,认为心经之所以需要,是因为程朱性理学关于心性修养,"其言其书,地负海涵,有未易穷究","故西山真公,忧心学之终晦,而采摭经传,编为此书。篁墩程氏,疑本编之阙略而补以附注,于是乎心学之次第条理,绎然不紊"。④ 这就是心经产生的原因,而其意义则在于,"学者而不欲尽其所当行之职,扩其所固有之善则已,有意于此学,其将舍此书而奚求哉?"⑤也就是说,心经存在的意义是,作为天生负有齐家治国、参赞天地之责的人,想要完成其责任所必须学习的经典,也是求放心之心性修养必由之路,可见心经对于学者之生命存在意义。

在此基础上,李震相又总结了心经东传朝鲜的传播与发展过程,说:"吾道既东,退陶夫子实始酷好而表章之,与门人往复论订以发其归趣,又为《后论》于《附注》之末,而东人士始知有心经矣。其后寒冈郑先生为之发挥焉,梳洗头面,指陈路脉,阐明心法之功,尤有光于元书。近世湖门,又有因溪门讲录之旧而刊补之者,亦能羽翼乎此书而赞享乎此学者也。"⑥可见其不仅了解心经在理学本土的产生与发展,而且对心经在朝鲜半岛的传播与发展过程也很熟悉,且在其叙述过程中可以看出,他对退溪学派尤其是寒冈郑述的《心经发挥》持赞赏态度,表明其在心经心学上对退溪学派

---

① [韩]李震相:《心经图说序》,《心经冣启》。
② [韩]李震相:《心经图说序》,《心经冣启》。
③ [韩]李震相:《心经图说序》,《心经冣启》。
④ [韩]李震相:《心经图说序》,《心经冣启》。
⑤ [韩]李震相:《心经图说序》,《心经冣启》。
⑥ [韩]李震相:《心经图说序》,《心经冣启》。

的继承,但同时对 17 世纪以后畿湖学派基于退溪学派心经讲录而做的心经补刊等学术活动,亦持肯定态度。由此可见,处于 19 世纪后期的李震相在心经心学上对朝鲜心经心学的思想总结意义。

李震相不仅在心经发展史的意义上表现出对朝鲜心经心学的总结性特征,在心经心学的思想内容上也表现出这一特征。首先是对退溪学派心经心学思想的总结性继承,如在心经心学的核心思想"敬"的问题上,李震相即明确指出:"或问:心学之要,有一言可尽者欤？曰:敬而已矣。"①接着又假借问者之口,提出了如何解释心经主敬心学与程朱性理学居敬穷理并重的差异问题,他运用自己在哲学上独特的思维方式论证说:

> 分言则二事,专言则一事。致知不以敬,则知必不至;精义不以敬,则义必不明。夫自小学洒扫应对之节,至大学修齐治平,一本于敬。进德而不敬,则颓惰放肆而德日远矣;成德而不敬,则虽已至明通公溥之域,一念之差,千里之谬矣。故程子曰:心者一身之主宰,而敬又一心之主宰。更有何一以蔽之要于敬之外哉？②

由此不仅可以看出李震相对心经心学核心思想的继承,而且可以看出其在总结心经心学发展史的同时,对心经心学与程朱理学的差异的深刻理解。

李震相不仅在主敬的核心思想上继承了退溪的心经心学,而且进一步以图说的形式总结了心经主敬心学的为学方式,即如何依据性理学的修养论主敬的问题。他依据心经文本及朝鲜学者对心经思想的发展,作《敬义斋铭图》《主一箴图》《克斋记图》《敬恕斋铭图》《克复敬恕乾坤道图》《中庸首章图》《夜气箴图》《圣可学图》《四勿箴图》《心箴图》《求放心斋铭图》《尊德性斋铭图》等,将程朱性理学所提供的道德行为规范与李退溪、郑述等对此的发展,用图说的形式加以总结,完成了心经心学在朝鲜半岛的最终形式。

李震相对退溪学派心经心学的继承与发展,多见于《心经窾启》的第二部分《心经箚义》中,如对程敏政《心经附注序》、郑述《心经发挥序》、真

---

① [韩]李震相:《书心经图说后》,《心经窾启》。
② [韩]李震相:《书心经图说后》,《心经窾启》。

德秀《心经赞》、程复心《心学图》等的注释,尤其是对退溪四端七情分理气论的分析与发展,更是显示出李震相在心经心学上的总结性发展。

如前所述,李退溪为了在性理哲学上再次探寻恶的心性论根源而提出了四端七情分理气论,并在心经心学的基础上,最终完成了其主敬成圣之心学,但也因此引起了朝鲜性理学发展史上的第一次学术大讨论,以及此后栗谷李珥的心性哲学批判,由此造成了后来朝鲜性理学分化为以退溪为宗的岭南学派,与以栗谷为宗的畿湖学派,并在此后贯穿于朝鲜性理学的发展中。几乎每一个历史时期的朝鲜性理学者,都对四七理气问题进行过论述,并由此可断定学者的学术派别。

李震相在学派上属于岭南学派,因此,他首先继承了退溪的主理主气论,认为四端七情可以分理气而论,说:"四七皆本于性,性即理也,理乘气而发则一耳。其曰气之发、理之发,特以所主者言之,由义理而直发理为主,因形气而横出则气为主故也。然理乘气则气随理主,岂有异致乎?"①

李震相认为,四端七情皆本于理而为善,并总结了在四端七情善恶问题上朝鲜心经心学的各派观点,认为栗谷、宋时烈、李退溪在四七善恶问题上的分歧,其实只是侧重点不同,但仍然认为退溪的观点更正确,他在解释宋时烈的《心经释疑·四端》时,说:

> 朱子言四端亦有中节不中节处,固当兼善恶说,而非端字正义。若孟子所论四端,是剔发而言善一边者,故曰非要誉非恶其声。栗谷从孟子立论,故于四端独言善;尤庵从朱子立论,故于四端兼言恶;退陶则先言自纯善无恶,而更言掩于气而流为不善,善恶各有段落理致,尤似明备。②

如前所述,人心道心是心经心学修养论的立论基础,退溪继承的程敏政心经心学正是以道心发于理而纯善、人心发于气而形成现实人性中的恶立论的。但与退溪主张的四端理发而纯善,七情气发而偏于恶不同,李震相在心性论上,不仅主张性善,同时主张包括人心道心在内的心善,认为恶的根源既不在于道心,也不在于人心,而是在于人心之知觉。他在解释朱

---

① [韩]李震相:《心经劄义·四端章》,《心经亵启》。
② [韩]李震相:《心经劄义·四端章》,《心经亵启》。

子所谓心之虚灵知觉问题时,说:"虚只是冲漠底,灵只是神妙底,知所以知此事,觉所以觉此理。未发而知觉之体迥然不昧,已发而虚灵之用烨然呈露。今于虚灵知觉,不须分体用,而心自有体用,其体一原而其用一路,只见其浑然一理而已。下言知觉者不同,言其或从形气,或从义理,须看'所以为'三字。"①

李震相之所以坚持人心道心皆善,是因为他在修养论上持实学的立场,将人心道心规定为儒家道德规范,及人之饥食渴饮的正常生理需求,说:"道心人心始须分言,盖道心者,爱亲敬兄,忠君悌长之真心也;人心者,饥欲食,渴欲饮,痛思安,劳思佚之常情也。不可以杂出言,而但于人心发处,以道理究度,则亦可目之为道心,此乃合言之也。"②

如此,在坚持人心正当性的同时,摆脱了退溪所继承的程敏政一系心经心学因坚持人心形气之恶而陷入烦琐的修养方式的弊端,也使其心性修养论走向了简单易行,所以他说:"杂出者,此心妙应之本状,而杂则易乱,故治心之工正欲其不杂。杂出元不做病,而不察而杂之则为病,非谓察得不杂之后,更不可有杂出之端也。但其存心熟,思虑专一,则所发自然易直,无那杂扰之患矣。"③又说:"心体本自至善,人皆可以为尧为舜,亦皆可以参天地赞化育,至于为桀为跖,同草木,归禽兽者,气拘欲弊,失其本心者也。"④

既然人心道心皆善,在心性修养上只要在人心所发时注意不杂即可,而不是程敏政心经心学一系从程朱性理学所继承的人心受外物所诱而导致的现实之恶。因此,在心性修养问题上,李震相实际上在继承退溪心经心学的基础上,以退溪心学之敬与栗谷心学之诚,总结了朝鲜心经心学的修养论,他说:"存心之法,无非内照,亦非系缚,只是常存敬畏,应事接物之得宜,容貌辞气之得正,便是存处。"⑤

在此基础上,李震相批判了心经心学上的各种存心论的错误,并以诚敬二字来总结自己的存心论,说:"世之存心者,或扦绝事物,曰心不可有一事。或欲求中,或云观心,或瞑目终日,曰令心不走作。然此心已亡矣。非

---

① [韩]李震相:《心经劄义·人心道心章》,《心经豢启》。
② [韩]李震相:《心经劄义·人心道心章》,《心经豢启》。
③ [韩]李震相:《心经劄义·人心道心章》,《心经豢启》。
④ [韩]李震相:《心经劄义·心境发挥序》,《心经豢启》。
⑤ [韩]李震相:《心经劄义·牛山之木章》,《心经豢启》。

诚曷有,非散何存? 存养工夫,贯始终,兼表里,只是诚敬二字而已。"①

进一步,在天理人欲问题上,李震相也与传统性理学对人欲的严厉批判不同,表现出对人欲的肯定,说:"情者,性之发,本无有不善,欲亦可以为善,皆吾身之所固有,若反去情欲,则为土木人,孔氏说有病。"②又说:"渴饮饥食,不可为本无之理。且人心之动,理因气发,易走作而已,何尝以本无而危乎?"③也就是说,仅仅只是在道心人心相比较的情况下,李震相认为虽然二者皆善,但道心更加纯粹,人心则因发于形气而需加以照管,他说:"欲饮欲食时别起一念,揆以道理,食所当食,饮所当饮,固是道心,而欲食便食,欲饮便饮,虽得饮食之正,未可以道心论。且道心又有与人心不相涉入者,爱亲敬兄、忠君悌长处,粹然直出于性命。"④

在这一意义上,李震相运用自己独特的思维方式,将人的正当欲望规定为道心,并以此来解释周子《养心说》所主张的寡欲乃至无欲修养论,说:"耳目口鼻四肢之欲,固人所不能无,而寡欲之至,所欲皆理,则人心亦化为道心,只可谓之理,未可谓之欲。此周子无欲之指也。盖饥而食,寒而衣,天理之正当也。当食便食,当衣便衣,固无待于欲。无可食,无可衣,自无欲衣欲食之念,此程子所谓'圣人以其情顺万事而无情'者也,非谓无义理之欲。"⑤由此可见,成为程朱理学与退溪一派心经心学最终目的的天理人欲问题,在李震相的心经思想中完全不成为问题,或者说,在坚持饥食渴饮乃至人情均为正当性的天理的前提下,人欲问题也不再成为需要性理学者终生修养克制的修养论难题。

本来程朱性理学在心性论上就建立在天命之性与气质之性的性二元论基础上,将孟子所代表的性善论以天命之性进行概括,并将其规定为传统儒学的道德先验论,在现实的层面上,则是以张载的气质之性指代人性之恶的根源,朱子更是以"情之迁于物而然"⑥完成了程朱性理学的人性之恶哲学探索,将理学的最终现实目的指向了"穷天理灭人欲",从而形成了理学的现实批判性格。真德秀、程敏政以心经为载体的心经心学,也继承

---

① [韩]李震相:《心经劄义·牛山之木章》,《心经嵈启》。
② [韩]李震相:《心经劄义·反情和志章》,《心经嵈启》。
③ [韩]李震相:《心经劄义·人心道心章》,《心经嵈启》。
④ [韩]李震相:《心经劄义·人心道心章》,《心经嵈启》。
⑤ [韩]李震相:《心经劄义·养心说》,《心经嵈启》。
⑥ (宋)朱熹:《朱文公文集》卷67。

了理学穷理灭欲的现实批判性，只不过是将理学的社会批判性转换成了自我道德人格修养上的批判性和否定性，李退溪继承的心经心学更是在此基础上，整合了程朱理学与真德秀之后包括吴澄、王柏、程复心、陈柏、程敏政等不为理学发展史所重视的性理学者对朱子学的心学化思想，建立起了主敬成圣的烦琐的心学修养体系。

但李震相不仅主张性善、心善、情善，主张人欲的正当性，而且极力分辩被程朱理学与心经心学视为现实之恶根源的人心与情的正当性，一再强调人心亦善，论证饥食渴饮等人之正常的生理欲望的正当性，坚持人心并非人欲，这就与传统性理学和退溪的心经心学都形成了矛盾。

对此，李震相以朱子早中晚所论不同来加以解释，如在解释郑述《心经发挥·人心人欲》时，说："此文上下三段皆朱子初说，才说人欲并未有一分好底。若单说欲字，如饥欲食、渴欲饮之欲，则不可谓之天理所无。且人心发于气而理乘之，乌可谓之无是理？苟无是理，则岂止于危？"①又说："朱子初以人心为人欲，中以微有把捉为人心，终以形气之私释之，三变其说而定论立焉。"②

总之，李震相的心经研究呈现出两大特征，一是在继承退溪一派主敬心学的基础上，总结了朝鲜心经心学发展中的各派思想；二是吸收朝鲜实学派经世致用的思想，承认人欲与人心的正当性，并以其独特的思想方式来解决其心经心学与程朱性理学在人心道心、天理人欲问题上的思想矛盾，将朝鲜末期的心经心学引向现实的经世致用之学。

最后，在朝鲜心经发展中引起退溪与栗谷两大学派及其后人一致批判的尊德性道问学之为学方式问题上，李震相同样表现出其思维方式的独特性。

李震相首先表现出对退溪心经心学的继承，以敬作为为学方式，说"穷理亦要敬，心不敬则理必差。要之，存养，敬之体；省察，敬之用。穷理莫切于省察。"③但这并不妨碍他继承栗谷学派以诚为心学核心的思维方式，并在解释程朱理学的"居敬穷理"并重的为学方式时，提出了自己独特的为学方式，即基于退溪主敬心学基础上的为学分阶段论与知行相须论。

---

① ［韩］李震相：《心经劄义·人心道心章》，《心经嫏启》。
② ［韩］李震相：《心经劄义·人心道心章》，《心经嫏启》。
③ ［韩］李震相：《心经劄义·敬以直内章》，《心经嫏启》。

他提出的为学分阶段论,是指学者所进行的道德实践—读书—应事接物—修养身心的为学步骤。

关于第一个阶段,他说:"既知学之当为而有为之之心,则便须于日用常行之间,勤勤加工,事亲事长之道,接人接物之节,必谨必慎。而所以持身者,则衣冠必齐整,步履必安详,容貌有仪,言语有节,一动一静之间,莫不致谨,则心常存在而义理日胜矣。"①这是要求学者在日常生活中实践儒家道德规范,因此我称其为道德实践阶段。

关于第二个阶段,李震相说:"以其趋省之暇,端坐净室,齐心肃躬,取圣贤心学之书……专精致意,日读二三章,不可贪多,此读书而存其心也。"②这是读书存心阶段。之后则是应事接物阶段,他说:"至于事物之来,虚心和气以察其几,苟其当理则应之,苟不当理则绝之。虽皆合做,又当量其轻重缓急之序,应此事毕后方应这一事,不可以有限之精力,二用于应酬之间。此当事而存其心也。"③这是对在现实中应对事物的要求。

最后是在个体内心的道德人格修养上的要求,他说:"事物既往之后,端心息虑以养吾心,而然犹提撕警觉,不令走作,涵存于未发之时,使此心之本体,虚明静一,既存乎天理矣;省察于已发之时,使此心之大用,公正易直,不杂乎人欲之私矣。此就心之体用持养之也。治其外以安其中,存诸中以应其外,表里交正,动静不违,则可以上达天德矣。"④由此可见,在如何修养心性的具体做法问题上,李震相完全继承了退溪的心性学说。

不仅如此,他也完全继承了退溪心经心学在人格修养上的目的性与终身性。从目的上讲,是退溪继承的程朱性理学的存理灭欲,只不过是从程朱理学的现实政治指向转换成了个体人格的内在修养;从为学方式上讲,则是要从内心里进行永不间断的内心修养。李震相说:"然其始也,私不克则正不胜,恶不遏则善不存。凡诸一事之不当者,勇改之。一念之不诚者,痛绝之。矫揉其气质之偏,扩充其义理之发,戒惧乎所不睹闻,以立其本,而尤致谨于独处之时,独知之事,如此日日用工,则为学之道备矣。"⑤这也是完全继承和总结了退溪学派的心经心学修养论,并在总体为学的意义

---

① [韩]李震相:《心经图说·明诚箴后说》,《心经箚启》。
② [韩]李震相:《心经图说·明诚箴后说》,《心经箚启》。
③ [韩]李震相:《心经图说·明诚箴后说》,《心经箚启》。
④ [韩]李震相:《心经图说·明诚箴后说》,《心经箚启》。
⑤ [韩]李震相:《心经图说·明诚箴后说》,《心经箚启》。

上,一再强调要基于退溪主敬心学的立场作永恒的修养功夫,说"右数言者,虽若各有条件,实相须而成,亦俱一本于敬,则固不可截断先后而较量轻重也。"①

最后,在为学方式的意义上,李震相还站在退溪心学的立场上,提出了有别于程朱理学与阳明心学的知行观。在知行问题上,大体而言,程朱理学基于格物致知的为学方式而主张知先行后,阳明心学则基于其社会道德实践论而主张知行合一,李震相则在综合理学与心学的意义上,提出了知行相须的观点,并由此解决了真德秀心经以来朱子学心学化在尊德性道问学之为学方式上和会朱陆的思想难题。

他首先提出了知行无间断的观点,说:"知行本无先后,知了行,行了知,不容须臾之间。"②接着,李震相又解释了朱子格物致知为学方式主张的先知后行问题,说:"先知而后行者,知此道之可行而行之是也,与格致之工有间(知此道之可行是良知之发见,非用力而致者,故曰有间)。是行也,与存养之工有别(存养似乎行而与当事处置者有别)。则不可以先持养后察识之序,疑知行之先后也。"③值得注意的是,李震相在知行观上吸收了阳明心学的良知说,并在重视道德实践的意义上,将程朱理学的格物致知为学方式所主张的知先行后,转向了他所主张的个体道德修养上的知行无间断。

在此基础上,李震相最终提出了将退溪心学所主张的主敬,与栗谷心学所主张的主诚,以体用的方式融合起来的观点,说:"诚以义立,敬为义本,故由用达体,立言自异,况立志、主一两节,归重在敬者乎?然只知用敬而不知明义,则程子所谓都无事者也。废讲究而专践履,陷禅必矣。"如此,在知行并重,主敬、明义并行的意义上,李震相最终解决了心经心学自吴澄、程敏政以来和会朱陆带给朝鲜心经研究的思想难题,也最终综合了退溪与栗谷两大学派自16世纪末以来在主敬与主诚上的侧重点不同带来的长期论争。

总之,在朝鲜心经心学发展史上,李震相的心经心学研究呈现出总结朝鲜心经发展史的思想特征。尤其是在其横看、竖看、倒看之独特的思维

---

① [韩]李震相:《心经图说·明诚箴后说》,《心经箚启》。
② [韩]李震相:《心经图说·明诚箴后说》,《心经箚启》。
③ [韩]李震相:《心经图说·明诚箴后说》,《心经箚启》。

方式,以及顺推、逆推的逻辑思维影响下,其心经研究最终跳出了退溪、栗谷两大学派在主敬主诚上的思想争论,也走出了始终成为朝鲜心经发展中批判核心的尊德性道问学问题上的和会朱陆问题,在朝鲜实学派经世致用思想的影响下,既以心、性、情皆善的心性论,论证了人欲的正当性,为近代化提供了思想契机,又以正面实践儒家道德规范代替了17世纪李氏朝鲜陷入党争以来所导致的理学空疏之学风,因此,李震相的心经研究具有不可忽视的重要性。

第三节　李恒老的心经研究:著述与特征

李恒老(1792～1868),字而述,号华西,谥号文敬。本贯碧珍,世居杨根之檗溪里,村子在青华山西,故以"华西"自号。李恒老并无师承,曾学于竹村李友信,但被李称为畏友。以弱冠之年即以经学为一代师表,被称为"骊州徵士"。30岁时已声名远播,四方学徒纷至求学。其学问以《小学》和《朱子家礼》为根本,四书为猎等,喜宋时烈之言,以朱子为孔子以后第一人,同时尊崇朝鲜先儒中所谓"春秋大义之先锋"的宋时烈,因此在学派上属于以李珥为宗、宋时烈为传承的畿湖学派。宪宗六年(1840)以经明修行被举荐,朝廷多次任命但李恒老均未出任,直至高宗三年(1866)赴任同副承旨,后官至护军。

同时,李恒老继承了朝鲜道学派的政治主张,强调先儒赵光祖的绝命诗"爱君如父,爱国如家",在18世纪后期朝鲜半岛面临内部腐败列强环伺的危险局势下,主张以传统儒学的尊王攘夷之春秋大义为根本的自主思想。因此,在1866年"丙寅洋扰"时,身负众望的李恒老立即上疏朝廷,强烈主张斥和攘夷,此后在朝鲜末期主导斥邪卫正,倡议护国的历次运动中,先锋大多是其门徒。著述有《华西集》《华西雅言》《朱子大全箚疑绮补》《周易传义异同释疑》《辟邪录》《心经附注记疑》《读退溪先生心经后论》等。

李恒老虽然在学派上因尊崇宋时烈而属于畿湖学派,但其思想却与退溪多有相似之处,如二者均无师承,直接祖述朱子,他曾说"非朱子之言,则不敢听;非朱子之旨,则不敢从",①表现出以朱子思想为准绳之特征。

---

① 〔韩〕李恒老:《仁应第九》,《华西雅言》卷23。

在理气观上,李恒老继承的是朱子的理气不离不杂之说,批判罗整庵的"理气浑然一物"观,说:"朱子曰:理气决是二物。此圣贤相传之决案也。罗氏疑之,何故也?盖理一而气两,理无不善而气有善不善。一与两,善与不善,安得合而为一也?理与气,固有相资时,亦有相抗时。相资时如人马帅卒,相抗时如苗莠子贼。人马帅卒,已是二物。苗莠子贼,得为一物乎?"①就是说,李恒老认为,理气是两个不同的概念,理是世界的唯一本体,纯善无恶,气则有善有恶。

在此基础上,李恒老又阐述了理先气后、理尊气卑、理存气亡的主理论观点,说:"形而上者谓之道,形而下者谓之器。上下二字,含蓄多少意思。自此物未生之前而言,则其理已具。其曰上下者,有先后之意。自此物方生之时而言,则理为气帅,气为理役,其曰上下者,有尊卑之意。自此物已尽之后而言,则气有成坏,理通古今,其曰上下者,有存亡之意。"②

而李恒老推崇主理论的目的,则是为了推导出应对当时朝鲜半岛列强环伺、国势衰弱危局的斥邪卫正、尊王攘夷论,说"理之为主,正理也,顺势也。气之为主,悖理也,逆势也",③"理为主,气为役,则理纯气正,万事治而天下安矣。气为主,理为贰,则气强理隐,万事乱而天下危矣。差以毫厘,谬以千里。"④由此道出的是对当时西方列强试图灭理败伦的罪行,说:"孔子之作春秋也,大义数十而尊周最大,朱子之修纲目也亦然。此义也,有一民之不讲,而一日之不明,则三纲沦而九法败,礼乐崩而夷狄横,几何而不为禽兽也?……倘使我国之士民,家家而讲尊攘之义,人人而讲尊攘之义,则夷贼无所容身,而孝庙之志伸矣。孝庙之志伸矣,则华夏之运启矣。"⑤这也是18世纪中期以李恒老为代表的斥邪卫正派的理学依据,如吴熙常也说:"宋诸贤诋诐息邪,继往开来之功,其要只在发挥一个理字。"⑥

总之,在主理论的立场上将程朱理学的理气观转换为尊周大义的斥邪卫正论,是李恒老及其学派的特征。

---

① [韩]李恒老:《朱子决是二物说》,《华西集》卷25。
② [韩]李恒老:《华西雅言》卷1,《临川 第二》。
③ [韩]李恒老:《答崔赞谦》,《华西集》卷3。
④ [韩]李恒老:《华西雅言》卷1,《临川 第二》。
⑤ [韩]李恒老:《辞职告归兼陈所怀疏》,《华西集》卷3。
⑥ [韩]吴熙常:《老洲集》卷26,《杂识四》。

在主理论的基础上,李恒老进一步论述了自己的心性观。他首先认为,心包理气、兼动静,性则是心之体,情则是心之用,他说:"心者,人之神明,而合理气、兼动静者也。性则心之体,而理之乘气而静者也。情则心之用,而理之乘气而动者也。"①将心分理气而论,可以看出退溪四端七情分理气论对其的思想影响,但在四端七情问题上,李恒老虽然折中退溪与栗谷的观点,说:"退溪之分,栗谷之合,各有发明。然四端七情之分属人心道心,终似未安。"②表现出对退溪人心道心观的不认可。

其根本原因在于,退溪所继承的真德秀、程敏政的心经心学,心性论的重点在于强调现实人心之恶,以及敬对人心的主宰意义,指向的是个体内心的道德人格修养。而李恒老的心性修养论重点则在于主理论基础上的性善明理,指向的是现实意义上的斥邪卫正、尊王攘夷,是外在的现实世界而非内在的个体精神人格。所以李恒老在论心上是主张理气并论,说:"认心为理而不问气欲之拘蔽,则其害固不可胜言。指心为气而不知天命之主宰,则其理亦有所不明矣。是故,千古圣贤之说心也,说理则又必说气,说气则又必说理,未尝阙一。"③其最终指向的是基于明德主理基础上的尊周大义。

李恒老的心性论与理气观也反映在其所著《心经附注记疑》中。该书是李恒老对程敏政《心经附注》之附注中所引的觉轩蔡氏、仁山金氏、兰溪范氏等观点的疑问,加上对程敏政《心经附注序》和真德秀《心经赞》的评论,总共14段,并不涉及心经文本所辑录的经典内容。

从内容上看,大致可以分为两部分,一是对程敏政心经心学的评价与批判,为此还专门写了《读退溪先生心经后论》,同意退溪对程敏政和会朱陆问题的分析与选择;二是对退溪心经心学的继承与不同,即在继承退溪主敬心学的基础上,对朱子格物致知学问方式的继承与强调。

首先是对程敏政心经心学的评述。在《心经附注记疑》的第一段,李恒老就批评程敏政只讲危微,不讲精一,明确指出了心经心学在将朱子学心学化的同时,只继承了朱子的穷理而放弃了朱子的格物致知为学方式,批评这种心学与王阳明心学有直接联系,说:"恒老按:以危微精一起头而

---

① [韩]李恒老:《华西雅言》卷3,《神明 第七》。
② [韩]李恒老:《三渊先生行状记疑》,《华西集》卷22。
③ [韩]李恒老:《华西雅言》卷3,《神明 第七》。

全篇不复说破精字意思,盖以格致之学为病,故阙却精字一边,而以寄命耳目、胜理口舌,一概挥斥。此乃江西带来,讳不得也。"①能够从本质上看出真德秀、程敏政一系的心经心学与程朱理学的不同,此乃朝鲜心经传播与发展史上首次。

李恒老接着表明了自己继承朱子格物致知为学方式的观点,批评程敏政所引吴澄"物接于外而不干之于内,内心不二不杂而诚自存"的说法,是"语上遗下,则荡而为禅会之空虚矣;逐末而昧本,则溺而为俗学之卑陋矣;又囫囵汩董,漫无分别,则流而为陈戴害正之说矣。"②他提出了自己的理物观,说:"盖物者,理之质也;理者,物之体也。固不可昧理而循物,亦岂得绝物而造理也哉?但理妙万物而物各为物,故有此上彼下、此通彼局,为不同焉耳。"③

他由此得出的结论是,"故大学之教,使人即物而穷理以致其知,循理而应物以正其心,尽己尽物以修齐治平而尽乎天下。此乃传授之大法,学问之正路也。"④对于李恒老而言,包括吴澄、程敏政在内的心经一系的向内的个体人格追求,显然不适合处于国家危亡之际的思想探求,因此他选择了在哲学上重新回到朱子的格物致知、内修外求之为学方式上来,并将主理论阐释为斥邪卫正尊周攘夷的春秋大义。这也是李恒老在其心经研究中所体现出的哲学追求。

但这并不意味着李恒老完全否认心经心学,相反,他在心性修养的意义上,首先继承的就是退溪一派的心经心学观点。在解释程敏政所引程子释《孟子·牛山之木章》的"格物穷理但立诚意以格之""入道莫如敬"时,李恒老直接继承了心经心学所赖以成立的思想依据"心为身主,敬为心主",并用五行说加以阐释,说:"恒老按:心为一身之主而敬为一心之主,心之为德,无所不具,而独以敬为主者,何也?心之神明,舍于火脏,而礼与敬属火,故敬为心之主也,故火盛则炎直而照明,火衰则炎散而光昏;敬笃则心直而思明,敬驰则心散而知昏。其象相类,于此可验也。"⑤用五行说

---

① [韩]李恒老:《心经附注记疑》,宋熹準:《心经注解丛编》六,第429页,(首尔)学民文化社,1985。(以下只注书名)
② [韩]李恒老:《心经附注记疑》。
③ [韩]李恒老:《心经附注记疑》。
④ [韩]李恒老:《心经附注记疑》。
⑤ [韩]李恒老:《心经附注记疑》。

来解释心经心学,在朝鲜心经发展史上也属首次。

在此基础上,李恒老又进一步用《小学》和《大学》来发展心经心学的主敬修养论,说"盖敬之一字,合内外,该动静,通贯圣学始终,而但其生熟有天人之分耳。《小学》是童蒙习敬之道也,即《大学》之基本田地也;《大学》是大人妙敬之方也,即《小学》之华实文采也。《小学》则自教以男唯女俞以上,洒扫应对,诗书六艺,无非习敬之事也;《大学》则八条三纲包在一个明德里面,而明之之工,舍敬则不可得也。格致也,非敬不得;诚正也,非敬不得;修齐治平也,非敬不得。"①

李退溪本来已经将《小学》《大学》收入《圣学十图》中,作为学者进行个体道德人格修养的必要方式,李恒老继承退溪的思想,以《小学》《大学》来阐释敬,但与退溪心学追求个体人格的主敬成圣不同,李恒老则是为了以此解释《大学》之诚意正心与诚、敬的内在关系,说:"所谓诚意者,既格物致知,而于天下之事有以知其善恶之所在而无疑,则又当好善必为,恶恶必去,如好色恶臭而无慊于心云耳,非谓此前不诚而于此始下诚之之工也。所谓正心者,谓好善恶恶之情既实而无伪,则又当极其公平正直之体,而无一毫系累偏颇之失,如鉴空衡平,然后体无不正而用得其平云耳,非谓前此不敬而于此方加敬之之教也。"②由此可见李恒老在心经心学上对退溪主敬心学与栗谷一派主诚心学的折中。

如上所述,李恒老在心经心学上既继承了退溪一派的主敬修养论,也继承了栗谷一派的程朱格物致知诚意正心论,表现出对16世纪以来朝鲜心经心学的折中与发展,因此,对于程敏政在《心经附注》末条所引吴澄在尊德性道问学问题上的和会朱陆问题,李恒老除了在《心经附注记疑》的最后一条,即对朱子《尊德性斋铭章》进行了详细地分析以外,还专门作《读退溪先生心经后论》,对退溪心经心学赞赏曰:

> 恒老按:退溪先生一生工夫,尊信心经,玩绎既勤,体验最深,其论《附注》吴程之说,反复委曲,详缓慎密,录其善而不阿其失,黜其谬而不没其功,佟乎其得力是书者,不可诬也。至若核订朱陆同异之实,有如白黑昼夜,分明的确,足以破昏衢撞埴之迷惑,

---

① [韩]李恒老:《心经附注记疑》。
② [韩]李恒老:《心经附注记疑》。

非实有真见,安能及此,真为羽翼也明矣。①

可见,李恒老在心经心学的修养论上,更多地继承了退溪一派的主敬思想,因此完全赞同退溪对程敏政和会朱陆问题的分析,但在心学的目的与意义上,则继承了栗谷一派的道学主张与朱子格物致知的为学方式,及朝鲜道学派所追求的通过《大学》之格物穷理而实现修身齐家治国平天下的儒家终极追求。这也是李恒老在现实政治中所倡导的斥邪卫正、尊王攘夷论在其心经心学中的思想反映。

小结:19世纪朝鲜的心经研究特征与意义

综上所述,19世纪李氏朝鲜的心经研究是在国家处于危亡之际的历史背景下进行的,因此并不成为该时期的思想重点,而且在李恒老与李震相的心经研究中,都反映出了那个时代的思想特征,李恒老在现实中力主斥邪卫正,尊周大义,因此在心经研究中力主用大学之道来阐释心经心学,试图将心学重心引向治理国家的方向。李震相的心经研究虽然在学派上传承了退溪学派的心经心学,但同时也试图在综合退溪与栗谷两派心学的思想基础上,以诚与敬的融合,以及知行相须的知行观,将心经心学引向现实的方向。

从总体上看,19世纪朝鲜的心经研究已经走向了综合,在思想的现实影响上逐渐趋于衰弱,进入20世纪后,心经研究在其性理学占国家统治意识形态的500年李氏朝鲜的本来地位与意义上,最终走向了尾声。

---

① [韩]李恒老:《心经附注记疑》。

第六章
20世纪以后韩国的心经研究及传统文化意义

20世纪韩国的历史大体上可以分为前后两个阶段:前期为日帝占领时期的近代亡国期,朝鲜半岛的心经研究进入尾声;后期为第二次世界大战(韩国学者称为光复)结束以来,现代韩国的儒教社会体制之恢复,宗教性儒道会的社会活动意义,以及当代韩国学者在儒教社会体制背景下进行的心经研究。

第一节 近代韩国心经研究的思想历史背景及研究概述

一、近代韩国心经研究的思想历史背景

高宗李熙(1852~1919),本贯全州李氏,兴宣大院君李昰应之子。1864年以王室旁支身份继位,成为李氏朝鲜第26代国王①(死后庙号高宗)。1897年自称皇帝,建年号"光武",改国号为"大韩帝国"。1907年被日本人强迫退位给其子李坧(死后庙号纯宗),1919年病死,一说被日本人毒死并由此引发了"三一运动"。1910年8月22日,日本强迫李坧签订了《日韩合并条约》,大韩帝国灭亡。朝鲜半岛进入日帝占领时期,直至1945

---

① 高宗李熙几乎是贯穿朝鲜近代化过程的君主,同时也是一生最为坎坷的朝鲜末代君主。先后经历了外戚赵氏专权、生父大院君与王妃闵妃当权、列强武力威胁下的被迫开港,成为日本人的傀儡,及被日本人强迫退位,亡国后被日本人封为"德寿宫李太王"等,甚至最终被日本人毒死。朝鲜的近代化过程也同高宗一样,伴随着外戚争夺权力,国势日衰,列强入侵,以致最终亡国。

年8月日帝投降,结束了长达36年的近代亡国历史。

在日帝占领时期,朝鲜半岛的儒教思想呈现出多种形态,首先是田愚和郭钟锡在哲学思想上对朝鲜性理学的终结,其次是日帝对朝鲜儒林的分化政策所导致的儒林分裂,以及儒教亡国论与儒教复兴论,及儒教复兴论意义上展开的儒教改革与宗教化运动。

(一)近代前期朝鲜儒教界的分化与性理学的思想终结

当面临被日帝合并的亡国危机时,朝鲜性理学者选择了或积极抵抗,或消极退避,或从亡国根源上彻底批判与抛弃儒教,或从民族精神的意义上固守儒教,并在革新儒教的基础上试图将儒教宗教化的运动,当然也有在日帝的怀柔政策下成为其御用文人和思想工具的儒教皇道化派别。

从总体上看,近代前期的韩国儒教界在救亡的意义上形成了思想上的分化:以闵泳焕、宋秉璿、黄玹为代表的儒者,采取了致命遂志的立场和行动,体现的是儒林的抗争;以崔益铉、柳麟锡、齐万宇为代表的儒者,采取了举义扫清的立场和行动,体现的是激烈的政治态度;以田愚和郭钟锡为代表的儒者,采取了去之守旧的立场和行动,代表的是固守传统性理学的守旧立场与不抵抗政治态度。

但无论朝鲜儒林在现实中采取何种政治态度,都首先在思想上从500年李氏朝鲜王朝的程朱性理学这一统治意识形态,走向了更为传统的儒教文化这一概念,自此以后,朝鲜半岛面临的就不再是朱子学或者性理学,而是儒学与儒教,思想界也由传统的以理学思想为精神支柱的知识官僚阶层,走向了失去政治权力和话语权的儒林,而从思想上终结性理学以及在朝鲜半岛延续了300多年的党争与性理学论争的,就是以去之守旧为现实态度的田愚,和同样主张不抵抗的郭钟锡。

田愚(1841~1922),字子明,号艮斋,本贯潭阳,出生于全州。20岁时读《退溪集》,方下为己之学的决心,并于同年至牙山新阳,拜入畿湖学派洛论界巨儒任宪晦门下,学习性理学20余年。28岁时作《气质一体说》,30岁时受师命编纂《五贤粹言》,在性理学上已自成一家。高宗一年(1864)曾以遗逸受举荐,朝廷多次授予其官职,但田愚深受其师隐居不仕的出处观影响,拒绝出仕。即使后来当亡国危机时,被要求上疏斥和,田愚亦以孔子"不在其位,不谋其政"为由,拒绝上疏,被重庵金平默一系批判为"和倭和洋之血党"。高宗二十一年(1884),朝廷下变服令,田愚受到巨大打击,并和弟子固守旧制,被开化派首领朴泳孝等指为"守旧党魁首"。

进入20世纪初,在朝鲜被迫签订丧权辱国的不平等条约之后,田愚抱持朱子和宋时烈之"抱经痛哭""入山枯死"二语,入海上绝岛避世。当崔益铉起义兵,试图重用田愚时,田愚又以作为道学之士,身负传道重任而拒绝,固守经术。1919年,崔益铉门人湖西儒生柳濬根访问田愚,要求其在《巴里长书》上签字,田愚又以有与夷狄为同事之嫌疑加以拒绝。

实际上,田愚之所以拒绝签字,是因为当时由岭南儒者特别促进的巴里长书之事,最终追求的是确立总统制的共和国,这与田愚所追求的王政复古的儒教国家理念完全不同。田愚要求的是,"分明复得李氏宗社,而不许统领名色。分明立得孔子道教,而扫除耶稣邪教。分明洗得君父之冤,分明驱得仇雠之夷,分明禁得髡首之制否?凡此数事,皆所以使环东土亿万人士,得免为禽兽者也。"①可见其保守旧的儒教体制之思想。在国家面临灭亡危机之时,田愚依然保持传统性理学的"敬义偕立,明诚两尽"的思想,②也因此而被时人称为"腐儒"。

作为畿湖学派洛论学脉的继承者,田愚在思想上祖述李珥、宋时烈、洪植弼、任宪晦的思想,被称为韩国儒学的正脉。著有《艮斋集》《艮斋私稿》《秋潭别集》等。

在性理学上,田愚继承了栗谷一派的主理说立场,并在"性即理,心即气"的立论基础上,提出了独创的"性师心弟"说,并将这一学说的根据定为圣贤之意,说:"性师心弟四字,是仆所创。然六经累数万言,无非发明此理,可以一以贯之。中夜以思,不觉乐意自生,而有手舞足蹈之神矣。"③田愚由此对退溪学派所主张的"心统性情"说提出了批判。

田愚"性师心弟"说首先建立在性作为根本主宰者的基础上所主张的"性尊心卑"。进一步,他在性无为而心有为的立场上,论述了作为无言之理的性,如何能够成为能动之心之主宰的问题,他以孔子"天何言哉,四时行焉,百物生焉"为依据,论证说:"今性之发见于日用之间者,精微曲折,无非至善。以若心之神明灵觉者,何待逐一指点,而后知其为可师而学之

---

① [韩]田愚:《答孟士幹辅淳》,《艮斋私稿》后编,卷2。
② [韩]田愚:《艮斋年谱》记载:"八月二十二日,承全斋先生书。略曰:吾党中可恃者,惟高明而已。敬义偕立,明诚两尽,毋使读书种子殄绝。"(金泽述编:《田愚全集》第8卷)(以下只注书名)
③ [韩]田愚:《艮斋私稿》后编,卷9,《田愚全集》第6卷。

耶？但得心弟自虚以受教，则厥德与天地同体矣。"①由此可见，田愚所谓的"性尊心卑""性无为而心有为"，类似于程朱理学的"理尊气卑""理无为而气有为"的理气观。田愚的尊性说深受老洲吴熙常"性为心宰"说的影响，因此田愚说："老洲性为心宰一句，即朱子理为气主之说。"②

但田愚必须解释自己的"性尊心卑"说与程朱理学的"心统性情说"之间的矛盾问题。对此，田愚首先从字义上来进行解释，说："心统性情，统有兼包之意，恐无上统下之意也。"③其次是从主理主气的立场上提倡尊性明气，由此批判岭南学派主张心主理，进一步强烈批判李震相一系强调心即理是"尊心降性之论"，指斥该派为背离了儒家传统的"心宗一派"。

田愚还进一步将其与岭南学派的主性主心之争，上升到儒释之争，认为自己所继承的畿湖学派的主理论是正统儒学，而岭南学派为主气论，是佛学。他说："窃以先师之意推之，所谓学问之当主理者，谓必以性为心之本源，而不敢指心为理，遂认作极本穷源之主宰也。"④又说："今使气之所为，不悖于性之本然，然后始可谓主理之学。"⑤他因此指岭南学派为主气之学，并说："愚近偶思儒释之异，正为吾以理为主，而彼以气为主耳。"⑥

田愚进一步认为，无论是主理还是主气，在心性论上都必须以性为本，否则将会陷入猖狂自肆的弊端，他说："愚尝谓：以心为气者，又必以性为本，则其说虽若苟且，其法则不害为谨拙自守之道矣。以心为理者，不复以性为主，则其学虽若直截，其归则必有猖狂自肆之弊矣。"⑦

不仅如此，田愚最终将对主气论的批判上升到了国家治理的高度上，说："主气二字，在天下则乱天下，在国家则乱国家。此二字是万物之贼，不可以不斥也。"⑧固执于性理学可以齐家治国平天下的政治理想，并在思想上力主以理为本，以性为宗，这恐怕也是田愚在面临国家危亡的时局时，采取政治上的不抵抗，入海守旧的根本原因。在此意义上，可以说田愚的心性哲学在主理论的角度，在时代意义上终结了朝鲜500年性理学的发展。

---

① ［韩］田愚：《艮斋私稿》后编，卷9，《田愚全集》第6卷。
② ［韩］田愚：《艮斋私稿》前编，卷5，《田愚全集》第1卷。
③ ［韩］田愚：《艮斋私稿》前编，卷1，《田愚全集》第1卷。
④ ［韩］田愚：《艮斋私稿》前编，卷2，《答柳》。
⑤ ［韩］田愚：《艮斋私稿》前编，卷4，《田愚全集》第1卷。
⑥ ［韩］田愚：《艮斋私稿》前编，卷1，《田愚全集》第1卷。
⑦ ［韩］田愚：《艮斋私稿》前编，卷2，《田愚全集》第1卷。
⑧ ［韩］田愚：《艮斋私稿》前编，卷1，《田愚全集》第1卷。

另一位同样保持不抵抗政治态度并在岭南学派的意义上终结朝鲜性理学的学者,是李震相的弟子郭钟锡。

郭钟锡(1846~1919),字鸣远,号俛宇,本贯清风,出生于庆尚右道之山清,李震相之高弟。自幼奋发向学,涉猎诸子百家,20岁时对性理学已有深刻认识。25岁时至星州寻访并拜入李震相门下,得到李震相的认可。他对李震相极为尊敬,认为李震相是继承了退溪的学统,体会朱子之意旨,引领士风的伟大导师。同年,他在继承退溪四端七情学说的基础上,创作出了著名的《四端十情经纬图》。30岁时绝意科举,专心理学研究。32岁时作《主理》一文,对理进行了各种角度的系统分析,与其52岁时所作《理气说》一起,确立了他一生的主理论立场。他曾说:"吾儒以主理为贵,此乃天地之常经,古今之通谊,列圣之心法,相传之旨诀。"①

郭钟锡醉心于理学,在国难当头时既拒绝参加崔益铉的义兵运动,也拒绝李承熙等亡命海外的提议,最终选择和田愚相似的隐居自靖之路。他认为上天不会灭绝理学,也不会灭绝斯民,只要等待,终会有人来消灭日房。② 1912年,安东的金世东受高宗密旨,劝郭钟锡起义兵抗击日帝,郭钟锡上疏高宗,说:"从古天下,未闻有索国于旧邦而能遂其愿者也。索肉于虎肠,乞蛙于蛇口,三尺童子,犹知其笑事,况臣乎?以道事君之地,臣所责者,道也。国可亡,道不可亡。君可屈,道不可屈也。但不事二君为臣秉执。"③郭钟锡由此被一部分儒者批判为"腐儒"。

但1919年刚刚经历了三一运动之后,岭南和湖西儒生联合起来,在巴黎世界和平大会上呈争取韩国独立的请愿书,郭钟锡被推举为代表,并因此被日警逮捕,被判2年徒刑,同年7月因病保外就医,8月去世。郭钟锡也因此被称为"亡国大夫"。

在性理学上,郭钟锡通过李震相继承了退溪的学说,并进一步详述和完成了李震相的心即理说。尽管李震相的心即理说同时受到了畿湖学派

---

① [韩]郭钟锡:《俛宇集》卷129,《理诀》(下),《主理》。
② 1906年,崔益铉提议郭钟锡与其一起举义,郭钟锡在答书中说:"仲于今日,不以必死为定法,不以不死为便计,亦不敢以力量之所不逮者而促祸于君父,贻毒于生灵。惟随时随地,视义之可否,而冀不失夫自己之分而已。……则宜若秉不烬之寸丹,占自靖之某里,以有待焉。窃以为皇天有悔祸之理,汉祚有终复之理,吾道无泯绝之理,斯民无殄灭之理。天下列强之势,亦将有假义济妒,以共制日房之肆豁弊于东洋者。以理以势,均可信。"(郭钟锡:《答崔赞政》,《俛宇集》卷19)
③ [韩]刘秉宪:《郭钟锡疏》,《晚松遗稿》附录。

和岭南退溪学统的排斥,田愚甚至将其与阳明学派进行比较与批判,但郭钟锡坚决维护师说,不仅通过和李晚寅、曹兢燮等的讨论,详述师说,而且辩护说:"阳明所为心即理,实际上只是名义上的理,实质上却是气。寒洲所谓心即理,与之完全不同。"①并在李震相心即理的基础上,确立了其主理论的立场。

在心性论上,郭钟锡认为,人之心乃性与气合之而成。其气指水火木金土即五行之气,其性则指仁义礼智信之理。在此基础上,郭钟锡为李震相的心即理说提供论证,说:"性属静,情属动,而心贯动静,故合性情而谓之心。性乃未发之理也,情乃已发之理也,则心之为理,不亦较然乎?……但心之微别于性者,以其贯动静而有主宰之妙尔。"②

郭钟锡坚持其师心即理说的目的,在于主张"理之至灵而至善者",说:"心性虽一理,而性则至静,心能运用,故主宰之妙,在心不在性。以气者心也,非性也,然而心亦理也,则理至灵而至善者。"③在此基础上,郭钟锡试图综合退溪与栗谷两大学派在心性论与四端七情分理气论问题上的分歧,说:"退陶曰,心合理气,而岭学承之,遂以心之本为兼理气,而不省乎退陶之以惟理而已为心之真也。栗谷曰,心是气,而湖学承之,遂以心之全体为气,而不考乎栗谷之亦以合理气言心也。……吾儒言心,当曰心即理,然后本体立,而彼为之资具者,自在所具矣。"④

这也意味着处于亡国期的朝鲜理学终于在心即理的意义上,最终走出了16世纪中期以来退溪心经心学所主张的以儒者的内在道德修养实现社会安定,以及17世纪以来栗谷学派试图依靠心经心学通过"格君心之非"实践道学政治的目的,而最终返回到原始儒学的仁义礼智信之道德实践上来。显然,长达几个世纪的心学之争,不仅未能实现道学政治所追求的齐家治国平天下,反而使得朝鲜半岛被日帝吞并而导致亡国的现实,这恐怕也是郭钟锡坚持心即理说的现实根源,只不过他依然坚信儒家道德实践可以救国。

---

① [韩]郭钟锡:《俛宇集》卷128,《心性杂记》。
② [韩]郭钟锡:《答李子明 别纸》,《俛宇集》卷76。
③ [韩]郭钟锡:《答余仲阳》,《俛宇集》卷97。
④ [韩]郭钟锡:《答洪成吉》,《俛宇集》卷111。

(二)日帝的儒教分化政策与儒教势力的衰落

李氏朝鲜在建国时就将程朱性理学当作自己的统治意识形态,同时建立起了儒教社会体制,包括以三省六部制为基础的两班官僚政治体制、以朱子学为标准的科举制、以成均馆和乡校为教育核心机构的教育体制、以忠孝仁义为核心价值观的社会教化理念等。其中,成均馆和乡校以及后期的书院,始终是朝鲜半岛培养社会精英与儒林养成的核心,也是朝鲜半岛维系儒教社会体制与政治体制的基础。

但随着1894年甲午改革中科举制的废除,以及西方文物的大量涌入,作为韩国儒林中枢教育机构的成均馆的功能和作用急剧弱化,作为培养儒林基地的全国乡校也逐渐荒废,甚至沦为市井之徒喝酒打架的场所。1910年韩国被日本吞并后,在日帝的殖民政策影响下,成均馆和乡校彻底荒废。

与此同时,尽管整个国家已经沦落为日本的殖民地,但李氏朝鲜500年以来始终以性理学为统治理念,并培养出了作为社会中坚力量的儒林。作为社会的基础,朝鲜儒林始终担当着强烈的舆论导向这一中心职能,以及对大众的教化,社会先导的作用。被日本吞并以后,儒林的势力与影响力依然在延续,以朱子学的大义名分论为立足点,相当多的儒生举行的义兵运动和独立军的武装斗争等抗日运动,同样发挥着对社会的直接或间接的影响力和指导作用。

因此,在韩日合并后,日帝在以强力政策镇压儒林的武装反抗的同时,也开始对儒林实行怀柔政策,在所谓"文化政策"的名义下分化儒林。如日帝为了利用儒教的敬老观念来弱化青年儒林的抵抗意识,首先筛选出9700余名60岁以上对合并不满的老儒,每人发给15至120元不等的"尚齿恩赐金",以此要挟他们接受所有的压迫。尽管有金奭镇、张泰秀等很多老儒拒绝接受,但最终仍然有3000余名老儒接受了赏赐金,日帝的分化政策初见成效。1924年,朝鲜总督府在日本皇太子结婚纪念的名义下,以从祀文庙的东国十八贤的祭享费的名义,赏赐给其后孙及有关者每人100元,又刊行了《朝鲜文庙及陞庑儒贤》的书籍。诸如此类的怀柔政策不断实施。

与此同时,对于参加1919年三一独立运动的代表者,以及在巴黎和平会议请愿书上签字的137名儒林,日帝也开始实施怀柔分化政策。特别是1919年8月斋藤实总督上任前后,开始对整个儒林推行亲日化行动,即策划通过组织亲日的御用儒教团体,来达到分裂儒林、掌握儒教界的行动。在日帝这一分化政策的实施下,不仅成立了亲日的经学院,代替朝鲜时代的成均馆,实施社会教育与风化教育的职能,而且成立了各种亲日儒教团体,如1919年以郑万朝、鱼允迪为中心的大东斯文会,1920年成立的儒道振兴会,1921年成立的儒道阐明会等。这些亲日儒教团体强调韩日合并的合理性及"内鲜同祖论",充当总督府宗教政策的先锋。总督府还向全国13道派遣亲日儒者作为讲师,向民众宣讲韩日合并的合理性。

日帝的教化活动在20世纪30年代后期更加深化。1930年2月,在全国儒林的强烈要求下,在经学院下附设明伦学院,恢复了庚戌国耻后断绝的一部分教育职能,1939年又成立了专门学院,1942年升格为专门学校。但是,1939年中日战争爆发后,日帝很快以战时教育非常措施为名关闭了明伦学校,以明伦炼成所代替,并在此宣扬皇道精神,在诱导朝鲜民众成为忠良的皇国臣民的同时,颁布"国民精神总动员令",利用儒教道德施行"国民精神作兴",为日本的侵略战争提供后援。1937年,为了实现儒教的皇道化,以经学院和明伦学院讲师及亲日儒林为主导,成立了朝鲜儒林联合会,1939年又扩大为朝鲜儒道联合会,最终目的则是为了煽动"儒教即皇道"的意识形态,为大东亚战争的合理性进行辩护。

总之,在日帝的分化政策下,以经学院为中心的亲日儒林纠合起来,最终成立的朝鲜儒道联合会,完成了儒教的皇道化体系,形成了亲日儒林势力。这种势力甚至延伸到光复以后。

(三)儒教的改革与宗教化运动

朝鲜被日帝合并后,在500年李氏朝鲜时期始终起着意识形态作用的儒教,受到了越来越多的批判,接受西方思想的知识人认为,正是儒教导致了国家的停滞与落后,最终导致国家的灭亡,因此提出打倒儒教的口号。

与此同时,以田愚和郭钟锡为代表的儒者,仍然坚信传统儒学的生命力,将国家复兴的希望寄托于传统性理学,并以心性论为性理学进行了总结。也有一部分开明儒者认识到了儒教的停滞性与落后性,因此主张改革儒教,并在改革的基础上复兴儒教。但这种儒教复兴论随着科举制的被废除和朝鲜的被迫开放和西方文化的大量涌入而逐渐趋于无望。

进入20世纪日帝占领期后,部分儒者在传统和现代并行的现实历史背景下,主张为了复兴儒教的改革运动,并在此基础上展开了儒教的宗教化运动。主要包括朴殷植等的大同教和爱国启蒙运动,李承熙的韩人孔教会,李炳宪的孔教运动,安淳焕的朝鲜儒教会之组织活动等。这一时期韩国的儒教宗教化运动在思想上受到了20世纪初康有为等的变法运动及其春秋公羊思想的影响。

与此同时,以朴殷植、郑寅普为代表的阳明学者,也在阳明学的意义上展开了国权恢复运动。朴殷植提出了阳明学论和儒教求新论,李建芳提出了真假论和实心实学,郑寅普则宣扬阳明学意义上的历史观。张志渊的《朝鲜儒教渊源》则对日帝的殖民史观进行了批判。

总之,日帝时期朝鲜半岛的传统性理学,在保守派的田愚和郭钟锡的心性论中走向了历史终结,代之而起的是传统儒学意义上的儒教复兴试图与宗教化运动,以及在日帝殖民政府的怀柔政策下,韩国儒教势力的分化与瓦解。在这一大的历史与思想背景下,心经研究进入尾声。

二、近代韩国的心经研究:著述与特征

20世纪韩国近代的心经研究,在整体上处于尾声的前提下,继续沿着岭南学派与畿湖学派两大思想派别进行。从整体上看,这一时期的心经研究既不成为时代的主要问题,在思想上也不再有创新和发展,而仅仅处于学习和传承的水平上。

(一)20世纪前期岭南学派的心经研究:著述与特征

20世纪前期岭南一系的心经研究,有金与洛门人金秉宗(1870~1930)著有《第九心经赞图》;金兴洛门人金辉辙(1842~1903)著有《心经讲义》,以及金道和门人松溪金荣洙(1865~1956)著有《心经劄义》,李钟祥之孙谷圃李能允(1850~1930)著有《心经讲义》,郭钟锡门人弘庵金镇文(1881~1959)著有《心经发问对》等。

这些心经著述已经不再具有李氏朝鲜时代的系统性与思想指导意义,只是对心经内容的学习笔记,如金辉辙的《心经讲义》只有9条有关心经内容的简单问答,如:"问:克己之己、复礼之礼。曰:私因己而必有,故曰克

己,则私字意尤明矣。理视礼而为虚,故曰复礼,则理字义尤著矣。"①

又如李能允所著《心经讲义》,共有35段问答,亦是对《心经附注》文本内容的解释,如"赞仁义则曰仁曰义,礼智则曰中曰正,何也?"解释曰:"仁义礼智,性中所具之理,而一理浑然之中,分界四性之定名也。但礼或有不中,智或有不正,中是礼之得宜处,正是智之正当处。礼智说得犹宽,中正则切实,至于仁义,则更无加切之他字,故只得仁曰仁,义曰义。"②大体上都是在心经学习层面上对心经文本词句的解释。

再如金荣洙的《心经劄义》,在总共29条的心经文本解释中,基本上都是对心经文本中的有关词句进行的简单解释,如对《人心道心章》"朱子曰,孟子以后失其传,亦只是失此",解释说:"精一执中,尧舜禹传授心法,万世圣学之渊源正宗也。孟子以后,无复知有此理而精察之,固守之,此所以失其传也。失此,指精一。"③

与金辉辙《心经讲义》的简单解释相比,金荣洙在其《心经劄义》中,在退溪主敬心学的基础上,表达了自己对心性善恶的理解,如在解释程子的"入道莫如敬,今人主心不定,视心如寇贼而不可制"时,金荣洙就说:"心是一个心,如何以心视心?心本善,虽或为物欲所弊,其本然之善有未尝息者。以本然之心视私心,则如寇贼也。非择善固执,明善诚身,其何以制防耶?"④与退溪心经心学重在对发于形气之人心的防治不同,金荣洙的"人心本善"思想显然是继承了后期学者对退溪心学的发展,在心性论上回到了传统儒学的心性皆善,而不是心经心学的性善心有善有恶的本来意义。

但在如何修养的问题上,金荣洙仍然继承了退溪心学的主敬论,说:"敬所以抵敌人欲,扶策人道理。常常持敬则天理自明,人欲不得上来。"⑤

总之,从总体上看,金荣洙的《心经劄义》与金辉辙《心经讲义》,以及

---

① [韩]金辉辙:《心经讲义》,[韩]宋熹準:《心经注解丛编》七,第249、250页,(首尔)学民文化社,1985。
② [韩]李能允:《心经讲义》,[韩]宋熹準:《心经注解丛编》七,第257页,(首尔)学民文化社,1985。
③ [韩]金荣洙:《心经劄义》,[韩]宋熹準:《心经注解丛编》七,第289页,(首尔)学民文化社,1985。
④ [韩]金荣洙:《心经劄义》,[韩]宋熹準:《心经注解丛编》七,第289页,(首尔)学民文化社,1985。
⑤ [韩]金荣洙:《心经劄义》,[韩]宋熹準:《心经注解丛编》七,第283页,(首尔)学民文化社,1985。

这一时期的其他岭南学者的心经著述,基本上都处于对心经文本的词句及基本思想学习与解释的层面上,而不再有19世纪初之前在思想体系上对心经的发展。

(二)20世纪前期畿湖学派的心经研究:著述与特征

20世纪前期畿湖学派一系的心经研究,有渊斋宋秉璿、心石斋宋秉珣门人金在洪(1867~1939)所著《心经疑目》,白麓姜始焕(生卒年不详)著有《心经末章附注辩证》。齐宇万门人任泰柱(1881~1944)著有《心经悬吐颠末说》,另一门人醒斋李麟镐(1892~1949)著有《心经劄疑》。田愚门人金鼎寅(1849~1909)著有《述辨心经论》,另一门人石泉郑世永(1872~1948)著有《心经附注删后说》《心经附注删补说》《读心经尊德性斋铭章附注吴氏说》等。而同为田愚和奇宇万门人的阳泉丁大秀(1882~1959)著有《讲心经》。还有生卒年不详的鹤隐李馥著有《心经备忘录》,该书是韩国最近代的心经著述。

与该时期岭南学派的心经著述相似,畿湖学派的心经著述同样处于学习、词句解释及师生传授水平上。

如丁大秀所著《讲心经》,总共只有18段,内容也主要是对心经文本非常简单的解释,如对心经文本"虽曰敬以直内,而又有以敬直内便不直矣之云。敬以、以敬,何以有别乎?"答曰:"敬以直内,谓心而自敬则能自直矣。以敬直内,谓以一心持敬,以直其心,是以心使心,还见纷扰,故云不直。此亦见释疑。"①

再如李馥的《心经备忘录》,在内容上要比丁大秀的《讲心经》完整,包括了对《心经附注》四卷文本的多数内容的解释,如对心经文本"道心杂出于人心之间"的解释,是通过或者的提问:"或曰:杂出,指众人而言欤?通圣凡而言耶?"解释曰:"潜室陈氏曰,饮食男女之欲,尧舜与桀纣同。然则所谓杂出,圣凡何尝有异。但圣人不思而得,不勉而中,是其别也。此无他,只是道心主宰也。"②大体上都是这样的词句或概念解释,在思想上也没有超越之前的心经研究水平。

---

① [韩]丁大秀:《讲心经》,[韩]宋熹準:《心经注解丛编》七,第331页,(首尔)学民文化社,1985。
② [韩]李馥:《心经备忘录》,[韩]宋熹準:《心经注解丛编》七,第420页,(首尔)学民文化社,1985。

与该时期岭南学派心经著述与研究不同的是,畿湖学派的心经著述,除了李馥的《心经备忘录》是对心经的较为全面的解释以外,其他著述大都比较简单,且多数是对心经中某个问题的讲述或问辩,如姜始焕的《心经末章附注辩证》,就是对程敏政《心经附注》篇末所附吴澄的和会朱陆说的辩论和批判。

他不仅列举了朱子《答范文叔书》《答刘季章书》等的具体时间,以反驳程敏政的朱陆早异晚同论,而且在之后对退溪《心经后论》的有关思想也进行了评述,说:"篁墩妄分初晚之失,退溪《后论》已勘破,而但退溪方表彰是书,故但斥草庐有蒲塞气味,而至其援朱附陆之罪,有未尽辨析,至又引《勉斋行状》'晚见诸生缴绕于文义,始颇指示本体'之语,则诚若有初晚之异矣。"①明确对退溪的观点表示了反对,进而对程敏政的和会朱陆思想进行了批判。

畿湖学派心经著述的另一个特点,是对《心经附注》文本内容的随意删节,如郑世永所著《心经附注校本序》《心经附注删后说》《心经附注删补说》等,就叙述了他删节《心经附注》文本内容的理由和意义。如在《心经附注删补说》中,他就在《心学图》下直接标记说"图及注说删去"。在此下《人心惟危章》也标记说:"西山真氏说,自声色臭味至所谓道心也一截,删去。"②他对自己随意删补心经文本的做法解释说:"心经一篇,乃西山真氏所编也……不烦诵习之劳而于治心修身之道深有补焉……然而篁墩程氏政敏(注:应为敏政),复取先儒说,类聚附录于本注之后,则知其繁而不约,莫非至论也……但于其间,有或繁蔓而不切,亦有蔽于一偏之言而先辈尝有病焉者矣,故敢忘僭分,略加删修,以为朝夕观省之资云。"③从其随意删节心经文本的内容上可以看出,该时期畿湖学派的心经研究已经处于尾声。

从总体上看,在儒教被批判和被利用的大的历史背景下,20世纪前期韩国近代的心经研究,基本上处于少数保守派儒学者的学习与解释词句阶

---

① [韩]姜始焕:《心经末章附注辩证》,[韩]宋熹準:《心经注解丛编》七,第413、414页,(首尔)学民文化社,1985。

② [韩]郑世永:《心经附注删补说》,[韩]宋熹準:《心经注解丛编》七,第313页,(首尔)学民文化社,1985。

③ [韩]郑世永:《心经附注校本序》,[韩]宋熹準:《心经注解丛编》七,第311页,(首尔)学民文化社,1985。

段,在思想上没有发展,意味着在朝鲜半岛传播与发展了 300 多年,曾对朝鲜政治、社会体制发挥了重要思想影响的心经心学,至此已经到了尾声。

第二节 现代韩国的心经研究及传统文化意义

一、现代韩国心经研究的思想历史背景:儒道会的建立与意义

1945 年 8 月,随着日本在第二次世界大战中的战败和投降,韩国也终于从日帝的殖民统治下解放出来,被韩国学者称为"光复"。之后又很快经历了南北分裂,形成了现代意义上的韩国。

在经历经济上的缓慢复兴与政治上的不断更替的同时,韩国在思想上也开始儒教的复兴运动。

出于对亡国期的文化补偿心理,尤其是对于日帝时代对儒教的镇压与分化的反正,现代韩国从一开始就将儒教作为自己的传统文化加以恢复,并在此文化心理背景下,开始了复兴儒学,重建儒教社会体制的现实过程。儒道会正是基于重建儒教社会体制而建立的儒林的宗教性组织,并对现代韩国的儒教社会体制重建起到了不可替代的思想与实践影响。

1945 年 10 月,刚从日帝占领下解放,2500 名儒林代表便在朝鲜时代的儒学根据地——成均馆聚集并召开了儒道会创立大会,选出了第一代儒道会委员长金昌淑先生,标志着韩国儒道会总会的诞生。韩国政府也正式承认儒教是一种宗教。儒道会首先提出了自己的目标,即以文宣王孔夫子的仁义礼智信为根基,"涵养国民的伦理道义精神,以修(身)齐(家)治(国)平(天下)作为自己的根本目的并进行实践,它是根据 1000 万儒林的总体意愿设立的儒者的丛林"。①

在此目标下,成均馆运行下属事业:(1)举行文庙享祀;(2)儒教文化和典礼的研究;(3)儒道思想的普及和教化事业;(4)儒教教育的运营和刊行物的出刊;(5)其他必要的事业。为了分掌业务,成均馆设置了如下机构:(1)事务处;(2)典礼研究委员会;(3)儒道教育委员会(也包括翰林院机构);(4)礼节学校。

---

① (韩)成均馆:《儒林手帖》。

儒道会创立以后,首先以成均馆、地方乡校和成均馆大学为基地,致力于儒学的教育和学术研究事业。1950 年在釜山召开的全国儒林代表大会,按不同的道①捐赠的全国儒林财产,增强了儒道会财团的实力,从而将成均馆学校升格为成均馆大学,使其成为迄今为止韩国唯一的儒教大学与儒学教育基地。

儒道会本部设立教育院,面向全社会开设正规的儒教礼节教育课程。教育院以关心儒学的一般人士为对象,通过古典讲读和礼节教育等课程,培养礼节指导师。其中释奠院是韩国国内唯一掌管教育成均馆释奠所有仪式程序的专门教育机关。

儒道会要求全国 234 个乡校与 295 个儒道会支部各选派 10 人来参加该课程的培训。礼节指导师通过以冠婚丧祭为中心的儒教仪礼学习与实习,学习儒林的基本素养与专门知识,各个阶段必须修完 180 小时课程才能进入下一阶段。通过全部课程的礼节指导师可以担任专职讲师。该课程的设立目的是"力图重建现代社会中逐渐消失的礼仪文化,通过实践实现社会净化"。② 此后,这一课程的设置逐渐面向全社会关心儒学的人士。2000 年,教育院面向全社会开设了礼节指导课程,分为仁、义、礼、智四个阶段,提倡通过礼来实现"儒林的士精神内在化"。

除此以外,儒道会还在总部下设立了多个儒教团体,如女性儒道会、青年儒道会、学生儒道会、职能儒道会、职场儒道会,以及 234 个乡校。重点事业有:募捐儒道研修院建造基金;搞活女性儒道会和青年儒道会;实施儒林品级;《儒林春秋》发刊及开展订阅者扩大运动;网上开设及运营儒道会主页③;召开国际儒学学术研讨会;搞活儒林统一协议会;先贤遗迹故址巡礼;搞活教育院运营;儒林指导者研修;退溪诞辰 500 周年纪念事业支援。

除了礼节指导师的培养课程之外,成均馆与全国乡校每年寒暑假期间都以青少年为对象开办人性礼节教室。活动期间青少年可以学习礼节的基本内容、人性涵养及传统文化。为此,教育院每年都会举办以青少年人性礼节教育讲师为对象的短期进修课程,教授讲师如何将儒教融入现代社会教育之中。这一活动很受学生与家长欢迎,因此原本仅在假期中进行的

---

① 韩国中央下的行政单位,相当于中国的省。韩国全国共有 16 个道。
② [韩]陈晟秀,[韩]高英姬:《当代韩国儒教与释典》,《当代韩国》2012 年第 2 期。
③ 韩国儒教基地网页:my.netian.com/bookac。

青少年礼节教育,现在已经逐渐扩大为学校课外项目。

除了礼节教室外,成均馆还以少儿为对象开设有礼节学校,向青少年传授传统礼节,内容包括参观成均馆,传统礼节教室和体验实习,以及生活茶道等课程。礼节学校自1993年开办以来,每年都有2万~3万名儿童参加,取得了很大成绩。

成均馆还开设有翰林院。与上述面向社会普通人的儒教礼节教育与实践相比,翰林院是以东洋学专业人士为对象而开设的古典翻译专家培训课程。1989年设立。具体课程分为学正阶段(2年)与翰林阶段(3年)。要求在5年内学完四书五经与其他具有代表性的儒教典籍。目的是通过严格的学生管理,培养一些古典韩译专家。

除此以外,成均馆大学还继承高丽时代的养贤库传统,在校内的儒学东洋学院选拔本科生,开设奖学金和专题讲座等,并资助一些研究儒学的后学。

为了吸引社会大众,成均馆还举办了多种多样的儒教实践活动,比如书院生活体验活动。该活动主要是探访全国书院中一些文化价值高的地方,学习韩国儒教文化的优良传统和书院的历史,探索、追寻先贤的足迹,修养德行。再如举办成均馆儒生生活再现活动①、王世子入学仪式再现活动②、谒圣试再现活动③,等等。这些活动都对吸引广大民众学习儒教文化,推动韩国儒教社会的传承起到了重要作用。

总之,通过拥有1000万儒林的儒道会的宗教性组织所推行的儒教教育和儒教礼节实践活动,现代韩国最终被塑造成了典型的儒教社会,儒教思想首先被以法律的形式确认,在以户主制为代表的家族法中,体现了传统儒教的父家长制与男尊女卑观念,同时也通过儒道会的各级组织,指导传统儒教的婚丧嫁娶及祭祀礼仪制度的实践,使全社会确立了儒教传统的生活方式与价值观念。

---

① 1998年,为庆祝成均馆大学建校600周年,成均馆大学和成均馆共同举办的纪念活动,即在两天一夜的活动期间,按照古文献记载再现朝鲜时代成均馆儒生在明伦堂的生活如吃饭、学习以及日常生活等。

② 朝鲜李朝时代为凸显成均馆的重要性,以及勉励教育,会让王世子进入成均馆学习。在此基础上,1998年成均馆再现了王世子的成均馆入学仪式,并向一般民众开放。

③ 谒圣试是朝鲜李朝时代国王访问成均馆并拜谒圣人孔子后所举行的科举考试。作为朝鲜时代成均馆儒生的特别待遇之一,这项科举考试不同于一般的科举,当天即可放榜。目前成均馆继承了谒圣试的仪式,并在接受全国儒林和一般民众的申请后开展模拟科举考试。

在这一儒教社会体制的现实背景下,现代韩国的儒学研究也成为主要的思想研究,各大学均设有儒学科,并产生出了柳承国、刘明钟、玄相允、尹丝纯等著名儒学研究者。现代韩国的心经研究,也在这一现实思想背景下展开。

二、现代韩国的心经研究:著述与特征

与朝鲜时代心经所起到的政治、思想影响不同,现代韩国的心经研究主要是在学术研究的意义上展开的。

作为朝鲜性理学研究中的一个分支,韩国学者的心经研究主要集中在资料整理、版本研究、分时期研究、分学派研究及思想史研究等几个方面。

首先是资料整理方面,主要有宋熹準博士所收集整理的李氏朝鲜历史上几乎包括所有学者共103种心经著述,而成《心经注解丛编》(共7册),并对每一种著述进行了简单介绍,又作《我国心经注释书的历史展开》一文,从学派发展史的角度对朝鲜半岛的心经发展史作了简单梳理。这也为包括笔者在内的现代心经研究者提供了基本的史料需求,因此具有不可忽视的价值与意义。

其次是版本研究。韩国中央大学文献情报学科书志学专业的具晶秀,所著《朝鲜时代刊行的心经注解诸版本研究》硕士学位论文,从《心经》和《心经附注》传入朝鲜半岛开始,对自1506年起至1888年止、总共23种版本(包括明本覆刻、文川本、宁边本、甲寅字覆刻本、戊申字覆刻本),进行了分地域、分时期的详细调查研究,为研究者提供了详细的版本学资料。

除此以外,庆北大学讲师尹炳泰,亦著有《心经附注有后论的版本——退溪书志研究之四》,对附录有退溪《心经后论》的心经版本,进行了分历史时期的详细考察。

其中,16世纪版本共有明宗二十一年(1566)文川郡刊木版本、宣祖三年(1570)庆州刊木版本、宣祖六年(1573)校书馆印出甲寅字本、宣祖六年(1573)校书馆刊木板本、壬辰倭乱前南原刊本、壬辰倭乱前黑口黑鱼尾木版本;17世纪有宣祖三十七年(1604)庆尚道新刊本、光海初年校书馆刊木版本、日本正保四年(1647)刊木版本、日本庆安二年(1649)刊木版本、显宗十三年(1672)内赐戊申字本、肃宗元年(1674)校书馆刊木版本、肃宗十年(1684)成均馆本、肃宗十一年(1685)宁边府刊木版本。

18世纪有肃宗三十一年(1705)内赐戊申字本、星州刊木版本、庆州刊木版本、闲镜监营刊木版本、英祖十九年(1743)以前校书馆刊本、英祖二十九年(1753)赐给戊申字本、正祖十八年(1794)宣赐本;19世纪有纯祖初年印出整理字体铁字印本、日本天保四年(1833)木版本、三溪书院刊木版本、高宗元年(1864)校书馆刊木版本;以及刊年未详木版本有:整细六弁花纹鱼尾本、上六弁下四弁花纹鱼尾本、不整细六弁花纹鱼尾本等,共28种版本。

作者对28种附录有退溪《后论》的各历史时期心经刊本的详细考察,不仅提供了版本学资料,而且可以对退溪心经的历史发展概况有清楚的了解,因此具有必要的资料与史学价值。

第三种研究是从思想发展史的角度,对李氏朝鲜时期心经思想发展史进行的学术研究。

首尔大学奎章阁研究员金允济所著《朝鲜前期心经的理解和普及》①一文,叙述了15世纪《心经》文本传入朝鲜及普及的过程,以及16世纪前半期《心经附注》传入朝鲜半岛的过程,和16世纪后半期退溪及其学派对《心经附注》的理解、普及与刊行过程,及其对朝鲜性理学的思想影响。

启明大学洪元植教授所著《对朝鲜后期心经附注注释书的学派别解题研究》一文,则是对朝鲜后期学者如李珥、宋时烈、赵翼、任圣周、李源祚、丁大秀、李钟祥、杨应秀等,总共31位性理学者的心经著述,进行了简单的内容介绍和思想评价。以及洪元植在此基础上所著《朝鲜时代心经附注注释书解题》②一书,基本上是对上文的具体化,且该书的研究得到了韩国学术财团的支持。

第四种研究是从学派的角度,对朝鲜心经发展史的学术研究。如首尔市立大学讲师李俸珪,作《朝鲜性理学对心经附注的对应——以李滉和宋时烈为中心》一文,主要论述了以李滉、宋时烈为代表的朝鲜性理学者,在尊德性道问学问题上,对程敏政《心经附注》中有关该问题的看法与思想对应。③

---

① [韩]金允济:《朝鲜前期心经的理解和普及》,《韩国文化》1996年第18期。
② [韩]洪元植:《朝鲜时代心经附注注释书解题》,艺文书院出版社,2007。
③ [韩]李俸珪:《朝鲜性理学者对心经附注的对应》,《东洋古典研究》1996年第12辑。

启明大学韩国学研究院研究员李济勋,作《中期畿湖学派的心经附注理解》①一文,就是对17世纪畿湖学派学者赵翼、宋时烈、朴世采的心经心学思想进行的研究。启明大学教养课程部李相浩所作《韩国实学派的心经附注理解——以李珥和丁若镛为中心》②一文,则是对韩国实学派的心经思想研究。

顺天大学金基柱所作《退溪学派和心经附注,不同时期的问题意识和特征》③一文,则从前期、中期、后期的不同历史时期上,对退溪学派的心经研究进行了考察,并分析了该学派的心经研究特征。

第五种是对退溪心经心学的专门研究。如岭南大学教授申龟铉,作《退溪李滉的心经附注研究及其心学特征》④一文,就在介绍真德秀《心经》和程敏政《心经附注》的基础上,对李退溪的心经研究进行了详细分析,最后得出了退溪以心经主敬思想为核心的心学思想特征。

最后则是对心经附注与朝鲜儒学的总体关系的研究。如启明大学洪元植教授所著《心经附注和朝鲜儒学》⑤一书,就对退溪的《心经后论》、退溪学派与心经附注研究与普及、栗谷学派与心经附注研究、朝鲜阳明学派对心经附注的研究、朝鲜实学派的心经附注研究等各个方面进行了分析与研究,并在此基础上研究了心经附注对朝鲜性理学的思想发展影响。

从总体上看,现代韩国的心经研究作为韩国儒学研究中的一个重要分支,不仅对心经传入朝鲜半岛的过程有着详细的学术考证,而且从心经思想发展上,对退溪、栗谷、宋时烈、丁若镛等历代大儒的心经心学进行了详细的分析和研究,也对心经传入朝鲜半岛后各历史时期、各学术派别的心经思想发展有详细的分析研究。

---

① [韩]李济勋:《中期畿湖学派的心经附注理解》,大韩哲学会论文集,《哲学研究》2008年第106辑。
② [韩]李相浩:《韩国实学派的心经附注理解——以李珥和丁若镛为中心》,忠南大学儒学研究所论文集,《儒学研究》2007年第15辑。
③ [韩]金基柱:《退溪学派和心经附注,不同时期的问题意识和特征》,东洋哲学研究会,《东洋哲学研究》2008年第55辑。
④ [韩]申龟铉:《退溪李滉的心经附注研究及其心学特征》,《民族文化论丛》1987年第8辑。
⑤ [韩]洪元植等:《心经附注和朝鲜儒学》,艺文书院出版社,2008。

小结:现代韩国在儒学思想意义上的心经研究

20世纪以来韩国的心经研究分为前后两个阶段。前期为处于日帝时代的心经研究,在亡国的历史背景下,知识阶层的关注重心主要是如何将被日帝分化与瓦解的传统儒教文化保存下来,因此,注重于儒教的宗教化运动,心经研究已经成为尾声。

韩国光复以后,现代韩国出于恢复自己的儒教传统文化补偿心理,首先建立了受到国家法律承认、拥有1000万会员的宗教性组织儒道会,并依托成均馆总部和遍布全国的乡校,展开儒教礼节的教育实践活动,很快恢复了传统儒教体制,根基于全体民众的婚丧嫁娶及祭祀礼节的实践,使得全体国民遵照儒教的生活方式与价值观生活,从而使韩国成为现代最具典型性的儒教国家。

作为朝鲜性理学分支的心经研究,正是在这样的现实背景下展开的。从比较意义上讲,韩国学者在保存儒教传统文化意义上进行的心经史料收集整理、版本考证、学术思想研究等学术活动,以及心经研究院的建立,充分体现了现代韩国对心经研究的重视。

参考文献

一、原著

1. (元)托托撰:《宋史》,钦定四库全书荟要本。
2. (明)宋濂等撰:《元史》,钦定四库全书荟要本。
3. (清)《钦定明史》,钦定四库全书荟要本。
4. (明)李东阳等编撰:《大明会典》,中华书局,2007。
5. (明)《大明律》,人民教育出版社,2005。
6. (明)胡广等纂修:《性理大全》(70卷),山东友谊出版社,1989。
7. (宋)周敦颐:《周敦颐集》,岳麓书社,2002。
8. (宋)程颢、程颐:《二程集》,中华书局,1981。
9. (宋)朱熹:《四书集注》,凤凰出版社,2008。
10. (宋)朱熹:《朱文公文集》,四部丛刊初编,上海书店,1989。
11. (宋)黎靖德编:《朱子语类》,中华书局,1988。
12. (宋)真德秀:《心经政经合编》,(台北)广文书局,1975。
13. (宋)真德秀:《大学衍义》,(清)文渊阁四库全书本。
14. (清)黄宗羲原著,全祖望补修:《宋元学案》,中华书局,1989。
15. (宋)王柏:《研几图》,中华书局本。
16. (宋)王柏:《鲁斋王文献公文集》,续金华丛书本。
17. (明)程敏政:《心经附注》,日本和刻本,1974。
18. (明)程敏政:《篁墩文集》,景印文渊阁四库全书,(台北)商务印书馆,1983。
19. (明)程敏政:《道一编》,安徽人民出版社,2007。
20. (明)陈建:《学蔀通辩》,中文出版社,1972。
21. (明)罗钦顺:《困知记》,图书集成本,清康熙四十七年。
22. (清)黄宗羲:《明儒学案》,中华书局,1986。
23. (清)张之洞:《劝学篇》,华夏出版社,2002。

24.（清）永瑢等撰:《四库全书总目》,中华书局,1965。

25.（清）阮元校刻:《十三经注疏》,中华书局,2009。

26.杨伯峻译注:《论语译注》,中华书局,1980。

27.[韩]《朝鲜王朝实录》,首尔国史编纂委员会,1993。

28.[韩]郑道传:《朝鲜经国典》,朝鲜刻本。

29.[韩]崔恒等撰:《经国大典》,朝鲜芸阁刻本。

30.[韩]李滉:《陶山全书》,退溪学研究院,1980。

31.[韩]李滉:《增补退溪全书》,成均馆大学校,大东文化研究院,1985。

32.[韩]李珥:《栗谷全书》,成均馆大学校,大东文化研究院,1971。

33.[韩]宋熹準:《心经注解丛编》（共7册,103本）,（首尔）学民文化社,1985。

34.[韩]郑麟趾:《高丽史》,日本明治四十一年缩印本。

35.[韩]金富轼:《三国史记》,庆州府刊本。

36.[韩]李齐贤:《栎翁稗说》,韩国文集丛刊,（首尔）景仁文化社,1990。

37.[韩]郑梦周:《圃隐集》,韩国文集丛刊,（首尔）景仁文化社,1990。

38.[韩]权近:《入学图说》,韩国文集丛刊,（首尔）景仁文化社,1990。

39.[韩]权近:《阳村集》,韩国文集丛刊,（首尔）景仁文化社,1990。

40.[韩]崔致远:《桂苑笔耕集》,韩国文集丛刊,（首尔）景仁文化社,1990。

41.[韩]李齐贤:《益斋乱稿》,韩国文集丛刊,（首尔）景仁文化社,1990。

42.[韩]李穑:《牧隐稿》,韩国文集丛刊,（首尔）景仁文化社,1990。

43.[韩]郑道传:《三峰集》,韩国文集丛刊,（首尔）景仁文化社,1990。

44.[韩]孙肇瑞:《格斋集》,韩国文集丛刊,（首尔）景仁文化社,1990。

45.[韩]徐敬德:《花潭集》,韩国文集丛刊,（首尔）景仁文化社,1990。

46.[韩]李彦迪:《晦斋集》,韩国文集丛刊,（首尔）景仁文化社,1990。

47.[韩]成守琛:《听松集》,韩国文集丛刊,（首尔）景仁文化社,1990。

48.[韩]曹植:《南冥集》,韩国文集丛刊,（首尔）景仁文化社,1990。

49.[韩]赵穆:《月川集》,韩国文集丛刊,（首尔）景仁文化社,1990。

50.[韩]李德弘:《艮斋集》,韩国文集丛刊,（首尔）景仁文化社,1990。

51.［韩］赵光祖：《静庵集》，韩国文集丛刊，(首尔)景仁文化社,1990。

52.［韩］郑逑：《寒冈集》，韩国文集丛刊，(首尔)景仁文化社,1990。

53.金长生：《沙溪遗稿》，韩国文集丛刊，(首尔)景仁文化社,1990。

54.［韩］宋时烈：《宋子大全》，韩国文集丛刊，(首尔)景仁文化社,1990。

55.［韩］朴世采：《南溪集》，韩国文集丛刊，(首尔)景仁文化社,1990。

56.［韩］郑齐斗：《霞谷集》，韩国文集丛刊，(首尔)景仁文化社,1990。

57.［韩］李瀷：《星湖全集》，韩国文集丛刊，(首尔)景仁文化社,1990。

58.［韩］丁若镛：《与犹堂全书》，茶山学术文化财团,2012。

59.［韩］韩元震：《南塘集》，韩国文集丛刊，(首尔)景仁文化社,1990。

60.［韩］任圣周：《鹿门集》，韩国文集丛刊，(首尔)景仁文化社,1990。

61.［韩］李恒老：《华西集》，韩国文集丛刊，(首尔)景仁文化社,1990。

62.［韩］吴熙常：《老洲集》，韩国文集丛刊，(首尔)景仁文化社,1990。

63.［韩］田愚：《艮斋私稿》，韩国文集丛刊，(首尔)景仁文化社,1990。

64.［韩］郭钟锡：《俛宇集》，韩国文集丛刊，(首尔)景仁文化社,1990。

65.［韩］成均馆：《儒林手帖》，成均馆本部本。

66.［韩］正祖：《弘斋全书》，奎章阁图书，汉城大学校。

二、有关论著参考

1.甲凯：《真德秀》，《中国历代思想家》，商务印书馆,1999。

2.宋晞：《宋史研究论文与书籍目录》，(台北)中国文化大学出版部,1983。

3.康世统：《真德秀〈大学衍义〉之研究》，《中国学术思想研究丛刊》四编，第26册,(台北)花木兰文化出版社,2009。

4.向鸿全：《真德秀及其〈大学衍义〉之研究》，古典文献研究辑刊,六编,10,(台北)花木兰文化出版社,2008。

5.侯外庐、邱汉生、张岂之：《宋明理学发展史》，人民出版社,1987。

6.蒙培元：《理学的演变》，福建人民出版社,1989。

7.李申：《中国儒教史》，上海人民出版社,1999。

8.姜广辉：《理学与中国文化》，上海人民出版社,1994。

9.钱穆：《钱穆思想论丛》七,生活·读书·新知三联书店,2009。

10.孙先英：《真德秀学术思想研究》，上海人民出版社,2008。

11.郑家栋：《断裂中的传统》，中国社会科学出版社,2003。

12.［美］列文森著，郑大华、任菁译:《儒教中国及其现代命运》，中国社会科学出版社,2001。

13.干春松:《制度化儒家及其解体》，中国人民大学出版社,2012。

14.杨国荣:《心学之思:王阳明哲学的阐释》，中国人民大学出版社,2009。

15.刘顺利:《朝鲜半岛汉学史》，学苑出版社,2009。

16.周月琴:《儒教在当代韩国的命运》，知识产权出版社,2014。

17.周月琴:《心经附注对退溪心学形成之影响研究》，学苑出版社,2015。

18.［日］林泰辅著，陈清泉译:《朝鲜通史》,（台北）商务印书馆,1974。

19.［韩］柳承国著，傅济功译:《韩国儒学史》,（台北）商务印书馆,1989。

20.［韩］崔英成:《韩国儒学史》（韩文,共5册）,아시아문화사,1995。

21.［韩］尹丝纯:《韩国儒学思想史论》（韩文）,예문서원,1995。

22.［韩］琴章泰:《韩国儒学의理解》,민족문화사,1980。

23.［韩］刘明钟:《韩国思想史》（韩文）,译文出版社,1985。

24.［韩］琴章泰、高光植 共著:《续儒学近百年》（韩文）,骊江出版社,1989。

25.［韩］柳承国:《韩国思想과현대》,东方学术研究院,1988。

26.［韩］정옥자:《조선후기 역사의 이해》,一志社,1993。

27.［韩］홍원식:《조선시대 심경부주 주석서 해제》,예문서원,2007。

28.［韩］홍원식:《심경부주와 조선유학》,예문서원,1993。

29.［韩］함영대:《성호학파의 맹자학》,대학사,2011。

30.［韩］한현조:《심경:주자학의 마음 훈련 매뉴얼》,한국학중앙연구원,2009。

31.［韩］금장태:《조선유교의 이해》,민족문화사,1989。

32.［韩］한국사상연구회 편저:《조선유학의 학파들》,예문서원,2009。

三、有关论文参考

1.姜广辉:《略论真德秀的理学思想及其历史地位》,《福建论坛》第5期,1983。

2.张健:《真德秀的文学理论研究》,《国立编译馆馆刊》,1973。

3.张健:《真德秀的文学评论研究》,《文学批评论集》,1974。

4. 李鸿毅:《〈文章正宗〉的成书、流传》,《西南师范大学学报》(哲社版)1997年第2期。

5. 兰宗荣:《真德秀"仁政"思想述评》,《南平师专学报》2001年第3期。

6. 周春水:《真德秀理学思想及其在宋明理学中的地位》,《福建省社会主义学院学报》2003年第1期。

7. 颛静莉、李宏亮:《真德秀理学思想探微》,《牡丹江教育学院学报》2006年第2期。

8. 石明庆:《真德秀的诗歌理论批评》,《湖州师院学报》2006年第6期。

9. 朱人求:《真德秀思想研究述评》,《哲学动态》2006年第6期。

10. 夏静:《真德秀学术思想及其价值指向》,《中国社会科学院研究生学院报》2006年第5期。

11. 尹业初:《真德秀哲学思想研究》,湘潭大学硕士学位论文,2005。

12. 林日波:《真德秀年谱》,华中师范大学硕士学位论文,2006。

13. 钱穆:《读程篁墩文集》,《中国思想史论丛》(七),生活·读书·新知三联书店,2009。

14. 张学军:《我国私家目录学史上的双璧——〈郡斋读书志〉与〈直斋书录题解〉》,《图书馆学刊》2007年第5期。

15. 刘彭冰:《程敏政年谱》,安徽大学硕士学位论文,2003。

16. 陈寒鸣:《程敏政的朱陆"早同晚异"论及其历史意义》,《哲学研究》1999年第7期。

17. 解光宇:《[道一编]"和会朱陆"思想及其影响》,《朱子学与21世纪国际学术研讨会论文集》,2000。

18. 解光宇:《程敏政"和会朱、陆"思想及其影响》,《孔子研究》2002年第2期。

19. 解光宇:《程敏政、程瞳关于"和会朱、陆"的对立及其影响》,《中国哲学》2003年第1期。

20. 方钦玲:《程敏政著述考》,《黄山学院学报》2009年第11卷第1期。

21. 郭玉、曲晓红:《程敏政著述考》,《黄山学院学报》2014年第6期。

22. 张健:《论明代徽州书刻家程敏政》,《安徽师范大学学报》(人文社会科学版)2003年第5期。

23.《论明代徽州文献学家程敏政》,《安徽师范大学学报(人文社会科学版)》2003年第5期。

24.陈寒鸣:《程敏政与弘治己未会试"鬻题"案探析》,《中国社会科学研究生院学报》1998年第4期。

25.刘彭冰:《弘治十二年科场风波述考》,《九江师专学报》2003年第1期。

26.陈寒鸣:《程敏政的心性之学及其在儒学史上的地位》,《扬州教育学院学报》2000年第2期。

27.张健:《道一编序》,(明)程敏政辑,张健校注,安徽人民出版社,2007。

28.[韩]구정수:《朝鲜时代에 刊行된〈心经〉注解의 诸版本에 研究》,韩国中央大学校硕士学位论文,2004。

29.[韩]尹炳泰:《〈心经附注〉有后论의 版本-退溪书志의 研究其四》,《韩国의 哲学》第8号,1979。

30.[韩]申龟铉:《退溪李滉의〈心经附注〉研究와 그의 心学의 特征》,《民族文化论丛》第8辑,1987。

31.[韩]李俸珪:《〈心经附注〉에 대한 조선성리학의 대응-以李滉과 宋时烈을 중심으로》,《泰东古典研究》第12辑,1996。

32.[韩]이미훈:《중기 기호학파의〈심경부주〉이해》,大韩哲学会论文集,《哲学研究》第106辑,2008。

33.[韩]金基柱:《退溪学派와〈心经附注〉,시기별 문제의식과 특징》,东洋哲学研究会,《东洋哲学研究》第55辑,2008。

34.[韩]이상호:《한국 실학파의〈심경부주〉(心经附注)이해——이익과 정약용중심으로》,忠南大学校儒学研究所论文集,《儒学研究》第15集,2007。

35.[韩]김기주:《중기 퇴계학파의〈心经附注〉이해》(韩文),《东方汉文学》第35辑,2008。

36.[韩]金允济:《朝鲜前期의〈心经〉의 이해와 보급》,《韩国文化》18,1996。

37.[韩]김선희:《〈心经附注〉의 修养论에 관한研究》,成均馆大学校儒学研究生院,硕士学位论文,2001。

38.[韩]김종석:《退溪心学研究》(韩文),岭南大学校,硕士学位论

文,1996。

39.[韩]편집부:《〈심경〉〈심경부주〉속의 마음공부》,《원불교사상과 종교문화》,2004。

40.[韩]김기주:《心学,退溪心学,그리고〈心经附注〉》,东洋哲学研究会,《东洋哲学研究》第41辑,2005。

41.[韩]환지완:《〈心经后论〉과 퇴계 직전 제자들의〈心经〉연구》,《퇴계학연구논집》第13集,2013。

42.[韩]항금중:《〈심경부주〉를 통한 본 주자들학적 배움의 성격》,《교육철학연구》,2008。

43.[韩]송희준:《〈心经〉〈尊德性斋铭章〉장의尊德性과 道问学에 대한 시비》,《퇴계학논집》,2013。

44.[韩]엄연석:《寒冈郑逑〈心经发挥〉의 경학사상적 특징과 의의》,《퇴계학논집》,2013。

45.[韩]서명석:《〈심경부주〉에 드러나 경의 개념,작용,효과 그리고 그 너머의교육적 메시지》,《교육철학연구》,2012。

46.[韩]김종석:《퇴계철학의 독자성과〈심경부주〉》,《퇴계학논집》,2013。

47.[韩]吴锡源:《〈심경〉의 구성와 수양론 연구》,《东洋哲学研究》,2004。

48.[韩]전재강:《〈심경발휘〉에나타난 한강 심학의 특징 연구——〈심경부주〉와의 대비적 관점에서》,《南冥学研究论丛》,1999。

49.[韩]金钟锡:《마음의 철학:退溪心学의 构造分析》,《民族文化论丛》第15辑,1993。

50.[韩]김종석:《〈심경부주〉와퇴계학 연구방법론》,《古文研究》,1997。

51.[韩]刘权钟:《韩国儒学의 心学图说에 관한 考察》,《유교사상문하연구》,2008。

结论与思考:国学典籍海外传播的研究意义(代后记)

《心经》和《心经附注》是中国古代儒学者的理学著作,但是在中国的历史和现实中都没有引起过注意,《心经附注》甚至沦落为残本和孤本,除了成为古籍拍卖的对象之外,有关新闻甚至都没有在自媒体时代的大众视野中引起任何波澜。

这不免让人想起当代韩国以江陵端午祭申遗成功和《朝鲜儒教雕板印刷木刻板》成为"世界记忆"带给中国大众的刺激。然而,一时的喧哗过后,"老祖宗留下的东西被人抢走,后人不该感到惭愧吗?"的质问所带来的对儒教传统的关注,很快就被公众遗忘。尽管我们仍然处于社会道德困境中,但依然不知该如何恢复自己的传统文化?其根源乃在于近代以来面对西势东渐、近代中国沦为列强殖民地的历史背景下,张之洞给出的"中体西用"思维模式所提示的儒学与传统文化的关系,成为禁锢中国近代以来百余年的思想困境。

笔者正是在完成"传统文化"与"文化传统"的哲学概念分析的基础上,一方面将传统文化从儒教的专制与等级困境中解放出来,另一方面又从传统文化之价值观的意义上,将中国思想史上存在的儒家、道家、法家、墨家、佛教、道教等各种思想文化,作为可以继承的文化传统,为现代中国哲学的创新提供了丰富的思想内容。

正是在这一意义上,国学典籍在海外传播的考察,也成为对老祖宗留下的文化宝藏的发掘与欣赏的必要课题。本书对心经在朝鲜半岛450多年的传播、发展的考察,正是在这一意义下进行的课题研究。通过详细的历史思想考察,我们从心经曾经对李氏朝鲜以及现代韩国所起到的历史作用及其精神文化影响上,是否可以反过来清点一下我们的古籍版本,把老祖宗留下的精神遗产当作珍宝保护起来,而不是等别人申遗或成为"世界记忆"时,才想起来早已成为孤本的那些经典的存在?

是为后记。

周月琴

2016 年 3 月 20 日于北京　守拙斋